KiWi

1239

Das Buch

Ein aussichtsloser Fall: Der Privatermittler Georg Dengler nimmt den Auftrag an, für die Verteidigung von Prof. Dr. Bernhard Voss zu ermitteln. Die Berliner Polizei hat lückenlose Beweise gegen den mutmaßlichen Mörder und Vergewaltiger der neunjährigen Jasmin vorgelegt. Doch schon bald wachsen Zweifel: Hat hier jemand versucht, den Mediziner Voss, renommierter Forscher an der Berliner Charité, aus dem Verkehr zu ziehen? Dengler macht sich an die Arbeit – und entdeckt erste Widersprüche. Doch plötzlich richtet sich alles gegen ihn, und die Polizei jagt ihn als Mörder. Da fasst Olga, seine Geliebte, einen kühnen Plan.

In seinem neuen Roman wendet sich Wolfgang Schorlau einem Thema zu, das für jeden lebenswichtig ist: dem Gesundheitswesen. Im gleichen Maß, wie Georg Dengler Schritt für Schritt ein unfassbares Verbrechen aufdeckt, enthüllt der Autor, wie real die Bedrohung durch die übermächtige Pharmaindustrie bereits geworden ist.

Fast beiläufig erzählt er auch eine Geschichte über Stuttgart 21. Denglers Sohn Jakob ist im Widerstand gegen das Bahnprojekt aktiv. Voller Sorge versucht Dengler, ihm dies auszureden. Plötzlich befinden sich beide mitten im Hexenkessel des »Schwarzen Donnerstags« im Stuttgarter Schlosspark.

Der Autor

Wolfgang Schorlau lebt und arbeitet als freier Autor in Stuttgart. 2006 wurde er mit dem Deutschen Krimipreis und 2012 mit dem Stuttgarter Krimipreis ausgezeichnet.

Weitere Titel bei Kiepenheuer & Witsch

Neben den weiteren Dengler-Krimis »Die blaue Liste« (KiWi 870), »Das dunkle Schweigen« (KiWi 918), »Fremde Wasser« (KiWi 964), »Brennende Kälte« (KiWi 1026) und »Das München-Komplott« (KiWi 1114) hat Wolfgang Schorlau den Roman »Sommer am Bosporus« (KiWi 844) veröffentlicht und den Band »Stuttgart 21. Die Argumente« (KiWi 1212) herausgegeben. 2013 erschien sein Roman »Rebellen«.

Sämtliche Titel sind auch als eBook erhältlich.

Näheres über den Autor und dieses Buch unter www.schorlau.de

Wolfgang Schorlau

DIE LETZTE FLUCHT
Denglers
sechster Fall

Kiepenheuer & Witsch

Informationen zu diesem Buch:
www.schorlau.com

Dieses Buch ist ein Werk der Fiktion.
Alle Figuren entspringen meiner Phantasie.
Jede Ähnlichkeit mit lebenden Personen wäre Zufall.

Verlag Kiepenheuer & Witsch, FSC®-N001512

18. Auflage 2015

Umschlaggestaltung: Barbara Thoben, Köln
Umschlagmotiv: © plainpicture / arturimages / René Menges
Gesetzt aus der Dante und der Formata
Satz: Pinkuin Satz und Datentechnik, Berlin
Druck und Bindearbeiten: CPI books GmbH, Leck
ISBN 978-3-462-04279-5

Dieses Buch ist den mutigen Stuttgarter Jugendlichen gewidmet, die sich am 30. September 2010 im Stuttgarter Schlossgarten mit Sitzblockaden gegen die Zerstörung ihrer Stadt gewehrt haben.

In Erinnerung an
Eddie Riethmüller, Roman Greschbach, Sieger Ragg
und Peter O. Chotjewitz

Was sind das für Zeiten, wo
Ein Gespräch über Bäume fast ein Verbrechen ist
Weil es ein Schweigen über so viele Untaten einschließt!

Bertolt Brecht, An die Nachgeborenen

Der Geschäftsmann hat gar oft ein enges Herz,
weil seine Einbildungskraft, in den einförmigen
Kreis seines Berufs eingeschlossen, sich zu fremder
Vorstellungsart nicht erweitern kann.

Friedrich Schiller, Über die ästhetische
Erziehung des Menschen, Sechster Brief

Das Einfache kompliziert zu machen, ist alltäglich;
das Komplizierte einfach zu machen, schrecklich einfach –
das ist Kreativität.

Charles Mingus

Inhalt

Erster Teil

1. Glück   15
2. Berlin im Dezember 2010: Entführung   16
3. Ankommen   23
4. Aufwachen   27
5. Telefonat   30
6. Erster Tag   33
7. Supercomputer   38
8. Lehmann   41
9. Seminar   45
10. Erste Nacht   48
11. Haftschock   50
12. Zweiter Tag   57
13. Akten   60
14. Zweite Nacht   69
15. Clapton   74
16. Dritter Tag   77
17. Sonnenblende   88
18. Erneut Moabit   90
19. Finn Kommareck   92
20. Christine Leonhard-Voss   97
21. Rüdiger Voss   106
22. Ausfahrt   113

Zweiter Teil

23. Dritte Nacht   125
24. Verfolgung   126

25. Vierter Tag (1)   127
26. Verloren   128
27. Vierter Tag (2)   147
28. Fahndung   150
29. Vierter Tag (3)   155
30. Friedrichstraße   157
31. Vierter Tag (4)   163
32. Am Abend   173
33. Birgit (1)   182
34. Sehnsucht   184
35. Birgit (2)   186
36. Im Taxi   188
37. Birgit (3)   191
38. Vierter Tag (5)   191
39. Tiergartentunnel   195
40. Bauchhöhle   200
41. Joggen   201
42. Fünfter Tag (1)   203
43. Anrufe   207
44. Schmerz   225

Dritter Teil

45. Schwarzer Donnerstag (1)   231
46. Krisenkonferenz   238
47. Schwarzer Donnerstag (2)   240
48. Fünfter Tag (2)   246
49. Verhöre   254
50. Verdorben   259
51. Nur Mut   262
52. Mappus weg   264
53. Dengler und Kommareck   267
54. Anonyme Meldung   272
55. Flucht (1)   274
56. Fünfter Tag (3)   279

57. Fahndung   283

58. Domina   284

59. Diagnose   289

60. Flucht (2)   291

61. Caipirinha   293

62. Der Polizeichef   295

63. Daniel   296

64. Olga   298

65. Spülen   299

66. Dahlem   306

67. Blaulichtparty   308

68. Fünfter Tag (4)   310

69. Dr. Rapp   314

70. Foto   314

71. Olga ermittelt   316

72. Dengler in der K-Bar   317

73. SMS an Daniel   318

74. Nelken   319

75. Erste Lüge   322

76. Verhaftung   326

77. Ende   327

78. Konferenz   333

Epilog   342

Finden und Erfinden – ein Nachwort   345

Erster Teil

1. Glück

Dengler flog.

Mit ausgebreiteten Armen schwebte er über eine weite Wiese, unter ihm frisches helles Frühlingsgrün, gesprenkelt mit dem warmen Gelb jungen Löwenzahns. Eine Bewegung der rechten Hand genügte – schon bog er in eine weitgezogene Rechtskurve. Ein Gedanke – und er beschleunigte den Flug, angezogen von der strahlenden Zitronenfarbe des Rapsfeldes am Horizont, dazwischen das silberne Band eines Flusses.

Er hatte keine Angst, er fürchtete sich selbst dann nicht, als zwei Hochspannungsmasten auftauchten. Nur eine kleine Kopfbewegung, schon stieg er hoch und höher, unter sich sah er Landschaft und Masten und Leitungen. Nichts konnte ihm gefährlich werden. Er fühlte sich frei, der Sonne und dem Glück so nah wie nie.

Georg Dengler senkte den Kopf, und in einem weiten Bogen flog er auf den Fluss zu, folgte seinem Lauf, beschleunigte über dem glitzernden Wasser das Tempo, raste dicht über der Oberfläche dahin.

Ob ich wohl träume, fragte er sich im Traum.

Er erwog diesen Gedanken ernsthaft, verwarf ihn dann aber wieder. Denn der kühle Wassernebel in seinem Gesicht war real, die Sonne wärmte seinen Rücken wirklich. All das war wahr. Spürbar. Nein, das konnte kein Traum sein.

Wann hatte er sich zuletzt so unbeschwert gefühlt? So leicht, so frei?

Das Rapsfeld kam näher. Wie ein zitronenfarbenes Meer lag es vor ihm, milder Duft ging von ihm aus, ein betörend schöner Geruch. Endlos segelte er durch diese Symphonie aus Gelb und Sonne und Wärme. Ein leichter Windstoß erfasste ihn, fast hätte er das Gleichgewicht verloren, aber er breitete die Arme aus und hatte sofort wieder die Balance gefunden.

Aus dem Augenwinkel nahm er einen winzigen Schattenpunkt wahr, der das Lichtspiel durchbrach und sich näherte. Er spürte die Berührung seiner Schulter. Etwas Kleines hatte sich dort niedergelassen, etwas, was sich an ihm festkrallte. Er bewegte die Schulter. Er wollte es abschütteln.

2. Berlin im Dezember 2010: Entführung

Dirk Assmuss war ein kleiner, runder Mann, ein erfolgreicher Mann. Am Tag seiner Entführung kämpfte er sich durch das Berliner Schneegestöber. Er hatte den Kragen seines Mantels hochgestellt, mit der behandschuhten rechten Hand drückte er die beiden losen Kragenenden zusammen. Es nutzte wenig. Ein eisiger Wind fegte durchs Brandenburger Tor, und Assmuss, der ein gläubiger Mensch war, fragte sich, warum Gott die Stadt so hasste, dass er sie mit einem solchen Winter strafte und mit einem unfähigen Senat, der es nicht einmal schaffte, die Bürgersteige von Berlins Prachtstraße Unter den Linden vom Eis räumen zu lassen.

Obwohl es erst Nachmittag war, strahlten die Straßenlichter, die Weihnachtsbäume und die weihnachtlich dekorierten Schaufenster in die frühe Dunkelheit. Eine Gruppe japanischer Touristen, alle in sanftblauen Moonboots, trödelte kichernd vor ihm her, zwang ihn, für einen Moment auf die schneematschige Straße zu wechseln, um sie zu überholen.

Er hätte ein Taxi nehmen sollen.

Aber er hatte gedacht, die frische Luft würde ihm guttun. Nun bereute er diesen Entschluss. Die Kälte kroch in seine Hosenbeine, nahm den Zehen jedes Gefühl und quälte seine Ohren mit tausend eisigen Nadelstichen.

Wer Assmuss nicht kannte, würde ihn für einen gemütlichen Mann halten, für einen Typen wie den Großvater aus der Fernsehwerbung, der Kindern Karamellbonbons andreht. Fast eine Glatze, nur wenig graue Haare, ein volles Gesicht mit einigen Falten um die Augen- und die Mundwinkel. Auf den zweiten Blick wurde man jedoch gewahr, dass er sich trotz seiner fast hundert Kilo schnell und geschmeidig bewegte. Zielstrebigkeit ging von ihm aus, eine ruppige Energie, die nur wenige Männer mit diesem Körperumfang auszeichnet.

Assmuss hatte es weit gebracht. Nicht ohne Grund war er Europachef von *Peterson & Peterson*. Er hatte sich einen Platz im Heiligtum des Konzerns erobert, dem *Board of Directors,* am Firmensitz in Atlanta. Nicht nur das *Wall Street Journal* und das *Handelsblatt* handelten ihn als den künftigen Chef von *Peterson & Peterson*.

Er war gebürtiger Rheinländer, also war er katholisch und hatte Humor, und er wusste ihn einzusetzen. Er verfügte über einen unerschöpflichen Fundus an Tünnes-und-Schäl-Witzen, die er abends in kleineren Runden seinen An-gestellten erzählte. Damen begeisterte er manchmal mit gemäßigten Anzüglichkeiten, und für große Tischrunden hatte er neben einigen anspruchsvollen jüdischen Witzen auch längere Zitate von Jaspers, Schopenhauer und Hannah Arendt parat. Er war ein Mann, der Eindruck machte, egal auf welchem Parkett.

»Unermüdlich im Dienst an der Gesundheit: Dirk Assmuss widmet sein ganzes berufliches Dasein dem medizinischen Fortschritt«, hatte die *Frankfurter Allgemeine* in einem Porträt über ihn geschrieben. Sein Vater hatte gewollt, dass er Arzt wird wie er selbst. Heilkunst und Kunst – das waren die bei-den großen Leidenschaften in seinem Elternhaus gewesen. Heilkunst, dafür stand der Vater – und die Mutter wollte, dass der Sohn ein Künstler wird. Schon als Zehnjähriger hatte Dirk Assmuss mehr Museumsbesuche hinter sich als ein normaler Mensch in seinem ganzen Leben. Er erinnerte sich an die nicht enden wollenden Aufenthalte im Picasso-Museum in Barcelona. Sein Vater pilgerte regelmäßig zu den Kranken- und Lazarettbildern, die Picasso als junger Mann gemalt hatte. Wie hingebungsvoll die Mutter am Bett ihres Kindes sitzt! Wie gut der Maler die Aufmerksamkeit des Arztes getroffen hat und das Fahle im Gesicht des Patienten auf einen Ernährungsmangel schließen lässt!

Assmuss enttäuschte seinen Vater. An zwei Zehnteln im Notendurchschnitt scheiterte die Zulassung zum Medizinstudium. Nie hatte er sich als größerer Versager gefühlt als an dem Tag, als er sein Abiturzeugnis dem Vater vorlegte. Er hatte im Flur der Praxis warten müssen. Der Vater kam aus dem vorderen Behandlungszimmer, nahm das Zeugnis, las es, gab es ihm zurück und ging wortlos zurück zu seinem Patienten.

Auch über die Berufswahl seines Sohnes verlor er nie ein Wort. Selbst später, als Assmuss bereits erfolgreich war und viel mehr als sein Vater verdiente (er erwähnte es scheinbar beiläufig zweimal, einmal bei einem Abendessen, als er seine Eltern besuchte, einmal als er sie nach Barcelona einlud und sie – ganz ohne Museumsbesuch – ins *Los Caracoles* führte, eines der bekanntesten Restaurants der Stadt, ein Lokal, das der Vater der Preise wegen niemals besucht hatte): Nie redeten sie über seinen Beruf. Die Enttäuschung, die er seinem alten Herrn bereitet hatte, hätte er gern aus der Welt geschafft, sie war, so dachte er manchmal, der eigentliche Stachel, der ihn in seinem jetzigen Beruf so unentwegt antrieb.

Aber er enttäuschte auch seine Mutter. Sie hatte ihr Leben dem Ziel gewidmet, aus dem einzigen Sohn einen Künstler zu machen. Ihr war das Künstlerische nicht gegeben. Sie wusste es, denn sie malte auch. Mit großer Begeisterung spannte sie eine leere Leinwand in den Rahmen – und betrachtete mit der immer gleichen Enttäuschung das fertige

Bild: Wie ein Kind, dachte sie, ich male wie eine Vierzehn-jährige. Nie gelang es ihr, die Bilder, die sie manchmal klar, manchmal diffus in sich trug, angemessen auf die Leinwand zu übertragen. Ihr Sohn sollte es besser können. Und so schleppte sie ihn von klein auf in Museen und auf Vernissagen, in Ausstellungen und Ateliers.

Assmuss studierte Biologie an der Universität Hohenheim, medizinnah einerseits, aber inhaltlich und geografisch weit genug entfernt vom heimatlichen Brühl und dem stummen Vorwurf des Vaters sowie der Enttäuschung der Mutter, der alles im Gesicht stand und die nie darüber sprach. Nach dem Studium zog er ins Rheinland zurück. Mit dem ruhigeren Menschenschlag im Süden war er nie richtig warm geworden.

1980 unterschrieb er bei *Bayer* seinen ersten Arbeitsvertrag, zehn Jahre später schickte ihn der Konzern als Geschäftsführer einer Tochterfirma nach Japan. 1995 wechselte er zu *Bayers* Konkurrenten *Peterson & Peterson*, leitete von London aus deren Geschäftsfelder Pharma und Consumer Care. Seit 2000 war er für das europaweite Pharmageschäft mit verschreibungspflichtigen Arzneimitteln verantwortlich. Und er war, wie gesagt, auf dem Sprung nach ganz oben.

In Berlin hatte er ein Problem zu lösen.

Der deutsche Interessenverband funktionierte nicht mehr. Assmuss hatte mit Marlene Kritzer, der Geschäftsführerin des Verbandes der forschenden Pharmaunternehmen VFP, im *Margaux* zu Mittag gegessen. Anschließend hatten sie noch zwei Stunden in ihrem Büro am Hausvogteiplatz gesprochen.

Sie war unbelehrbar.

Assmuss ärgerte sich.

Sie machte zu viele Fehler.

Und sie überschätzte sich.

Wochenlang hatte die Kritzer die gesamte Lobbymaschine des Verbandes eingesetzt, um die Wahl des gesundheitspolitischen Sprechers der konservativen Parlamentsfraktion zu beeinflussen. Sie hatte einen verbandsnahen Abgeordneten durchbringen wollen und scheiterte damit. Der neue Sprecher äußerte sich nun öffentlich und halböffentlich abfällig über den Verband und damit auch über die »Großen Sechs«, über *Peterson & Peterson, Bayer, Pfizer, Böhringer, Merck* und *Novartis*, die im Verband den Ton angaben.

Das war schlecht fürs Geschäft.

Schlecht für die Pläne von *Peterson & Peterson*.

Schlecht für seine Pläne.

Sehr schlecht.

Ihn ärgerte besonders, dass Marlene Kritzer ihren Fehler nicht einsah.

Mangelnde Fähigkeit zur Selbstkritik produziert weitere Fehler, dachte Assmuss, während er vorsichtig den eisglatten Bürgersteig Unter den Linden hinaufging.

Er hätte ein Taxi nehmen sollen.

Er hatte der Kritzer viel nachgesehen. Vor einigen Monaten hatte die gesamte Presseabteilung des Verbandes gekündigt. Alle. Sogar die Schreibkräfte. Sie hielten es mit der Chefin nicht mehr aus. Sie würde die Angestellten tyrannisieren, hieß es, jeder müsse zu viele unbezahlte Überstunden machen, die Atmosphäre sei miserabel, die Chefin launisch und so weiter. Jeder, der die Kritzer kannte, wusste, dass die Leute recht hatten. Damals hatte er Kritzer gestützt. Damals war sie noch erfolgreich gewesen. Aber das hatte sich geändert.

Assmuss wusste, wann es Zeit war zu handeln.

Eine seiner Stärken.

Ihn fror.

Weihnachtliche Stimmung in Berlin. Er nahm sie nicht wahr.

Es stand viel auf dem Spiel.

Zwei Weihnachtsmänner kamen ihm entgegen. Einer trug einen schweren braunen Sack, der andere eine überdimensionierte Schelle. Die beiden unterhielten sich angeregt, ihre Weihnachtsmannschicht schien zu Ende zu sein. Sie wirkten entspannt und fröhlich.

Morgen um zehn Uhr würde die Verbandskonferenz beginnen. Die Elite der Branche traf sich zur zentralen Jahrestagung. Fünfunddreißig Unternehmen, keines unter 2 Milliarden Jahresumsatz. Aber für heute Abend hatte er die Vertreter der Großen Sechs zum Essen ins Adlon geladen. Dieser Kreis würde die wichtigen Entscheidungen treffen.

Er würde ihnen vorschlagen, Marlene Kritzer abzulösen.

Der eine der beiden Weihnachtsmänner hob seine Schelle, läutete und lachte. Assmuss drängte an ihm vorbei. Ihn fror noch immer.

Aber endlich war er am Adlon.

***

»Herr Dr. Assmuss? Eine junge Dame möchte Sie sprechen.«

Dirk Assmuss hob den Kopf und sah auf den Zettel, den der Hoteldiener ihm reichte.

Ich muss dich dringend sprechen. Susan

Das war Susans Handschrift, kein Zweifel, die korrekte Reihung der Buchstaben, nahezu alle miteinander verbunden. Nur das I stand allein. Typisch für Susan.

Aber wieso war sie in Berlin?

Sie müsste doch in London sein.

»Bitte, folgen Sie mir«, sagte der Hoteldiener und ging voran.

Assmuss folgte.

Der junge Mann in der eleganten grauen Hoteluniform schritt zügig voraus. Vom Hoteleingang des Adlon lief er mit schnellen Schritten an den wartenden Taxen vorbei, schaute sich noch einmal um, winkte Assmuss ermunternd zu, überquerte die Wilhelmstraße und steuerte auf einen dunklen Van zu, der einige Meter weiter vor einem Souvenirshop am Straßenrand parkte.

Es muss etwas schiefgegangen sein, dachte Assmuss. In Gedanken blätterte er die Geschäftsvorfälle des Londoner Büros durch. Keiner schien ihm schwerwiegend genug, dass Susan ihn nicht hätte anrufen können. Er hatte das Handy doch an. Während er seine Schritte verlangsamte, zog er das *Blackberry* aus der Tasche. Niemand hatte versucht, ihn zu erreichen, auch Susan nicht. Einige Mails waren eingegangen, aber keines von Susan.

Seine Gedanken rasten.

Sie kündigt, dachte er. Vielleicht kündigt sie.

Aber auch diese Überlegung verwarf er sofort wieder. Das hätte sie ihm auch übermorgen persönlich sagen können. Für die Mittagszeit war ein Treffen in London verabredet. Nein, es musste etwas sehr Wichtiges sein. Etwas, was den Vorstand betraf. Vielleicht hatte es mit ihm zu tun.

Sie wollen mich feuern.

Aber es gab keine Anzeichen dafür. Der Aufsichtsrat hatte nicht getagt. Außerdem hatte er einen guten Lauf. Die Zahlen stimmten. Wichtige Projekte liefen. Einige standen kurz vor der Markteinführung.

Vielleicht doch. Sie haben sich heimlich getroffen. Susan muss das mitgekriegt haben.

Beunruhigt beschleunigte er seine Schritte wieder.

Der Hoteldiener wartete vor dem Van auf ihn. Als Assmuss ihn erreichte, zog er die Tür auf.

»Bitte«, sagte der Mann.

Assmuss schaute verwirrt in das Wageninnere.

Er sah nichts. Er schob den Kopf vor.

»Susan?«, fragte er ins Dunkel.

Da traf ihn ein Schlag in den Rücken, ein Schlag mit solcher Wucht, dass er mit dem Oberkörper vornüber in den Wagen stürzte. Er fühlte, wie er an den Füßen hochgehoben und in den Van geworfen wurde. Dann klackte die Wagentür.

Der Hoteldiener war über ihm.

Ein zweiter Schlag traf ihn am Kopf, und er dachte nichts mehr.

3. Ankommen

Eine Fledermaus.

Dengler spürte, wie sie auf seinem Arm krabbelte. Sie wurde immer größer, schwerer, er spürte ihr Gewicht auf seinem Oberarm. Er wollte sich nach vorne beugen, damit sie von ihm abglitt. Er wollte weiterfliegen. Glücklich sein. Der Druck auf seinem Arm wurde fester.

»Sie müssen aufwachen«, sagte eine weibliche Stimme. »Wir landen in wenigen Minuten.«

Für einige Sekunden schwebte er im Zwischenreich von Schlaf und Wachen. Er wollte fliegen, weiter schweben. Doch langsam dämmerte ihm, dass er träumte.

Er weigerte sich, die Augen zu öffnen.

»Sie müssen Ihre Rückenlehne senkrecht stellen.«

Das Rapsfeld verschwand aus seinem Kopf.

»Bitte! Wir landen gleich.«

Dengler raffte sich auf. Er stellte seinen Sitz gerade. Von seinem Mittelplatz aus konnte er aus dem Fenster des Flugzeuges schauen. Die Maschine flog bereits tief. Er sah den Neckar, eingebettet in eine sommerliche Reben- und Industrielandschaft, und hörte das Summen der Hydraulik, als unter ihm das Fahrgestell ausfuhr.

***

Olga wartete auf ihn.

»Champagner!«, rief sie.

In der rechten Hand schwenkte sie eine Flasche Taittinger und in der anderen zwei Gläser.

Dengler küsste sie. Lange.

Neben ihnen machten zwei jüngere Männer anzügliche Bemerkungen, die er nicht genau verstand und auch nicht verstehen wollte. Eine ältere Frau schaute demonstrativ in die entgegengesetzte Richtung.

»Puh«, sagte Olga und streckte ihm die Flasche entgegen.

Dengler öffnete sie und füllte die beiden Gläser.

»Endlich bist du wieder da«, sagte sie. »War New York schlimm?«

»Sehr schlimm.«

Sie tranken, lachten, dann füllte Dengler die beiden Gläser erneut.

***

»Hast du etwas Nützliches gelernt?«, fragte sie, als sie später erschöpft in ihrem Bett lagen.

»Ja. Ich weiß jetzt, dass dein Gesicht aus 43 einzelnen Muskeln besteht«, sagte er und streichelte mit zwei Fingern ihre Stirn. »Manche davon kannst du willentlich bewegen, auf andere hast du keinen bewussten Einfluss.«

»Das FBI weiß etwas über meine Gesichtsmuskeln?«, fragte sie schläfrig.

»Alles.«

»Was?«

»Wenn du dich an etwas erinnerst, an etwas Schönes zum Beispiel …«

»Hmm, das mache ich gerade.«

»… dann wandern deine Pupillen nach links oben. Wenn du dir aber etwas ausdenkst, wandern sie nach rechts oben. Das kannst du nicht beeinflussen. Es ist hirnphysiologisch gesteuert. Unabänderbar. Wenn ich einen Zeugen frage, ob er sich an eine bestimmte Situation erinnert, und seine Augen wandern nach rechts oben, dann weiß ich, dass er lügt.«

»Aber ich habe meine Augen doch geschlossen.«

»Mist. Über das Erkennen von Lügnern bei geschlossenen Augen habe ich nichts gelernt.«

»Das kommt beim Seminar für Fortgeschrittene«, sagte sie schläfrig.

»Das Bundeskriminalamt wird mir keinen zweiten Kurs mehr sponsern.«

»Dann bleibst du hier. In meinem Bett. Für immer und ewig.«

»Das willst du?«

»Hmm.«

»Deine Pupillen wanderten eben nach rechts oben. Du hast es dir ausgedacht. Es ist geschwindelt.«

»Ich hab doch die Augen zu, du Lügner. Ich erkenne dich ganz ohne FBI-Seminar.«

Sie zog ihn an sich.

***

»In der Stadt herrscht Aufruhr«, sagte Mario. »Wir stehen vor einer revolutionären Situation.«

»Das ist völlig übertrieben«, sagte Martin Klein.

»Das ist totaler Quatsch«, sagte Leopold Harder.

»Eine revolutionäre Situation ist dadurch definiert, dass die unteren Klassen nicht mehr so wollen und die oberen nicht mehr so können wie bisher«, sagte Mario.

»Das könnte auf Stuttgart zutreffen«, gab Klein zu.

Denglers Freunde feierten seine Ankunft im *Basta*, dem Lokal, das im Erdgeschoss des Hauses lag, in dem Dengler, Martin Klein und Olga wohnten. Im ersten Stock waren Denglers Büro und Wohnung sowie Kleins Dreizimmerwohnung. Im zweiten Stock wohnte Olga.

»Aha, es geht immer noch um euren Bahnhof«, sagte Dengler. »Ich war fast den ganzen September nicht in der Stadt, hat sich also offenbar nicht viel getan in dieser Zeit.«

»Es ist eine bürgerliche Protestbewegung. Nicht die anarchistische Künstlerrevolte, von der Mario träumt, seitdem er auf der Welt ist«, sagte Leopold Harder.

»Davon träume ich, das stimmt. Ich träume von einer gerechten Gesellschaft.«

»Wir wollen bloß ein irrsinniges Bahnprojekt verhindern«, sagte Klein.

»So reden sie jeden Tag«, flüsterte Olga in Denglers Ohr.

»Jeden Tag! Die ganze Stadt kennt kein anderes Thema. Der Bahnhof am Morgen, der Bahnhof am Mittag, der Bahnhof am Abend und auch in der Nacht. Montags rennen deine Freunde auf die Montagsdemo, dienstags treffen sich die Juristen, die Ärzte, die Unternehmer gegen Stuttgart 21, mittwochs findet ein Protest-Gottesdienst im Schlossgarten statt, donnerstags treffen sich neuerdings die Stuttgart-21-Befürworter zu einer Demonstration …«

»Demonstratiönle«, rief Klein dazwischen. »Zweihundert ältere Herren versammeln sich.«

»Freitags kann man zu den Senioren gegen Stuttgart 21 gehen, der Jugendinitiative gegen S 21, den Gewerkschaftern gegen S 21, man kann an einem Sitzblockadetraining teilnehmen oder …«

»… zu den Journalisten gegen Stuttgart 21 gehen«, sagte Harder, der als Wirtschaftsjournalist beim *Stuttgarter Blatt* arbeitete.

»Es gibt Psychologen gegen S 21«, sagte Klein, »Mediziner gegen S 21, es gibt …«

»Samstags findet die Großdemo gegen Stuttgart 21 statt«, fuhr Olga fort. »Nur sonntags ruht der Protestbetrieb. So sieht das aus in dieser Stadt.«

»Jeden Tag um 19 Uhr macht die ganze Stadt Lärm. Eine Minute lang. Das ist der Schwabenstreich. Eine gute Sache, endlich lernt man die Nachbarn auf den anderen Balkonen und hinter den Fenstern kennen.«

»Da kommt New York echt nicht mit«, sagte Dengler.

Die Freunde lachten.

Der kahlköpfige Kellner nahm dies als Zeichen und brachte eine neue Flasche.

Die Stimmung war so ausgelassen, dass Dengler das Handy nicht hörte.

»Es klingelt«, sagte Mario.

Dengler zögerte. Eigentlich hatte er keine Lust, außerdem wusste er, dass Olga es nicht leiden konnte, wenn er bei jeder Gelegenheit ans Telefon ging. Dann stand er aber doch auf, ging an der Bar vorbei ins Freie und nahm das Gespräch an.

4. Aufwachen

Der Kopfschmerz war umfassend, dumpf und andauernd. Es fühlte sich an, als sei das Gehirn geschwollen und drücke mit Macht gegen die Schädelwand.

Bloß nicht bewegen.

Sein Mund war trocken. Die Zunge schien ebenfalls geschwollen zu sein.

Es ist nur ein Traum, dachte er. Wieder mal ein Albtraum. Ich schlafe, und wenn ich aufwache, liege ich in meinem Bett im Adlon.

Er hielt die Augen geschlossen. Doch er schlief nicht. Stattdessen konzentrierte er sich auf den Kopfschmerz, und dabei fiel ihm wieder ein, wie der Hotelpage ihn zu einem schwarzen Van gelockt hatte.

Er hatte einen Zettel von Susan gehabt.

Dirk Assmuss bewegte die Zehen seines rechten Fußes. Sie krümmten und streckten sich. Kein Problem. Er hob den Fuß. Auch kein Problem.

Ich wurde entführt. Wenn ich nicht träume, dann wurde ich entführt.

Assmuss öffnete die Augen. Gleißendes Licht blendete ihn, er schloss sie sofort wieder. Nach ein paar Sekunden blinzelte er und wartete, bis sich seine Augen an die Helligkeit gewöhnt hatten.

Dann sah er sich um.

Er lag auf einem großen Bett, wohl zwei Meter lang und zwei Meter breit. Metallgestell, mattschwarz, am Kopfende ornamental verschlungen. In der Mitte entdeckte er eine Handschelle, deren erste Fessel den Metallrahmen umschloss, die zweite hing an einer silbernen Kette, die sich über ein blaues Leintuch schlängelte und dann auf dem Fußboden verschwand. Assmuss' Blick folgte ihr. Sie tauchte einen halben Meter weiter auf, führte zu einer zweiten Handschelle, deren erste Fessel die Verbindung zur Kette hielt und deren zweite sein Handgelenk umschloss.

Panisch richtete er sich auf.

Der Schmerz in seinem Kopf explodierte.

Assmuss legte sich zurück.

Ich muss ruhig bleiben. *Peterson* wird Lösegeld zahlen. Birgit wird Lösegeld zahlen. Es sind Betriebsausgaben, dachte er. Steuerlich absetzbare Betriebsausgaben. Die zahlen bestimmt. *Peterson* muss das bezahlen, nicht Birgit und ich. Die lassen mich doch nicht hängen.

Er spürte, wie erneut Panik in ihm aufstieg.

Bleib ruhig.

Ob Birgit bezahlen wird?

Plötzlich war er sich dessen nicht mehr sicher.

Vorsichtig richtete er sich auf.

Er befand sich in einem hellen Raum mit weiß gestrichenen Wänden. Neben dem Bett war ein Tisch. Zwischen Tisch und Bett stand ein weißer Eimer, zur Hälfte mit Wasser gefüllt, daneben ein zweiter Eimer mit einem festen Deckel und einer Rolle weißes Toilettenpapier. Auf dem Tisch: eine Plastikflasche mit Mineralwasser und ein Glas. Daneben lagen einige Aspirintabletten in grüner Verpackung. Hinter dem Tisch: ein großer metallfarbener Kühlschrank und ein weiß emaillierter Gasherd. Links daneben eine Tür. Sie war offen. Rechts vom Kühlschrank sah Assmuss eine zweite Tür. Verschlossen und massiv. Daneben auf etwa zwei Meter Höhe zwei vergitterte Fenster, durch die Tageslicht ins Zimmer fiel, darunter zwei Heizkörper. Es musste sich um eine Souterrain- oder Kellerwohnung handeln.

Assmuss überlegte, ob er um Hilfe rufen sollte. Er könnte SOS-Signale gegen die Heizkörper klopfen.

Er stand auf und prüfte, wie weit er mit seiner Fessel gehen konnte.

Er kam nur bis zum Tisch.

Er erreichte weder die Fenster noch den Kühlschrank oder den Herd, auch nicht die beiden Heizkörper.

Er setzte sich an den Tisch.

Er stützte den Kopf in seine Hände.

Er warf zwei Aspirin in das Glas, goss Wasser ein, wartete, bis die Tabletten sich aufgelöst hatten, und trank das Glas aus.

Er ging zurück zum Bett, legte sich hin und starrte die Decke an.

5. Telefonat

»Hallo?«

»Guten Abend, hier Lehmann, Dr. Hartmut Lehmann. Spreche ich mit Georg Dengler aus Stuttgart?«

»Ja.«

»Ich möchte Sie engagieren. Können wir kurz darüber reden?«

»Um was geht es?«

»Um den Fall Voss. Sie haben schon davon gehört?«

»Nein.«

»Professor Voss ist ein Freund von mir. Ich bin sein Anwalt seit vielen Jahren. Wir sind beide Mitglieder im gleichen rotarischen Club hier in Berlin. Ich kann mir nicht vorstellen, dass Bernhard so etwas getan hat. Ich kenne ihn schon seit zehn Jahren. Seit mehr als zehn Jahren. Seine Familie. Seine beiden Kinder. Ich brauche Hilfe bei seiner Verteidigung. Sie wurden mir empfohlen.«

»Was wird Ihrem Freund vorgeworfen?«

»Mord! Lesen Sie keine Zeitungen? Er sitzt in Moabit ein.«

»Ich war ein paar Wochen im Ausland. Sie müssen mir schon etwas mehr über den Fall erzählen.«

»Können Sie nach Berlin kommen?«

»Sicher. Wann?«

»So schnell wie möglich. Morgen?«

Dengler zögerte. Er wollte keinen neuen Auftrag. Nicht sofort. Er hatte sich darauf gefreut, ein paar Tage mit Olga zu verbringen.

Andererseits: Sein Konto war leer.

Es gab eine erprobte Methode: Wenn er einen Auftrag lieber nicht annehmen wollte, verlangte er einfach ein überhöhtes Honorar. Dann erledigte sich die Sache meist von allein.

»Kennen Sie meine Konditionen?«, fragte er. »180 Euro pro angefangene Stunde plus Mehrwertsteuer und Spesen.«

»Das geht in Ordnung«, sagte der Mann, ohne zu zögern.
»Seien Sie morgen um 14 Uhr in meiner Kanzlei. Geht das?
Dr. Lehmann und Partner. Friedrichstraße 71.«
Dengler schwieg verblüfft.
»Hallo? Sind Sie noch dran?«, fragte der Mann.
»Um 14 Uhr bin ich bei Ihnen.«

***

»Kennt ihr zufällig den Fall Voss?«, fragte er, als er zurück an
den Tisch kam.
»Scheußlich«, sagte Olga.
»Dieses Schwein«, sagte Mario.
»Noch gilt die Unschuldsvermutung. Der Mann ist noch
nicht verurteilt«, sagte Leopold Harder.
»Könnt ihr mir mal sagen, um was es geht? Ich war drei Wochen nicht da, schon vergessen?«
Harder berichtete: »Einem Berliner Arzt wird vorgeworfen,
ein neunjähriges Mädchen umgebracht zu haben. Erst hat er
es offenbar entführt. Mehr als zwei Wochen lang wurde das
Kind gesucht. Alle Zeitungen druckten das Bild. Die Eltern
appellierten im Fernsehen an den Entführer. Fürchterliche
Geschichte. Wir hatten jeden Tag irgendeine Story im Blatt.
Einige Tage lang bestand die Hoffnung, dass das Mädchen
noch lebend gefunden wird. Dann wurde sie gefunden: vergewaltigt und erschlagen. Schon am nächsten Tag wurde
dieser Kerl festgenommen: Dr. Voss. Die Zeitung mit den
großen Buchstaben war live dabei. Sie brachte ein Bild direkt
von der Verhaftung, der Täter mit irrem Gesicht, grüner OP-
Schürze, voll mit Blut. Die Beweise sollen eindeutig sein.«
»Was hast du damit zu tun?«, fragte Olga.
»Ich wurde eben von seiner Verteidigung engagiert.«

***

Nach dem Sex stritten sie sich.

»Ich weiß nicht, ob es gut ist, wenn du so einem Kerl hilfst«, sagte sie.

»Ich wollte diesen Auftrag auch nicht. Ich … noch habe ich ja nicht sicher zugesagt.«

»Aber du fährst nach Berlin. Morgen schon. Wir haben uns drei Wochen nicht gesehen. Drei Wochen, Georg. Wir haben einiges aufzuholen.«

»Ich weiß, aber …«

Wie sollte er es erklären?

»Ich hab den Preis um die Hälfte erhöht, aber der Anwalt will mich trotzdem, und jetzt muss ich da hin. Ich höre mir die Geschichte mal an.«

»Was redest du? Sag ab. Das ist einfach. Sag einfach ab.«

»Das geht nicht. Ich hab zugesagt.«

»Weißt du, dass der Kerl voller Blut war, als er verhaftet wurde? Eklig. Er sieht aus wie ein Mörder. Und du sollst keinem Mörder helfen. Keinem Kindermörder, Georg!«

»Vielleicht kann ich ihn sprechen und sehen, ob er lügt. Ich meine, das ist das, was ich gerade gelernt habe. Ich würde mein neues Wissen gern ausprobieren. Wenn er es war, ist der Auftrag ja schnell erledigt, dann bin ich auch schnell wieder da.«

Dengler schwang sich aus ihrem Bett. Er ging in das Zimmer nebenan, wo Olgas Computer standen.

»Du hast ja neue Hardware«, rief er.

»Ja«, sagte sie. »Einen neuen Supercomputer. Auch ich habe mich in der Zwischenzeit weitergebildet. Da du ja nie da bist, kann ich dir leider nichts von dem erzählen, was mich beschäftigt.«

Sie stand nun nackt in der Tür.

»Komm ins Bett und vergiss diesen Mörder.«

»Gleich.«

Er startete die Suchmaschine und buchte den frühen Flug nach Berlin.

6. Erster Tag

Assmuss wartete.

Endlos lange.

Zweimal pinkelte er in den weißen Eimer.

Die Kopfschmerzen zogen sich langsam zurück.

Draußen wurde es dunkel.

Er nahm noch ein Aspirin.

Gestern Abend hatte man ihn entführt, und noch immer hatte er niemanden gehört oder gesehen, wusste nicht, wo er war und warum er hier war.

Seine Gedanken drehten sich im Kreis. Bestimmt hatten die Entführer ihre Forderungen bereits gestellt. Vielleicht würde *Peterson* schon morgen zahlen.

Gleichzeitig wusste er, dass das kaum realistisch war. Wenn es um Geld ging, und um was sollte es sonst gehen, würde eine Transaktion in der Größenordnung, mit der man rechnen musste, nicht so schnell erfolgen. Trotzdem tröstete dieser Gedanke.

Ich schlafe ein, und morgen bin ich frei.

Er sah sich auf einer Pressekonferenz. Eine schöne dunkelhaarige Journalistin fragte ihn: Wie haben Sie nur diese schlimmen Tage überstanden?

Er schloss die Augen.

Es war nur ein Tag, hörte er sich sagen. Ich war gefesselt. Aber ich habe mich zur Ruhe gezwungen. Er sah in die bewundernden Augen der Journalistin.

Blitzlichtgewitter.

Seine Ernennung zum Chairman von *Peterson & Peterson*.

Was aber, wenn Peterson nicht zahlt?

Sein Herz raste plötzlich. Die Kehle fühlte sich wund an.

Er musste sich beruhigen.

Er atmete langsam durch die Nase ein und durch den Mund aus. Einmal, zweimal, dreimal. Wird Birgit bezahlen?

Sicher wird sie das.

Er schloss die Augen und stellte sich wieder die Pressekonferenz vor. Assmuss als Held.

Inmitten dieser Träumereien hörte er ein Geräusch.

Ein Schlüssel drehte sich zweimal im Schloss.

Assmuss richtete sich auf.

Er erschrak nicht.

Der Mann sah so aus, wie er sich einen Entführer vorgestellt hatte: schwarze Wollmaske, schwarze Jeans, schwarzer Pullover und schwarze Handschuhe. In der Hand trug er eine weiße Plastiktasche. Erstaunlicherweise war der Mann nicht viel größer als er selbst.

Er sagte kein Wort, und auch Assmuss blieb still. Der Mann ging um den Tisch herum, stellte die Tüte auf den Tisch, öffnete sie, nahm eine weiße Pappschachtel heraus und schob sie auf die andere Tischseite.

»Ich hoffe, Sie mögen Thailändisch.«

Seine Stimme klang angenehm. Tief, ohne ausländischen Einschlag. Kein Dialekt. Die Wollmaske dämpfte den Ton.

Assmuss nickte.

Der Entführer legte eine Serviette und eine Plastikgabel neben die Schachtel.

»Bier oder Cola?«

Assmuss schluckte. Cola wäre vernünftig ...

»Bier, bitte.«

Der Mann zog zwei Dosen Heineken aus der Tüte und stellte sie auf die andere Tischseite.

»Essen Sie«, sagte er und setzte sich.

Assmuss hatte Hunger. Er stand auf und setzte sich an den Tisch.

Er sah zu dem Mann gegenüber.

Er ist stärker als ich, dachte er. Er hat die Tür nicht abgesperrt.

Ich kann ihn aber wohl kaum mit einer Bierdose niederschlagen. Aber ich könnte den Tisch umkippen.

Und dann? Was nützte das?

Er zog an der Handschelle und öffnete die weiße Schachtel.

»Thaicurry«, sagte der Maskierte.

Es roch gut. Assmuss aß.

Nach der zweiten Dose Heineken sagte der Mann: »Wollen Sie duschen?«

»Ich will wissen, was Sie von mir wollen.«

»Reden.«

»Reden?«

»Ja.«

»Mehr nicht?«

»Nein.«

»Kein Geld?«

»Kein Geld.«

»Über was wollen Sie mit mir reden?«

»Über Ihr Geschäft.«

»Über mein Geschäft?«

»Wie Sie Ihr Geschäft betreiben.«

»Schickt Sie *Pfizer*?«

»Nein.«

»*Boehringer*?«

»Nein.«

»Ein anderer Wettbewerber?«

»Ich komme nicht von der Konkurrenz.«

»Sie wollen wissen, wie *Peterson* sein Geschäft betreibt?«

»Ja.«

»Warum?«

»Sagen wir: Es interessiert mich.«

»Und dann?«

»Dann können Sie gehen.«

»Einfach so?«

»Ja. Ich werde Sie freilassen. Versuchen Sie nicht, mich zu identifizieren, zu finden, zu jagen. Dann passiert Ihnen nichts.«

»Hören Sie. Ich bin kein Chemiker oder Forscher oder so

was. Ich bin eher Kaufmann. Ich kenne keine Rezepturen. Ich kann Ihnen keine Forschungsgeheimnisse verraten, weil ich sie nicht kenne.«

»Mir genügt das, was Sie wissen.«

»Mhm. Und wie lange wird das alles dauern?«

»Bis Sie alle Fragen beantwortet haben.«

»Und dann lassen Sie mich frei?«

»Ja.«

»Gibt es an der Sache einen Haken?«

»Ja.«

»Welchen?«

»Wenn Sie mich belügen, stehe ich auf und gehe – und komme erst am nächsten Tag wieder zurück. Sie bleiben dann einen Tag länger hier.«

Der Mann wollte etwas von ihm. Assmuss verstand noch nicht, an was genau der Mann interessiert war, aber es handelte sich offenbar um Informationen. Wenn er etwas von ihm wollte, dann stärkte das seine Position. Auch wenn er ihm Handschellen verpasst hatte. Sein Instinkt sagte ihm, dass er den Preis hochhandeln konnte. Er fühlte sich plötzlich wie in einer Geschäftsverhandlung, und darin kannte er sich aus.

Assmuss war ein Verhandlungsprofi. Sein wichtigster Grundsatz dabei lautete: unwichtige Sachen zuerst. Er vereinbarte mit seinen Verhandlungspartnern stets eine Verhandlungsliste und sorgte dafür, dass die für ihn unwichtigen Verhandlungsgegenstände vorne standen und zuerst besprochen wurden. Bei diesen unwichtigen Punkten gab er immer nach. Aber erst nach einem langen Schauspiel. Es sah aus, als würde sein Gegenüber ihm diese Zugeständnisse abringen. Großes Schauspiel.

Das kann ich nicht allein entscheiden, da muss ich meinen Aufsichtsratschef befragen – so lauteten seine Standardfloskeln. Diese Lieferfrist kann ich unmöglich einhalten, wir müssten andere Kunden benachteiligen, sagte er, obwohl genügend Waren auf Lager waren. Kann ich irgendwo ungestört mit meinem Lagerleiter telefonieren? Wenn er dann allein in einem Raum war, rief er seine Kinder an oder Susan im Londoner Büro und redete ein paar Minuten mit ihnen. Dann ging er kopfschüttelnd in die Verhandlung zurück. »Ausnahmsweise«, sagte er dann. »Und mein Entgegenkommen muss unter uns bleiben.«

Wenn dann die wirklich wichtigen Dinge verhandelt wurden, meist war das der Preis, schaltete Assmuss um. »Ich habe Ihnen jetzt bei fünf wichtigen Punkten nachgegeben. Wir wollen doch eine langjährige Partnerschaft begründen. Jetzt müssen Sie mir entgegenkommen.«

Es klappte fast immer.

»Ich kann Ihnen natürlich keine Firmengeheimnisse verraten«, sagte er zu dem Maskierten.

»Sie werden meine Fragen beantworten.«

Assmuss witterte eine erste Verunsicherung bei dem maskierten Mann.

»Vielleicht sollten wir erst mal eine Liste mit Fragen erstellen. Fragen sammeln. Dann bringen wir sie in eine Reihenfolge …«

»Was verkaufen Sie?«

»Was ich verkaufe? Das fragen Sie mich? Ich vertrete ein Unternehmen, das Arzneien herstellt und vertreibt. Ich verkaufe Medikamente.«

Assmuss fühlte sich plötzlich überlegen.

Der Mann hatte keine Ahnung. Vielleicht war es ein Irrer. Er würde behutsam mit ihm reden. Ihn überreden, ihn freizulassen. In Gedanken sah er sich wieder auf einer Pressekonferenz, und er hörte sich zu der dunkelhaarigen Journalistin sagen: Ich habe den Täter überzeugt, aufzugeben. Es ist mir gelungen …

Ich muss den Irren hinhalten, bis die Polizei hier ist.

»Ich frage Sie noch einmal: Was verkaufen Sie wirklich?«

Assmuss blinzelte.

Er verstand die Frage nicht.

»Medikamente. Soll ich Ihnen die Namen sagen? Pertrulacon, Mezanin …«

Der Maskierte sah ihn an.

»Glauben Sie mir nicht? Dann sehen Sie doch ins Internet. Ich habe einen Wikipedia-Eintrag. Lesen Sie ihn.«

Der Entführer stand auf.

»Wie Sie wollen. Sie haben einen weiteren Tag Zeit, sich die Antwort zu überlegen.«

Assmuss blieb keine Zeit zu reagieren.

Er war wieder allein.

7. Supercomputer

»Also, jetzt erzähl mir doch bitte, was dich beschäftigt, wenn ich nicht da bin«, sagte Georg, als er wieder bei Olga im Bett lag.

»Na, komm mit«, sagte sie, stand auf und lief nackt ins Nebenzimmer.

Dengler seufzte und folgte ihr.

»Das sind zwei Rechner«, sagte sie. »Der erste ist ein ganz normaler Rechner.«

»Auf ihm habe ich vorhin den Flug nach Berlin gebucht.«

»Der zweite Rechner hinterlässt keine Spuren – beziehungsweise, er verwischt sie gleich wieder hinter sich.«

Sie setzte sich an die Tastatur.

Dengler fuhr ihr sanft mit der Hand über die Brüste.

»Nicht. Später. Ich muss mich konzentrieren. Schau her.«

Wieder tippte sie etwas ein. Unverständliche Zeichen flossen von einer Bildschirmseite auf die andere. Das Logo der Deutschen Bahn tauchte kurz auf, flackerte ebenfalls über den Bildschirm. Ein Passwort wurde verlangt. Der Rechner arbeitete – und war plötzlich einen Schritt weiter. Das Symbol eines Ordners erschien. Olga klickte darauf. Mehrere Dateien wurden aufgelistet.

»Olga, was machst du? Das ist doch nicht legal.«

Sie drehte sich um.

»Ich hab mal das Gerede von Martin überprüft. Ich hab ihm nicht geglaubt, dass die Bahn in Stuttgart nur Mist baut.«

»Olga, um Gottes willen, was heißt denn: du hast überprüft?«

»Wir sind hier« – sie deutete auf den Bildschirm – »auf einem Server der DB Projektbau GmbH, eine Tochterfirma der Deutschen Bahn. Und das hier« – sie öffnete eine Datei – »ist eine interne Studie der Deutschen Bahn. Schau her, die Überschrift lautet: ›Chancen und Risiken‹. Sie listet die Risiken für Stuttgart 21 auf, bewertet sie nach der Wahrscheinlichkeit ihres Eintritts und nennt die voraussichtlichen Kosten. Guck mal, die Ingenieure listen 121 Risiken auf – und *eine* Chance! Hier zum Beispiel steht, dass mehr Grundwasser abgepumpt werden muss als geplant. Fast doppelt so viel. Damit wird der Druck auf die unteren Gesteinsschichten reduziert, unter denen das Stuttgarter Mineralwasser liegt. Sie wissen nicht, ob diese Gesteinsschichten dann noch stabil sind. Wenn sie brechen, ist es vorbei mit dem Mineralwasser. Guck mal, hier! Hier werden die fehlenden Baugrundstücke aufgelistet, die die Bahn noch nicht besitzt. Und es wird berichtet, dass der Baugrund tückischer ist als offiziell zugegeben. Dann noch eine Stellungnahme einer Baufirma, die die technische Machbarkeit infrage stellt, dass der Bahnhof, also das Bonatz-Gebäude, während der Bauarbeiten wie geplant abgestützt werden kann. Georg, hier ist ein Bericht darüber, dass sich keine Firma findet, die unter dem Fabrikgelände von Daimler den geplanten Tunnel bohren will. Niemand will für mögliche Produktionsausfälle aufkommen. Es ist ein Chaos! Ich habe auch Listen mit der Personalfluktuation bei den Ingenieuren. Die wissen, dass das Ganze mit unverantwortlichen Risiken behaftet ist. Die kündigen, sobald sie einen anderen Job gefunden haben.«

»Olga, das ist illegal, was du da machst.«

»Hier, schau: eine Aktennotiz. Ich lese vor: ›Alle Risiken, die kostenmäßig bewertet werden, sind mit einer Eintrittswahrscheinlichkeit von weniger als 50 Prozent einzugeben. Risiken, die kostenmäßig noch nicht bewertet sind, können mit einer Wahrscheinlichkeit von mehr als 50 Prozent eingegeben werden.‹«

»Olga, wenn die dir auf die Spur kommen …«

»Die rechnen sich das Projekt schön, und Zahlen, die Stuttgart 21 teurer machen, lassen sie einfach unter den Tisch fallen.«

»Olga, das ist illegal. Du darfst nicht in fremde Computer eindringen.«

»Hinter fast der Hälfte der 121 Risiken haben sie Zahlen geschrieben. Zusätzliche Kosten. Die Ingenieure der Bahn gehen davon aus, dass Stuttgart 21 um 1,264 Milliarden Euro teurer wird, als der Bahnvorstand nach außen kundtut.«

»Olga, vielleicht sind das Gangster. Aber es sind mächtige Gangster. Sie mögen es sicher nicht, dass du in ihren Rechnern spionierst.«

»Ich wollte nur wissen, ob Martin und Mario recht haben. Mehr nicht.«

»Und was machst du nun mit diesen Informationen?«

»Nichts.«

»Mmh.«

»Was heißt ›Mmh‹?«

»Kannst du Martin diese Dateien schicken, ohne dass dich jemand erwischt?«

»Sicher kann ich das. Aber«, sie imitierte seinen Tonfall, »es ist illegal, Georg.«

»Mmh.«

Olgas Finger klapperten über die Tastatur.

»Morgen wird sich Martin wundern. Und jetzt komm ins Bett.«

Sie nahm ihn an der Hand.

8. Lehmann

Lehmann & Partner residierte im vornehmen Teil der Friedrichstraße, Hausnummer 71. Eine der besten Adressen der Stadt für eine Anwaltskanzlei. Als er die Eingangshalle betrat, fühlte Dengler sich wie in einem amerikanischen Film: Sie war verschwenderisch groß, roter Marmor, kalte, gepflegte Atmosphäre. Ein Lift mit Liftboy brachte ihn in den zweiten Stock, wo sich ein heller Empfangsraum unmittelbar hinter der Aufzugstür öffnete.

Die Empfangsdame war wirklich eine Dame, blaues Kostüm, streng, sehr gepflegt. Sie gab ihm das Gefühl, als habe sie den ganzen Tag auf ihn gewartet.

»Herzlich willkommen, Herr Dengler. Hatten Sie einen guten Flug? Dr. Lehmann freut sich schon auf Ihren Besuch.«

Sie führte ihn in ein Besprechungszimmer. Auf dem Tisch standen zwei kleinere Flaschen Mineralwasser und eine silberne Kaffeekanne. Italienisches Design. Durch das Fenster sah Dengler den Stau unten auf der Straße, hastige Fußgänger und schlendernde Touristen. Die Menschen trugen Hemden und Blusen. Er erkannte die Amerikaner an den kurzen Hosen, die Französinnen an den sehr knappen Miniröcken. Es würde ein heißer Spätsommertag werden.

»Ich weiß es zu schätzen, dass Sie so schnell nach Berlin kommen konnten«, sagte der Anwalt, nachdem er die Türe geschlossen, sich gesetzt und Kaffee eingeschenkt hatte. Dengler schätzte ihn auf etwa sechzig Jahre, weiße Haare, dünn, aber immer noch mit ein paar Locken im Nacken, schwarze Brille, grauer Anzug, gerader Schnitt, erkennbar nicht billig. Fester Händedruck, feines Lächeln.

»Lassen Sie mich gleich zur Sache kommen.«

Dengler zog sein schwarzes Notizbuch aus der Innentasche seines Jacketts.

»Bernhard Voss ist ein Freund. Bis vor Kurzem dachte ich, ich kenne ihn gut. Nun sitzt er wegen eines scheußlichen Verbrechens in Moabit. Ich bin kein Strafrechtler. Mein Fachgebiet ist Vertragsrecht. Aber wir haben natürlich auch einige Strafrechtler in der Kanzlei. Trotzdem brauchen wir jemanden, der die Fakten prüft. Neue Fakten sucht. Verstehen Sie?«

Dengler verstand nicht, aber er nickte.

»Die Beweislage ist verheerend. Was wissen Sie mittlerweile über den Fall?«

»Nur das, was ich in den Medien finden konnte. Kurz zusammengefasst ist das: Ihr Freund soll die neunjährige Jasmin Berner entführt, vergewaltigt und getötet haben. Was sind die wichtigsten Beweise?«

»Jasmin Berner wurde auf dem Schulweg entführt, dann offenbar versteckt, einige Tage später mit einem stumpfen Gegenstand erschlagen. Kurz zuvor aber wurde sie vergewaltigt. Es gibt zahlreiche Hinweise auf Bernhard, unter anderem fanden sich an der Leiche Spermien von ihm.«

»Sicher?«

»Der DNA-Test ist eindeutig. Zu 99 Prozent.«

»Dann sieht es schlecht aus.«

Das Gesicht des Anwalts wirkte plötzlich alt und eingefallen.

»Vielleicht. Vielleicht muss ich mich wirklich damit abfinden, dass ein Mensch, den ich seit Jahren gut kenne, ein Mädchenmörder ist. Wer sieht schon wirklich in einen anderen hinein? Aber Bernhard? Ein Mörder? Ich kann es einfach nicht glauben. Und ich werde es erst glauben, wenn ich mit meinem Versuch gescheitert bin, seine Unschuld zu beweisen. Wissen Sie, Bernhard ist ein anerkannter Wissenschaftler. Er hat einen Beruf, in dem er absolut erfolgreich ist. International renommiert. Seine Forschung rettet Menschenleben. Manchmal witzeln wir, dass er zusammen mit seinem Bruder den Nobelpreis gewinnen wird. Er hat eine Familie, zwei Kinder, auch Mädchen. Er hat etwas zu verlieren. Stellen Sie sich einmal vor, wie es den beiden Mädchen geht. Seiner Frau! Bevor ich akzeptiere, dass ich mich getäuscht habe, werde ich alles unternehmen, um die Vorwürfe zu prüfen. Das bin ich ihm und mir schuldig. Deshalb will ich Sie engagieren. Verstehen Sie?«

Dengler nickte.

»Ich möchte mit Ihrem Klienten reden«, sagte er.

»Das wird nicht gehen. Er ist Untersuchungsgefangener in Moabit.«

Dengler hatte plötzlich Sehnsucht nach Olga. Sie hatte recht. Er sollte diesen Fall nicht annehmen. Er wollte nicht für einen Kindermörder arbeiten.

»Lesen Sie wenigstens die Akten«, sagte Lehmann leise.

»Ich muss den Mann sehen«, sagte Dengler. »Vorher kann ich nicht entscheiden, ob ich für ihn arbeiten will.«

»Sie dürfen nicht nach Moabit. Nur Anwälte dürfen zu ihm. Es ist nicht erlaubt.«

Dengler stand auf.

»Ich glaube, dieser Fall ist nichts für mich. Sie finden in Berlin sicher einen anderen Kollegen, der Ihnen hilft.«

Lehmann schien kleiner zu werden.

Dengler betrachtete sein Gesicht.

Der Mann war wirklich traurig. Das hatte er in dem New Yorker Seminar gelernt. Die Aufwärtsneigung der Augenbrauen bildet bei traurigen oder trauernden Menschen eine vertikale Falte zwischen den Brauen.

»Ich würde gern wissen, ob sich ein Mensch so perfekt verstellen kann«, sagt Lehmann. »Ich weigere mich, es zu glauben. Aber vielleicht bin ich zu naiv.«

Dengler zögerte. Der Mann tat ihm leid.

»Hören Sie. Ich muss Ihren Freund sehen. Ich bin objektiv, und ich verstehe mein Handwerk. Ich kann vielleicht herausfinden, ob Ihr Freund lügt oder nicht. Aber ich muss ihn sehen. Ich muss sein Gesicht sehen, seine Körperhaltung, seine Stimme – und seine Version der Geschichte hören. Kurz: Ich muss seine Gefühle lesen.«

»Gefühle lesen? Das klingt, nehmen Sie es mir nicht übel, ein wenig nach Küchenpsychologie …«

»Ich war gerade in New York. Es gibt eine riesige Forschungseinrichtung des FBI. Dort erforschen sie Mimik und Gestik. Sie gehen den Fragen nach, inwieweit der Mensch seine Mimik beeinflussen kann. Und vor allem, was steuerbar ist und was nicht, welche Gesichtsreaktionen unmittelbar sind, also die Wahrheit verraten. Ein spannendes Feld. Und sehr erfolgversprechend. Ich bin kein Spezialist in diesen Sachen, aber es wäre den Versuch wert.«

»Nun, schaden würde es nicht, wenn Sie Bernhard einmal sehen und sprechen könnten, vielleicht könnte Sie das überzeugen. Wie könnten wir das machen?«

Plötzlich schmunzelte er: »Es gibt einen Weg – etwas ungewöhnlich, aber es wird funktionieren. Wir machen Sie zu meinem Anwaltsgehilfen.«

9. Seminar

Zwei Stunden später unterschrieb Dengler einen Arbeitsvertrag. Nun war er Anwaltsgehilfe. Angestellt bei der Kanzlei Lehmann & Partner. Morgen würde er mit Lehmann ins Gefängnis Moabit fahren und Voss besuchen.

Den Mörder.

Den mutmaßlichen Mörder, verbesserte er sich.

Schließlich war er Polizist.

Ehemaliger Polizist, verbesserte er sich.

Der Polizeidienst hatte ihn mehr geprägt, als ihm recht war. Er wusste es. Einmal Bulle – immer Bulle. Alle anderen Fähigkeiten sind verkümmert. Alle außer einer: der Fähigkeit zur Menschenjagd. Das hatte er beim Bundeskriminalamt gelernt. Solange er Fahnder war, hatte ihn diese Spezialisierung nicht gestört. Aber jetzt, nachdem er resigniert das BKA verlassen hatte und als privater Ermittler arbeitete, fühlte er sich manchmal wie amputiert.

Hochgezüchtet wie ein Windhund.

Etwas fehlte ihm. Er wusste nur nicht, was es war.

Manchmal wünschte er sich, er hätte Talent zum Malen wie Mario, sein bester Freund. Mario entwarf seine Bilder manchmal in einem Zustand, den er den »kreativen Rausch« nannte. Er konnte dann bis in die frühen Morgenstunden vor der Leinwand stehen, ihm gelangen Kompositionen in Blau, Gelb, Rot, die Dengler faszinierten, ohne dass er genau begründen konnte, warum.

Er bewunderte Mario, weil er sich so für die Kunst begeistern konnte. Wenn er über Joseph Beuys sprach, einen der größten deutschen Künstler, so viel hatte Dengler gelernt, der soziale Plastiken erstellte, ohne dass Dengler recht begriff, wie diese Plastiken aussahen, dann glühten Marios Augen, er gestikulierte mit den Armen, lief dozierend im Zimmer auf und ab.

Dengler begeisterte sich für nichts.

Er beherrschte die Menschenjagd.

Mehr nicht.

Manchmal machte ihm das zu schaffen. Aber ihm fiel nichts ein, wofür er sich begeistern konnte.

Außer für Olga.

Dass diese Frau sich für ihn entschieden hatte, hielt er immer noch für eine Art Missverständnis ihrerseits. Er hatte keine Ahnung, was sie an ihm anziehend fand. Was hatte er ihr zu bieten? Er, der ein einziges Talent hatte und mehr nicht.

Irgendwann, da war er sich ganz sicher, würde sie ihren Irrtum bemerken und ihn verlassen. Dann würde die glücklichste Zeit seines Lebens vorbei sein. Er fürchtete sich vor diesem Augenblick, und er wappnete sich täglich dafür.

Und doch gab es Augenblicke, in denen er sich ihrer Liebe sicher war. Seltene Augenblicke voller Süße. Beide behielten ihre Wohnung und dachten nicht daran, zusammenzuziehen, und doch hatte es sich eingebürgert, dass sie die meisten Nächte in Olgas Bett verbrachten. Warum auch nicht. Ihre Wohnung war etwas größer, meist besser aufgeräumt als seine und lag im gleichen Haus nur ein Stockwerk über seinem Büro und seiner Wohnung.

Ihr Bett war nicht groß, eigentlich nur für eine Person gedacht, doch für sie beide fand sich reichlich Platz. Olga lag meist auf der linken Seite, Dengler schmiegte sich an ihren Rücken, hatte die rechte Hand um ihre Hüfte, auf ihren Bauch oder ihre Brust gelegt. Manchmal, wenn er sich vorsichtig umdrehen wollte, zog er langsam seine Hand von ihr weg. Dann schnappte sie im Schlaf danach, führte sie an die gewohnte Stelle und ließ sie nicht los. Diese schläfrige Geste liebte er, und wenn er sich deshalb nicht auf die andere Seite legen konnte, sah er ihr beim Schlafen zu, halb betäubt von Müdigkeit und ihrer Schönheit.

Wenn es ihm nun gelang, sich zu drehen, dann wendete auch sie sich, immer noch fest schlafend, robbte an ihn heran, drückte sich an seinen Rücken und umschlang ihn mit ihren Armen. Diese unbewussten Bewegungen Olgas waren für ihn wie schimmernde Kostbarkeiten, und dass sie ausgerechnet ihm geschenkt wurden, machte ihn glücklich und dankbar. Selbst im Schlaf waren sie miteinander verbunden.

Trotzdem dachte Dengler, dass er Olga im Grunde nicht verdient hatte und dass er sie eines Tages langweilen würde. Hatte er das Seminar in New York gebucht, um für sie interessanter zu werden? Es ging dort zwar auch um Menschenjagd, um Fahndung, aber auch um Menschenkenntnis und Psychologie. Er hatte gehofft, ihr besser zu gefallen, wenn er davon mehr verstand. Aber für sie, so schrieb sie ihm, waren die drei Wochen ohne ihn eine Qual gewesen. Sie hätte ihn gerne nach New York begleitet. Aber dann hätte er von dem Seminar nicht viel mitbekommen. Deshalb lehnte er ihr Angebot ab, auch wenn es ihm schwerfiel.

Das Bundeskriminalamt bezahlte den Kurs.

Die Behörde schuldete ihm noch etwas. Bei seinem letzten Fall hatte er für das BKA gearbeitet. Und wäre fast erschossen worden. Wenn Sie einen Wunsch haben, lassen Sie es mich wissen, hatte der Präsident gesagt. Wir stehen in Ihrer Schuld.

Dann kam das Angebot, das Seminar in New York zu besuchen.

Gefühle lesen.

Herausfinden, ob andere lügen.

Morgen würde sich zeigen, ob er etwas gelernt hatte.

Das Summen seines Handys holte ihn aus seinen Gedanken zurück.

»Martin hier. Georg, du glaubst nicht, was passiert ist.«

»Mach's nicht so spannend.«

»Jemand hat mir eine interne Studie der Bahn zugeschickt. Deren Ingenieure bestätigen Punkt für Punkt alles, was wir gegen Stuttgart 21 ins Feld führen. Und sogar noch mehr.«

»Was wirst du damit machen?«

»Ich kenne einen Reporter vom *Stern*. Arno Luik.«

»Nie gehört.«

»Dem hab ich's geschickt. Er überprüft das. Und wenn es stimmt, macht er eine große Story draus. Daran kann die Bahn nicht vorbei.«

»Ich hoffe, du unterschätzt die Macht des Geldes nicht, Martin.«

»Es geht um die Wahrheit, Georg. Um die Wahrheit.«

»Geld ist stärker als die Wahrheit.«

»Diesmal nicht, Georg. Diesmal nicht.«

Dengler wollte seinen Freund nicht entmutigen. Er legte auf.

10. Erste Nacht

Was meinte der Mann?

Was verkaufe ich?

Ich verkaufe verschreibungspflichtige Medikamente.

Das ist mein Job.

Mehr nicht.

Was denkt er? Denkt er, dass ich abgelaufene Medikamente in die Dritte Welt verschiebe? Das hatte er einmal in einem Film gesehen. In einem »Tatort«, aber er war sich dessen nicht mehr sicher, vielleicht war es auch ein anderer dieser zahlreichen Fernsehkrimis. Kommissarin Lund fiel ihm ein, die Serie hatte ihm gefallen, aber da war es um etwas anderes gegangen ... um Afghanistan.

Um was ging es hier?

Organhandel? Denkt der Maskierte, ich verschiebe Herzen, Leber oder Milz? Auch darüber hatte er in einem Kriminalroman gelesen. Mankell? Er dachte nach. Auf den vielen Flugreisen las er entweder Geschäftsmemos oder Krimis. Vor ein paar Jahren war er Mankell-süchtig gewesen. Seine Frau hatte den Schweden nicht gemocht. Zu blutrünstig, sagte sie. In einem der Bücher ging es auch um etwas Medizinisches. Jetzt fiel es ihm wieder ein: Menschenversuche in Afrika. Aber nichts davon betraf ihn. Nichts davon betraf *Peterson & Peterson*. Die klinischen Tests wurden meist von Kliniken in den USA durchgeführt. Manche in Frankreich, einige in Deutschland. Aber da lief alles nach Vorschrift.

Der ewige Gärtner fiel ihm ein. Er hatte den Film gesehen, aber konnte sich nicht mehr genau erinnern. Ralph Fiennes hatte die Hauptrolle gespielt. Das wusste er noch. Er wusste auch noch, dass er den Film auf DVD gesehen hatte und dass er in Afrika spielte.

Aber er hatte mit Afrika nichts zu tun. Gar nichts.

Aber das schien der Entführer nicht zu wissen.

Was verkaufen Sie wirklich?

»Medikamente«, schrie er, so laut er konnte.

Dann: »Hilfe!«

Zehnmal. Hundertmal.

Bis er müde wurde und einschlief.

In der Nacht musste er scheißen.

Im Dunkeln hockte er auf dem Eimer. Mit beiden Händen tastete er nach dem Toilettenpapier.

Was verkaufen Sie wirklich?

Ein Irrer, dachte er. Ich bin einem Irren in die Hände gefallen.

11. Haftschock

Die Dame im blauen Kleid hatte für ihn ein Hotel nur wenige Schritte von der U-Bahn-Station Stadtmitte gebucht.

Lehmann bot ihm an, Kopien der Akten mitzunehmen, aber Dengler lehnte ab. Er wollte sich nicht mit dem Fall beschäftigen. Er wollte zunächst nur den Mann sehen und feststellen, ob er log oder nicht.

Er wollte ihn unvoreingenommen sehen, den mutmaßlichen Kindsmörder.

Am Abend schlenderte er durch die Friedrichstraße. Es war warm. Viele Touristen und Einheimische waren unterwegs. Die einen studierten Straßenkarten, die anderen drückten sich die Nase an den Schaufenstern platt. Dengler bog in eine Seitenstraße ein, die Rudi-Dutschke-Straße hieß.

Die Zeiten ändern sich, dachte er. Als ich noch Polizist war, lebte Dutschke schon nicht mehr, galt aber immer noch als eine Art Staatsfeind erster Güte. Jetzt benannte man Straßen nach ihm. Gedankenverloren lief Dengler weiter, plötzlich blieb er verblüfft stehen: Die Fassade eines der Häuser, offenbar ein Bürogebäude, war mit einer Kunstinstallation verziert, in deren Zentrum das Relief eines nackten Mannes stand. Auch wenn die Proportionen dieser männlichen Gestalt leicht verzerrt waren, war sein Gesicht doch ein ganz normales Durchschnittsgesicht. Doch was sofort jedem Betrachter ins Auge fiel: Der Penis dieses Mannes war nicht nur sehr dick, sondern besaß eine unglaubliche Länge. Er reichte vom unteren Stockwerk bis zum obersten Geschoss. »Friede sei mit Dir« stand dort in roten Lettern geschrieben auf weißem Untergrund, unmittelbar unterhalb des Daches an der Penisspitze, und Dengler fragte sich, ob dieser Wunsch wohl für den erstaunlichen Penis gelten sollte, der an einer Gruppe sonderbarer Figuren mit Schrifttafeln im zweiten Stock vorbeiführte, ebenso an einer älteren Dame ohne

Schrifttafel, deren Relief im vierten Stock befestigt war. Sie sah vornehm aus, eine Perlenkette hätte ihr gut gestanden, dachte Dengler. Die Frau saß auf einem Kissenschemel und spielte auf einem orientalischen Blasinstrument.

Mario hätte ihm sicher den Sinn dieses Kunstwerks erklären können. Dengler stand eine Weile da und betrachtete die Hauswand, und wieder wurde ihm bewusst, wie wenig er von der Welt außerhalb seines Berufes verstand.

★★★

Sie trafen sich vor dem Eingang des Gefängnisses Moabit.

»Waren Sie schon in Gefängnissen?«, fragte Lehmann.

»Sicher, aber noch nie in Moabit. In Stammheim war ich oft. Auch in Bruchsal, Karthause und Kaiserslautern.«

Der Beamte hinter der Scheibe aus schusssicherem Glas schien Lehmann zu kennen.

»Und wer ist dieser junge Mann?«, fragte er gut gelaunt.

»Das ist unser neuer Anwaltsgehilfe.«

»Da hamse sicher een Dokument dabei.«

Lehmann legte seinen Rechtsanwaltsausweis und Denglers neuen Arbeitsvertrag in einen Schiebekasten. Der Beamte zog ihn ein und studierte die Unterlagen.

»Dett is ja Ihr erster Arbeitstag heute. Da kriegen Se ja gleich die richtige Einstimmung.«

Dengler nickte.

Sie gingen in einen kleinen Raum, in dem bereits ein anderer Beamter wartete.

»Fertigmachen zur Durchleuchtung.«

Sie legten Geldbeutel, Gürtel, Handys und Schlüssel in eine Kunststoffbox und gingen durch die Sicherheitsschleuse. Auf der anderen Seite nahmen sie Geldbeutel und Schlüssel wieder an sich.

»Ihre Handys bitte bei mir abgeben«, sagte der Beamte.

Dengler sah Lehmann fragend an. Als dieser nickte, legte er

sein Handy in eine Plastikbox. Der Beamte reichte ihm eine Quittung.

»USB-Sticks, Laptop, separate Festplatten?«

Sie schüttelten den Kopf.

Der Beamte untersuchte sie. Mit dem Handrücken streifte er Arme, Oberkörper und Beine ab. Dann nahm er Lehmanns Akten und blätterte sie durch.

»Keine Sorge. Ich lese nix.«

»Das darf er«, sagte Lehmann, als er Denglers fragendes Gesicht sah. »Blättern ohne Studium, so steht es in der Gefängnisordnung.«

»Keine Waffen, kein Sprengstoff, nicht mal Schnaps«, sagte der Mann und gab den Ordner zurück.

»Das sagt er jedes Mal«, flüsterte Lehmann Dengler zu.

Sie gingen nun einen Gang aufwärts, passierten zwei Gittertüren, die sich automatisch öffneten, als sie näher kamen.

»Ich könnte kein Strafrechtler sein. Gefängnisse deprimieren mich. Schon allein die Atmosphäre hier ist Grund genug, sich auf Vertragsrecht zu spezialisieren«, sagte Lehmann.

***

Das Besucherzimmer war hoch und kahl. Ein nackter Raum mit großen vergitterten Fenstern, hellgelben Wänden, einem großen Tisch an der Wand, drei Stühlen. Demonstrativ nur das Notwendigste. Dengler fröstelte. Lehmann setzte sich an die lange Seite des Tisches und legte eine dicke rote Akte vor sich. Dengler setzte sich an die schmale Seite.

Sie warteten.

Die Tür wurde aufgestoßen. Zwei Beamte brachten den Untersuchungshäftling.

Professor Dr. Bernhard Voss war ein hochgewachsener Mann mit kurzem, schwarzem Haar, durchzogen von kräftigen grauen Strähnen an den Schläfen und über der Stirn. Sein Bart war voll, wirkte jetzt jedoch ungepflegt und seit längerem nicht mehr geschnitten. Am Kinn waren die Haare grau, an den Seiten schwarz wie das Kopfhaar. Voss trug eine randlose Brille über einem schockierend blassen Gesicht. Sein Mund war leicht geöffnet, die Mundwinkel waren nach unten gezogen, im rechten Mundwinkel hing ein Speichelflöckchen. Die Oberlippe war leicht hochgezogen, seine Unterlippe vibrierte etwas. Er stand vornübergebeugt, der linke Arm hing herunter, die rechte Hand lag auf seinem Bauch und strich immer wieder über ihn. Sein Blick war gesenkt, trotzdem sah Dengler, dass seine beiden Augäpfel hin und her rasten. Der Mann trug eine ausgebeulte braune Hose aus grobem Cord, die vor vielen Jahren sicher einmal teuer gewesen war, und einen beigen Pullover.

Dengler registrierte die Körperhaltung des Mannes. Er hatte die Schultern in Richtung seiner Ohren hochgezogen. Beim FBI nannten sie das die Schildkrötenhaltung.

Mit der Schildkrötenhaltung macht sich ein Täter klein. Er will nicht auffallen. Er vermeidet Augenkontakt, weil er hofft, dann selbst unsichtbar zu sein.

So stand es in seinem Lehrbuch.

Voss hatte die Mundwinkel nach hinten gezogen, sein Gesicht wirkte verkrampft, als habe er starke Schmerzen.

»Bernhard!«

Dr. Lehmann war aufgestanden und ging steif auf Voss zu. Er blieb vor ihm stehen, vermied aber jede Berührung. Mit einer schnellen Bewegung schob er die Hand vor, zog sie aber sogleich mit einem Ruck wieder zurück.

»Setz dich, Bernhard«, sagte er und ging zurück an den Tisch.

Voss ging mit kleinen, fast tippelnden Schritten auf den Tisch zu und setzte sich. Den Oberkörper hielt er aufrecht. Seine Füße schlang er um die Stuhlbeine.

»Haftschock. Bernhard, du hast einen Haftschock«, sagte Lehmann.

Der Gefängnisbeamte schlug die Tür hinter sich zu. Voss

reagierte auf den Knall mit einer plötzlichen Erweiterung der Pupillen.

»Das ist Herr Dengler. Er ist privater Ermittler. Er wird uns bei deiner Verteidigung helfen.«

Voss wendete seinen flackernden Blick auf Georg Dengler, als würde er ihn erst jetzt wahrnehmen.

»Geht es dir halbwegs gut, Bernhard?«, fragte Lehmann. »Brauchst du einen Arzt?«

Voss bewegte den Kopf in einer seltsamen kreisenden Bewegung, die sowohl von rechts nach links und zurück als auch von oben nach unten ging. Es war eine Antwort, die sowohl Ja als auch Nein bedeuten konnte. Der Speicheltropfen löste sich von seinem Mundwinkel und landete auf dem Tisch.

»Bauchschmerzen. Ich hab Bauchschmerzen. Hoffentlich bekomme ich keinen neuen Schub.«

»Ich kümmere mich um einen Arzt. Können wir über deine Verteidigung reden?«, fragte Lehmann.

Erneut die seltsam kreisende Kopfbewegung, die Dengler weder als Zustimmung noch als Ablehnung deuten konnte. Voss wandte sich ihm zu.

»Ich muss hier raus«, flüsterte er. »Ich hab große Schmerzen.«

»Deshalb sind wir hier. Wir wollen, dass du so schnell wie möglich wieder bei deiner Familie bist. Herr Dengler hat ein paar Fragen an dich.«

Abrupt richtete Voss den Blick auf ihn, und Dengler sah erneut in die beunruhigend schnell flackernden Augen.

»Erinnern Sie sich an den Abend, an dem der Mord geschehen ist?«, fragte Dengler. »Erzählen Sie uns, an was Sie sich erinnern.«

Für einen Moment wanderten Voss' Pupillen nach links oben.

»Ich war zu Hause. Ich hab's der Polizei schon gesagt. Ich war zu Hause. Davor war ich mit meinem Bruder unterwegs. Wir hatten getrunken. Ich war müde. Christine – meine Frau – war nicht da. Ich bin auf der Couch eingeschlafen und in der Nacht aufgewacht. Dann habe ich geduscht und bin ins Bett gegangen. Am Morgen ging ich in die Charité, ins Institut, wie immer. Dann … dieses Theater, der Wirbel, die Blitzlichter, ich wurde verhaftet.«

»Waren Sie stark betrunken?«

»Was heißt stark?«

»Na ja – waren Sie noch Herr Ihrer Lage?«

»Ich erinnere mich, wie ich geduscht habe. Aber an die Heimfahrt davor kann ich mich nicht mehr erinnern.«

Dengler suchte den Blick von Voss.

»Haben Sie dieses Mädchen ermordet?«

Das Flackern wurde schneller.

»Haben Sie dieses Mädchen ermordet?«

Voss senkte den Blick auf den Tisch.

»Ich habe niemanden ermordet. Es ist ein Albtraum«, sagte er leise.

Wieder streichelte er mit der rechten Hand kreisend seinen Bauch. Dann legte er plötzlich Lehmann eine Hand auf den Arm.

»Hol mich hier raus, Hartmut. Ich muss wieder zurück ins Institut. Ich war's nicht. Das Ganze ist völlig absurd.«

Wenige Minuten später gingen Dr. Lehmann und Georg Dengler schweigend die Gänge zurück zum Ausgang. Der Wachposten gab ihnen die Telefone zurück.

Dengler war froh, als er wieder draußen in der Sonne vor dem Gefängnis Moabit stand. Immer noch schweigend gingen sie den Weg bis zu Lehmanns Mercedes.

In einem Café in der Friedrichstraße bestellten beide einen doppelten Espresso.

»Nun, was ist Ihr Eindruck? Was sagt die FBI-Schule?«

»Um ehrlich zu sein – ich weiß es nicht. Voss steht unter Schock.«

»Er hat einen Haftschock. In den ersten beiden Nächten legen sie einen neuen Untersuchungsgefangenen immer mit einem anderen Häftling zusammen, um dem Haftschock entgegenzuwirken. Ich werde mit der Anstaltsleitung reden, dass diese Maßnahme verlängert wird. Außerdem braucht Bernhard einen Arzt. Auch darum muss ich mich kümmern. Was meinen Sie – hat er es getan?«

»Es kann sein.«

»Werden Sie mir bei seiner Verteidigung helfen?«

Dengler schwieg.

»Lesen Sie wenigstens die Akten.«

Dengler schüttelte den Kopf. Er wollte zurück zu Olga.

»Entschuldigen Sie mich einen Moment«, sagte er, stand auf und trat aus dem Café hinaus ins Freie. Träge und hupend schob sich der Verkehr durch die Friedrichstraße. Dengler wählte Olgas Nummer.

»Ich bin in Berlin, und mein Kunde möchte, dass ich die Akten des Falls studiere – und dass ich den Fall übernehme. Das kann dauern.«

»Was möchtest du?«

»Ich möchte mit dir in deinem Bett liegen.«

Ihm war, als könnte er Olga lächeln sehen.

Er hörte sie auf einer Computertastatur klappern.

»Wir können beides verbinden«, sagte sie.

»Wie das?«

»Ich komme nach Berlin. Es gibt eine Überraschung.«

»Eine Überraschung? Was für eine Überraschung?«

»Wenn ich's jetzt verraten würde, wär's ja keine mehr. Ich bin heute Abend in Berlin. Hast du ein großes Bett in deinem Hotel?«

»Französisch. King Size.«

»Perfekt! Ich freue mich, es kennenzulernen.«

Er ging zurück ins Café.

»Ich werde die Akten lesen«, sagte er.

12. Zweiter Tag

Assmuss lag auf dem Bett und wartete, dass sein Entführer erschien. Er hatte schlecht geschlafen, meist hatte er wach gelegen, gegrübelt, erst in den frühen Morgenstunden, als es schon hell wurde, war er unruhig eingeschlafen, immer wieder unterbrochen von fürchterlichen Albträumen, bis er sich davor fürchtete, erneut einzuschlafen. Er war fast froh, als er das Drehen des Schlüssels im Schloss der massiven Tür hörte. Der Mann, maskiert wie am Tag zuvor, trug in jeder Hand einen weißen großen Plastikbeutel und stellte sie auf den Tisch.

»Ich hoffe, Sie konnten schlafen«, sagte er.

Dann trat er zum Bett und schloss die Handschelle auf, die am Bett befestigt war.

»Stubendienst«, sagte er. »Tragen Sie den Eimer in die Toilette.«

Assmuss nahm den Eimer und trug ihn zu der immer offen stehenden kleineren Tür. Dahinter lag ein kleines Bad mit Toilette, Badewanne und einer Waschgelegenheit. Auf einem schmalen Bord lagen Seife, eine Zahnbürste und Zahnpasta. Assmuss kippte den stinkenden Inhalt des Eimers in die Toilette und betätigte die Spülung. Anschließend füllte er den Eimer mehrmals mit Wasser, um ihn zu reinigen.

Der Maskierte zog einige Kleidungsstücke aus einer der weißen Tüten und drückte sie Assmuss in die Hände.

»Ich hoffe, es passt«, sagte er. »Sie können jetzt duschen.«

Assmuss stand eine halbe Stunde unter der heißen Dusche. Er hatte Handschelle und Kette immer noch am Arm. Aber immerhin ließ ihn der Mann hier allein. Es war gar nicht so einfach gewesen, Hemd und Unterhemd auszuziehen, denn er musste die Kette durch die Ärmel ziehen, und auch unter der Dusche scheuerte sie bei jeder Bewegung auf dem Boden der Badewanne.

Ob ich den Kerl umrennen kann? Gewicht gegen Kraft. Der Maskierte hatte die Ausgangstür nicht abgeschlossen.

Er würde es versuchen.

Assmuss holte tief Luft. Er musste den Überraschungseffekt nutzen.

Umrennen und sofort raus.

Das war der Plan.

Er trocknete sich ab.

Der Maskierte hatte ihm Unterwäsche, ein T-Shirt und einen Trainingsanzug mitgebracht. Und dicke Baumwollsocken. Es dauerte ein paar Minuten, bis er die Kette durch den Ärmel der Trainingsjacke gezogen hatte.

Vor der Tür blieb er stehen und konzentrierte sich. Auf in den Kampf!

Dann stieß er die Tür auf.

Und blickte in die Mündung eines Revolvers.

»Versuchen Sie es besser gar nicht«, sagte der Mann.

Assmuss' Widerstandswille entwich wie die Luft aus einem kaputten Fahrradreifen.

»Gehen Sie zum Bett und schließen Sie die Handschelle um den Bettpfosten.«

Assmuss tat es.

Keine Flucht.

Er würde auf die nächste Gelegenheit warten.

»Mögen Sie Bagels?«

Assmuss nickte resigniert.

»Die besten in der Stadt.«

Assmuss aß.

Er hatte Hunger. Die Bagels waren gut, bestrichen mit Frischkäse, darauf zwei Scheiben Lachs, Meerrettich, eine Zitronenscheibe und zwei Salatblätter. Der Entführer schien Wert auf gutes Essen zu legen.

»Kaffee?«

Assmuss nickte.

Der Mann ging zum Herd und stellte ihn an. Aus dem Kühlschrank holte er eine Dose Espressopulver, nahm eine kleine Espressokanne aus dem Schrank, füllte das Pulver ein und stellte die Kanne auf die Herdplatte.

»Milch?«

»Danke. Lieber schwarz und süß.«

Der Maskierte nickte und hantierte weiter am Herd.

Als Assmuss den ersten Bagel gegessen hatte, war der Kaffee fertig.

»Schmeckt wie beim Italiener.«

Assmuss sah, wie sich unter der Maske die Mundmuskulatur veränderte. Der Entführer schmunzelte.

»Hören Sie«, sagte Assmuss und nahm noch einen Schluck Kaffee, »unsere Firma macht keine illegalen Geschäfte, wenn es das ist, was Sie von mir wissen wollen.«

Der Maskierte sah ihn an und reagierte nicht.

Assmuss sprach schnell weiter: »Wenn Sie meinen, wir würden abgelaufene Medikamente in die Dritte Welt liefern – das machen wir nicht. Vielleicht gelangen unsere Produkte auf Umwegen dorthin, vielleicht gibt es einen Pharmagroßhändler, der illegale Geschäfte macht, aber davon ist mir nichts bekannt. Ich bin zuständig für das Geschäft in Europa.«

»Was verkaufen Sie?«

»Medikamente. Arzneien. Mein Gott, ich habe es Ihnen gestern doch schon gesagt. Nichts Aufregendes. Nichts Illegales. Nichts Unmoralisches. Medikamente. Wir forschen, entwickeln, verpacken und liefern. Wir liefern an Apotheken, an Krankenhäuser.«

»Was verkaufen Sie wirklich?«

»Was glauben Sie denn?« Assmuss schrie nun. »Glauben Sie, ich würde heimlich Waffen verkaufen? Heroin? Glauben Sie, ich würde einen illegalen Organhandel betreiben? Ist es das, was Sie glauben? Ich verkaufe Medikamente, die der Arzt verschreibt und die der Apotheker Ihnen reicht, wenn Sie krank sind. Ich helfe, dass Sie wieder gesund werden, wenn Sie krank sind. Was wollen Sie von mir hören? Das ist die

Wahrheit. Sie ist unspektakulär. Aber es ist wahr; damit beschäftige ich mich zehn, zwölf, vierzehn Stunden am Tag.«

Der Maskierte stand auf und ging zum Kühlschrank. Er nahm zwei Plastikflaschen Mineralwasser heraus und stellte sie auf den Tisch. Die beiden Plastiktüten faltete er zusammen und steckte sie in seine Hosentasche. Dann verschwand er im Bad und trug den Eimer, den Assmuss geleert und erneut mit Wasser gefüllt hatte, neben das Bett.

»Überlegen Sie weiter, was Sie verkaufen.«

Der Maskierte ging zur Tür.

»Bleiben Sie hier. Ich habe es Ihnen doch gesagt. Bleiben Sie hier.«

Tränen standen in Assmuss' Augen.

»Was wollen Sie denn wissen? Ich sage es Ihnen.«

»Was verkaufen Sie?«

»Arznei!«

Assmuss schrie, so laut er konnte.

Der Mann machte die Tür auf und ging.

Fassungslos starrte Assmuss ihm nach. Dann warf er sich aufs Bett. Er konnte nicht anders: Tränen rannen ihm übers Gesicht.

13. Akten

Dengler las die Ermittlungs- und Spurenakten. Die Polizei hatte gründliche Arbeit geleistet. Die Beweiskette war dicht. Voss war überführt.

Jasmin Berner war auf dem Weg von der Schule nach Hause entführt worden. Sie hatte ihre Grundschule in Grunewald um Viertel nach zwölf am Vormittag verlassen. Zwei Lehrerinnen erinnerten sich, Jasmin zusammen mit ihrer Freundin

Vanessa gesehen zu haben. Mithilfe der Angaben Vanessas konnte die Polizei den Verlauf des Heimweges zumindest teilweise rekonstruieren: Die beiden Mädchen waren die Delbrückstraße entlang bis zur etwas größeren und belebteren Bismarckallee gelaufen. Dort hatten sich die beiden getrennt. Vanessa war zur nahe gelegenen Schwimmschule gegangen, um dort ihren kleinen Bruder abzuholen. Jasmin hatte die Bismarckallee überquert. Seither hatte niemand mehr sie lebend gesehen.

Kurz nach 14 Uhr rief Jasmins besorgte Mutter in der Schule an. Dort sagte man ihr, dass ihre Tochter vor circa zwei Stunden nach Hause gegangen sei. Die Mutter rief Vanessas Eltern an. Dann lief sie zweimal den Nachhauseweg ihrer Tochter ab. Um 15.18 Uhr registrierte das Polizeipräsidium die Vermisstenmeldung. Man nahm die Meldung sofort ernst.

Die Gegend rund um die Bismarckallee wurde von der Polizei als ruhig und wohlhabend beschrieben. Vier Beamte liefen das Viertel ab, klingelten an den Häusern in der Umgebung und befragten die Bewohner. Es kam nichts Nützliches dabei raus. Kein konkreter Hinweis auf Jasmin. Ein älterer Mann gab zu Protokoll, ihm sei aufgefallen, dass ein schwarzer Mercedes-Kombi ungewöhnlich langsam die Bismarckallee hinaufgefahren sei. Auf den Fahrer habe er jedoch nicht geachtet, an mögliche Aufschriften auf dem Fahrzeug konnte er sich nicht erinnern. Auch die genaue Uhrzeit seiner Beobachtung war nicht in Erfahrung zu bringen. Anhand von Bildern identifizierte der Zeuge das Fahrzeug: Es handelte sich offenbar um das Modell Vito von Daimler, ein geräumiger Wagen, der bis zu acht Personen befördern kann. Weitere Zeugen, welche die Existenz des Kombis bestätigten, fand die Polizei nicht. Eine tote Spur.

Voss galt zwar eindeutig als der Hauptverdächtige. Sicher war aber, dass er Jasmin nicht selbst entführt haben konnte. Der Professor hatte für den ganzen Nachmittag ein unumstößliches Alibi. Er hatte eine Arbeitsgruppe seines Instituts geleitet, acht Zeugen bestätigten seine Anwesenheit, darunter sein Stellvertreter und zwei Doktoranden. In der Pause hatte er von seinem Büro aus mit seinem Bruder telefoniert, der ebenfalls Mediziner an der Charité war, wenn auch an einer Nebenstelle draußen in Buch. Der Bruder bestätigte das Telefonat.

Wer auch immer das Mädchen entführt hatte: Voss konnte es nicht gewesen sein. Die Staatsanwaltschaft ging davon aus, dass er die Entführung in Auftrag gegeben hatte. Sie konnte bisher nicht ermitteln, wer diesen Auftrag ausgeführt hatte. Dengler las die Presseberichte, die erschütternden Appelle der Eltern an den Entführer, die reißerischen Artikel der Zeitung mit den großen Buchstaben, die seriöseren der *Berliner Zeitung* und des *Tagesspiegels*. Jasmins Vater arbeitete in der Verwaltung der Freien Universität. Er überwachte mit einer kleinen Abteilung von vier Mitarbeitern das Budget der Universität. Norbert Berner verdiente als leitender Angestellter des Öffentlichen Dienstes 3449 Euro im Monat. Von ihm konnten die Entführer keine Millionen für das Kind erpressen. Aus diesem Grund und weil von den Entführern keine Botschaft geschickt wurde, ging die Polizei bald von einem Sexual- und Tötungsdelikt aus. Hundertschaften durchsuchten ein vielgleisiges Areal der Berliner S-Bahn in der Nähe und die Wälder am Wannsee, sogar der Landschaftsfriedhof Gatow wurde durchkämmt. Taucher stiegen in den Hubertus- und in den Koenigssee.

Hunderte von Hinweisen aus der Bevölkerung gingen ein. Die Sonderkommission, die beim Berliner Polizeipräsidenten eingerichtet wurde, arbeitete rund um die Uhr, ging jeder Spur nach. Dengler konnte sich den Stress der Beamten vorstellen. Er fand keinen Hinweis auf einen Fehler.

Jasmin blieb verschwunden.

Nach einer Woche wandte sich die Berichterstattung anderen Themen zu.

Nach sechzehn Tagen fand man Jasmin.

Ihre Leiche lag am Ufer des Heidereutersees. Ein älterer Mann, der nicht schlafen konnte und sich entschieden hatte, zum Nachtangeln an den See zu gehen, sah sie an einem der wenigen Anglerstege liegen.

Der Heidereutersee ist bei Anglern beliebt. Das Wasser ist klar und nährstoffarm, obwohl der Boden stark mit Wasserpflanzen überwuchert ist. Es gibt einen reichen Fischbestand an Aalen, Weißfischen, Hechten und Karpfen.

Der Mann dachte zunächst, dort läge ein betrunkener Teenager, schließlich las er täglich vom Komasaufen, das Jugendliche veranstalteten, aber als er näher kam und sah, dass es sich bei der regungslosen Gestalt um ein Mädchen handelte, ein Kind noch, zu jung zum Komasaufen, kam ihm sogleich der Verdacht, dass dies das vermisste Mädchen sein könnte, nach dem ganz Berlin suchte. Er habe ihren Kopf hochgehoben und sie gleich erkannt, weil er ihr Bild im Fernsehen und in der Zeitung gesehen habe, gab er zu Protokoll. Er setzte sofort über sein Handy einen Notruf ab.

Der Anruf des Anglers ging um 2.14 Uhr bei der Berliner Polizei ein. Dort war man auf diesen Anruf vorbereitet. Zwanzig Minuten später sperrten Polizei und Spurensicherung die Fundstelle ab.

Der Zugang zum Anglersteg war wegen der starken Uferbewachsung schwierig, sodass die Staatsanwaltschaft einen alternativen Weg für Polizei, Spurensicherung und Rechtsmedizin durch das Unterholz schlagen ließ, um keine Spuren auf dem schmalen Trampelpfad zu verwischen, der zum See und zum Anglersteg führte.

Vierzig Minuten, nachdem der Angler Jasmins Leiche gefunden hatte, traf auch Professor Kokost, der Leiter der Berliner Rechtsmedizin, am mittlerweile hell erleuchteten Fundort ein. Er führte zunächst eine äußere Leichenschau durch. Das Protokoll dieser ersten Untersuchung fand Dengler ebenfalls in den Akten.

Bereits bei dieser ersten Untersuchung vermutete der Rechtsmediziner Genickbruch als Todesursache. Die Obduktion bestätigte seine Annahme. Todesursache waren zwei mit großer Wucht ausgeführte Schläge: einer auf den Hinterkopf und einer ins Genick des Kindes. Die Halswirbel waren gebrochen. Eine klaffende Wunde am Kopf war der äußerliche Hinweis für ein schweres Schädel-Hirn-Trauma. Jasmin musste sofort tot gewesen sein. Die Schläge, auch das bestätigte die Obduktion, trafen das Kind lebend, nicht postmortal. Die Obduktion am freigelegten Schädel ergab weitere Informationen. Die Schläge wurden mit einem länglichen, runden Gegenstand nahezu waagerecht auf den hinteren Teil des Halses des Kindes ausgeführt, der Schlag auf den Hinterkopf vertikal.

Kokost vermutete, dass Jasmin nach dem ersten Schlag auf den Kopf vornübergefallen war und seitwärts lag, als der zweite Schlag sie traf.

Dengler las den Ergebnisbericht zur Untersuchung der Leichenflecke. Er hatte beim Bundeskriminalamt gelernt, dass dreißig Minuten nach dem Tod eines Menschen mit bloßem Auge sichtbare Leichenflecke auftraten: kleine blauviolette Flecken, die zunehmend größer wurden. Sie entstanden, wenn das Herz nicht mehr schlug, daher kein Blut floss und der Blutkreislauf aussetzte. Dann sanken die roten Blutzellen, die den Leichenflecken ihre Farbe gaben, entsprechend den Gesetzen der Schwerkraft in den Gefäßen nach unten und wurden nach außen hin sichtbar. Lag eine Leiche auf dem Rücken (und wurde nicht umgedreht), so bildeten sich die Flecken ausschließlich auf dem Rücken des Toten. Innerhalb von 48 Stunden lassen sich die Leichenflecke mit einem kräftigen Druck noch wegdrücken, weil das Blut in den Adern noch beweglich ist.

Jasmins Flecken ließen sich noch leicht wegdrücken; das bedeutete, dass sie vor zwölf Stunden noch gelebt haben musste.

Die Körpertemperatur, die sofort von den zuerst eingetroffenen Polizisten rektal gemessen wurde, betrug 37 Grad. Dengler wusste, dass die Differenz zwischen der Körpertemperatur des Leichnams und der Umgebungstemperatur ein weiterer wichtiger Hinweis auf den Todeszeitpunkt ist. Bei einem Erwachsenen bleibt die Körpertemperatur nach dem Tod etwa drei Stunden unverändert, also bei etwa 37 Grad, dann fällt sie um ein Grad Celsius pro Stunde. Aus der Differenz kann man also Rückschlüsse auf den Todeszeitpunkt ziehen. Es ist ein kompliziertes Verfahren, bei dem unterschiedlichste Faktoren berücksichtigt werden müssen: Bekleidung, Körpergewicht, Umgebungstemperaturen und Windstärken.

Professor Kokost zog aus der Tatsache, dass Jasmins Körper noch nicht abgekühlt war, den Schluss, dass Täter und Opfer noch vor zwei oder drei Stunden am Tatort gewesen sein mussten.

Dem entsprach auch, dass Jasmins Pupillen noch auf das Einträufeln von Augentropfen reagierten. Dies konnte maximal bis zu zwölf Stunden nach dem Tod der Fall sein.

Die Leichenstarre hatte bereits eingesetzt. Sie beginnt in der Regel eine halbe Stunde nach dem Tod. Zuerst erstarrt das Kiefergelenk, dann die Schulter- und Ellenbogengelenke und nach zwei bis vier Stunden die Hüft- und Kniegelenke. Nach zwei Tagen löst sich die Leichenstarre wieder auf.

Jasmins Knie ließen sich noch bewegen.

Die Polizisten am Tatort gingen davon aus, dass Jasmin vergewaltigt worden war. Es fand sich eine Flüssigkeit an Bauch und Unterhose des Mädchens. Professor Kokost bestätigte noch am Tatort durch den Säure-Phosphatase-Schnelltest, dass es sich dabei mit sehr hoher Wahrscheinlichkeit um Sperma handelte. Bei der späteren Obduktion fand er auch Sperma in der Scheide des Kindes. Die Spermien bewegten sich noch. Die Vergewaltigung lag also ebenso wie der Mord erst einige Stunden zurück.

Dengler konnte sich die Wut der Polizisten leicht vorstellen, auch ihre Entschlossenheit, diesen Verbrecher zu fassen.

Dass Voss festgenommen wurde, lag an der klaren Systematik der Polizeiarbeit. Eine Mordermittlung war wie eine Maschine, die sich vorhandene Spuren einverleibte, sie verdaute, Ergebnisse ausschied und neuen Hinweisen unter ihnen nachging, die wiederum Spuren zeigten. Die Sonderkommission wies die Verkehrspolizei an, alle fotografischen Blitzanlagen zu kontrollieren und jene Fahrzeughalter zu ermitteln, die in der betreffenden Zeit im Umkreis des Tatortes geblitzt worden waren. Es wurden Zeugen gesucht.

Der Wagen von Bernhard Voss wurde um 1.11 Uhr in der Innenstadt von Erkner, nur wenige Minuten vom Tatort entfernt, von einer stationären Blitzanlage fotografiert. Er raste mit 96 Stundenkilometern durch den Ort. Eine Kopie des Fotos lag bei den Akten. Es zeigte eine schwarze Mercedes-Limousine der E-Klasse. Hinter dem Steuer saß ein Mann. Das Gesicht war nicht zu erkennen, da die Sonnenblende heruntergeklappt war. Gut ausgeblendet vom Blitz waren jedoch das Nummernschild B-BV-334 und das schwarz-weiß karierte Jackett, das der Mann am Steuer trug.

Voss machte sich bei der ersten Zeugenbefragung verdächtig. Zwei Beamte wollten wissen, ob ihm an diesem Abend in Erkner etwas aufgefallen sei. Zur Verblüffung der beiden Polizisten bestritt Voss, dass er in Erkner gewesen sei. Er sei zu Hause gewesen. Der Wagen auf dem Foto könne nicht sein Wagen sein, weil der in der Garage gestanden habe. Es sei sein Nummernschild, das schon, der Wagen sehe so aus wie sein Auto, das gab er auch zu, aber sein Mercedes könne nicht in diesem Ort gewesen sein, den er gar nicht kannte.

Die Beamten zogen verwirrt ab.

Finn Kommareck, Hauptkommissar, lautete die Unterschrift unter dem Antrag des Hausdurchsuchungsbefehls.

Was für ein seltsamer Name, dachte Dengler. Finn. War das

nun ein Mann oder eine Frau? Ein Finne vielleicht? Oder eine Finnin?

Nun, nachdem ihm der Name einmal aufgefallen war, fand er ihn immer häufiger in den Akten. Ein fleißiger Kollege. Als Chef der Sonderkommission tauchte ein Kriminalrat Sebastian Wirges auf. Das kannte er. Ein Häuptling. Finn Kommareck dagegen machte die Arbeit. Wie beim BKA, dachte er.

Es war auch Finn Kommareck, der die Hausdurchsuchung leitete. Diese Unterschrift stand jedenfalls unter dem Protokoll. Finn Kommareck. Er oder sie beschlagnahmte den Mercedes und ein Pepita-Jackett, das dem auf dem Foto ähnlich sah. Es hing im Einbauschrank im Schlafzimmer des Ehepaares Voss.

Die Kriminaltechnik hatte noch in der Nacht Jasmins Leiche nach Faserspuren abgesucht. Dazu wurde sie in dem aufgefundenen bekleideten, aber auch in nacktem Zustand vollständig mit Klebebändern abgeklebt. Es dauerte einen Tag, bis die Übereinstimmung der gefundenen Fasern mit Professor Voss' Pepita-Jackett feststand. Finn Kommareck beantragte den Haftbefehl.

Die Festnahme war ein Medienereignis. Voss beendete gerade eine kleinere ambulante Operation, als er dringend nach draußen gerufen wurde. Er ging noch im grünen, blutverschmierten Kittel durch die Tür, der Mundschutz baumelte lose vor seiner Brust, als ihn ein Blitzlichtgewitter blendete. Die Staatsanwaltschaft wollte ihren Erfolg durch den Boulevard dokumentiert wissen und hatte zwei Zeitungen informiert. Dengler sah sich die Fotos an. Man sah einen Teil der Charité, einen mit wildem Wein bewachsenen Türeingang, daneben eine gusseiserne Bank. An einer modernen Glastür prangten unübersehbar gleich drei große Verbotsschilder: eine rot durchgestrichene Zigarette, ein durchgestrichenes Handy und ein ebenso rot durchgestrichener Hund. Auf der rechten Seite stand auf einem weißen Schild in großen schwarzen Lettern: *Sauerbruchweg;* und auf der anderen Seite war gut zu lesen: *Christoph Wilhelm Hufeland Haus – Ambulanzen.* Auf den Fotos sah man Voss mit aufgerissenen Augen, offensichtlich vom Blitzlicht verstört, noch im grünen OP-Kittel. Sein Bart war gepflegt und sorgfältig geschnitten. *Charité-Prof irrer Mörder von Jasmin,* lautete eine Schlagzeile.

Auf das Fragezeichen verzichtete das Blatt.

Dengler studierte ein weiteres Foto. Im Vordergrund war ein kleiner, dicker Polizist, Mitte vierzig, maximal Ende vierzig. *Kriminaldirektor verhaftet den mutmaßlichen Mörder.* Auf dem Foto befanden sich noch eine Reihe anderer Personen. Eine junge Frau, mehrere Polizisten in Uniform, einige Kriminalbeamte in Zivil. Welcher wohl der fleißige Ermittler mit dem seltsamen Namen war? Dengler fand es nicht heraus.

Am nächsten Tag lieferte das Labor den endgültigen Beweis per DNA-Analyse: Das Sperma in Jasmins Körper stammte von Bernhard Voss. Wahrscheinlichkeit 99,99 Prozent.

»Professor Voss ist des Mordes an Jasmin überführt«, erklärte die Staatsanwaltschaft in einer Presseerklärung, die er in den Akten fand. Dengler sah es ebenso.

***

Dengler klappte die Akten zu. Er rieb sich die Augen. Die Beweislast war erdrückend. Gute Arbeit der Polizei.

Er ging in Lehmanns Büro.

Der Anwalt saß hinter einem riesigen schwarzen Schreibtisch und starrte hinunter auf die Friedrichstraße. Müde sah er Dengler an.

»Was sagen Sie?«

»Unwahrscheinlich, dass er's nicht war.«

»Ich weiß. Sehen Sie Schwachstellen in der Argumentation der Staatsanwaltschaft?«

Dengler setzte sich.

»Nehmen wir einmal an«, sagte er, »Voss ist wirklich unschuldig. Dann gibt es zwei Ansatzpunkte. Erstens: Wer hat Jasmin entführt? Zweitens: Wo kommt das Sperma her? Unser Professor muss es in den vierundzwanzig Stunden vor der Tat abgesondert haben. Spermien leben nur vierundzwanzig Stunden lang.«

Lehmann notierte sich etwas.

»Wir werden ihn danach befragen«, sagte er.

»Ich habe mit seiner Frau telefoniert«, sagte er dann. »Voss ist krank. Er leidet an Morbus Crohn. Unangenehme Sache. Der Haftschock kann einen neuen Schub auslösen. Ich bin dabei, mich um einen Arzt zu kümmern.«

»Hat er nicht etwas gesagt von einem neuen Schub?«

»Ja. Es ist ernst.«

14. Zweite Nacht

Die Nacht war schlimmer als die Hölle.

Das Grübeln. Er konnte nicht aufhören zu denken.

Immer wieder: *Was verkaufen Sie wirklich?*

Arzneien!

Medikamente!

Pillen!

Was verkaufen Sie wirklich?

Ein Irrer. Ich bin einem Irren in die Hände gefallen.

Er schrie.

Er schrie, so laut er konnte.

Er schrie »Hilfe« und »Hilfe, ich wurde entführt«, er schrie »Hört mich hier jemand« und »Hallo«, bis die Stimmbänder schmerzten und er nur noch krächzte.

Er zerrte an den Fesseln, bis die Haut aufriss und die Gelenke brannten.

Er nutzte die Bewegungsfreiheit, die ihm die Kette ließ, lief vor dem Bett auf und ab, versuchte, das Bett zu verrücken, und begriff, da es sich nicht einmal um Millimeter bewegen ließ, dass die Füße am Boden festgeschraubt waren.

Was verkaufen Sie wirklich?

Er versuchte zu schlafen.

Was verkaufen Sie wirklich?

Als die Verzweiflung am größten war, betete er: *Vater unser, der du bist im Himmel, zu uns komme dein Reich und deine Herrlichkeit, dein Wille geschehe im Himmel ...*

Irgendetwas stimmte nicht. Das *Vater unser* ging anders.

Erneut: *Vater unser, der du bist im Himmel und auf Erden, gib uns unser tägliches Brot und vergib uns unsere Schuld, wie auch wir vergeben unseren Schuldigern und führe uns nicht in Versuchung, sondern erlöse uns von dem Übel. Amen.*

Erlöse mich!

Eigentlich aber dachte er unaufhörlich: *Was verkaufen Sie wirklich?*

What do you really sell?

Um sich abzulenken, übersetzte er den Satz ins Französische.

Qu'est-ce que vous vendez vraiment?

Stimmte das?

Er hatte zwei Auslandssemester an der Sorbonne studiert. Das *Quartier Latin* war damals noch kein saniertes Touristenviertel gewesen, sondern eine heruntergekommene Ecke, die billige Wohnungen für Studenten und schräge Vögel, Kleinkriminelle und Musiker bot. Er war seiner damaligen Freundin Marlies gefolgt, die aus Ahrweiler stammte, blond, drall, lebenslustig, die älteste Tochter eines örtlichen Metzgermeisters. Die Pakete, die ihre Eltern ihr monatlich schickten, waren Anlass zu großen Stockwerksfeten im Straußäcker Studentenwohnheim in Stuttgart-Vaihingen.

Dosen mit Bierwurst, Leberwurst, Lyonerwurst, Kringel von Fleisch- und Blutwurst, Knödel und eingeschweißtes frisches Sauerkraut wurden unter großem Hallo ausgepackt. Dirk spendierte zwei große Korbflaschen Lambrusco, billiger, aber bezahlbarer Fusel mit Kopfwehgarantie. Ein Kommilitone von der schwäbischen Alb steuerte Schnaps bei, den sein Großvater noch selbst brannte.

Nach einem dieser glorreichen Besäufnisse hatte Dirk den ersten und einzigen Filmriss seines Lebens. Er konnte sich nicht mehr erinnern, wie er aus dem großen, wenn auch sterilen Gemeinschaftsraum im Erdgeschoss in sein Zimmer im sechsten Stock gekommen war. Als er aufwachte, lag Marlies neben ihm und schnarchte. Seit diesem Tag war sie seine Freundin.

Er wusste immer, dass seine Beziehung zu ihr gefährdet war. Marlies lachte gern, sie mochte Männer, das sagte sie unumwunden. Kräftige Männer seien ihr am liebsten, auch das sagte sie, Männer, wie sie wohl im heimatlichen Ahrweiler oder eben in einer Metzgerfamilie vorkamen. Assmuss war damals noch nicht so rund wie heute, aber schlank war er nie gewesen. Damals, zum ersten Mal, war er froh über seine Statur gewesen.

Ihr zuliebe kaufte er sich ein albernes T-Shirt mit der Aufschrift: »Ich bin Fleischfresser! Und Du?« Es sollte den damals bereits aufkommenden Vegetarismus unter den geisteswissenschaftlichen Studenten aufs Korn nehmen. Assmuss vermutete von Anfang an, dass der Scherz nicht ganz gelungen war. Marlies jedenfalls lachte, als sie den Spruch auf seiner Brust las.

Als sie ihm sagte, dass sie ein oder zwei Semester in Paris studieren wollte, blieb ihm nichts anderes übrig als mitzugehen. Er hielt das für eine romantische Idee. Aber Romantiker war er noch nie gewesen. Ihm schien es sinnvoller, das Studium möglichst schnell abzuschließen und dann Geld zu verdienen, dann konnten sie immer noch nach Paris fahren, dann konnten sie sich bessere Hotels leisten und mussten nicht in einer Bruchbude im *Quartier Latin* wohnen.

Marlies ließ sich nicht umstimmen.

Sie wohnten in einer Wohngemeinschaft im dritten Stock in einer kleinen Gasse, einer Nebenstraße der *Rue Boutebrie*. Unter ihnen wohnte eine unübersehbare Gruppe von Studenten aus Ecuador, die lange schliefen, Marlies auf den Geschmack von Gras brachten und spanische Literatur, Musik oder etwas ähnlich Nutzloses studierten.

Pablo war der Längste von ihnen, ein schmaler Typ mit schulterlangen Haaren und großer Brille. Sartre-Leser. Oder Camus-Leser. Er wusste es nicht mehr genau. Pablo nahm ihm Marlies weg. Selbst hier, gefesselt auf dem breiten Bett, mochte Assmuss nicht daran denken. Er hatte Pablo damals aufgelauert. Er hatte ihn vermöbeln wollen, war auf ihn losgegangen, doch Pablo hielt plötzlich ein Messer in der Rechten, und sein Blick signalisierte, dass er damit umzugehen wusste. Als Marlies nach diesem Vorfall wütend einen Stock tiefer zog, verließ er Paris als geschlagener Mann. Der Gedanke daran schmerzte immer noch.

»Was willst du? Du kleines Hausschwein!«, hatte Pablo zu ihm gesagt.

Er konnte diesen Satz nicht vergessen. Mithilfe eines Spanisch-Deutsch-Wörterbuches hatte er ihn übersetzt: ¿qué quieres? Usted cerdito doméstico!

Was verkaufst du wirklich?

Er versuchte, diesen Satz ins Spanische zu übersetzen.

¿Lo que realmente vende?

Stimmte das so?

Er lag auf dem Rücken und dachte nach.

Oder hieß es: ¿qué es lo que realmente vende?

Plötzlich fiel es ihm ein.

Vendemos esperanza – das war der Titel, zumindest der spanische Titel seines Vortrages gewesen, den er auf einer Managementtagung in Sevilla gehalten hatte.

Vendemos esperanza!

So hieß der Vortrag, den er in Sevilla gehalten hatte.

Vendemos esperanza – Wir verkaufen Hoffnung.

Auf Deutsch war der Titel sachlicher gehalten: Perspektiven der künftigen Geschäftsentwicklung von *Peterson & Peterson* in Europa.

Assmuss saß plötzlich aufrecht im Bett.

Wollte der Entführer *das* wissen?

Das konnte er ihm sagen.

Bitte, wenn er nicht mehr wollte.

Wir verkaufen Hoffnung!

Mit diesem Vortrag in Sevilla hatte er die Umstrukturierung von *Peterson & Peterson* in Europa eingeleitet. Neuer Chef, neue Strategie, das war normal, aber seine neue Geschäftspolitik war ein umwerfender Erfolg gewesen. Viel Geld war in die Kassen des Konzerns gespült worden.

Mitten in der Nacht lag er in seinem Gefängnis, und er war high.

Er wusste die Antwort. Wir verkaufen Hoffnung.

Aber andererseits, dachte er, und die Euphorie schwand wieder: Dieser Vortrag war nie publiziert worden. Sein Entführer konnte ihn nicht kennen. Es war eine PowerPoint-Präsentation gewesen, und Assmuss war sich nicht sicher, ob den Teilnehmern die Folien ausgehändigt worden waren.

Wie auch immer, wenn es das war, was der Entführer wissen wollte: Jetzt kannte er die richtige Antwort. Ihm entfuhr ein tiefer Seufzer, ohne dass er dies registrierte. Er atmete mehrmals tief ein und aus, aber auch dies tat er nicht bewusst, er bemerkte es nicht einmal. Nur die Erleichterung spürte er. Es war ein befreiendes Gefühl in der Magengrube, heiter stimmte es ihn, trotz der Kette an seinem Fuß.

Er schlief ein. Zum ersten Mal seit seiner Gefangenschaft suchten ihn keine Albträume heim.

15. Clapton

Olga landete in Berlin-Schönefeld.

Dengler holte sie am Flughafen ab.

Sie liebten sich in seinem Hotelzimmer.

»Das ist die beste Überraschung«, sagte er.

»Quatsch. Die richtige Überraschung kommt erst noch.«

Sie sprang aus dem Bett und verschwand im Bad. Als sie zurückkam, zog sie einen Plan mit dem Liniennetz der Berliner Verkehrsbetriebe aus ihrer Tasche. Sie legte sich bäuchlings aufs Bett und studierte ihn.

»Alles klar«, sagte sie. »Wir steigen Kochstraße ein, fahren zur Friedrichstraße und steigen dann um.«

»Wo willst du überhaupt hin? Hier ist es auch sehr schön.«

Er streichelte ihren Hintern.

Eine Stunde später erreichten sie die Haltestelle Warschauer Straße.

Nahezu alle Fahrgäste stiegen aus. Eine große Menschenmenge bewegte sich in einer komplizierten Wegeführung über eine Rampe hinauf zur Warschauer Straße. Alle schienen das gleiche Ziel zu haben. Nur Dengler hatte keine Ahnung.

»Wir gehen dahin, wo alle hingehen?«

Olga nickte.

Wenig später erkannte er das Ziel: Halbkreisförmig erwartete sie der Eingang der riesigen O_2 World-Halle.

»Wir sehen uns ein Eishockeyspiel an?«

»Falsch.«

»Wir gehen in ein Konzert?«

»Ja.«

»Wagner, Bach, Beethoven?«

»Falsch.«

»Aber so, wie es aussieht, werden wir beide trotzdem eher zu den jüngeren Besuchern zählen.«

»Mmmh.«

»Eric Clapton und Steve Winwood? Da steht's.«

Olga strahlte ihn an.

»Du hast so oft von diesem Konzert von Eric Clapton in London erzählt, da dachte ich, das würde dir gefallen.«

Dengler lachte.

»In der Royal-Albert-Hall war ich damals dienstlich. Ich fahndete nach einem Terroristen, der ein Eric-Clapton-Fan war. Und es war meine erste Begegnung mit dem Blues, mit richtigem Blues …«

»Ich kenne die Geschichte«, sagte sie und küsste ihn.

Die Halle war zu seiner Überraschung bestuhlt. Ein Rockkonzert bestuhlt wie bei den Philharmonikern?

Irgendwo in der Mitte waren ihre Plätze, viel zu weit von der Bühne entfernt, als dass er mehr von den Musikern sah als kleine, kaum wahrnehmbare Gestalten. An beiden Bühnenseiten hingen riesige Videoleinwände.

Vor ihnen saßen vier ältere Herren, dunkel, fast seriös gekleidet, und unterhielten sich angeregt. Offensichtlich kannten sie Eric Claptons Biografie gut, denn einer von ihnen erzählte, dass Clapton über lange Jahre Alkoholiker gewesen sei, und ein anderer wusste, dass Mick Jagger ihm einmal Carla Bruni ausgespannt habe, die heutige Frau des französischen Staatspräsidenten.

Die riesige Halle war ausverkauft.

Eigentlich war Dengler für diese Musik zu jung gewesen, aber sie hatte ihn immer interessiert. In die Stones- oder Beatles-Lagerkämpfe der Älteren hatte er sich nie eingemischt. Er hatte vielmehr schon früh *Cream* bevorzugt, eine der *Supergroups*, in denen Clapton gespielt hatte. Das mitreißende *Crossroads* mochte er am meisten. Erst hatte er gedacht, dass der Name des Komponisten, der auf der Langspielplatte in Klammern stand, ein Mitglied der Band sein müsste: *Robert Johnson*. Eher zufällig fand er heraus, dass dieser *Robert Johnson* auch für die *Rolling Stones*, für *Eric*

Burdon und die *Animals, Fleetwood Mac, Led Zeppelin, Peter Green* und andere komponiert hatte. Er dachte, dies sei ein englisches Kompositionsgenie, bei dem alle die berühmten Bands ihre Songs bestellten. Es dauerte noch ein paar Jahre, bis er in einer Musikzeitschrift las, dass Robert Johnson ein schwarzer Musiker gewesen war, der bereits 1938 gestorben war. Dengler erinnerte sich daran, dass ihn, als er diese Jahreszahl las, die Erkenntnis wie ein Donnerschlag getroffen hatte: *Cream, Stones* und all die Bands hatten in ihren Anfängen die Songs anderer nachgespielt! Bisher hatte er geglaubt, wie viele in Deutschland, die Entwicklung des Rock habe mit diesen Bands begonnen, und er sei Zeuge und Teilnehmer einer völlig neuen, noch nie da gewesenen musikalischen Entwicklung gewesen. Nun wurde ihm bewusst, dass diese Musik auf den Werken damals verfemter und weitgehend unbekannter schwarzer Musiker beruhte oder direkt aus dem Mississippi-Delta oder aus dem Ghetto von Chicago stammte. In den USA verhinderte der Rassismus, dass ihre Musik anerkannt wurde. Es waren junge britische Musiker, John Lennon, Keith Richards und Eric Clapton, die die Qualität des Blues erkannten – und diese Musik auf die Bühnen Großbritanniens und Europas brachten und damit eine riesige Popmusikindustrie ins Leben riefen.

Die Band begann mit *Hard To Cry*. Sie brachten den Blues *Key To The Highway*. Clapton und Winwood spielten zusammen Gitarre und sangen abwechselnd. Sie spielten *Gimme Some Loving* aus dem Songbook Winwoods, Jimi Hendrix' *Voodoo Child*, J. J. Cales Hit *After Midnight*.

Dengler kannte alle Songs.

Und dann endlich *Crossroads*.

So hatte er das Lied noch nie gehört. Es war gereinigt von jeder Wut, jedem Gitarrengewitter, das noch auf der Platte *Wheels of Fire* zu hören war. Clapton und Winwood spielten es langsamer und ohne die zornige Eile, mit der *Cream* früher durch den Song getobt waren.

Was für eine Zeitreise, dachte Dengler.

Es kam ihm vor, als wohne er einer Verwandlung bei. Aus dem rebellischen Song destillierten die Musiker gewissermaßen ein Konzentrat, das sie mit hoher Kunstfertigkeit und großer Gelassenheit vortrugen. Dengler erlebte die Verwandlung eines Rebellensongs in – Klassik.

Die Musiker waren älter geworden, und ich bin es auch, dachte er.

You can run, you can run, tell my friend-boy Willie Brown.
You can run, you can run, tell my friend-boy Willie Brown.
And I'm standing at the crossroads, believe I'm sinking down.

Einer der älteren Herren in der Reihe vor ihnen drehte sich um und sagte mit wildem Blick: Der Clapton sieht doch aus wie Peter Handke! Dengler wollte antworten, dass er nicht wisse, wie Peter Handke aussehe, aber die Band schlug die ersten Töne von *Dear Mr. Fantasy* an, einst von Winwoods *Traffic* aufgenommen: nun die einzige Zugabe.

Dengler und Olga gingen schweigend und untergehakt zurück zur S-Bahn.

16. Dritter Tag

Dirk Assmuss war schon zwei Stunden wach.

Er wartete auf seinen Entführer.

Seltsam, dass ich mich darauf freue, dass er endlich kommt. Er hob den Kopf, als er endlich hörte, wie sich der Schlüssel zweimal im Schloss der schweren Tür drehte. Assmuss sprang von seinem Bett auf und strich mit der rechten Hand die Decke glatt.

Die nervöse Anspannung verursachte ein leichtes Kribbeln zwischen seinen Schulterblättern; immer wieder kratzte er sich an dieser Stelle, ohne dass das Kribbeln nachließ.

Wir verkaufen Hoffnung.

Er hatte die Aufgabe gelöst.

Außerdem hatte er Hunger.

Sein Entführer trug die gleiche schwarze Kleidung und die gleiche Wollmaske wie am Tag zuvor. In der linken Hand hielt er eine weiße Plastiktüte, unter dem rechten Arm einen Packen Zeitungen.

Dann folgte der gleiche Ablauf: Kette abnehmen, duschen, Eimer ausleeren, Frühstück mit Bagels, der Entführer kochte einen Espresso, schwarz und stark.

Dann räumte der Entführer die Tassen ab und steckte die gebrauchten Servietten in die Plastiktüten zurück.

»Wie heißen Sie eigentlich?«, fragte Assmuss.

Der Maskierte lachte. Durch die Maske klang es dumpf und rau.

»Nennen Sie mich Henry.«

Henry also.

Machen wir Konversation, Henry. Schaffen wir eine positive Atmosphäre, Henry.

»Sie haben mir Zeitungen mitgebracht, Henry. Das ist sehr freundlich. Um ehrlich zu sein, gestern war es mir ein bisschen langweilig.«

Henry setzte sich gegenüber.

»Sie werden nicht vermisst.«

»Bitte?«

»Sie werden nicht vermisst.«

»Ich werde nicht vermisst?«

Assmuss lachte.

»Also wirklich, Henry. Ich und nicht vermisst werden. Also, der Witz ist nun wirklich nicht gut.«

Henry schob ihm die Zeitungen über den Tisch. Dirk Assmuss blätterte in der *Süddeutschen*, dann im *Tagesspiegel*, der

Berliner Zeitung und schließlich in der *Bild*. Nirgends fand er einen Bericht über seine Entführung.

Er begann von vorne, befeuchtete seinen Zeigefinger, um schneller die Seiten zu wenden und die Texte zu überfliegen – nichts, kein Artikel, kein Foto, nichts.

»Die Polizei wird eine Nachrichtensperre verhängt haben, Henry.«

»Legen Sie die Hände auf den Tisch!«

»Was soll ich machen?«

»Hände auf den Tisch!«

Dies war nun kein Konversationston.

Assmuss legte beide Hände vor sich auf den Tisch. Etwas läuft falsch, dachte er. Vielleicht sollte ich jetzt schon sagen, was ich herausgefunden habe.

Henry stand auf, und mit einer schnellen Bewegung legte er Assmuss Handschellen an. Eine weitere schnelle Bewegung – und plötzlich zog sich ein Klebeband über Assmuss' Mund. Panik stieg in Assmuss auf.

»Keine Angst«, sagte Henry, als er in Assmuss' aufgerissene Augen sah. »Ich rufe jetzt die Polizei an.«

Er zog ein kleines Handy aus der Jackentasche und öffnete die Akkuabdeckung auf der Rückseite des Gerätes. Aus der Gesäßtasche zog er einen Geldbeutel, den er sorgsam öffnete. Er nahm eine SIM-Karte heraus, steckte sie in das Gerät, setzte den Akku wieder ein und schloss die Abdeckung. Er legte das Telefon auf den Tisch und schaltete es ein.

Assmuss sah, wie er den Lautsprecher aktivierte.

Dann tippte Henry eine Nummer ein.

110 – Notruf.

Es läutete dreimal, dann meldete sich eine Stimme: »Vermittlung der Polizei, guten Tag.«

»Ich möchte eine Meldung über die Entführung von Dirk Assmuss machen.«

»Von wem?«

»Dirk Assmuss. Er wurde entführt.«

»Bitte, bleiben Sie am Apparat.«

Zweimaliges Läuten.

»Schuster«, meldete sich ein Mann.

»Ich möchte die Sonderkommission zum Fall Dirk Assmuss sprechen.«

Kurze Pause.

»Wir haben keine Sonderkommission Dirk Assmuss. Wie ist Ihr Name?«

»Ich weiß, wo Dirk Assmuss ist.«

»Vielleicht sagen Sie mir erst mal Ihren Namen. Handelt es sich um eine Vermisstenmeldung?«

»Sagt Ihnen der Name Dirk Assmuss nichts?«

»Nein. Aber wir haben in Berlin jedes Jahr mehr als …«

»Mit wem spreche ich?«

»Schuster. Dezernat für Vermisstenmeldungen.«

Henry trennte die Verbindung.

Er wählte eine neue Nummer.

»Assmuss«, hörte Assmuss seine Frau sagen.

»Hallo, Frau Assmuss, wir hatten gestern telefoniert. Wissen Sie schon, wann Ihr Mann zurückkommt?«

»Er hat mir eine SMS geschickt. Es dauert wohl noch etwas«, hörte Assmuss sie in dem fröhlichen Ton sagen, den er so gut kannte.

»Er ist immer noch auf dem Kongress in Hawaii?«

»Ja, und das scheint etwas länger zu dauern.«

»Sagen Sie Ihrem Mann einen Gruß. Von Henry. Ihr Mann erinnert sich am besten an meinen Vornamen: Henry.«

»Mache ich gern.«

»Danke und tschüss.«

»Tschüss.«

Henry stand auf und schloss die Handschellen an Assmuss' Händen auf und nahm sie ab.

Assmuss entfernte langsam das Klebeband von seinem Mund. Er zog sehr langsam und vorsichtig an dem Band, das sich fest in die Bartstoppeln geklebt hatte, die ihm in den drei Tagen seiner Gefangenschaft gewachsen waren. Es tat weh.

Henry sah ihm zu.

»Sie werden nicht vermisst. Erklären Sie mir das.«

Assmuss suchte den Blick hinter der schwarzen Maske. Es waren klare blaue Augen, die ihn fragend ansahen.

Er schüttelte den Kopf.

Birgit – die Polizei wird ihr gesagt haben, sie solle so antworten, wie sie es am Telefon getan hat. Aber die Polizei? Wieso wusste die Polizei nichts von ihm? Wieso nahm sie keine Hinweise entgegen?

Er sah Henry an. Und sah nichts als die fragenden blauen Augen hinter der Maske.

»Ich … ich habe keine Erklärung.«

»Sie haben keine Erklärung?«

Assmuss schüttelte den Kopf. Er saß auf einem Stuhl, aber er hatte das Gefühl, er falle. Er versuchte zu atmen und produzierte dabei ein schneidendes, ein pfeifendes Geräusch, das der dünne Luftstrom verursachte, der sich durch die verstopfte Kehle zwängte. Noch nie hatte er sich so verloren gefühlt. Er starrte geradeaus und sah den maskierten Mann vor ihm nur verschwommen.

»Weder Ihre Frau noch Ihre Firma haben Sie als vermisst gemeldet.«

»Das ist unmöglich.«

Henry zuckte mit den Schultern.

»Ich verstehe es auch nicht. Ich habe mit einem hohen Fahndungsdruck gerechnet. Dieses Versteck ist sorgfältig ausgesucht. Wenn ich gewusst hätte, dass man Sie nicht vermisst, hätte ich mir einige Mühe ersparen können. Wenn Sie nicht vermisst werden, Assmuss, dann will Sie wohl auch niemand zurückhaben.«

Er lachte rau.

Birgit – sie hatte so froh, so leicht und unbeschwert geklungen. Vielleicht war sie erleichtert, dass er verschwunden war. Er verscheuchte den Gedanken wie eine lästige Fliege, aber ebenso wie diese kam er sofort wieder zurück.

Um seine Ehe stand es nicht gut. Es stand sogar sehr schlecht um seine Ehe.

In Wahrheit war sie am Ende.

Birgit hatte eine Affäre, und er hatte es nicht gemerkt.

Zunächst hatte er den Anruf von Luisa nicht ernst genommen.

»Warum passt du nicht besser auf deine Frau auf?«, hatte sie ihn gefragt.

»Ich tue, was ich kann.«

»Mach keine Witze. Birgit ruiniert gerade meine Ehe.«

Er hatte gelacht.

Er hatte gelacht wie der Idiot, der er tatsächlich war.

Luisa hat mal wieder zu viel getrunken, hatte er gedacht. Jetzt säuft sie schon am helllichten Tag.

»Die beiden haben was miteinander«, sagte sie. »Birgit schickt ihm SMS.«

»Wenn ich dir jetzt eine SMS schicke, dann haben wir beide noch lang nichts miteinander«, antwortete er, schon unsicher geworden.

Sie hatten Luisa und Jürgen Kettelmann beim Skifahren kennengelernt. Im Hotel Waldhaus in der Schweiz. Schönes Hotel. Alt, gediegen. Ein bisschen zu viel Rummelplatz, wie er fand. Zu viele Fernsehleute, zu viele Tatort-Kommissarinnen. Vierzehn Tage gemeinsamer Urlaub, gemeinsame Abfahrten und Ausflüge. Man hatte sich angefreundet, sich gegenseitig eingeladen, auch nach dem Urlaub, aber niemand hatte die Einladung ernst gemeint, und keines der Ehepaare hatte das andere je besucht. Eine Urlaubsbekanntschaft eben. Kettelmann und Söhne, Baubeschläge oder etwas Ähnliches stellten sie her.

Danach hatte man sich noch einmal getroffen, zufällig, bei den Festspielen in Salzburg.

»Hast du irgendwas mit dem Kettelmann?«, fragte er Birgit

zwei Tage nach dem Telefonat mit Luisa, abends, als er aus dem Büro kam, etwas müde, aber zufrieden, mit einem Glas Port in der Hand.

Sie hatte sich zu ihm gesetzt, ihm in die Augen gesehen und »Ja« gesagt.

Es war ein Schock.

Es war, als hätte die Welt um ihn herum den Ton abgedreht. Immer nur sah er Birgits Mund, der das »Ja« aussprach wie ein Todesurteil. Ihr Blick, wie sie ihn taxierte, ob er dieses »Ja« wohl ertragen könne.

Es kamen fürchterliche Tage.

Birgit sagte, es sei gut, dass Luisa angerufen habe, denn nun seien die Heimlichkeiten vorbei. Sie werde tagsüber im Haus sein, aber nur tagsüber, sagte sie, und sie werde Jan versorgen, der noch bei ihnen wohnte, obwohl er bereits im zweiten Semester an der Humboldt-Universität studierte. Lena war damals schon zwei Jahre in Hamburg. Nachts allerdings könne er nicht mehr mit ihr rechnen.

Wie cool die Kinder alles aufgenommen hatten. Birgit erklärte ihnen klipp und klar, sie habe sich verliebt. Das sei so, sie könne und wolle es nicht ändern.

»Das wird aber auch Zeit«, sagte Jan.

»Eure Ehe ist ja wohl schon lange dahin«, sagte Lena.

Assmuss war fassungslos.

Mit Birgit war nicht zu reden. Sie ging abends aus dem Haus, und Assmuss ertränkte seine Eifersucht in Rotwein. Er sperrte ihre Kreditkarte. Kettelmann gab ihr eine neue. Nachts saß er in der Berlin-Bar.

»Können Sie sich das vorstellen? Aus heiterem Himmel brach das über mich rein …«

Der Barmann hatte schon schlimmere Geschichten gehört.

»Hallo! Haben Sie über meine Frage nachgedacht?«, fragte Henry.

Assmuss sah in das von der Wollmütze verdeckte Gesicht und dachte immer noch an seine Frau.

»Wir verkaufen Hoffnung«, sagte er leise. »Sieh an. Volltreffer. Ich will wissen, wie Sie das machen – Hoffnung verkaufen.«

»Wir verkaufen Hoffnung, das ist der Titel eines Vortrages, der unsere Geschäftspolitik neu justiert.« Assmuss' Stimme war immer noch leise.

»Haben Sie ein Stück Papier und einen Kugelschreiber, dann kann ich es besser erklären? Ich mache ja sonst alles mit PowerPoint. Aber Papier geht auch.«

»Gute Idee«, sagte Henry und verschwand.

Hinter all dem wird doch nicht Birgit stecken, dachte er. Sie wird diesen Henry doch nicht bezahlt haben, um mich zu entführen? Dann würde er doch Geld verlangen oder mich gleich umlegen und nicht mit mir über Firmenstrategien reden wollen.

Nein, zu diesem Schluss gelangte er: Birgit hatte ihn nicht entführen lassen. Henry war ein Irrer.

Aber warum vermisst mich niemand?

Das Londoner Büro, Susan – sie müssten doch schon lange die Polizei alarmiert haben.

Warum vermisst mich niemand?

Er konnte sich diese Frage nicht beantworten. Vakuum. In seinem Hirn saugte ein riesiges Vakuum seinen Verstand auf.

Henry war nach acht Minuten wieder zurück, Assmuss hatte auf die Uhr gesehen. Er legte eine Packung Druckerpapier auf den Tisch. *Bluepaper* war auf den Umschlag gedruckt.

Das ist ein wichtiger Hinweis, dachte Assmuss, in einem Radius von vier Minuten gibt es also Bluepaper-Papier zu kaufen. Damit kann die Polizei später vielleicht dieses Versteck lokalisieren. Bluepaper muss ich mir merken.

Henry riss die Verpackung auf und schob einen Stapel Blätter und einen Kugelschreiber über den Tisch. Assmuss setzte sich.

»Es ist nicht schwer zu verstehen«, sagte er. Er malte einen Kasten aufs Papier.

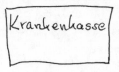

»Hier ist das Geld«, sagte er und schrieb »Geld« in den Kasten.
Dann malte er einen zweiten Kasten.

»Meine Aufgabe besteht nun darin, möglichst viel Geld von der einen Seite auf die andere zu transportieren. So also.«

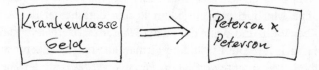

»Das ist das ganze Geheimnis«, sagte Assmuss und legte den Stift beiseite.
»Mit Hoffnung hat das aber noch nichts zu tun.«
»Nein. Die Hoffnung ist die Methode dieses Geldtransfers. Natürlich gibt es noch ein paar kleinere Wegelagerer an der Strecke, denen wir davon Tribut zahlen müssen.«
»Nämlich?«
»Pharma-Großhandel und die Apotheken. Beide sind für die Auslieferung zuständig und beißen sich auch was raus.

Aber das vernachlässigen wir. Entscheidend ist etwas ganz anderes.«

Assmuss kam langsam in Fahrt. Er nahm ein neues Papier. »Also noch einmal.«

»Wer steht zwischen diesen beiden?«

»Der Arzt?«

»Genau. Sie haben die Sache erfasst. Der Arzt. Er ist die entscheidende Weiche, die den angestrebten Geldfluss steuert.«

»Der Arzt entscheidet über unser Geschäft. Mit jedem Rezept. Mit buchstäblich jedem Rezept entscheidet der Arzt über Wohl und Wehe der Firma *Peterson & Peterson*. Er kann ja auch Rezepte für andere Firmen ausstellen, Rezepte für die Medikamente von *Bayer*, *Pfizer*, von *Novartis* oder *Boehringer*. Das wollen wir nicht. Jedenfalls nicht, wenn es auch ein passendes Medikament von *Peterson & Peterson* gibt. Verstehen Sie, was ich meine?«

»Der Patient. Spielt der Patient in Ihren Überlegungen auch eine Rolle?«

Assmuss sah auf.

»Der Patient? Natürlich. Der ist wichtig. Ohne den Patienten kein Geschäft.«

Er malte einen weiteren Kasten auf das Papier. Und zog vier Pfeile.

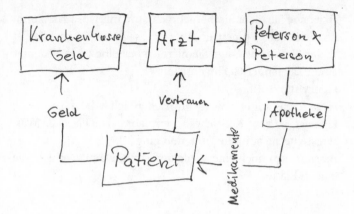

»Der Patient gibt Geld. Er zahlt in die Krankenkasse. Der Arzt verfügt darüber. Wir liefern Medikamente. Verstehen Sie, Henry?«

»Ich verstehe Sie sehr gut.«

»Bislang konzentrierten wir uns daher immer auf den Arzt in unserem Marketing.«

»Stimmt es, dass Sie den Ärzten kostenlos Computer, Drucker, Software und dergleichen zur Verfügung gestellt haben?«

»Das stimmt. Das haben wir gemacht.«

»Warum?«

»Nun, *Peterson & Peterson* versteht sich als Partner der Ärzteschaft. Wir unterstützen die Ärzte in ihrer alltäglichen Arbeit, so gut wir können. Wir freuen uns, wenn Ärzte von Routinearbeiten befreit werden, denn schließlich sollen sie doch die Menschen heilen und nicht stundenlang über Abrechnungen sitzen.«

»Das ist Ihre Antwort?«

»Ja. Wir empfinden eine Verantwortung für …«

»Sie haben gerade unnötigerweise Ihren Aufenthalt hier um einen Tag verlängert.«

»Was …? Was soll das heißen?«

»Ich habe Sie nicht hierhergebracht, um mir Unsinn anzuhören. Ich habe es Ihnen am Anfang gesagt: Sie haben es selbst in der Hand, wie lange Sie hierbleiben. Eine Lüge bedeutet einen Tag länger Gefangenschaft.«

Henry stand auf.

»Das … das können Sie nicht machen! Ich habe doch …«

Henry ging zum Kühlschrank, entnahm zwei Flaschen Wasser, stellte sie auf den Tisch und ging.

Assmuss saß noch eine Weile am Tisch. Dann zerriss er die beiden Blätter.

17. Sonnenblende

Auf der Rückfahrt berichtete Dengler Olga über die Ermittlungen gegen Bernhard Voss.

»Eigentlich hat die Berliner Polizei den Fall wasserdicht gemacht. Ich sehe nicht, wie Voss da wieder rauskommen kann.«

»Eine Sache verstehe ich nicht«, sagte Olga. »Warum hat Voss, als er nach dem Verbrechen nach Hause fuhr und geblitzt wurde, die Sonnenblende in seinem Auto runtergeklappt?«

»Na, das ist doch klar. Für den Fall, dass er geblitzt worden wäre, sieht man sein Gesicht auf dem Foto nicht.«

»Aber Georg, das macht doch keinen Sinn. Wenn er damit rechnet, geblitzt zu werden, dann wäre es doch klüger und sicherer gewesen, langsamer zu fahren.«

»Hmm.«

»Und es nützt auch nichts, weil das Foto ja das Nummernschild des Wagens wiedergibt. Die Spur führt dann doch zu ihm.«

»Hat sie ja auch.«

»Nachts die Sonnenblende runterklappen und zu schnell fahren ist ein Widerspruch. Wie erklärst du dir den?«

»Voss war aufgeregt. Er hat eben ein Kind umgebracht. Wahrscheinlich das erste Mal. Vielleicht auch nicht. Adrenalin bis obenhin. Da denkt er nicht logisch. Er denkt nur: Falls ich geblitzt werde, sollen sie mein Gesicht nicht sehen. Andererseits hat er Angst und gibt Gas.«

»Könnte sein. Aber richtig zufriedenstellend ist die Antwort nicht.«

»Das gebe ich zu. Nur – die anderen Indizien sind überwältigend: seine Spermien in und an der Leiche.«

»Wie lange leben die noch mal?«

»Vierundzwanzig Stunden. Maximal. Eher weniger.«

»Dann muss man doch nur sein Leben rekonstruieren. Die letzten vierundzwanzig Stunden vor dem Mord.«

»Ich weiß nicht, auf was du anspielst, aber – falls dir das noch kein Mann gesagt hat: Man verliert keine Spermien, ohne es zu bemerken.«

Olga saß nachdenklich neben ihm in der fast leeren Bahn. Dengler legte den Arm um sie.

»Außerdem wurden Fusseln seines Jacketts an der Leiche gefunden.«

»Hmm.«

»Er hat kein Alibi.«

»Mich würde trotzdem der Widerspruch mit der Sonnenblende interessieren.«

»Ich dachte, du bist dagegen, dass ich den Fall übernehme?«

»Ich könnte ja so lange mit dir in Berlin bleiben?«

Er küsste sie.

18. Erneut Moabit

Beim zweiten Treffen wirkte Bernhard Voss ruhiger und gefasst. Er war in eine normale Zelle verlegt worden, in eine Einzelzelle. Er trug eine schwarze Cordhose und ein hellbraunes Hemd. Nur seine Gesichtsfarbe war immer noch auf eine unheimliche Art blass, fast weiß. Dengler versuchte, ihm in die Augen zu sehen, aber Voss hielt den Kopf gesenkt und starrte auf die Tischplatte.

»Ich würde hier gerne weiter an dem wissenschaftlichen Artikel arbeiten, an dem ich vor … nun ja, vor meiner Verhaftung gearbeitet habe. Geht das?«

Selbst beim Sprechen hob er den Kopf nicht. Dengler mochte den Mann nicht.

»Das wird nicht funktionieren«, sagte Lehmann. »Du bist wegen Mordes angeklagt. Der Richter vermutet sofort Verdunklungsgefahr. Außerdem hat die Polizei alles Mögliche in deinem Büro durchsucht, beschlagnahmt und so weiter.«

Er überlegte einen Moment.

»Christine hat mir von der akuten Gefahr durch deine Krankheit erzählt. Wie geht es dir?«

Jetzt bewegte Voss den Kopf, nicht viel, hob ihn um einen Zentimeter, dann noch ein Stück, blieb weiter mit gesenktem Haupt sitzen, bevor sich der Kopf langsam weiter hob, so als müsse er ein übermächtiges Gewicht nach oben stemmen. Weder Lehmann noch Dengler rührten sich, sie sahen Voss zu, als beobachteten sie ein Naturereignis.

Dengler starrte in rotgeränderte Augen, die von einer schwarzen Brille gerahmt wurden.

»Schlecht. Ich fürchte, dass der Morbus Crohn gerade einen gehörigen Sprung nach vorne macht.«

Seine Stimme klang heiser, als wären seine Stimmbänder mit Schleifpapier geschmirgelt.

»Deine Medikamente hast du?«

Voss nickte.

»Wer behandelt dich?«

»Professor Schulz von der Charité.«

»Dr. Georg Schulz, der rotarische Freund aus dem Club Gendarmenmarkt?«

Voss nickte.

»Ich tue, was ich kann, versprochen, Bernhard!«, sagte Lehmann schnell. »Wir müssen jetzt aber an deiner Verteidigung arbeiten. Das ist wichtig. Die andere Seite, die Staatsanwaltschaft, hat ernst zu nehmende Geschütze aufgefahren.«

»Herr Voss«, sagte Dengler, »ich bin Privatermittler. Ich bin dazu da, Ihnen zu helfen. Ich denke, es wäre nicht schlecht, wir könnten die letzten vierundzwanzig Stunden vor dem Mord rekonstruieren, besser sogar die letzten beiden Tage vor Ihrer Verhaftung. Aber vielleicht beantworten Sie mir zuerst eine wichtige Frage.«

Voss wandte langsam den Kopf und sah nun Dengler direkt an, als sehe er ihn zum ersten Mal. Dann nahm er die Brille ab und rieb die Augen mit dem Handrücken.

Diese Szene als Film in *YouTube* gestellt, dachte Dengler, und jedermann würde ihn für einen Verbrecher halten.

»Sie haben geweint«, sagte Dengler, so rücksichtsvoll er konnte.

Voss schüttelte den Kopf.

»Ich bin wütend.«

»Ein Mädchen ist umgekommen«, sagte Lehmann. »Sag uns ganz ehrlich, Bernhard, und vergiss nicht, ich bin dein Verteidiger und dein Freund: Hast du etwas mit diesem Mord zu tun?«

Voss' Kopf flog herum. Dengler sah seine Augen nicht mehr. Still verfluchte er Lehmann. Er hätte diese Frage stellen sollen.

Voss war aufgesprungen.

»Nein.«

Dann lauter: »Nein.«

Dann leiser: »Das alles ist absurd.«

Jetzt liefen aus den geröteten Augen zwei Tränen.

Es sieht widerlich aus, dachte Dengler.

»Ich hole einen Arzt«, sagte Lehmann und ging zur Ausgangstür.

19. Finn Kommareck

Finn.

Als Kind hatte sie diesen Namen gehasst. Niemand hieß so, und niemand in der Schule kannte jemanden, der so hieß. Findelkind, Finnwal, nannten sie die anderen Kids, manchmal auch Huckleberry Finn, den mochte sie wenigstens, lieber jedenfalls als den geschniegelten Tom Sawyer. Jetzt hatte sie einen labilen Frieden mit ihrem Vornamen geschlossen. Ihre Eltern nannten sie so, angeblich weil sie in Irland gezeugt worden war. Ihre Mutter erklärte es ihr jedes Mal, wenn sie zu viel *Southern Comfort* getrunken hatte. Sie heulte dann schnell und wurde weich und sentimental. Finn hasste das. Damals erprobte die Mutter mit ihrem Vater das erste Mal eine Art alternatives Leben, und sie suchten sich ausgerechnet Irland dazu aus.

»Wir waren Künstler, und Irland schätzt Künstler. Wir brauchten dort keine Steuern zu bezahlen.«

»Mama, in keinem Land der Welt hättest du jemals genug verdient, um auch nur einen Cent Steuern zu zahlen.«

»Ich habe genug Steuern bezahlt in meinem Leben.«

»Du?«

»Mehrwertsteuer. Bei jeder Kleinigkeit bezahle ich Steuer. 19 Prozent. Mir reicht das.«

Finn bedeutet auf Irisch hell oder gar weiß. Tatsächlich war die Hauptkommissarin Finn Kommareck hellblond. Sie trug kurz geschnittene Haare, einen Männerschnitt, wie ihre Kollegen hinter ihrem Rücken lästerten. Überhaupt stand sie im Präsidium eine Weile unter Lesbenverdacht, bis sie heiratete, den Kollegen Hauptkommissar Daniel Kommareck, der im Kunstdezernat des LKA arbeitete und ein ganz und gar ungewöhnlicher Kriminalbeamter war, einer, der stets ein Einstecktuch trug und der eher aussah wie ein Kunsthändler, jemand also, der in den Diskussionen im Präsidium als Beweis dafür herangezogen wurde, dass die Delikte, die ein Polizist ermittelte, auf die Dauer seinen Charakter und sein Aussehen bestimmten.

Die Hauptkommissarin Finn Kommareck war klein, 1,62 Meter groß, und von knabenhafter Gestalt, trotz eines beachtlichen Busens, wie jedermann im Präsidium registrierte, durchtrainiert, mit klarem Blick, deutlicher Aussprache, eine, von der man sagte, sie nehme kein Blatt vor den Mund. In den oberen Etagen des Präsidiums galt sie als fachlich kompetent, hartnäckig und fleißig, aber als persönlich schwierig. Sie leitete das erfolgreichste Fahnder-Team. Einer der leitenden Herren beschrieb sie in einer Konferenz einmal so: Die Kommareck muss man nur auf die richtigen Gleise setzen, dann prescht sie mit Volldampf los und ist nicht mehr zu stoppen, bis sie ihr Ziel erreicht hat.

Jörg Schöttle, der stellvertretende Teamleiter, setzte sich auf den Besucherstuhl, ihrem Schreibtisch gegenüber.

»Unser Kindermörder hat Ausgang bekommen?«

»Voss?«

»Er wird in die Charité gebracht. Angeblich wegen einer Krankheit, die er hat.«

Sie las weiter in einer Akte, ohne den Kopf zu heben.

»Woher weißt du das?«

»Ich kenne jemand in Moabit.«

»Und? Geht uns das was an?«

»Nein. Das ist Sache der Justizverwaltung. Die schicken ein paar von ihren Bütteln mit.«

»Also geht es uns nichts an?«

»Nein.«

»Und warum erzählst du es mir dann?«

»Nur so. Ich dachte, es interessiert dich.«

»Der Fall ist für uns erledigt. Voss sitzt. Fertig. Nächster Kandidat.«

»Nun ja, ich dachte …«

»Wann wird er ausgeführt?«

»In zwei Tagen. Morgens zehn Uhr.«

»Nicht mehr unser Bier.«

Jörg Schöttle stand auf.

»Ich wollt's nur gesagt haben.«

Er war sicher, dass Finn übermorgen um zehn Uhr im Präsidium hinter ihrem Schreibtisch sitzen würde.

Abrufbereit wie immer.

Jörg Schöttle ging zur Tür.

Wie leicht sie doch zu lenken ist, dachte er.

Er konnte den Erfolg seiner Chefin nicht verstehen. Er hielt ihn eher für ein Missverständnis. Zu oft hatte er gesehen, wie unsicher sie war, wie sie um manchen Einsatzbefehl mit sich gerungen hatte, das Team um Rat fragte, ihre Meinungen dann abgewogen und oft genug etwas ganz anders entschieden hatte. Finn entschied nach reiner Intuition, allein nach dem Bauchgefühl – und bisher hatte sie einfach Glück gehabt.

Jeder wusste, dass es Finn gewesen war, die Voss zur Strecke gebracht hatte, auch wenn Kriminalrat Wirges die Leitung der Sonderkommission innegehabt hatte. Ich schütze meine Leute, indem ich mich vor sie stelle, hatte er auf einer internen Besprechung gesagt. Eher: vor die Kameras stelle, rief ein Kollege aus den hinteren Reihen. Alle lachten, nur Wirges tat so, als habe er die Bemerkung nicht gehört, und fuhr in seinem Vortrag fort. Aber konnte man sich Finn vor einem Meer von Mikrofonen vorstellen? Ihre trockene Art vor laufenden Kameras? Das ging gar nicht, da war sich Schöttle sicher.

Schöttle wollte von Finn lernen. Er wollte auch über dieses Bauchgefühl verfügen. Er war mehr der Systematiker. Spuren sichten, Spuren gewichten, Ressourcen planen und einteilen. Das hatte er Finn voraus. Da war er sicher. Er war moderner. Aber das Bauchgefühl – das ging ihm ab. Das wollte er von Finn lernen, dann wäre er ein richtiger Fahnder. Finn Kommareck war genauso alt wie er. Wenn er vorwärtskommen wollte bei der Berliner Polizei, dann konnte er nicht auf Finns Pensionierung warten.

Aber zunächst stand er treu zu seiner Chefin. Seine Zeit würde noch kommen.

***

Als Schöttle die Türe hinter sich geschlossen hatte, wählte Finn Kommareck eine Nummer.

»Wieso erfahr ich nichts davon, dass der Voss ausgeführt wird?«

Sie hörte sich zehn Sekunden lang die Erklärung auf der anderen Seite der Leitung an.

»Ich verlange, dass ein Sondereinsatzkommando diesen Ausflug begleitet. Der Mann ist ein Mörder, es gibt ein großes, sogar ein herausragendes öffentliches Interesse an dem Fall. Sie haben es ja selbst befeuert.«

Wieder hörte sie zehn Sekunden ihrem Gesprächspartner zu.

»Ich schreibe jetzt eine Aktennotiz, dass ich auf dem Einsatz des SEKs bestanden habe. Es liegt dann in Ihrer Verantwortung, wenn irgendetwas …«

Ihr Gesprächspartner unterbrach sie, still folgte sie dem, was am anderen Ende der Leitung verfügt wurde. Dann legte sie grußlos auf.

»Warum nicht gleich so«, sagte sie leise und wandte sich wieder ihrer Arbeit zu.

***

Am Abend ging sie mit ihrem Mann aus. Das kam selten vor, doch seit Wochen lag ihr Daniel in den Ohren, er wolle ihr unbedingt seinen »Lieblingskriminellen« vorstellen.

»Er ist vom Himmel belohnt mit der Gabe zu malen, richtig gut sogar, aber gleichzeitig ist er gestraft mit einem völligen Mangel an Fantasie. Er kann malen, aber sich nichts ausmalen«, sagte Daniel, als sie Marzahn bereits durchquert hatten und nun auf der Landsberger Chaussee weiter ostwärts fuhren.

»Und was macht er dann?«

»Er kopiert.«

»Er kopiert?«

»Es ist der beste Kunstfälscher, den ich kenne. Ich habe ihn vor ein paar Jahren Knast bewahrt. Im Gegenzug berät er mich und gibt mir auch Tipps. Wir sind Freunde geworden. Ich möchte, dass du ihn kennenlernst.«

Er bog in eine Seitenstraße ein und hielt schließlich vor einem verwilderten Grundstück. Sie gingen an einer hohen, wild wuchernden Hecke vorbei, bis sie zu einem vergitterten, mit zwei Schlössern gesicherten Tor kamen. Daniel rief etwas, dann schlurfte Felix Kunert aus dem dahinterliegenden Haus heran und schloss auf.

Felix Kunert trug einen dunkelblauen, mit Farbe beschmierten Arbeitskittel. Er war klein, Finn schätzte ihn auf 1,65 Meter, völlig kahl, aber mit einem breiten, an den Mundwinkeln herabhängenden Oberlippenbart. Aus einem wachen Gesicht strahlten zwei braune wache und freundliche Augen.

»Sieh an. Der Daniel Kommareck mit seiner Frau«, knurrte er und schloss das Tor hinter ihnen. »Ihr Mann lässt mir keine Ruhe«, wandte er sich an Finn. »Er ist schlimmer als die Stasi.«

»Übertreib nicht, Felix. Heute will ich mal keine Informationen von dir.«

»Aber meinen Schnaps.«

»Ja, den schon.«

Es wurde ein gelungener Abend. Sie saßen in Kunerts Atelier, tranken viel, lachten, und der Maler stellte ihnen eine Reihe von neuen Bildern vor, Kopien von Cranach und El Greco.

»Nur zur Übung«, sagte er. »Verkaufe ich nicht. Ehrenwort.«

Sie fuhren mit dem Taxi zurück in ihre Wohnung.

»Er ist nicht dein Freund«, sagte Finn, als sie fast zu Hause waren. »Du zwingst ihn, dir Tipps zu geben. Das macht er sicher nicht gern. Wenn du wirklich sein Freund wärst, würdest du das nicht von ihm verlangen.«

Daniel wollte etwas sagen, aber da hielt das Taxi vor ihrer Tür.

20. Christine Leonhard-Voss

»Frau Voss, morgen Vormittag wird Ihr Mann in die Charité gebracht. Er wird von Professor Schulz untersucht.«

»Kann ich ihn begleiten?«

»Das wird wohl nicht möglich sein. Die Ausführung zum Arztbesuch wird streng bewacht.«

»Kann ich meinen Mann wenigstens sehen?«

»Auch das wird schwierig werden. Die Justizverwaltung geht kein Risiko ein. Er wird permanent von vier Justizbeamten bewacht. Er wird ständig gefesselt sein. Dr. Lehmann und

ich begleiten ihn. Ich kann ihm gern etwas von Ihnen ausrichten, eine Nachricht überbringen.«

Sie schüttelte kaum merklich den Kopf.

Christine Leonhard-Voss saß aufrecht auf der Couch. Den
Rücken hielt sie senkrecht, er berührte die Lehne aus wei-
ßem Leder nicht. Die Beine standen streng, fast rechtwinklig
nebeneinander. Die Hände lagen gefaltet auf ihren Knien.
Sie trug ein helles Leinenkostüm, Ohrringe mit einem dun-
kelblauen Stein, die ihre blonden oder blondierten Haare –
Dengler konnte das nicht unterscheiden – gut zur Geltung
brachten. Sie hatte nicht geweint, zumindest waren ihre
Augen nicht gerötet, aber im Gegensatz zu ihrer aufrechten
Haltung zeugte ihr Blick von mitleiderregender Müdigkeit.

»Frau Voss, ich habe es Ihnen ja schon kurz gesagt, ich bin
privater Ermittler. Dr. Lehmann hat mich engagiert. Wir arbeiten an der Verteidigung Ihres Mannes.«

Sie sah ihn an.

»Ich bin auf Ihrer Seite und werde Ihnen helfen. Trotzdem
muss ich Sie fragen: Können Sie sich vorstellen, dass an den
Vorwürfen gegen Ihren Mann irgendetwas wahr sein könnte?«

»Nein, natürlich nicht.«

Ihre Stimme klang fest.

»Weil Sie Ihren Mann genau kennen?«

»Ich kenne Bernhard. Und ich kenne die Männer.«

Dengler kniff die Augen zusammen und verschob den Kopf
ein wenig, um die Frau besser sehen zu können.

»Ich bin Frauenärztin. Ich weiß, wozu Männer in der Lage
sind. Ich habe es oft genug sehen müssen. Ich habe es oft
genug wieder heilen müssen.«

»Sie glauben also …«

»Ich glaube nicht. Ich *weiß*, dass Bernhard dieses Mädchen
nicht vergewaltigt hat.«

Dengler wartete.

»Es gibt Männer, die vergewaltigen, das sind einige, viel zu viele, es gibt andere, die würden es tun, wenn sie könnten oder in eine Situation kämen, in der es möglich wäre. Und es gibt Männer, die es selbst dann nicht tun würden, tun könnten, wenn sie ungestraft davonkämen. Das sind vielleicht nicht viele, aber Bernhard ist einer davon. Nicht zuletzt aus diesem Grund habe ich ihn geheiratet, und genau deshalb ist er der Vater meiner Töchter.«

»Wo sind Ihre Töchter jetzt?«

»Ich habe sie ein wenig« – sie machte eine fahrige Bewegung mit der Hand – »aus dem Strudel rausgebracht.«

»Sie wissen, dass an der Leiche von Jasmin Berner Sperma Ihres Mannes gefunden wurde.«

»Man hat es mir gesagt.«

»Können Sie sich das erklären?«

»Nein.«

»Sperma verliert man nicht unbemerkt.«

»Das ist mir, weiß Gott, bekannt.«

»Die Spermien haben noch gelebt.«

Sie sah ihn an, erneut mit diesem schrecklichen müden Blick.

»Ach, das ist mir neu.«

»Spermien leben maximal 24 Stunden.«

»Außerhalb der Vagina. Innerhalb der Vagina können sie bis sieben Tage überleben.«

Als sie Denglers fragendes Gesicht sah, sagte sie: »Glauben Sie mir, ich bin vom Fach.«

Dengler verfluchte sich. Hatte der Gerichtsmediziner die lebenden Spermien nun *in* oder *an* der Leiche gefunden? Er wusste es nicht mehr.

»Die begrenzte Lebensdauer ist eine Spur. Ich möchte diese Zeit, zunächst einmal die letzten vierundzwanzig Stunden im Leben Ihres Mannes rekonstruieren. Irgendwo und irgendwie muss er die Spermien verloren haben. Ich bitte Sie dabei um Ihre Hilfe.«

»Die haben Sie. Ich tue alles, was ihm hilft.«

Er zog sein schwarzes Notizbuch aus der Innentasche des Jacketts: »Schildern Sie Ihren Tag.«

»Vierundzwanzig Stunden? Nun, dann fangen wir mit dem Abend an, bevor dieses arme Kind gefunden wurde. Bernhard kam spät aus der Charité zurück. Das ist aber nichts Besonderes. Er arbeitet oft bis spät in den Abend. Eigentlich meistens. Tagsüber klingelt das Telefon, die E-Mails treffen ein, Mitarbeiter wollen etwas von ihm. Abends kann er die Dinge erledigen, bei denen er nicht auf Mithilfe anderer angewiesen ist.«

»Hat ihn jemand in der Charité gesehen?«

»Das weiß ich nicht. Es würde mich aber sehr wundern, wenn er unbeobachtet gewesen ist. Es gibt immer einige Doktoranden oder andere Mitarbeiter, die ebenfalls lange da sind.«

»Wann kam er nach Hause?«

»So um halb zehn.«

»Was haben Sie dann gemacht?«

»Wir haben ein Glas Rotwein getrunken, ich habe ihm eine Scheibe Brot geschmiert, mit Münsterkäse und Apfelscheiben, das mag er gerne, und dann besprachen wir unseren Tag. Das machen wir jeden Abend – fast jeden Abend.«

»Wirkte Ihr Mann irgendwie anders? Aufgeregt? Erregt?«

»Ja.«

»Ja?«

»Er war aufgeregt. Aber das hatte den Grund, dass er kurz vor dem Ende einer Forschungsreihe stand und neugierig war, wie sie wohl ausfallen würde. Ich habe ihn in diesem Zustand schon öfter erlebt. Insofern war diese Aufregung normal. Und unser Abend auch.«

»Wissen Sie, um was es bei der Arbeit Ihres Mannes ging?«

»Er untersucht neue Arzneimittel auf ihre Wirksamkeit. Aufgeregt war er, weil eine Testserie für ein neues Therapeutikum gegen Morbus Crohn zu Ende ging. Das ist eine bisher unheilbare Autoimmunerkrankung der Darmschleimhäute.

Bernhard leidet selbst an dieser Krankheit, wie Sie wissen. Er hat in dieser Arbeit auch große Chancen für sich selbst gesehen. Seine Forschungen sind gut verlaufen. Das ist, das war alles sehr aufregend für ihn … für uns.«

»Und dann?«

»Dann? Nichts. Wir gingen zu Bett.«

»Verließ Ihr Mann in dieser Nacht noch einmal das Haus?«

»Nein.«

»Nein? Hätten Sie es denn bemerkt, wenn er es getan hätte?«

»Hat er nicht. Ich schlafe leicht. Ich werde jedes Mal wach, wenn mein Mann in der Nacht die Toilette aufsucht. Und das muss er jede Nacht einmal oder zweimal. Sie verstehen?«

»Äh, ja. Und sagen Sie, nun ja, kann es sein, dass Ihr Mann in dieser Nacht das Sperma verloren hat?«

»Wie meinen Sie das?«

»Ich frage mich, nun ja, ob …«

»Ob wir in dieser Nacht Sex gehabt haben?«

»Hm.«

»Nein. Hatten wir nicht.«

Dengler schwieg.

»Sie fragen sich, ob er onaniert hat, möglicherweise?«

»Äh, ja …«

»Das tun alle Männer, wie wir alle wissen. Die einen mehr, die anderen weniger. Ob verheiratet oder nicht.«

»Nun …«

»Ich habe nichts bemerkt. Ich bemerke es aber auch sonst nicht, wenn er es tut. Es geht mich nichts an, finde ich.«

Aber du hättest dich auf diesem Weg in den Besitz seines Saftes bringen können, dachte Dengler. Dies wäre ein Weg gewesen …

»Haben Sie eine Haushälterin, eine Putzfrau, irgendjemand in der Art?«

»Machen Sie keine Witze, Herr …«

»Dengler.«

»Herr Dengler. Es gibt eine Putzfrau, und sie war an dem Tag auch da. Aber erst viel später. Und sie hat bestimmt nicht das Sperma meines Mannes zusammengekratzt.«

»Das ist unwahrscheinlich«, gab er zu. »Und wie ging es weiter?«

»Am Morgen standen wir auf. Ich um sieben, er um halb acht. Ich dusche, mache mit einer meiner Töchter Frühstück, bringe ihm eine Tasse Tee ans Bett. Jeden Werktag so etwa der gleiche Ablauf. Um halb acht geht unsere Tochter aus dem Haus. Bernhard hat sich wie immer von ihr verabschiedet. Wir tranken noch eine Tasse Kaffee, dann fuhr ich in meine Praxis und er in die Charité. Das war's.«

»Haben Sie tagsüber Kontakt?«

»Ja. Wir rufen uns ein- oder zweimal täglich an.«

»Warum?«

»Warum? Weil wir Sehnsucht nacheinander haben. Weil wir etwas erlebt haben, das wir mit dem anderen teilen wollen. Weil ich seine Stimme hören will. Deshalb.«

»Sie führen eine gute Ehe?«

»Wir führen *unsere* Ehe. Ich mag unser Leben. Zu keinem Zeitpunkt wollte ich ein anderes haben. Ich lebe so, wie ich es will. Mit dem Mann, den ich will, und zwei hinreißenden Töchtern.«

Sie atmete tief ein. Einmal, zweimal. Sie rang um ihre Fassung.

»Gibt es ein Geheimnis Ihrer Ehe?«

Diese Frage hatte nun entschieden nichts mit dem Fall zu tun. Gab es glückliche Ehen? Er kannte keine. Seine Ehe mit Hildegard war irgendwann zu einer Katastrophe geworden. Dass er mit Olga so zufrieden war, führte er auch darauf zurück, dass sie nicht verheiratet waren.

»Geheimnis? Es gibt kein Geheimnis.«

Sie zögerte einen Augenblick.

»Vielleicht doch«, sagte sie. »Wir sind beide mit Leib und Seele Mediziner. Wir kennen uns aus dem Studium. Ich habe ihn unterstützt, als er promovierte. Wir wollten nie aus Karrieregründen Ärzte werden. Ich wollte Frauen helfen. Das ist mein Lebensplan. Er will den Menschen durch seine Forschung helfen, er ist Wissenschaftler. Er will das Gleiche wie ich, aber auf eine etwas andere Art.«

Sie hob den Arm und legte die Hand wieder sachte auf ihr Knie.

»Unser Lebensziel, die Sache, der wir uns verschrieben haben, ist vielleicht für uns beide das Wichtigste. Wir wären nicht miteinander verheiratet, wenn das nicht so wäre. Verstehen Sie?«

Dengler nickte, obwohl er es nicht verstand. Zum ersten Mal reifte in seinem Kopf eine Idee: Wie wäre es, wenn Olga und ich verheiratet wären? Würde das funktionieren? So gut wie bei dem Ehepaar Voss?

»Die Liebe zum Heilen steht bei uns an erster Stelle, und daher haben wir viel Platz für unsere Liebe zueinander. So ist das bei uns.«

»War Treue, ich meine Untreue, je ein Thema zwischen Ihnen?«

Ihre Haltung blieb wie zuvor, aber nun rieb sie die beiden Handflächen aneinander und fuhr dann mit den Fingernägeln an der Innenseite der linken Hand entlang. Sie war nervös. Das sagte nicht nur der FBI-Lehrgang zu dieser Geste. Es war eindeutig, aber vermutlich das Mindeste, was man bei einer Frau erwarten konnte, deren Mann wegen Kindsmord verhaftet worden war.

Sie sah ihn wieder an.

»Nein. Wir sind beide treu. Ich bin treu, und er ist es auch. Aber es ist nicht so, dass wir dabei das Gefühl haben, auf etwas zu verzichten. Wir … Es ist einfach so. Es fällt uns nicht schwer.« – Sie zögerte einen Moment – »Es … Wir haben uns nie Treue geschworen. Ich, nun ja, hätte am Anfang unserer Ehe auch nicht die Hand ins Feuer gelegt für meine sexuelle Treue. Aber es hat sich einfach so ergeben.«

»Wann sahen Sie sich – nachdem Sie beide zur Arbeit gefahren waren – das nächste Mal?«

»Am Abend. Als ich nach Hause kam, lag er auf dem Sofa. Hier auf diesem. Er hatte wohl etwas zu viel getrunken.«

»Kam das öfter vor?«

»Eigentlich nicht. Nur, wenn er mit seinem Bruder unterwegs war. Sein Bruder feiert gerne. Bernhard auch, aber Rüdiger, mein Schwager, ist etwas, man kann sagen: lebhafter. Und trinkfester. Die beiden gehen einmal im Monat zusammen aus, und dann passiert es leicht, dass ...«

»Um wie viel Uhr kamen Sie nach Hause?«

»Kurz nach Mitternacht.«

»Und was haben Sie getan?«

»Wie meinen Sie das? Ich habe geduscht und bin ins Bett gegangen.«

»Und Ihren Mann haben Sie auf dem Sofa liegen lassen?«

»Ich hab ihn zugedeckt. In meinem Bett mochte ich ihn in diesem Zustand lieber nicht haben. Einen Mann, der nach Kneipe und Alkohol stinkt ...«

»War er ... schwer betrunken?«

»Er hatte ordentlich getankt, wie man so sagt. Offenbar so viel, dass er es nicht mehr unter die Dusche und ins Bett geschafft hat.«

»Und dann?«

»In der Nacht kroch er irgendwann zu mir. Müde, aber immerhin geduscht. Und am Morgen war es wie jeden Tag, außer dass er zwei Aspirin nahm. Noch vor dem Frühstück.«

»Keine Veränderung an ihm?«

»Nein. Außer dem Kater keine Veränderung. Er hat dieses Mädchen nicht umgebracht.«

Dengler sah sie an.

»Er war's nicht. Er könnte es nicht.«

»Ich möchte mit Ihnen über das Jackett sprechen. Die Polizei hat ein Jackett beschlagnahmt. Ein schwarz-weißes Jackett. Wo war dieses Jackett?«

»Es hing in Bernhards Kleiderschrank. Hören Sie, das Jackett ist uralt. Es hat noch diesen schrecklichen breiten Kragen; früher trug man mal so etwas. Es ist wirklich uralt. Wir hätten es schon längst zur Altkleidersammlung geben sollen. Bernhard hat es schon jahrelang nicht mehr getragen.«

»Es sollen Faserspuren dieses Jacketts an der Leiche des Kindes gefunden worden sein.«

Christine Leonhard-Voss fuhr sich mit der rechten Hand zweimal an der Halsaußenseite entlang, vier Finger, alle außer ihrem kleinen Finger, verschwanden hinter dem Ohr. Dann rutschte ihre Hand tiefer bis zur Halsvorderseite und rieb über die Drosselgrube. Die linke Hand glitt vom Knie hinauf zum Oberschenkel.

Was bedeutete diese Geste?

»Wenn ihr nicht wisst, was eine Geste bedeutet, dann macht sie nach und spürt, wie sie auf euch wirkt«, hatte Bill Branch, einer der Seminarleiter des FBI, zu ihnen gesagt. »Spiegelt euren Gesprächspartner, spürt es ihm nach – und ihr wisst, wie sich euer Gesprächspartner gerade fühlt.«

Dengler sah den waidwunden Blick der Frau. Er wollte ihre Geste nicht wiederholen. Er würde sich lächerlich dabei vorkommen.

»Das Jackett«, sagte Christine Leonhard-Voss in diesem Augenblick, »ich kann es nicht erklären. Was immer in Bernhard vorgegangen sein mag, dass er ausgerechnet dieses alte Ding angezogen hat – ich kann es mir einfach nicht vorstellen.«

»Kann es sein, dass er das Haus noch einmal verlassen hat, als Sie bereits geschlafen haben?«

»Auch das kann ich mir nicht vorstellen. Er sah ziemlich betrunken aus, wissen Sie. Und er schlief fest.«

»Würden Sie es hören, wenn er mit dem Wagen noch einmal fortgefahren wäre?«

»Wenn er die Garagentür geöffnet hätte – ich hätte es hören müssen.«

»Haben Sie es gehört?«

»Nein.«

Dann sagte sie leise: »Nichts habe ich bemerkt. Nichts. Ich habe nichts bemerkt. Können Sie sich das vorstellen?«

21. Rüdiger Voss

Dengler fuhr mit der U2 von der Station Stadtmitte bis nach Pankow. Dort stieg er in die S2. Hinter Pankow, im Nordosten von Berlin, liegt Berlin-Buch.

Bereits auf dem Bahnsteig empfing ihn eine große Reklametafel: *Willkommen in der Gesundheitsregion Berlin-Buch. Forschen, Heilen, Pflegen.* Die Helios-Klinik warb bereits auf dem Stationsschild der Berliner Verkehrsgesellschaft. Als er die Treppe hinunter auf die Straße ging, sah er die weniger teure Werbung, die eher zu dem Stadtteil passte: Eine staatlich geprüfte Podologin bot auf einem handgeschriebenen Schild medizinische Fußpflege und die Entfernung von Hühneraugen an. Direkt daneben wurde für Trendnägel, Haarverlängerung und Wimpernverdichtung geworben.

Der Bus 351 brachte ihn auf den Campus der Charité, ein weiträumiges Areal mit unterschiedlichen Bauten, alte und neue Architektur in gelungenem Wechselspiel, keine Hochhäuser, eher zwei- oder drei- als fünfstöckige Bauten. Viel Grün. Schmale Straßen. Alles wirkte ruhig und angenehm.

Rüdiger Voss war deutlich jünger als sein inhaftierter Bruder. Dengler schätzte ihn auf Anfang oder Mitte vierzig. Sein Gesicht war schmaler als das seines Bruders, die Haut gebräunt, eher in einem natürlich wirkenden olivfarbenen Ton als in einem, der auf die Benutzung von Solarien hindeutete. Das schwarze Haar trug er nicht kurz, aber auch nicht lang.

Es war nach hinten gekämmt, und nicht ein einziges Här-chen tanzte aus der Reihe, alle lagen perfekt nebeneinander, in gleicher Richtung und Länge. Nur auf dem Handrücken sträubten sich einige kurze schwarze Haare eigenwillig in verschiedene Richtungen, doch bereits auf dem Rücken von Zeige- und Mittelfinger lagen sie wieder fein und glatt. Es waren sehr feine, geradezu schlanke Hände. Dengler konnte sich gut vorstellen, wie sie mit schnellen, präzisen Schnitten einen Rumpf auftrennten. Ein Paar wache, graue Augen musterten Dengler interessiert. Den weißen Arztkittel hatte Rüdiger Voss nicht zugeknöpft, darunter trug er ein weißes T-Shirt, hellblaue Jeans, die auf unaufdringliche Art teuer aussahen. An den Füßen sah Dengler dunkelblaue Socken und weiße Crocs, jene durchlöcherten Plastikschuhe, die in den Heilberufen so beliebt sind. Keine Frage, Rüdiger Voss war ein attraktiver Mann, er bewegte sich sicher und selbst-bewusst, in raumgreifenden Schritten war er einen langen Gang Dengler entgegengeeilt und hatte seine Hand mit an-genehm festem Druck geschüttelt.

Er führte ihn in ein Büro, das durch seine Kargheit und Enge nicht recht zu diesem modernen Mediziner zu passen schien. Ein schmaler Schlauch mit einem Schreibtisch auf der rech-ten Seite, einem Untersuchungstisch auf der anderen Seite, einigen Schränken, einem Bildschirm und verschiedenen elektronischen Untersuchungsgeräten. Der Ausblick durch das Fenster zeigte eines der anderen Forschungsinstitute. Der Schreibtisch wirkte chaotisch, übersät mit Papieren, Krankenakten, Röntgenbildern sowie handschriftlichen Auf-zeichnungen.

Dengler setzte sich vorsichtig auf den Besucherstuhl, der mitten im Zimmer stand. Rüdiger Voss setzte sich an den Schreibtisch und drehte sich zu Dengler um.

»Sie sind also der Privatdetektiv, der meinem Bruder helfen soll?«

»Das bin ich.«

Voss sah ihn skeptisch an: »Ich hoffe, Sie können etwas für ihn tun.«

»Halten Sie es für denkbar, dass Ihr Bruder das Mädchen umgebracht hat?«

»Nein. Natürlich nicht.«

»Sie wissen, dass Sperma Ihres Bruders an der Leiche des Mädchens gefunden wurde, dass Fasern seines Jacketts an der Leiche sichergestellt wurden und dass der Wagen Ihres Bruders in der Nacht geblitzt wurde?«

»Ich weiß das alles, und ich habe keine Erklärung dafür. Ich bin mir jedoch sicher: Mein Bruder ist kein Mörder. Ich kenne ihn. Seit ich auf der Welt bin.«

»Nehmen wir an, jemand hat das inszeniert, um Ihrem Bruder zu schaden. Können Sie sich einen Grund vorstellen?«

»Nein. Das ist ausgeschlossen. Mein Bruder hatte keine Feinde. Er hatte Konkurrenten, als er sich um den Lehrstuhl bewarb, aber die sind längst anderswo untergekommen. Nein, es muss eine Verkettung unglücklicher Umstände sein. Der wirkliche Mörder läuft da draußen noch rum.«

»Ihr Bruder hat ein Medikament überprüft. Gegen Morbus Crohn. Was hat es damit auf sich?«

»Darüber sprachen wir, als wir an diesem unglückseligen Abend im Zwiebelfisch saßen. Die Testreihe, die mein Bruder betreute, ging zu Ende. Und die Ergebnisse waren gut. Er freute sich darüber, denn er leidet selbst an dieser Krankheit.«

»Gute Ergebnisse – das bedeutet?«

»Das Medikament war wirksam. In dem umgrenzten Therapieumfeld würde es vielen Menschen helfen. Eine gute Nachricht.«

»Wurde durch dieses Medikament irgendjemandem geschadet? Könnte ein Motiv erkennbar sein, Ihrem Bruder …?«

Rüdiger Voss winkte ab.

»Nein, alle werden davon profitieren. Die Kliniken, der Hersteller, die Ärzte, die Patienten, alle.«

»Ich habe Ihren Bruder im Gefängnis kennengelernt. Er stand unter Haftschock. Können Sie mir Ihren Bruder beschreiben – unter normalen Umständen?«

»Mein Bruder? Er ist ein großartiger Mensch. Er war immer mein Vorbild. Ein richtiger älterer Bruder. In der Grundschule konnte ich gegenüber den viel stärkeren Rowdys in meiner Klasse auf dem Pausenhof immer etwas frecher sein, weil ich mit meinem großen Bruder drohen konnte. Wahrscheinlich bin ich auch nur deshalb Mediziner geworden, um ihm nachzueifern.«

»Seine Frau erzählte mir, Sie seien lustiger und trinkfester als er.«

Rüdiger Voss lachte: »Das stimmt. Wir hatten strenge, konservative Eltern. Er hat sich alles erkämpfen müssen, Dinge wie samstags ausgehen, Jeans und weiße Turnschuhe tragen. Rockmusik war zunächst verboten. Disco. All diese Dinge. Aber er hat den Weg freigekämpft. Bei mir waren die Eltern dann milder; ich hatte es einfacher. Ich bin in seinem Fahrwasser geschwommen. Dafür bin ich ihm immer dankbar. Aber vielleicht war er wegen dieser Vorreiterrolle auch immer der ernstere Typ von uns beiden.«

»Sie sind beide Wissenschaftler geworden?«

»Bernhard ist ein richtiger Wissenschaftler. Auch darin folge ich ihm, aber nicht mit der gleichen absoluten Konsequenz. Ich bin dafür näher am Patienten als er.«

Als er Denglers fragendes Gesicht sah, erläuterte er: »Bernhard beschäftigt sich mit der Wirkung von Substanzen, Medikamenten und so weiter. Er forscht. Ich heile direkt am Menschen.«

»Kennen Sie das karierte Jackett, das die Polizei sichergestellt hat?«

»Nein. Ich kann mir nicht vorstellen, dass Bernhard so was trägt.«

»Nach den Ergebnissen der kriminaltechnischen Untersuchung und der Beschlagnahmung in seinem Schrank: Ja, er trägt so etwas. Kommen wir noch mal zu dem Tatabend: Ihr Bruder war betrunken, als sie ihn nach Hause gebracht haben.«

»Wir haben einiges getrunken. Aber er war auch nicht gerade sternhagelvoll.«

»Hätte er noch fahren können?«

»Rein technisch, sicher. Aber wenn ihn die Polizei erwischt hätte, wären es mehr als 0,8 Promille gewesen.«

»Und bei Ihnen?«

»Ich hätte wohl auch besser ein Taxi nehmen sollen. Aber Sie werden das wohl nicht der Polizei melden?«

»Keine Sorge. Können Sie mir genauer sagen, was Sie beide an diesem Abend getrunken haben?«

»Ein paar Biere. Zwei Schnäpse – also jeder einen Schnaps. Wir saßen im Zwiebelfisch. Nicht extrem. Extrem haben wir nicht getrunken.«

»Besuchten Sie noch ein anderes Lokal?«

»Wir nahmen noch einen Absacker in der K-Bar am Savignyplatz. Das war's.«

»Sie haben Ihren Bruder zu Hause abgesetzt. Hatte er keinen eigenen Wagen dabei?«

»Nein. Er bat mich, ihn in Prenzlauer Berg abzuholen. Das hab ich dann auch gemacht.«

»Wissen Sie, was Ihr Bruder dort wollte?«

»Nein. Ich habe ihn auch nicht danach gefragt.«

»Wissen Sie noch, wann Sie Ihren Bruder zu Hause abgesetzt haben?«

»Das muss etwa Viertel nach elf gewesen sein.«

»Wieso können Sie sich daran so gut erinnern?«

»Ich hatte das Radio an, und nach den Nachrichten brachte Radio 1 *Can't buy my love* von Robert Plant. Das erinnerte mich an den gleichnamigen Beatles-Song. Ich bin Beatles-Fan und ein Fan von Led Zeppelin.«

Voss blickte einen Moment auf den Boden, als habe er etwas verloren.

»Kennen Sie den Song?«

»Nein«, sagte Dengler. »Ich kenne den Song nur von den Beatles.«

»Robert Plant hat fast ein Punkstück draus gemacht. Sehr gut. Sollten Sie mal hören.«

»Wenn Ihr Bruder das Mädchen nicht getötet und nicht vergewaltigt hat: Wo hat er das Sperma verloren, das auf und in ihrer Leiche gefunden wurde?«

»Ich weiß es nicht. Das ist mir, ehrlich gesagt, ein Rätsel.«

»Sie haben keine Idee?«

»Nein. Hören Sie: Mein Bruder ist unschuldig. Ich kann Ihnen nicht weiterhelfen und – verzeihen Sie, aber die Patienten warten.«

Plötzlich wirkte dieser selbstsichere Mann unsicher und verletzlich.

»Wir, also die ganze Familie, wir zählen auf Sie.«

Dengler drückte ihm die Hand.

»Ich werde tun, was ich kann«, sagte er.

* * *

Wie betrunken war Bernhard Voss wirklich gewesen? Diese Frage beschäftigte Dengler auf der Rückfahrt. Nach den Angaben seiner Frau war Voss nahezu bewusstlos gewesen. Was hatte sie gesagt? Dengler zog sein Notizbuch aus der Tasche und blätterte einige Seiten zurück.

> Ordentlich getankt. Hat es nicht mehr unter die
> Dusche und ins Bett geschafft.

Von einem Schnaps und einigen Bier? Dengler notierte sich die Frage:

> Was hatte Bernhard Voss wirklich getrunken?

Andererseits: Bernhard Voss vertrug weniger als sein Bruder, auch das hatte seine Frau ihm gesagt. Vielleicht lag darin die Erklärung dieses Widerspruchs.

Wenn Voss der Täter war, dann müsste er den Mord an Jasmin Berner nach der Rückkehr von dem Besäufnis mit seinem Bruder begangen haben. Er müsste gewartet haben, bis seine Frau ins Bett gegangen und eingeschlafen war und dann losgezogen sein und Jasmin vergewaltigt und umgebracht haben. Eiskalt und durchgeplant. Christine Leonhard-Voss hatte zu ihm gesagt: »Wenn er die Garagentür geöffnet hätte, ich hätte es hören müssen.«

Vielleicht stand der Mercedes auf der Straße?

Im Grunde bestätigen meine Nachforschungen nur die Ermittlungen der Polizei, dachte Dengler. Kein neues Detail. Nichts.

Er rief auf dem Handy Rüdiger Voss an. Der Arzt klang ungeduldig.

»Was gibt's noch?«, fragte er. »Ich bin auf dem Weg zur Visite.«

»Entschuldigen Sie, nur eine kurze Frage: Als Sie Ihren Bruder abgeliefert haben, stand da dessen Mercedes auf der Straße?«

Einen kurzen Augenblick herrschte Schweigen in der Leitung.

»Ich glaube nicht. Aber ich habe darauf nicht geachtet. Wirklich nicht. Weitere Fragen?«

»Nein.«

22. Ausfahrt

Am nächsten Morgen trafen sich Georg Dengler und Dr. Lehmann bereits um acht Uhr vor dem kleinen Spezialeingang für Rechtsanwälte des Gefängnisses Moabit. Wieder wurden sie routiniert und gründlich durchsucht, aber diesmal mussten sie ihre Mobiltelefone nicht abgeben. Sie gingen auch nicht durch den verwinkelten Gang in das Innere des Gefängnisses, sondern wurden von zwei Justizbeamten direkt in den Innenhof gebracht. Dort standen bereits ein vergitterter VW Bully älterer Bauart und ein ebenso dunkelblauer ziviler Ford Kombi sowie zwei grüne VW Variant. Drei Justizbeamte standen bei den Fahrzeugen. Alle trugen Dienstwaffen an der Hüfte.

Kurz danach wurde Bernhard Voss von zwei weiteren Beamten in den Hof geführt. Er war blass, wirkte aber gefasst. Seine beiden Hände waren mit Handschellen gefesselt. Er trug eine beige Cordhose, einen grünen Pullover und darüber ein braunes Jackett. Seinen Vollbart hatte er wohl mit einer Schere etwas zurückgeschnitten, aber noch immer wirkte er zerzaust. Lehmann und Dengler gingen zu ihm.

Einer der beiden Justizbeamten stellte sich vor: »Ich bin Heinz Schranz, Leiter des Vorführdienstes hier in Moabit.«

»Lehmann, ich bin der Anwalt von Professor Voss. Das ist Herr Dengler, Anwaltsgehilfe.«

Man gab sich die Hand.

»Der Untersuchungshäftling Voss«, sagte Schranz, »unterliegt der ständigen und unmittelbaren Beaufsichtigung durch die Justizbehörden, also durch mich und meine Männer. Er ist und bleibt ständig gefesselt. Im Behandlungsraum wird er umgefesselt, wenn der behandelnde Arzt das verlangt. Wir haben heute wegen des großen öffentlichen Interesses Verstärkung durch ein Sondereinsatzkommando erhalten. Sie beide fahren mit uns in dem zweiten Variant.«

»Guten Morgen, Bernhard«, begrüßte Lehmann Voss. »Wir werden dich begleiten und schauen, dass du ordentlich behandelt wirst.«

»Kann der Untersuchungsgefangene Professor Voss in den Wagen, oder möchten Sie noch mit ihm sprechen?«, fragte ein Justizbeamter.

»Los geht's«, sagte Lehmann.

Plötzlich ging eine weitere Tür auf, und ein Trupp dunkel bekleideter Männer trat in den Hof. Sie trugen Maschinenpistolen um die Schultern und Pistolen in Seitenhalftern. Sie stiegen wortlos in den Ford-Kombi.

»Der SEK-Leiter heißt Müller«, sagte Schranz. »Mir hat er sich zumindest telefonisch so vorgestellt.«

***

Sie fuhren in einem kleinen Konvoi zum Tiergarten, bogen in die Straße Alt-Moabit ein. Vorne fuhr der VW-Bus mit Voss und zwei Beamten, es folgte der Ford mit dem Sondereinsatzkommando, und dahinter fuhren die beiden Volkswagen der Justizverwaltung. Auf der Rückbank des letzten Autos saßen Dr. Lehmann und Georg Dengler. Die Wagen folgten der Invalidenstraße, fuhren am Hauptbahnhof vorbei und bogen beim Museum für Naturkunde ab, folgten der Luisenstraße und passierten eine beschrankte Pforte. Sie hielten vor einem der zahlreichen roten Backsteinbauten.

***

Die Leitung der Charité hatte den geplanten Weg zu den Behandlungsräumen im ersten Stock bereits durch eigenes Personal räumen lassen, sodass Dengler außer zwei kopfschüttelnden Hausmeistern keinen Menschen bei der Ankunft sah. Der Ford mit den SEK-Polizisten hielt als Erstes, die Männer sprangen heraus und sicherten die Eingangstür.

Sie trugen dunkle Kampfanzüge, Helme und ein schwarzes Tuch als Gesichtsschutz. Der Ford fuhr weiter, der betagte VW-Bus hielt an. Schranz und drei weitere Justizbeamte stiegen aus und halfen dem mit Handschellen gefesselten Bernhard Voss beim Aussteigen. Auch Dr. Lehmann und Georg Dengler verließen ihren Wagen und folgten der Gruppe.

Wie lange das alles her ist, dachte Dengler. Wie lange habe ich schon keinen Einsatz mehr aus der Nähe gesehen? Jetzt empfand er den Aufwand, der betrieben wurde, um einen kranken Mann an der Flucht zu hindern, als lächerlich. Vier Justizbeamte hätten als Bewachung völlig ausgereicht. So aber, das beobachtete Dengler, waren alle verunsichert, weil sie sich nicht darüber im Klaren waren, wer hier das Kommando hatte, der SEK-Führer oder sie.

Ein junger Mann in dem typisch wehenden weißen Kittel eines Mediziners kam auf sie zu. Er ging zu dem SEK-Führer und sprach mit ihm. Die Charité hatte den Platz durch eigene Leute von Publikumsverkehr gesperrt. Ein gelbschwarzes Absperrband flatterte im Wind. Neugierige gab es nicht, auch keine Presseleute. Offenbar hatten alle Beteiligten dichtgehalten.

Zwei der Justizbeamten flüsterten miteinander. Dadurch entstand etwas Unruhe. Dann ging einer der Beamten auf den SEK-Leiter zu, der immer noch mit dem Mediziner sprach. Als dieser sah, dass der Justizbeamte auf ihn zukam, sagte er laut zu dem Mann im weißen Kittel: »Gehen Sie voran!« Und dann gab er seinen Leuten ein scharfes Kommando.

Das Sondereinsatzkommando schaltete auf große Show um. Zwei Mann rückten ein paar Meter vor, rückten die Maschinenpistole schussbereit in die Hüfte. Hinter ihnen nahmen ihre Kollegen Aufstellung, nun auch mit schussbereiten Waffen. Dann schwenkten sie ihre Waffen zur Seite. Der Mann im weißen Kittel sah ihnen irritiert zu, kehrte dann um und betrat das Gebäude.

Der Justizbeamte fluchte, aber in dem scharrenden Lärm

des SEK verstand Dengler ihn nicht. Der Mann schritt wütend zu seinen Kollegen zurück und redete laut auf sie ein. Ihnen schien der Ablauf peinlich zu sein, sie sahen nicht zu den Beamten des SEK hin, blickten starr vor sich hin und setzten sich dann mit dem gefesselten Bernhard Voss in Bewegung, der teilnahmslos auf den Boden schaute. Am Ende der merkwürdigen Prozession gingen Dr. Lehmann und Dengler, bemüht, entspannt zu bleiben.

Der Weißbekittelte führte sie in einen Zwischenbau, von dem ein Verbindungsflur ausging. Rechts und links waren Fenster mit braunen Rahmen, die zur Straße wiesen, der Boden bestand überraschenderweise aus einem glänzend blauen Kunststoff. Dieser Flur mündete in ein Treppenhaus. Die SEK-Polizisten sicherten das Treppenhaus. Voss ging weiterhin mit gesenktem Blick zwischen den vier Justizbeamten die Treppen hinauf, mit einer Hand rieb er seinen schmerzenden Bauch.

Im ersten Stock passierten sie einen langen Gang. Eine Schwester erschien am Ende des Flures. Als sie die maskierten Polizisten sah, stieß sie einen schrillen Schrei aus und verschwand sofort in der nächsten Zimmertür.

»Hier hinein«, sagte der Mann im weißen Kittel und öffnete eine andere Tür. Die SEK-Beamten drängten sofort hinein, aber sie passten nicht alle in den Raum, es gab ein Gedränge.

»Raus, sofort alle raus«, schrie eine männliche Stimme. »Alle sofort hier raus, aber schnell.«

Es folgte ein Kommando, und langsam zogen sich die Polizisten rückwärtsgehend aus dem Raum zurück. Dr. Lehmann und Dengler sahen sich an, Lehmann schüttelte den Kopf, und einer der vier Justizbeamten machte eine unfreundliche Bemerkung. Voss dagegen schien das alles nicht zu berühren. Er stand still und wartete.

Durch ein Spalier von vermummten Polizisten traten Voss, die vier Justizbeamten, Dr. Lehmann und Dengler schließlich in das Zimmer. Es war ein kleiner, heller Raum. An der Fensterfront stand eine lange Arbeitsplatte aus hellbraunem Kunststoff, das eine Holzstruktur imitierte und auf der sich Papiere und Krankenakten stapelten, in der linken Ecke stand ein moderner Monitor, davor Tastatur und Maus und ein Telefon. Rechts davon befand sich eine Untersuchungsliege, davor ein kleiner Tisch mit drei Stühlen. Auf der anderen Seite des Raumes sah man eine grüne Tür und einige Schränke, aus dem gleichen hellbraunen Material, das die gleiche Holzmaserung imitierte. Mitten im Raum stand ein hochgewachsener Mann mit weißem Vollbart, schmaler dunkler Brille und einem rot angelaufenen Gesicht, dem man die Wut ansah. Er hatte einen weißen Kittel an, aus dessen linker Tasche ein Stethoskop ragte.

»Bernhard«, sagte der Mann und breitete die Hände aus.

»Sorry für die Umstände«, antworte Bernhard Voss und hob die gefesselten Hände.

»Nehmen Sie Professor Voss die Handschellen ab«, sagte er zu den Justizbeamten. »Ich bin Professor Georg Schulz. Ich bin sein behandelnder Arzt. Und dann lassen Sie uns allein. Ich muss ihn untersuchen.«

»Das dürfen wir nicht«, sagte Schranz. »Der Häftling muss gefesselt bleiben. Und wir müssen bei ihm bleiben.«

»Machen Sie den Mann los«, schrie Professor Schulz. »Sofort! Warten Sie draußen.«

»Nein, dazu habe ich keine Befugnis. Wir können ihn umfesseln. Die Handschellen an der Untersuchungsliege befestigen.«

Schulz wurde dunkelrot im Gesicht. Dengler dachte, dass er sich gleich auf die Justizbeamten stürzen würde.

»Machen Sie meinen Patienten los«, brüllte er.

Er ging mit einem wuchtigen Schritt auf den Justizbeamten zu, der erschrocken zurückwich.

»Binden Sie meinen Patienten los«, sagte er drohend. »Ich behandele niemanden, der gefesselt ist.«

Die vier Männer berieten leise.

»Also gut. Wir nehmen ihm die Handfesseln ab. Aber wir werden im Raum anwesend sein und Türen und Fenster bewachen. Sobald die Untersuchung beendet ist, legen wir dem Untersuchungshäftling die Handfesseln wieder an.«

»Meinethalben«, knurrte Schulz und fixierte Dr. Lehmann und Dengler. »Und wer sind Sie?«

»Das sind meine Anwälte«, sagte Voss. »Ich hätte gern, dass sie dableiben.«

Einer der Justizbeamten zog einen Schlüsselbund aus der Tasche und nahm Voss die Handschellen ab.

»Setz dich, Bernhard«, sagte Professor Schulz und wies auf den Stuhl.

Voss setzte sich und rieb sich die Armgelenke.

»Es tut mir leid«, sagte er.

Die vier Beamten aus dem Gefängnis besprachen sich leise. Dann stellten sich zwei vor die Türe, einer ans Fenster, und der Vierte postierte sich vor der zweiten grünen Tür, nachdem er versucht hatte, sie zu öffnen, und nun sicher war, dass sie abgeschlossen war.

Lehmann trat zurück.

»Sollen wir nicht rausgehen?«, fragte Dengler leise.

Er fand es peinlich, bei der ärztlichen Untersuchung anwesend zu sein, doch Lehmann schüttelte den Kopf.

»Hast du Schmerzen?«, fragte Schulz.

Voss nickte mit dem Kopf.

»Krämpfe«, sagte er. »Unterbauchschmerzen, unterhalb des Bauchnabels rechts.«

»An der alten Stelle, dem Übergang vom Dünn- zum Dickdarm?«

Voss nickte

»Durchfall?«, fragte Schulz.

»Ständig.«

»Du bist in einer Stresssituation. Das mag der Morbus.«

Dann sah er Voss geradewegs ins Gesicht.

»Wir kennen uns lange genug, dass ich dich das fragen kann. Hast du irgendetwas mit dem zu tun, das man dir vorwirft?«

»Nein. Nichts. Ich sage mir jeden Tag, jede Stunde, jede Minute, dass es nur ein Albtraum ist und ich bestimmt bald aufwache.«

»Gut«, sagte Schulz und wandte sich an Lehmann und Dengler. »Dann erlösen Sie diesen Mann möglichst bald. Er ist nämlich ein guter Arzt. Und davon gibt es nicht allzu viele.« Er stand auf und griff zum Telefon.

»Ich brauche die 312 oder 311 für eine Ultraschalluntersuchung«, sagte er in den Hörer.

Dann, nachdem er aufgelegt hatte: »Ich gucke mir den Darm jetzt per Ultraschall an. Gehen wir.«

»Stopp«, sagte Schranz. »Er bekommt wieder die Handfesseln.«

»Es sind nur drei Meter«, sagte Professor Schulz.

»Das spielt keine Rolle.«

»Hören Sie: Sie werden auf diesen Häftling ohnehin eine Weile verzichten müssen. Ich werde danach sicher eine Darmspiegelung vornehmen. Dazu muss der Darm des Patienten geleert werden. Er bekommt drei Liter Flüssigkeit mit Magnesiumsulfat. Der Darm muss sauber sein, sonst sehe ich nämlich nichts. Das dauert drei Tage, und so lange bleibt Voss hier auf dieser Station.«

»Auf keinen Fall.«

»Ich bin der Arzt. Sie können gern eine Wache vor seinem Zimmer aufstellen, aber Voss bleibt hier.«

»Auf keinen Fall. Wenn weitere Behandlung notwendig ist, werden wir den Häftling ins JVK einliefern.«

»Ins was?«

»In das Justizvollzugskrankenhaus Berlin in Plötzensee. Unsere Vorschriften sind eindeutig. Die können den Darm des Häftlings ebenso gut leeren. Dann bringen wir ihn nach drei Tagen wieder her.«

Jemand schlug von außen gegen die Tür. Müller, der SEK-Leiter, trat ein. Er schloss die Tür sofort wieder hinter sich.

»Ich muss wissen, wie lange das hier noch dauert. Wir haben gerade eine neue Anfrage reinbekommen.«

Der Justizbeamte sagte: »Der Häftling wird erst per Ultraschall untersucht, dann wird er in das JVK nach Plötzensee verbracht.«

»Wieso weiß ich davon nichts?«, brüllte Müller. »Wir haben einen zweiten Auftrag. Wir haben nicht den ganzen Tag Zeit für den Scheißkerl.«

»Jetzt machen wir erst mal den Ultraschall«, sagte Professor Schulz. »Komm mit, Bernhard. Wir gehen in Raum 312.«

»Halt. Die Handschellen.«

»Auf den drei Metern wird er Ihnen schon nicht weglaufen.«

»Aber wir bleiben direkt bei ihm.«

»Meinetwegen.«

Müller sprach in sein Headset. »Ja, wird hier noch dauern. Der Häftling muss dann noch nach Plötzensee verbracht werden. Ich brauche neue Weisung. Hallo. Scheißempfang hier. Hallo?«

Schulz öffnete die Tür.

Mit einem ratschenden Geräusch hoben sich ihm sechs Läufe von Maschinenpistolen entgegen.

»Bewahren Sie Ruhe, meine Herren«, sagte der Professor. »Wir gehen nur zwei Türen weiter zum Ultraschall. Danach kommen wir auch wieder zurück. Behalten Sie also Ihre Fassung.«

Die Waffen senkten sich wieder. Die SEK-Polizisten atmeten aus.

Professor Schulz legte einen Arm um Voss und schob ihn durch die Tür. Dengler trat sofort hinter sie.

»Halt. Moment mal«, rief einer der Justizbeamten.

Sie gingen einige Schritte im Flur.

Es war nur eine kleine Chance.
Voss nutzte sie.
Er rannte los.

Zweiter Teil

23. Dritte Nacht

An Schlaf war nicht zu denken.

Wieso vermisste ihn niemand?

Dirk Assmuss lag die ganze Nacht über wach und überlegte.

Seine Entführung war unbemerkt geblieben.

Aber das war unvorstellbar!

Sein Büro müsste doch schon lange die Polizei alarmiert haben. Susan hatte vom Londoner Büro aus sicher Himmel und Hölle in Bewegung gesetzt.

Er musste hier raus.

Er würde kooperieren.

Er würde alles tun, was Henry wollte, und hoffte, dass sein Entführer Wort hielt und ihn freilassen würde, wenn er erfahren hatte, was er wissen wollte.

Aber er brauchte noch einen zweiten Plan.

Eine Managerregel im ständigen Powerplay um die besten Jobs lautete: Wenn du deinen Konkurrenten nicht schlagen kannst, mache ihn dir zum Freund.

Er würde versuchen, sich Henry zum Freund zu machen, so gut das eben ging. Zumindest freundlich sein. Aber er würde alles tun, um möglichst viele Details über Henry zu erfahren. Jede Kleinigkeit musste er sich merken; alles innerlich notieren, was helfen konnte, Henry zu verhaften.

Wenn er erst mal hier draußen war.

Wir verkaufen Hoffnung.

Das war die Wende in der Geschichte von *Peterson & Peterson* gewesen.

Er würde es Henry erläutern, wenn er so scharf darauf war, das zu erfahren. Auch die Sache mit den gesponserten Ärztecomputern würde er erzählen. Alles keine besonders großen Geheimnisse.

Er würde kooperieren.
Er musste hier raus.

24. Verfolgung

Hinter Dengler brach die Hölle los.

Mit einem wuchtigen, schnarrenden Geräusch fuhr das SEK auf, ein scharfer, im Kommandoton gebellter Befehl: »Zugriff!«, das Poltern der Polizeistiefel, die erstickten Protestschreie der Justizbeamten, die Voss hinterherliefen und von den Polizisten zur Seite gestoßen wurden. Zwei von ihnen fielen, die Polizisten sprangen über sie hinweg. Dengler wurde zur Seite geschleudert und sah, wie auch Dr. Lehmann zu Boden ging. Dengler schlug mit dem Knie gegen eine der Holzleisten, die überall zum Schutz der Wände angeschraubt waren. Einer der Polizisten stolperte über ihn, stürzte, versperrte zweien seiner Kameraden kurz den Weg, rappelte sich auf und stürmte ihnen nach.

Wertvolle Sekunden, die Voss einen Vorsprung verschafften.

Er rannte den Flur entlang.

Im Kommandoton: »Stehen bleiben – oder ich schieße!«

»Diese Idioten«, schrie ein Justizbeamter. »Nicht schießen!«

Voss riss die Flügeltür zum Treppenhaus auf und verschwand.

25. Vierter Tag (1)

Am vierten Tag erledigten sie die üblichen Verrichtungen schweigend und fast schon routiniert: das Entfesseln, das Duschen, den Kleiderwechsel und das Frühstück.

Henry sprach kein Wort.

Er ist sauer, dachte Assmuss.

Er räusperte sich, als sein Entführer die beiden leeren Espressotassen vom Tisch räumte und hinüber zur Spüle trug.

Henry sah auf und setzte sich an den Tisch.

»Das mit den Computern war so«, sagte Assmuss. »Es war eine ausgezeichnete Marketingidee. Wir bezahlten den Verordnern, einigen zumindest, also denen, die das wollten, die Computer, die Drucker und so weiter. Wir lieferten auch die Software. Software vom Feinsten. Mit Patientenstammblatt, Privat- und Kassenpatientenabrechnung, mit allem Pipapo.«

»Mit Verordner meinen Sie vermutlich Ärzte.«

»Ja. Verordner.«

»Nennen Sie sie Ärzte. An ›Verordner‹ kann ich mich nicht gewöhnen.«

»Wie Sie wollen, Henry. Nun, wie soll ich es sagen, der Clou war nun der: Immer wenn der Verordner ein Rezept ausstellte, für das es auch ein Präparat von *Peterson & Peterson* gab, schlug die Software unser Medikament vor, selbst wenn der Verordner, ich meine, der Arzt, beispielsweise etwas von *Novartis* verschreiben wollte. Er konnte unser Produkt wegklicken, aber dann kamen so Bestätigungsfragen wie ›Wollen Sie wirklich das Medikament wechseln?‹ oder ›Sie ändern das Präparat. Wollen Sie das?‹, sodass der Verordner nervös wurde. Etliche Fragen dieser Art. Die Doktoren wurden verunsichert – vor allem verloren sie dadurch Zeit. Manchmal führte die Software dann auch zu einem Systemabsturz. Es war jedenfalls für den gesamten Ablauf besser und schneller, unser Medikament zu verordnen.«

»Sie haben damit die Kosten wieder reingekriegt?«

Assmuss lachte ein trockenes, bellendes Lachen: »Reingekriegt ist gut! Wir haben sehr viel Geld damit verdient. Leider kopierten einige Mitbewerber unsere Idee. Bei *Ratiopharm* ist es dann durch einen übereifrigen Journalisten aufgeflogen.«

»Sie verstehen Ihr Geschäft, wie?«

»Das hoffe ich doch. In meinem Beruf bin ich ein Künstler.«

26. Verloren

Dengler rappelte sich auf. Sein Knie schmerzte. Er stützte sich an der Wand auf. Er humpelte zu Dr. Lehmann, der immer noch auf dem Boden lag, und zog ihn mit einer Hand hoch. Der Anwalt klopfte sich mit einer Hand Staub von der Anzughose. Einer der Justizbeamten griff nach einem Funktelefon. Der SEK-Führer schrie in das Headset: »Habt ihr Fühlung? Seht ihr ihn?«

»Wenn sie Bernhard kriegen, wird der Fluchtversuch uns die Verteidigung nicht gerade erleichtern.«

Professor Schulz trat zu ihnen: »So etwas habe ich noch nicht erlebt.« Er schüttelte den Kopf.

»Professor Voss muss behandelt werden. Ich hoffe, die Polizisten behandeln ihn wie einen Kranken.«

Dengler ging den Flur entlang. Keiner achtete auf ihn. Er öffnete die Flügeltür und trat ins Treppenhaus. Sein Knie schmerzte. Unten hörte er immer noch Getrampel und Rufe der SEK-Polizisten. Er sah über das Geländer. Es war ein schönes Treppenhaus, weiß getüncht. Das Geländer aus feuerverzinktem Metall, mit schön gearbeiteten Blumenmustern und einem Handlauf aus dunkel lackiertem Holz.

Unten vor dem Eingang zum Erdgeschoss standen zwei SEKler und bewachten den Zugang; die anderen waren wohl nach außen gestürmt.

Dengler blickte nach oben. Auf den Balustraden über ihm standen Patienten, Schwestern und Pfleger und starrten hinunter, sie redeten leise. Waren die Polizisten auch nach oben gelaufen? Wahrscheinlich nicht, dachte er, sonst hätten sie die Zuschauer zurückgetrieben und Wachen vor den Zugängen aufgestellt. Also ging er nach oben.

★★★

Bernhard Voss überlegte nur einen kurzen Augenblick, nachdem er durch die Flügeltür auf den Gang gerannt war. Dann lief er die Stufen hinauf in den zweiten Stock. Unter sich hörte er die lärmenden Stiefel des SEK-Kommandos, das die Treppe hinunterstürmte. Die ersten Neugierigen, Patienten und Pflegepersonal, drängten sich durch die Korridortür ins Treppenhaus. Er drückte sich an ihnen vorbei in den Flur. Er kannte sich in der Charité aus. Und er hatte hier noch etwas zu erledigen.

★★★

»Seht ihr den Scheißkerl?«, brüllte Müller ins Mikrofon seines Headsets.

»Negativ. Wir sind unten auf der Straße vor dem Gebäude. Ein Trupp schwärmt nach links, wir suchen rechts.«

Währenddessen telefonierte Schranz: »Der Häftling ist entflohen. Er muss sich noch auf dem Gelände der Charité befinden. Ja. Das SEK sucht ihn. Nein, sie waren keine große Hilfe. Ohne diese Chaoten hätten wir ihn noch. Informieren Sie das Polizeipräsidium? Gut. Wir kommen zurück.«

★★★

Der Anruf erreichte Finn Kommareck eine Minute später. Es war der Polizeipräsident persönlich.

»Kommareck? Der Voss ist getürmt. Er befindet sich im Augenblick noch auf dem Gelände der Charité. Es ist Ihr Fall. Sie übernehmen.«

»OK.«

»Noch eins, Kommareck ...«

»Ja?«

»Bringen Sie mir diesen Kerl wieder. Es war ein SEK-Kommando dabei! Ich lese morgen lieber keine Zeitung. Und noch eins, Kommareck.«

»Ja?«

»Sie haben alle Ressourcen. Bringen Sie den Kerl wieder bei. Am besten innerhalb der nächsten Stunde.«

»Mach ich.«

Kommareck legte auf und wählte sofort wieder.

»Kommareck. Kennwort Alabaster. Die ganze Kavallerie zu der Charité. Streifenwagen und Fußpatrouillen. Niemand darf dort rein oder raus. Verstanden?«

»Verstanden.«

Kommareck schrie laut und schrill: »Schöttle!«

Erschrocken rannte ihr Assistent in den Raum.

»Voss ist geflohen. Er ist noch in der Charité. Wir brauchen ein kleines Leitungsteam. Du, Dahlheimer, die Marksteiner und ich. Mach einen Leitwagen fertig. Hubschrauber in Alarmbereitschaft. Los, mach hin! Wir fahren zur Charité.«

»Bin schon weg.«

»Haben wir schon eine Meldung von dem SEK-Leiter?«

»Ich weiß von nichts.«

»Schalt eine Leitung zum SEK. In der Haut von dem Müller möchte ich jetzt nicht stecken.«

★★★

»Haben Sie Professor Voss gesehen?«, fragte Dengler einen der Pfleger, die dort standen.

»Voss? Sagt mir jetzt nichts.«

»Ein Mann um die fünfzig. Beige Cordhose. Braunes Jackett. Auch Cord.«

»Nicht gesehen.«

»Sie? Haben Sie einen Mann gesehen – um die fünfzig, dunkle Brille, braunes Cordjackett?«

»Nö. Muss man den kennen?«

»Ich habe niemanden gesehen.«

»Nein. Mein Dienst hat gerade erst angefangen.«

»Hier kam so jemand nicht vorbei.«

»Doch, ja, der ist hinten am Aufzug gestanden.«

»Wann?«

»Wann? Gerade eben. Ich hab den Lärm gehört und bin aus meinem Zimmer gelaufen. Ich habe nämlich …«

»Wo ist der Aufzug?«

»Na dort. Dort drüben!«

Wenn das Knie nicht so höllisch geschmerzt hätte, Dengler wäre gerannt. So humpelte er, so schnell er konnte, den Flur entlang. Endlich war er am Aufzug. Daneben stand die Tür zum Treppenaufgang offen.

Sechs Etagen gab es, verriet das Aufzugschild. K1 – der Keller, 1. Stock: Endoskopie, Lungenfunktion, Ausgang, 2. Stock: Ultraschall, Röntgen, MRT, Station 147, 3. Stock: Station 148, Station 144.

Da war er jetzt.

Nach oben ging es zum 4. Stock: Station 149. Dann 5. Stock: Labore Infektiologie, Onkologie, Hämatologie. Beim 6. Stock stand keine Bezeichnung.

Die grün leuchtende Anzeige über der silbernen Aluminiumtür zeigte an, dass sich die Aufzugkabine im fünften Stock befand. Dann war Voss vielleicht dort. Dengler rannte zwei Schritte auf die Kabinentür zu, stolperte, stieß einen Schrei aus, als der Schmerz im Knie explodierte. Vorsichtig ging er zum Aufzug und drückte die Taste mit dem Pfeil nach oben an der Wand.

Dengler hörte, wie sich der Aufzug in Bewegung setzte. Die grüne Anzeige wechselte von fünf auf vier, und wenige Sekunden später öffnete sich die Tür. Dengler stieg ein und drückte auf »5. Stock«. Die Tür schloss sich, der Aufzug fuhr nach oben.

***

Bernhard Voss riss die Tür zum Büro seiner Sekretärin auf. Es war leer. Der Bildschirm flackerte. Eine Tasse Tee stand auf ihrem Schreibtisch. Voss hastete durch die Durchgangstür in sein Büro. Er riss die oberste Schublade seines Schreibtischs auf. Sie war fast leer. Zwei einsame rote Büroklammern und die Mine eines Kugelschreibers lagen da. Mehr nicht. Er durchwühlte alle Schubladen und fand nicht, was er suchte. Die Polizei hatte ganze Arbeit geleistet. Dann ging er zu dem großen Aktenschrank und zog die oberste Lade heraus. Immerhin: Sie hatten nicht die Akten mitgenommen. In Windeseile durchsuchte er die Ordner, nahm zwei heraus. Er suchte weiter. Die dritte Akte fehlte.

Vielleicht hatte er sie übersehen. In rasendem Tempo durchsuchte er den Schrank mit den Hängemappen.

Seine Finger zitterten.

Plötzlich hörte er ein Geräusch. Er schloss die Tür leise und eilte zurück ins Vorzimmer.

***

Biggi Bergengruen kam von einem Schwatz mit der Frau Kallenbach von der Chirurgie zurück. Die Verwaltung hatte sie in die Infektiologie versetzen wollen, da sie nun angeblich nichts mehr zu tun hatte. Denen hatte sie die Meinung gegeigt. Der Schnösel aus der Personalabteilung, frisch von der Uni und von nichts eine Ahnung, na, der würde sie künftig in Ruhe lassen.

Sie wunderte sich, dass die Tür ihres Büros offen stand.

»Komisch«, sagte sie, trat ein und fuhr sich mit der Hand vor den Mund.

Ihr Chef, ihr früherer Chef stand hinter ihrem Schreibtisch und durchwühlte ihre Sachen.

»Biggi«, sagte Bernhard Voss, »das Diensthandy. Wo ist das Diensthandy?«

Sie wollte etwas sagen, aber sie war völlig erstarrt.

»Das Handy, Biggi, wo ist das Handy?«

Unfähig zu antworten, wies sie auf die unterste Schublade.

Voss riss sie auf, nahm das Handy heraus und steckte es in die Hosentasche. Er nahm die beiden Akten und kam auf Biggi Bergengruen zu.

»Biggi, hast du irgendetwas mit all dem zu tun? Sag es mir ehrlich.«

Sie schüttelte den Kopf. Sprechen konnte sie immer noch nicht.

Bernhard Voss nickte, kam auf sie zu und berührte sie am Oberarm.

»Hast du Geld dabei?«

Sie sprach ganz leise, als kostete es sie unendlich viel Kraft: »Nicht viel. Vielleicht achtzig Euro.«

»Gib es mir. Du bekommst es bestimmt zurück.«

Sie ging mit zaghaften Schritten auf einen Einbauschrank zu, öffnete ihn, zog ihren Geldbeutel aus der Handtasche und gab ihm drei Scheine und eine Handvoll Münzgeld.

»Mehr hab ich nicht.«

»Ich danke dir. Du bekommst es zurück.«

Dann war er verschwunden.

Die Sekretärin ging an ihren Schreibtisch. Sie setzte sich und stützte den Kopf mit beiden Händen ab. Tränen standen in ihren Augen. Sie wischte sie mit dem Handrücken weg. Dann zog sie einen Taschenspiegel aus ihrer Handtasche und betrachtete ihr Gesicht, korrigierte den Lidstrich und wischte sorgfältig die verlaufene Wimperntusche ab.

Dann griff sie zum Telefon und rief die Polizei.

***

Bernhard Voss eilte schnellen Schrittes den Flur entlang. Alles in ihm drängte zu rennen, doch er zwang sich, nicht zu laufen. Er durfte nicht verdächtig wirken. Eine Doktorandin kam ihm entgegen, die er betreute: die Koreanerin mit diesem schwer zu merkenden Namen, sie war klein, er konnte ihr Gesicht nicht sehen, aber er erkannte sie von Weitem an ihrem wippenden Pferdeschwanz.

Sie durfte ihn nicht sehen.

Voss drückte die Klinke der nächstgelegenen Tür. Die Tür ließ sich öffnen: eine Abstellkammer, die Voss noch nie betreten hatte. Er schlüpfte hinein und verschloss die Tür sofort hinter sich. Er atmete tief ein, schloss die Augen und drückte die beiden roten Ordner gegen seine Brust.

***

Dengler humpelte durch den Flur. Vor ihm wippte der Pferdeschwanz einer jungen Asiatin. Sie ging schneller als er. Sein Knie schmerzte. Er blieb stehen. Dann griff er zum Handy und wählte Dr. Lehmanns Nummer.

»Dengler hier, Dr. Lehmann? Ja, ich bin noch im Haus. Im fünften Stock, genauer gesagt. Würden Sie bitte Professor Schulz fragen, ob Voss im fünften Stock irgendjemanden kennt? Ja, ich warte.«

Kurz danach: »Sein Büro. Zimmer 547. Vielen Dank. Nein, ich weiß nicht, ob er hier ist. Ich melde mich.«

Er ignorierte den stechenden Schmerz im Knie und ging weiter.

***

In der Abstellkammer war es dunkel. Es roch nach Desinfektionsmitteln. Bernhard Voss' Hand suchte in der Dunkelheit den Lichtschalter. Zögernd sprangen die Neonröhren an und erhellten einen kleinen Raum, rundherum Regale mit weißen und blauen Plastikkanistern, Eimern, Lappen und Schrubbern. In der Mitte stand ein kleiner Wagen mit Putzmitteln: einer jener Putzwagen, das wusste Voss, wie sie das Reinigungspersonal mit sich führte, wenn es die Labors und die Büros putzte.

An einem Haken an der Tür hingen drei blaue Kittel. Er zögerte nur kurz, bevor er sich einen davon überzog. Dann öffnete er die Tür einen Spalt breit. Die koreanische Doktorandin war nicht mehr zu sehen. Dafür aber der Rücken des Privatdetektivs, den Lehmann angeheuert hatte. Der Mann humpelte drei Meter von ihm entfernt den Flur hinauf. Voss schloss die Tür und wartete. Nach einer Weile öffnete er sie erneut. Niemand zu sehen, den er kannte. Er holte tief Luft, zog den Putzwagen aus der Kammer und schob ihn in Richtung Aufzug.

***

Der schwere schwarze Leitstellen-Kombi raste den Mehringdamm hinunter. Ein silberner Audi floh vor Blaulicht und Sirene auf den ausgetrockneten Mittelstreifen. Die anderen Wagen drückten sich rechts auf den Parkstreifen.

Drinnen meldete Peter Dahlheimer: »Wir haben jetzt zwölf Streifenwagen. Weitere sind im Anflug. Ich dirigiere sie in einen Ring um die Charité.«

»Gut«, sagte Finn Kommareck. »Sie sollen Sichtkontakt untereinander herstellen.«

Sie betrachtete eine Luftbildaufnahme auf einem der Bildschirme des Leitwagens.

»Im Westen grenzt die Charité direkt an das Bahngelände. Man kann zu Fuß von der Charité auf die Gleise gelangen, und dann ist man direkt am Hauptbahnhof. Weißt du, ob das Areal eingezäunt ist?«

»Keine Ahnung«, sagte Schöttle.

»Moment mal, soweit ich weiß, gibt's da einen Bauzaun. Ich fahre mit der S-Bahn dort immer vorbei«, sagte Maria Marksteiner. »Aber da kommt man wohl drüber.«

»Gib mir den SEK-Leiter. Der muss diesen Abschnitt dichtmachen.«

»Sofort«, sagte Schöttle und schaltete das Mikrofon ein.

***

Dengler trat ein, ohne anzuklopfen.

Hinter dem Schreibtisch saß eine rothaarige attraktive Frau und telefonierte. Als sie Dengler sah, legte sie die rechte Hand auf den Hörer.

»Wo ist Voss?«

»Sind Sie von der Polizei?«

Dengler nickte.

»Er ist den Flur zurückgelaufen.«

»Was hat er hier gewollt?«

»Ich weiß auch nicht. Doch. Er hat das Diensthandy mitgenommen, aber ich war nicht hier, als er es genommen hat.«

»Die Nummer?«

Sie kramte ein Papier hervor: »0173 / 99 11 010.«

Dengler tippte die Nummer in sein iPhone ein und verließ das Büro. Er ging, so schnell er konnte, zurück zum Aufzug.

***

»Wie heißen Sie?«, fragte Finn Kommareck.

»OK Müller.«

»Haben Sie die Flucht gemeldet?«

»Noch nicht.«

»Noch nicht?«

»Was glauben Sie, was hier los ist? Wir suchen einen Flüchtigen!«

Finn Kommareck schrie: »Sie haben die Flucht zu melden. Wenn die Justizbullen das nicht gemacht hätten, wüsste ich bis jetzt nicht, dass Voss hier lustig durch die Gegend läuft.«

»Wir haben ihn eingekesselt.«

»Endlich 'ne gute Nachricht. Wo ist er?«

»Er ist in dem Gebäude Nummer 10. Mittendrin auf dem Gelände.«

»Haben Sie Fühlung zum Flüchtigen?«

»Nein. Er ist im Haus. Ich habe meine Leute vor allen Ausgängen postiert. Verstärkung ist angefordert. Ist in zwei, drei Minuten da. Dann durchkämmen wir die Bude.«

»Wo ist Ihr Standort?«

»Unmittelbar vor dem Gebäude 10.«

»Sehen Sie das Bahngelände?«

»Es ist in meinem Rücken.«

»Sperren Sie es ab. Voss darf das Charité-Gelände nicht verlassen.«

»Ich habe keine Leute. Die stehen drinnen vor den Türen zu den einzelnen Stockwerken.«

»Sichern sie auch den Aufzug?«

»Noch nicht. Ich hab bloß sechs Männer.«

»Ziehen Sie sie ab und sichern Sie den Zugang zum Gleisgelände.«

»Aber …«

»Kein Aber. Ich bin in wenigen Minuten da.«

»Die kann mich mal«, sagte Müller, als Finn Kommareck die Leitung bereits unterbrochen hatte. Gerade bogen die drei Wagen mit der Verstärkung in die Haupteinfahrt am Charitéplatz ein.

***

Vor dem Aufzug standen vier Leute und warteten, darunter die verfluchte Koreanerin. Voss drehte ihnen den Rücken zu, kniete sich hin und machte sich an dem Putzwagen zu schaffen.

Es dauerte ewig, bis der Aufzug kam. Die Leute stiegen ein, eine Schwester stieg aus. Voss kannte sie nicht. Er drückte erneut auf den weißen Knopf neben der Aufzugstür. Es würde dauern.

***

Finn Kommarecks Wagen drängelte sich nun durch den Tiergarten und scheuchte die Autos vor sich nach rechts und links. Die Yitzak-Rabin-Straße war schmal, es herrschte Stau wie immer. Schöttle fluchte, weil die Wagen vor ihnen den Weg nicht schnell genug frei machten.

Maria Marksteiner erhielt eine Meldung aus dem Präsidium: »Voss ist im fünften Stock. Er war eben in seinem Büro. Die Sekretärin hat angerufen. Er hat ein Handy mitgenommen.«

»Ist er noch immer dort?«

»Nein. Er hat das Büro verlassen.«

»Ortung?«

»Fax an die Staatsanwaltschaft ist raus. In zwei Minuten wird die Ortung stehen. Dann kriege ich die Daten auch hierhin.«

»Müller? Wir wissen, dass Voss im Haus ist. Im fünften Stock. Sichern Sie die Eingänge. Sichern Sie das Gelände zum Bahnhof. Gehen Sie nicht rein. Ich will keine Geiselnahme provozieren. Haben Sie mich verstanden?«

»Schon, aber es sind jetzt genügend …«.

»Ich bin in zwei Minuten da, und dann stehen Ihre Leute vor den Türen, vor dem Aufzug und sichern das rückwärtige Gelände.«

***

Dengler ging den Gang zurück. Er wählte die Nummer, die die rothaarige Frau ihm gegeben hatte.

»The number you have called is temporarily not available«, sagte eine dunkle Frauenstimme.

Voss hatte das Handy noch nicht angeschaltet.

Denglers Knie schmerzte. Er humpelte schneller.

***

Endlich kam der Aufzug.

Voss schob den Putzwagen in die Kabine und überlegte.

Dann drückte er K1. Im Keller konnte er sich vielleicht verstecken.

Jemand rief seinen Namen. Er schaute auf.

»Professor Voss! Warten Sie.«

Es war der Privatermittler, den Lehmann engagiert hatte. Er humpelte auf den Aufzug zu, gebückt, weil er sich mit der rechten Hand das Knie rieb.

Voss suchte den Knopf, der die Tür sofort schließen würde. Er fand ihn nicht.

»Ich bin auf Ihrer Seite«, rief der Mann. »Lassen Sie uns reden.« Jetzt war er kurz vor der Aufzugstür.

Mit voller Kraft stieß Voss den Putzwagen vorwärts. Er rumpelte über die Schwelle und traf Dengler.

***

Der Schmerz war überwältigend. Dengler sah den Wagen kommen, aber sein lädiertes Bein reagierte mit empörender Verzögerung auf den Fluchtbefehl des Hirns. Der Putzwagen rammte ihn, Dengler stürzte. Er schrie vor Schmerz. Noch im Fallen sah er, wie sich die Fahrstuhltür schloss.

***

Finn Kommarecks Wagen hielt neben dem Einsatzwagen des SEK. Sie sprang bereits auf die Straße, als der Wagen noch nicht richtig gehalten hatte. Schöttle wendete den Wagen und parkte ein Stück abseits.

Müller stand neben zwei weiteren Polizeioffizieren und gab knappe Kommandos in ein Headset.

»Wieso ist das Gelände zum Bahnhof nicht gesichert?«, fragte Kommareck.

Müller sah nicht einmal auf: »Weil ich jeden Mann da drinnen brauche. Wir holen uns den Kerl gerade.«

»Haben Sie nicht gehört, was ich Ihnen befohlen habe? Ich will keine Geiselnahme provozieren!«

Müller sah sie an.

»Gnädige Frau«, sagte er. »Wir machen solche Einsätze öfter – täglich –, im Gegensatz zu Ihnen. Und jetzt lassen Sie mich meine Arbeit machen.«

»Sie sind vorläufig festgenommen«, sagte Kommareck.

»Was?« Müller erstarrte.

Kommareck wandte den Kopf zur Seite. Ihre Stimme klang klar und bestimmt: »Schöttle!«

Ihr Assistent kam im Laufschritt heran.

»Nehmen Sie diesem Mann die Waffe ab.«

»Sind Sie verrückt?« Müller starrte Kommareck an.

Die beiden Polizeioffiziere hielten die Luft an.

Schöttle streckte die Hand aus.

»Bringen Sie ihn in unseren Wagen«, sagte Kommareck zu Schöttle.

»Ihre Waffe«, sagte Schöttle zu Müller.

Er hielt noch immer die Hand ausgestreckt.

Es war eine Kraftprobe. Schöttle sah Müller in die Augen. Das Gesicht des SEK-Leiters wurde rot. Er schwitzte plötzlich.

»Machen Sie es nicht noch schlimmer«, sagte Schöttle.

»Das wird Ihnen noch leidtun«, schnaubte Müller.

Aber er griff nach der Dienstwaffe und reichte sie Schöttle.

»Kommen Sie«, sagte er und fasste Müller am Arm.

»Lassen Sie mich los.«

Müller schüttelte Schöttles Hand ab und fixierte Kommareck.

»Was werfen Sie mir vor?«

»Strafvereitlung im Amt.«

»Sie sind verrückt. Glauben Sie, Sie kommen damit durch?«

»Nein, das glaube ich nicht. Wir beide produzieren gerade die Aktennotiz, die nie wieder aus Ihrer Personalakte verschwinden wird.«

»Kommen Sie«, sagte Schöttle und führte Müller zum Einsatzwagen.

»Also.« Kommareck wandte sich an die beiden anderen uniformierten Polizisten. »Ihre Leute sichern den Zugang zu jedem Stockwerk und den Aufzug. Ich gehe mit meinen Leuten in den fünften Stock und hole Voss.«

»Jawohl«, sagte der eine der Männer. »Verstanden!«, der andere.

***

Dengler stand vor der Aufzugstür und hielt sich an dem Putzwagen fest. Er rieb sein Knie. Langsam ebbte der Schmerz ab. Er verfolgte die Fahrt des Aufzugs auf der Anzeige. Bei K1 hielt er an. Voss war im Keller. Dengler drückte auf den Ruftaster mit dem Pfeil nach unten und wartete.

***

Voss trat vorsichtig aus dem Aufzug. Es war niemand zu sehen. Ein etwa drei Meter langer Flur führte geradeaus, dunkler Linoleumboden, unverputztes weißes Mauerwerk rechts und links, Neonröhren an einer Seite, trotzdem wirkte der Gang düster.

Voss drückte die beiden Ordner fester an sich. Er musste sie verstecken. Aber er kannte sich hier unten nicht aus. Seit vierzehn Jahren arbeitete er an der Charité. Aber noch kein einziges Mal war er in dem weit verzweigten Untergrund unter dem Klinikum gewesen. Vorsichtig folgte er dem Gang.

Nach dreißig Metern gelangte er in eine weiträumige Keller-halle, weiß gekachelt. Silberfarbene Servicewagen aus Edel-stahl, gefüllt mit benutzten Tabletts und Geschirr, standen herum. Die Luft roch abgestanden. Es war warm und sti-ckig. Durch ein Fenster sah er eine Art Fließband, an dem Frauen standen, die Kopfsalat in kleine Schalen füllten. Zwei junge Asiaten in weißen Anzügen tauchten plötzlich auf. Sie zogen die Servicewagen durch eine Schwungtür. Voss drückte sich in den Schatten eines großen Müllcontainers, doch die Männer beachteten ihn nicht. Er wartete, die Zeit kam ihm endlos vor. Er wartete, bis sie verschwunden wa-ren, dann ging er weiter.

Der Gang wurde breiter. Neonröhren leuchteten nun von beiden Seiten. Große grüne Müllcontainer standen ohne erkennbare Ordnung herum. Voss beschleunigte seine Schritte. Er folgte dem Gang, an dessen rechter Wand eine Batterie von Stromkabeln auf dem Putz verlegt war. An der Decke hingen zwei große Aluminiumrohre und drei kleine-re, mit silberner Folie umwickelte Rohre. Voss sah sich um und blieb stehen. Er zog das Handy aus der Tasche, schaltete es an und wählte eine Nummer.

***

Dengler trat aus dem Aufzug und versuchte, sich zu orien-tieren. Wo konnte Voss sein? Dann hastete er den Gang ent-lang. Mit der rechten Hand drückte er immer wieder auf das schmerzende Knie.

Zwei Männer kamen ihm entgegen. Sie schoben große ver-gitterte Wäschewagen, gefüllt mit gebrauchtem Bettzeug.

»Haben Sie einen Mann in blauem Kittel …, äh, den Professor Voss gesehen?«, fragte er sie.

»Den kennen wa nischt«, sagte einer von ihnen und schob seinen Wagen weiter, ohne anzuhalten.

Dengler fluchte, dass er kein Foto von Voss dabeihatte.

***

Finn Kommareck, Schöttle und Peter Dahlheimer drängten im fünften Stock aus dem Aufzug, kaum dass die Schiebetüren sich vollständig geöffnet hatten. Kommareck ging mit energischen Schritten voran, ihre beiden Assistenten folgten ihr mit gezogenen Waffen. Schöttle stieß die erste Tür auf der linken Seite auf. Ein junger Mann blickte von einem Mikroskop auf.

»Polizei! Bleiben Sie sitzen.«

Schöttle öffnete zwei Schränke.

Nichts.

Dahlheimer riss die zweite Tür auf. Es war eine Teeküche. Drei junge Frauen saßen um einen Tisch und starrten ihn erschrocken an.

»Dies ist ein Polizeieinsatz. Bleiben Sie ruhig.«

»Wir machen doch gar nichts …«

Tür für Tür arbeiteten sie sich den Flur entlang.

Über das Headset meldete sich Maria Marksteiner aus dem Leitwagen: »Voss telefoniert. Er ist noch im Gebäude.«

»In welchem Stock?«

»Das kann ich nicht sehen. Er telefoniert mit seiner Frau.«

***

Voss hatte die Orientierung verloren.

»Ich will nur die Unterlagen retten. Dann stelle ich mich«, sagte er in den Hörer. »Ich habe noch kein Versteck gefunden. Ich melde mich wieder.«

143

Er folgte den drei mit Silberfolie umwickelten Rohren. Doch plötzlich – nach einer Biegung – verschwanden sie in einer gekachelten Öffnung in der Wand.

Voss atmete schwer. Seine Lungen schmerzten.

***

Dengler ging langsam. Von Voss war nichts zu sehen. Er blieb stehen und zog sein iPhone aus der Tasche. Dr. Lehmann meldete sich nach dem ersten Läuten.

»Dengler, wo sind Sie?«

»Im Keller. Voss muss hier irgendwo sein. Aber es sieht aus wie in einem Labyrinth. Tausend Gänge. Ich sehe ihn nicht, und mein Knie ist lädiert. Ich muss die Suche abbrechen. Wo sind Sie?«

»Ich stehe am Einsatzfahrzeug der Polizei. Vor dem Gebäude.«

»Ich komme zu Ihnen.«

In diesem Augenblick bog Bernhard Voss zehn Meter vor ihm in den Gang.

»Voss!«, schrie Dengler.

Aus dem Hörer tönte Lehmanns Stimme: »Was? Was meinen Sie?«

»Bleiben Sie stehen!«

»Ich stehe hier doch schon die ganze Zeit dumm rum«, sagte Lehmann vorwurfsvoll.

»Ich bin auf Ihrer Seite.«

»Das will ich auch hoffen … Schließlich habe ich Sie ja engagiert.«

Aber Dengler hörte nicht mehr zu.

***

Als Voss den Privatermittler entdeckte, erfasste ihn Panik. Er wandte sich um und lief in die entgegengesetzte Richtung. Nach ein paar Schritten drehte er sich um und sah, dass der Mann mühsam hinter ihm her hinkte, ein Handy in der Hand hielt und etwas rief, was er nicht verstand. Er rannte schneller.

Nach ein paar Schritten hatte er ihn abgehängt. Voss bog in einen schmalen Seitengang ein. Er ging noch ein paar Schritte und sah plötzlich Tageslicht. Der Gang endete unterhalb eines senkrechten Schachtes. Eine an der Betonwand des Schachts befestigte Stahlleiter führte nach oben, durch ein Metallgitter fiel Sonnenlicht auf den Steinboden vor ihm.

Direkt dort, wo die Leiter endete, befand sich ein Griff.

Eine unbändige Freude erfüllt ihn. Hoffnung.

Er griff zum Telefon. Er musste seine Frau informieren. Doch dann verschob er dieses Vorhaben. Er griff nach den Leitersprossen, kletterte hinauf, drehte an dem Griff. Dann stemmte er mit der Schulter das Gitter auf.

***

Finn Kommareck, Schöttle und Dahlheimer arbeiteten sich Zimmer für Zimmer voran. Finn Kommareck befand sich gerade auf dem Flur, als Maria sich aus dem Leitwagen meldete.

»Er bewegt sich«, sagte Maria Marksteiner. »Die Zentrale hat eben durchgegeben, dass er nicht mehr in eurem Gebäude ist. Moment, es kommen neue Daten … Ja, sein Handy hat sich eben in den Sender vom Hauptbahnhof eingeloggt.«

Finn Kommareck riss die nächstgelegene Tür auf. Sie hielt ihren Ausweis in die Höhe.

»Polizei – keine Panik!«

Der Raum war leer.

Sie rannte zum Fenster und sah, wie Voss über den Bauzaun kletterte. Er ließ sich fallen und rannte auf die Gleisanlagen zu.

»SEK. Der Flüchtige ist gerade in eurem Rücken und flieht in Richtung Hauptbahnhof.«

»Das … das kann nicht sein! Ich habe entsprechend Ihren Anweisungen …«

»Ich sehe ihn. Aber wahrscheinlich nicht mehr lange.«

»Scheiße. Jetzt seh' ich ihn auch.«

»Dann schnapp ihn dir, verdammt noch mal.«

»Meine Männer sind alle im Haus. Ich schick sofort zwei Trupps hinterher.«

Finn Kommareck beobachtete den fliehenden Voss. Wie zum Teufel hatte er es geschafft, die Charité zu verlassen? Sie wartete.

Von Voss war nichts mehr zu sehen, als fünf SEK-Beamte in Richtung Bauzaun liefen. Sie traten den Zaun um, kletterten über ihn hinweg und rannten weiter.

»Scheiße«, murmelte Kommareck. »Der ist längst weg.«

Sie wollte sich gerade abwenden und in den Flur zurückgehen, da sah sie, wie aus einer Gitteröffnung neben dem Fahrweg, eingebettet in halbhohes Gras, ein Mann kletterte. Der Mann hinkte. Er humpelte über die Straße, der Richtung folgend, die zuerst Voss und dann die Männer vom SEK eingeschlagen hatten.

»Schöttle!«

Ihr Assistent stand sofort neben ihr.

»Was ist das dort unten für ein Arschloch?«

»Keine Ahnung!«

»Sofort festnehmen.«

»Aha. Ein Künstler sind Sie also?«, sagte Henry und lehnte sich auf seinem Stuhl zurück.

»Ja. Auf meinem Gebiet verstehe ich mich so«, antwortete Assmuss eifrig.

Er würde kooperieren.

Was blieb ihm anderes übrig? Während der langen Stunden in der Nacht war ihm das immer klarer geworden. Was immer Henry von ihm wissen wollte, er würde es ihm sagen. Kooperation ist die eine Seite, dachte er. Die andere Seite ist der Gerichtssaal, Henry. Dort werden wir uns wiedersehen.

»Der Arzt ist also das Nadelöhr«, sagte Henry. »Habe ich das richtig verstanden?«

»Der Arzt ist das Nadelöhr. Er schreibt das Rezept aus. Ich sage immer zu meinen Leuten: Die Verordner, das ist unsere eigentliche Vertriebsorganisation. Ihr müsst diese Vertriebsorganisation intelligent managen.«

Henry lehnte sich auf seinem Stuhl zurück. Er faltete die Arme hinter dem Nacken zusammen und sah Assmuss lange an.

»Ich höre«, sagte er nach einer Weile.

»Nun, wir haben unsere Pharmareferenten. Über diese bauen wir eine persönliche Beziehung auf in jede einzelne Arztpraxis. Wir …«

»Beeinflussen Sie Ärzte, sodass sie Medikamente von *Peterson & Peterson* verordnen?«

»Ja, sicher. Unser ganzer Marketingapparat richtet sich an den Arzt. Wir wollen ihn überzeugen, unsere Präparate zu verschreiben. Das ist doch vollkommen legal.«

»Sicher. Sagt Ihnen das Kürzel AWB etwas?«

»AWB? Sicher. Es ist die Abkürzung für Anwendungsbeobachtung.«

»Erklären Sie mir, was das ist.«

»Anwendungsbeobachtung? Sie sind kein Arzt, Henry, nicht wahr? Nun, ein Arzt kreuzt auf einem unserer Formulare nach jeder Verschreibung eines Medikaments an, ob und wie das Präparat wirkt.«

»Also eine wissenschaftliche Studie?«

Assmuss schwieg.

»Überlegen Sie sich Ihre Antwort gut. Sind die Anwendungsbeobachtungen, die Ärzte für Ihr Unternehmen durchführen, wissenschaftlich?«

Assmuss schwieg.

Nach einer Weile sagte er: »Nein. Das sind sie nicht. Sie sind eines unserer Marketinginstrumente. Ein einfacher Fragebogen. Der Arzt kreuzt bei der Verordnung eines unserer Präparate an: Patient, wirkt oder wirkt nicht, manchmal ein wenig aufwendiger, aber nicht viel. Wissenschaftlich ist das nicht von Belang. Kein Forscher schaut sich die Ergebnisse der AWBs an. Die Vertriebsleute schon.«

»Warum füllen die Ärzte dann solche Bögen aus? Wegen Ihrer Vertriebsleute?«

Assmuss schluckte. Er fühlte sich unwohl.

»Nun ja«, sagte er. »Der Bogen ist der Nachweis des Arztes dafür, dass er unser Medikament verordnet hat. Und, nun ja, wir bezahlen entsprechend.«

»Sie bezahlen entsprechend?«

»Ja. Aber nicht nur *Peterson & Peterson*. Verstehen Sie? Das ist nicht exklusiv unsere Spezialität. Alle unsere Wettbewerber machen das.«

»Ich will es schon etwas genauer wissen.«

Assmuss atmete einmal tief ein.

»Wir gewähren den Verordnern eine Aufwandsentschädigung für ihre Teilnahme an der AWB. Für jedes Präparat von *Peterson & Peterson* bekommt der Arzt eine Vergütung.«

»Ist das nicht verboten?«

»Nun, in jeder Branche gibt es Prämien, Tippprämien, wenn Sie jemandem einen lukrativen Hinweis geben. Kickback. Sie vermitteln jemand ein Geschäft, und der gibt aus Dankbarkeit einen kleinen Betrag zurück. Kickback eben, so sehen wir das.«

»Und nehmen Ärzte tatsächlich an solchen Projekten teil?«

Assmuss lachte wieder das trockene, hässliche Lachen. Jetzt fühlte er sich sicher, er kannte sich aus.

»Beinahe die Hälfte der Ärzteschaft. Wir suchen sie natürlich entsprechend aus.«

»Nach welchen Kriterien suchen Sie die Ärzte für die Anwendungsbeobachtungen aus?«

»Ich predige das immer wieder unserem Außendienst: Wenn ein Arzt ohnehin ein guter Verordner ist ...«

»Ein guter Verordner?«

»Ja, ein guter Verordner ist ein Arzt, der häufiger als seine Kollegen unsere Mittel verschreibt. Also, einem guten Verordner eine AWB zuzuschanzen, ist rausgeschmissenes Geld. Der Außendienst soll gefälligst nur Nicht- oder Schlechtverordner für Anwendungsbeobachtungen gewinnen. Nur über die Gewinnung von Nichtverordnern können wir den Umsatz steigern. Die guten Verordner müssen wir in ihrer Haltung bestärken. Aber dazu sind AWBs nicht förderlich.«

»Und das funktioniert?«

»Ja. Wir wissen, dass Verordner, mit denen wir eine AWB durchführen, unsere Präparate 26 Prozent häufiger verordnet haben als andere Ärzte ohne unsere AWBs. AWBs, richtig eingesetzt, sind ein brillantes Marketinginstrument. Sonst würden wir's ja auch nicht machen.«

»Aber muss der Arzt nicht unabhängig sein? Muss er nicht das beste Medikament für den Patienten verschreiben und nicht das Medikament, für dessen Verschreibung er eine Prämie bekommt? Das ist doch sicher nicht legal.«

»Nun, deshalb müssen wir den Kickback ja ein wenig verschleiern. Der Verordner soll nicht das Gefühl haben, bestochen zu werden.«

»Der Patient muss also durchaus befürchten, dass der Arzt

nicht die beste Medikation verordnet, sondern in erster Linie an den Kickback denkt, wenn er ein Rezept ausfüllt. Anders ausgedrückt: Vielleicht kommt es dem Arzt nur auf die Umsatzbeteiligung an, und er verschreibt Medikamente, die nicht die besten für den Patienten sind, sondern für ihn den höchsten Gewinn abwerfen?«

Assmuss schwieg. Es war plötzlich sehr still in dem Raum.

»Kann das sein?«, fragte Henry.

»Es ist ein umkämpfter Markt. Es geht um viel Geld. Um sehr viel Geld. Und erinnern Sie sich, was ich Ihnen auf das Blatt Papier geschrieben habe? Der Transfer von Geld von den Krankenkassen in unsere Firmenkasse – das ist mein Job. *Ich* bin schließlich kein Arzt.«

28. Fahndung

Finn Kommareck funkte Maria Marksteiner an.

»Maria, sofort Ringfahndung auslösen. Mittelpunkt ist der Hauptbahnhof. Zunächst Radius fünf Kilometer.«

»Ok.«

»Jeden, der Beine hat, will ich sehen. In Zivil. Keine Uniformen.«

»Ok.«

»Informier die Bundespolizei. Alle Züge werden gestoppt und durchsucht. Wenn er mit einem Zug fliehen will, müssen wir ihn kriegen. Fußstreifen in die S- und U-Bahnen.«

»Verstanden.«

»Schick sicherheitshalber das Foto von Voss vom Alarmserver auf alle Diensthandys.«

»Mach ich.«

»Der Hubschrauber soll startbereit sein.«

»Verstanden.«

»Vergiss die Taxis nicht.«

»Klar.«

»Es wird alles mobilisiert, was Füße hat. Voss darf aber auf keinen Fall in Bedrängnis gebracht werden. Alles unauffällig. Ich will keine Geiselnahme provozieren.«

»Ich bin keine Anfängerin.«

»Ich weiß. Aber spätestens heute Abend will ich das Arschloch haben.«

***

Dengler blieb schwer atmend stehen. Das Knie pochte, ein heller, schneidender Schmerz zog bis in den Oberschenkel. Er hatte keine Chance mehr, Voss einzuholen. Hinter sich hörte er ein Geräusch. Fünf SEKler in Kampfmontur kamen auf ihn zugerannt.

Na, die kommen auch zu spät, dachte er.

»Waffe weg!«, schrie einer von ihnen und sprang Dengler an.

Dengler fiel, und für einen Augenblick dachte er, dass sein Bein abbräche. Er schrie. Der Schmerz war so überwältigend, dass er gar nicht mitbekam, wie er auf den Bauch gedreht und seine Hände auf dem Rücken mit Kabelbinder gefesselt wurden.

***

Finn Kommareck fixierte Georg Dengler.

»Sie sind also Rechtsanwaltsgehilfe?«

»Ja. Rechtsanwalt Lehmann und ich begleiteten Professor Voss von Moabit bis in die Charité. Haben Sie ihn informiert, dass Sie mich festgenommen haben?«

»Haben wir. Wieso sind Sie aus demselben Loch gekrochen wie Voss?«

»Ich bin ihm gefolgt. Aber ich habe eine Knieverletzung. Ich war nicht schnell genug.«

»Haben Sie ihm diesen Fluchtweg gezeigt?«

»Wie das? Ich kenne mich in den Kellern der Charité nicht aus. Ich suchte ihn, sah ihn und rannte ihm nach.«

»Verarschen Sie mich nicht, Dengler. Ein ganzes SEK-Kommando ist unterwegs und findet den Mann nicht. Ein humpelnder Anwaltsgehilfe soll besser sein als die Polizei?«

»Als Voss ins Treppenhaus flüchtete, folgten ihm Ihre Kollegen. Sie liefen die Treppen hinunter. Alle. Ich dachte, sie schnappen Voss – aber nur, wenn er wirklich die Treppe hinuntergelaufen ist. Falls er aber in die höheren Stockwerke gerannt ist, dann würde ich ihn treffen. Und tatsächlich ist Voss hoch in sein Büro gegangen.«

»Was hat er da gewollt?«

»Woher soll ich das wissen?«

»Sie haben ihn gesehen?«

»Er hat mir einen Putzwagen ins Knie gerammt und ist mit dem Aufzug in den Keller gefahren. Ich folgte ihm. Er fand den Ausgang. Ich bin ihm hinterher. Den Rest kennen Sie ja.«

»Ich kann Sie nicht leiden, Dengler.«

»Ich Sie auch nicht.«

»Verschwinden Sie.«

»Gern.«

***

Von ihrem Computer im Leitwagen aus löste Maria Marksteiner die Fahndung aus. Zunächst wählte sie in einem Menü die Art der Fahndung aus. Sie konnte wählen zwischen Ringalarm, Grenzalarm, Landesalarm. Sie wählte Ringalarm und kreuzte die Option »Mit Tatortbereichsfahndung« an. Dann definierte sie den Ringmittelpunkt »Hauptbahnhof« und gab den Umkreis ein: »5 km«. Die Maske auf dem Rechner wechselte zum Stadtplan um den Hauptbahnhof. Eine Reihe von grünen Punkten zeigte die zu besetzenden Kontrollpunkte an. Mit der Maus zog sie nun Einsatzmittel, Streifenwagen oder Zivilstreifen, Kollegen im Innendienst auf diese Punkte. Sobald sie die OK-Taste drückte, löste die Software bei den entsprechenden Polizisten eine Alarmmeldung aus, und die Punkte auf ihrem Bildschirm färbten sich gelb als Zeichen, dass Einsatzkräfte auf dem Weg zu den Kontrollstellen waren. Sobald sie dort angekommen waren, würden sie eine Meldung absetzen, die Punkte würden rot eingefärbt, und die Meldung »Einsatzmittel am Punkt eingetroffen« würde erscheinen. Maria Marksteiner saß vor ihrem Bildschirm und sah zu, wie der Ring sich schloss.

Gleichzeitig kamen die Meldungen der Bundespolizei, die jeden ausfahrenden Zug kontrollierte. Die Bahn würde Verspätungen bekommen. Aber hatte sie die nicht sowieso? Streifen patrouillierten auf den Bahnsteigen der S-Bahn.

Nach vierzehn Minuten meldete die Oberkommissarin Marksteiner: »Finn, der Ring ist geschlossen.«

»Sehr gut, danke. Hoffen wir, dass Voss noch drin ist.«

***

Bernhard Voss saß auf dem Bahnsteig auf einer Bank und wartete auf die S-Bahn. Manchmal strich er sich mit der Hand über den Bauch.

Was sollte er tun?

Er zog das Telefon aus der Tasche und wählte eine Nummer.

***

»Er telefoniert. Er ist noch im Bahnhof, auf jeden Fall ist er noch innerhalb des Rings.«

»Mit wem telefoniert er?«

»Moment – mit seiner Frau.«

»Kommst du in das Gespräch rein?«

»Ich schneide mit.«

***

»Ich will nicht zurück ins Gefängnis.«

»Bernhard, um Gottes willen! Jetzt sieht es so aus, als wärst du wirklich schuldig.«

Voss stützte mit der linken Hand seinen Kopf ab. In der anderen hielt er das Handy.

»Christine, ich weiß nicht, was ich machen soll. Ich weiß es wirklich nicht.«

»Du musst dich stellen, Bernhard.«

»Ich habe schreckliche Schmerzen.«

»Bitte, bitte, stell dich der Polizei. Wir werden alles tun, damit du …«

»Gut, ich stelle mich. Aber dann musst du etwas für mich erledigen. Es ist wichtig. Versprichst du mir das?«

»Ich verspreche dir alles. Was soll ich tun?«

»Pass auf, in der Charité liegen zwei … Warte, da kommt Polizei.«

Zwei blau uniformierte Bundespolizisten kamen langsam auf ihn zu. Voss stand auf und drehte sich um. Als sie auf gleicher Höhe waren, wendete er sich ab und nestelte an seinem Schuh. Einer der Polizisten drehte sich um.

In diesem Augenblick fuhr die S5 ein.

29. Vierter Tag (3)

Ihr Gespräch dauerte nun schon länger als an all den vorhergehenden Tagen. Assmuss konzentrierte sich.

»Wenn ich Ihnen den Namen eines bestimmten Arztes hier aus Berlin nennen würde, könnten Sie mir dann sagen, ob er eine solche Anwendungsbeobachtung für *Peterson & Peterson* durchführt?«

Assmuss sah Henry verdutzt an: »Nein. Ich bin mit den Details des operativen Geschäfts nicht vertraut. Ich könnte telefonieren, dann …«

»Schon gut. Welche Prämie zahlen Sie einem Arzt, wenn er Ihr Medikament verordnet?«

»Das kommt auf das Medikament an. Der Kickback liegt zwischen drei und acht Prozent.«

»Nehmen wir Ihr Medikament Veclimed.«

»Veclimed? Warten Sie … Wir zahlen ungefähr 50 Euro pro Infusion an den Verordner. Die genauen Zahlen habe ich nicht im Kopf. Bei etwa zehn Infusionen pro Tag kann ein Onkologe damit etwa 100 000 Euro extra machen. Im Jahr.«

»Machen Sie Anwendungsbeobachtungen mit Veclimed?«

»Ja.«

»Mit welchen Medikamenten führen Sie die AWBs durch?«

»Nur mit teuren und neuen Medikamenten. Es ist für uns eine wichtige Maßnahme, um hochpreisige Medikamente im Markt zu platzieren.«

»Wenn ich das richtig sehe, zahlen Sie diese 100 000 Euro von dem Geld, das Ihnen die Krankenkassen überweisen. Also zahlt die Krankenkasse den Kickback, das heißt, letztlich zahlen die Patienten über die Krankenkassenbeiträge die Prämien, die Sie bestimmten Ärzten zukommen lassen.«

»Das kann man so sehen.«

»Und das macht nicht nur *Peterson & Peterson* so?«

»Natürlich nicht.«

»Beispiele?«

»Nun ja. Nehmen wir zum Beispiel das deutsche Unternehmen *Trommsdorff*. Dieses Pharmaunternehmen hat bis mindestens 2007 Ärzten Elektrogeräte oder Bargeld geschenkt, wenn diese im Gegenzug den Blutdrucksenker Emestar bzw. Emestar plus verordnet haben. Je mehr Verordnungen, desto größer die Geschenke. Für fünf Patienten gab es einen Flachbildschirm oder einen iPod, für sieben Patienten einen DVD-Recorder, für zwölf einen sehr schönen Jura-Kaffee-Vollautomaten, für vierzehn das Navigationssystem Tom-Tom Go, ab achtzehn dann Laptops, Beamer, Computer mit Drucker, was die Ärzte halt gerade so brauchten.«

»Geben Sie auch elektronische Geräte?«

»Nein. Das ist doch primitiv! Es würdigt den Verordner herab, der das entgegennimmt, finde ich.«

»Wie machen Sie es stattdessen?«

»Geld. Wir übergeben einen Scheck. Dann kann der Arzt damit machen, was er will.«

»Und als Verwendungszweck schreiben Sie drauf: Umsatzbeteiligung Veclimed?«

»Nein. Natürlich nicht. Wir rechnen diese Summen als Referentenhonorare ab. Oder lassen einen Facharartikel schreiben und setzen den Namen des Arztes davor. Dann wäre das ein Artikelhonorar.«

»Ist das legal?«

Assmuss schwieg erschöpft. Er atmete heftig.

»Wann komme ich hier raus?«, fragte er leise. »Warum wollen Sie das alles wissen, Henry?«

»Wir sind auf einem guten Weg. Vielleicht bringe ich Sie morgen Abend oder übermorgen hier raus, und Sie sind wieder frei. Es hängt davon ab, wie gut Sie mitarbeiten. Aber wir sind auf einem guten Weg. Ich will nur verstehen, wie Sie Ihren Beruf ausüben. Mehr will ich nicht. Und wenn ich das weiß, sind Sie wieder ein freier Mann.«

»Wirklich?«

»Ja. Vertrauen Sie mir. Also: Ist das legal?«

»Nun ja, die ärztliche Berufsordnung verbietet es, dass Ärzte für die Verordnung von Arznei-, Heil- und Hilfsmitteln oder Medizinprodukten eine Vergütung oder andere Vorteile für sich oder Dritte fordern, sich oder Dritten versprechen lassen oder annehmen. – Das ist nahezu die wörtliche Formulierung.«

»Trotzdem nehmen Ärzte Ihre Vergütungen für sinnlose Anwendungsbeobachtungen an? Wie viele Ärzte nehmen das Geld?«

»Nach unseren Untersuchungen ist die Hälfte der Ärzte – wie soll man sagen? – aufgeschlossen.«

»Jeder zweite Arzt ist korrupt?«

»Dieses Wort vermeiden wir.«

30. Friedrichstraße

»Da ist der Kinderficker.«

Die beiden Bundespolizisten starrten auf den wenige Schritte vor ihnen knienden Mann, der seine Schuhe band. Beige Cordhose, grauer Pullover und dunkles Jackett. Sie sahen ihn nur von der Seite, aber der Mann hatte einen grauen Vollbart, Alter zwischen fünfzig und sechzig. Kein Zweifel möglich.

Die S-Bahn fuhr ein, und der Gesuchte sah auf, stützte sich vom Boden ab, um aufzustehen. Kein Zweifel, er wollte in diese S-Bahn einsteigen.

»Wir schnappen ihn«, sagte Horst Glowalla zu seinem Kollegen.

Er war Streifenführer. Seit fünfzehn Jahren. Glowalla war nicht sehr groß, hatte einen beachtlichen Bierbauch und immer ein rotes Gesicht. Bluthochdruck. Heute hatte er einen neuen Kollegen zugeteilt bekommen. Darüber war er besonders wütend. Immer musste er die Grünschnäbel einweisen. Sie blieben ein paar Monate, und dann kam ein neuer Grünschnabel. Seit sieben Jahren hatte er es nur mit wechselnden Grünschnäbeln zu tun. Mehr Geld bekam er dafür nicht. Und die Wut über diesen Zustand kochte schon ziemlich lange. Glowalla ahnte nicht, dass jeder Kollege, der mit ihm Streife lief, sich nach ein paar Wochen über ihn beschwerte und einen Versetzungsantrag schrieb. Glowalla schikanierte jeden, sprach über alle schlecht und galt als der cholerischste Bundespolizist von Berlin. Die Chefs teilten ihm immer nur die frisch eingestellten Polizisten zu, junge Kollegen, die ihn noch nicht kannten. Normalerweise dauerte es sechs bis acht Wochen, bis auch sie den ersten Versetzungsantrag schrieben.

Er würde es dem Neuling zeigen. Er würde ihm zeigen, wie das geht: eine Festnahme. Das Adrenalin schoss in die Blutbahnen. Glowallas Gesicht verwandelte sich in eine Fratze. Er stürmte auf den knienden Mann zu und riss ihn an den Haaren nach hinten. Gleichzeitig trat er ihn mit voller Wucht mit dem Stiefel in die Seite. Der Gesuchte gab ein gurgelndes Geräusch von sich und erschlaffte vollständig.

»Leg ihm die Handschellen an, du Penner«, schrie Glowalla seinen Kollegen an.

Der Grünschnabel sah den bewusstlosen Mann an und rührte sich nicht.

»Scheiße! Das ist der Falsche. Das ist nicht unser Mann. Der ist viel zu jung.«

***

Voss hoffte, dass sich die Wagentür der S-Bahn endlich schließen würde. Er stand auf der Eingangsplattform und drückte sich gegen die dem Bahnsteig abgewandte Tür. Er sah die beiden Polizisten neben dem Mann stehen, den der ältere, schwer atmend, vor seinen Augen zusammengeschlagen hatte.

Doch die Tür schloss sich nicht. Immer noch kamen Fahrgäste und stiegen ein: eine Touristin, eine türkische Frau mit zwei kleinen Kindern und ein Japaner mit schwarzem Bürstenhaarschnitt. Ein jüngerer Mann mit dunklen Ringen unter den Augen, zerrissener Jeans und beunruhigend flackerndem Blick quetschte sich durch die Tür, als diese sich endlich schloss. Voss fluchte leise, als sie wieder aufging.

»Scheißbullen«, sagte der Mann laut, aber zu niemand Bestimmtem im Waggon, und stellte sich dann neben ihn. »Muss man sich mal vorstellen, schlagen einfach diesen Mann zusammen, und jetzt wissen sie nicht, was sie mit dem bewusstlosen Kerl machen sollen. Das sind die wirklichen S-Bahn-Schläger.«

Er roch schlecht.

»Beruhigen Sie sich«, sagte Voss leise.

»Beruhigen! Ich soll mich beruhigen? Da draußen tobt der reine Bullenfaschismus – und ich soll mich nicht aufregen!« Er drehte sich um und rief laut durch die geöffnete S-Bahn-Tür: »Bullenschweine, elende!«

Die Köpfe der beiden Polizisten flogen herum. Der Dicke schrie etwas, was Voss nicht verstand, und wandte sich wieder dem am Boden liegenden Mann zu. Der Jüngere jedoch sah ihm direkt ins Gesicht. Voss sah in seine aufgerissenen Augen und wusste, dass er ihn erkannt hatte. Der Polizist rannte los. Da schloss sich die Tür.

***

Der jüngere Polizist lief zurück zu Glowalla.

»Der war da drin.«

Er zeigte auf die Schlusslichter der S-Bahn, die gerade den Bahnhof verließ.

»Der ist da drin – der Kinderficker! Er ist in der S-Bahn.«

»Wir haben hier ein scheißanderes Problem.« Glowalla deutete auf den Mann am Fußboden.

Sein Kollege lief ein paar Schritte den Bahnsteig entlang, als wolle er zu Fuß die Bahn einholen. Dann lief er wieder zurück.

»Der war da drin.«

Wieder deutete er auf die Gleise.

Glowalla sagte: »Das ist jetzt scheißegal. Wir müssen dieses Weichei wiederbeleben. Mach eine Mund-zu-Mund-Beatmung mit ihm.«

»Ich? Ich muss das melden. Ruf doch einen Krankenwagen.«

»Du machst keine Meldung. Wenn der Arsch uns hier anzeigt, dann haben wir mehr Meldungen, als dir lieb ist. Der muss wieder auf die Beine. Der darf sich nicht beschweren. Los runter, Mund-zu-Mund-Beatmung.«

»Aber der ...« Kraftlos wies der Grünschnabel auf die Gleise.

»Mach, was ich sage! Sonst ist es dein letzter Tag bei der Polizei.«

Der junge Mann zögerte einen Moment, dann zog er das Handy aus der Tasche ...

***

»Wie lange ist das her? Noch keine Minute?«

Maria rief an. Finn Kommareck sagte »Bleiben Sie dran« und wechselte die Leitung.

»Maria hier. Voss bewegt sich. Er hat es irgendwie aus dem Ring geschafft. Im Augenblick bewegt er sich Richtung Friedrichstraße.«

»Ich weiß, er sitzt oder steht in der S5 nach Strausberg Nord. Sorg dafür, dass er am Bahnhof Friedrichstraße festgenommen wird.«

»Das wird knapp.«

»Mach Dampf. Die Bahn soll zwischendurch irgendwo halten.«

»Mach ich.«

Sie schaltete zu dem Bundespolizisten zurück. Der hatte aufgelegt.

»Noch einmal Maria hier. Wir haben jetzt genügend Leute, die kurz vor der Friedrichstraße sind. Räumen gerade den Bahnsteig. Die Leitstelle hat den Fahrer angewiesen, nicht weiterzufahren. Er fährt jetzt extrem langsam, um Zeit zu gewinnen. Wir haben ihn dann wohl.«

»Keine Uniformierten. Ich will keine Geiselnahme provozieren. Dem Voss traue ich das zu.«

»Verstanden.«

»Und: gute Arbeit, Maria! Ich komme rüber zur Friedrichstraße.«

***

Etwas stimmte nicht. Die S-Bahn schlich nur noch. Dann stand sie still.

»Diese Scheißbullen.« Der Mann redete immer noch ohne Unterlass. »Haben Sie gesehen, wie die zu mir rübergeschaut haben? Wird Zeit, dass die Revolution kommt.«

»Ja, die könnte jetzt helfen«, sagte Voss und musterte den Revolutionär neben ihm skeptisch.

»Wegen Gleisarbeiten verzögert sich die Einfahrt in den Bahnhof Friedrichstraße«, sagte eine Stimme durch die Lautsprecher.

Voss spähte durch das Fenster nach vorne. Er sah keine Gleisarbeiten.

»Scheißbahn«, fluchte der Revolutionär.

»Nach der Revolution wird sie pünktlich fahren.«

»Ja, das klingt gut. Ich erleb' es wahrscheinlich nicht mehr.«

Voss antwortete reflexhaft. Sein Kopf arbeitete fieberhaft.

Jetzt fuhr die Bahn wieder los.

»Eh, die fährt so langsam, da kann man ja nebenherlaufen und Blumen pflücken …«

»Wenn es hier Blumen gäbe …«

»He, das ist gut! Nach der Revolution, Alder, da säen wir hier Blumen.«

Voss sah nach vorne. Der Bahnsteig näherte sich.

Etwas stimmte nicht. Es dauerte einen Augenblick, bis er begriff. Der Bahnsteig war fast leer. Zu leer. Nur an den Treppenabgängen standen ein paar jüngere Männer.

»Wegen unvorhergesehener Bauarbeiten endet der Zug hier. Wir bitten alle Fahrgäste auszusteigen«, sagte die Stimme aus dem Lautsprecher.

Einige Fahrgäste protestierten laut, andere fluchten leise, aber alle standen auf.

»Du siehst irgendwie scheiße aus, Kumpel. Du schwitzt. Biste krank oder was?«

Die S5 hielt. Die Türen öffneten sich, und die Menschen drängten nach draußen.

Voss blieb stehen. Dann ging er zu den geschlossenen Türen auf der dem Bahnsteig gegenüberliegenden Seite des Waggons. Er versuchte zwei Finger zwischen die Türen zu pressen. Es misslang. Er versuchte mit all seiner Kraft, die Türen auseinanderzuziehen. Nichts bewegte sich.

»He, Alder, du willst auf der falschen Seite aussteigen. Da sind aber nur Schienen und kein Bahnsteig.«

»Genau, da will ich raus«, sagte Voss und drückte weiter.

»Cool! Pass auf, das geht so …«

Plötzlich hatte der Revolutionär ein schmales Metallstück in der Hand.

»Lass das mal den Fachmann machen …«

***

»Mordkommission! Machen Sie den Weg frei!«
Finn Kommareck hielt ihren Ausweis hoch und drängte sich durch die Schaulustigen. Schöttle und Dahlheimer bewegten sich in ihrem Windschatten mit nach vorne. Die Polizei hatte den Aufgang zur S-Bahn gesperrt.
Der Einsatzleiter wies sie ein.
»Alle Passagiere haben die S5 verlassen. Voss muss noch in der Bahn sein. Zu sehen ist er nicht. Wahrscheinlich liegt er auf dem Boden oder hat sich unter einen Sitz gekauert. Wir fordern ihn jetzt auf, mit erhobenen Händen rauszukommen. Wenn er das nicht macht, gehen wir rein und holen ihn, sobald Sie den Befehl geben.«
Sie drängte sich an dem Einsatzleiter vorbei und rannte die Treppen hinauf auf den Bahnsteig. Die Bahn stand leer vor ihnen. Auf den gegenüberliegenden Bahnsteigen standen Neugierige.
»Da stimmt was nicht. Der ist nicht mehr da«, sagte Schöttle.
Jemand reichte Finn Kommareck ein Megaphon.
»Bernhard Voss! Sie haben keine Chance. Kommen Sie mit erhobenen Händen aus der S-Bahn. Haben Sie gehört?«
Durch die Fenster der leeren Bahn sah sie zwei Männer zum gegenüberliegenden Bahnsteig laufen. Einige Hände reckten sich ihnen entgegen und zogen sie hoch.
»Scheiße«, sagte Finn Kommareck.

31. Vierter Tag (4)

»Wir machen eine Pause«, sagte Henry. »Vielleicht eine Stunde.«
»Ich kooperiere. Sie können von mir alles erfahren. Ich will wieder ins Büro. Ich habe Termine ...«

»Ich weiß. Machen Sie sich keine Sorgen. In einer Stunde bin ich wieder da.«

Er überprüfte Assmuss' Fesseln. Dann ging er zur Tür und verließ den Raum.

Henry stand nun in einem engen langen Flur, in dem ein alter Holzschrank stand. Es brannte nur eine trübe 40-Watt-Funzel, eine Glühbirne, die nackt von der Decke hing.

Der Entführer öffnete den Schrank, nahm die Maske ab, verstaute sie in einem Regal. Er zog seine schwarzen Kleider aus und zog stattdessen Jeans, ein blaues Hemd, Pullover und einen schweren schwarzen Wintermantel an, die in einem zweiten Regal lagen. Dann verließ er den Flur, schloss die Tür ab, ging in einem dunklen Hausgang zwei Treppen nach oben und trat durch eine schwere Holztür in einen kleinen Hinterhof einer Gebäudegruppe inmitten eines verwilderten Grundstücks. Henry durchquerte den Hof und ging auf ein hohes Gittertor zu, links und rechts von einer hohen, wild wuchernden Hecke umgeben. Nachdem er beide Schlösser des Tores aufgeschlossen hatte, stand er auf der Straße.

Henry sah sich um. Es war kalt. Es waren nur wenige Menschen auf der Straße, eingehüllt in Schals und Mützen. Er kannte niemanden. Henry bog in die erste Seitenstraße links, ging noch zwanzig Meter, schloss einen dunkelblauen Audi auf, stieg ein und fuhr davon.

Er fuhr nach Mitte. In einem kleinen, warmen Café an der Ecke August- und Tucholskystraße setzte er sich neben einen Tisch voller lärmender, hessisch sprechender Touristen. Er klappte seinen Laptop auf, rief ein Kommunikationsprogramm auf und begann zu tippen.

Sind Sie da?

Es dauerte eine halbe Minute, bis die Antwort kam.

Ja.

Sie hatten recht. Es gibt diese Anwendungsbeobachtungen. Sie taugen nichts. Sie dienen allein dem Verkauf der Medikamente.

Das sagte ich Ihnen doch.

Es fällt mir immer noch schwer, das zu glauben.

Sie können mir vertrauen.

Ich weiß nicht, wer Sie sind. Ich weiß gar nichts über Sie.

Sie werden auch nichts erfahren. Vertrauen können
Sie mir trotzdem.

Haben Sie dafür gesorgt, dass Assmuss nirgends vermisst wird?

Ja.

Wie haben Sie das gemacht?

Befragen Sie Assmuss. Nicht mich. Und noch eins:
Nehmen Sie Ihren Laptop mit in die Befragung,
lassen Sie ihn laufen. Ich höre über das eingebaute
Mikrofon mit.

Warum sollte ich Ihnen vertrauen?

Tun Sie es einfach.

Ich versuche es.

Henry klappte den Laptop zu. Er zahlte, verließ das Café
und fuhr zurück.

***

»Warum tun Sie das?«, fragte Henry, als er seinem Gefangenen wieder gegenübersaß. Den Laptop hatte er vor sich aufgestellt und eingeschaltet.

Assmuss runzelte die Stirn.

»Was machen Sie mit dem Laptop? Schreiben Sie mit?«

»Ich stelle die Fragen. Also: Warum versuchen Sie, die Ärzte zu manipulieren?«

»Wir manipulieren nicht, wir geben Entscheidungshilfen, wir wollen doch nur …«

»Soll ich gehen?«

»Nein, bleiben Sie. Ich kooperiere, das wissen Sie doch, aber manchmal, ja, manchmal falle ich eben in den Jargon, der, na ja, für außen gedacht ist.«

»Für außen?«

»Die Sprachregelungen für die Öffentlichkeit, Presse, Politik und so weiter.«

»Das interessiert mich nicht.«

»Ich weiß. Wenn Sie wollen, erkläre ich Ihnen aus unserer Sicht, warum wir Einfluss auf das Verordnungsverhalten der Ärzte nehmen *müssen.*«

»Ich höre.«

»Nun, Sie müssen wissen: Ich arbeite in einer sehr profitablen Branche. Die großen Konzerne erwirtschaften eine Umsatzrendite zwischen 30 und 40 Prozent.«

»Ich bin kein Wirtschaftsspezialist. Das ist vermutlich viel.«

»Das bedeutet, dass von jedem Euro Umsatz, der in unsere Kasse kommt, 30 oder 40 Cent bei uns bleiben – besser gesagt, wir können es an die Eigentümer überweisen. Von unseren Zahlen würde der Ackermann einen Ständer kriegen. Der Maschinenbau erwirtschaftet beispielsweise drei Prozent, der Einzelhandel noch weniger. Das Besondere an unserer Branche ist, dass unser Geschäft nicht konjunkturabhängig ist. Die Leute werden krank, ob die Wirtschaft boomt oder gerade Krise herrscht. Mindestens 30 Prozent, das gilt immer, Sommer, Winter, gute Zeiten, schlechte Zeiten.«

»Verstehe.«

»Mein Job ist es, 40 Prozent zu halten und auszubauen. Sobald *Peterson & Peterson* unter 30 Prozent kommt, fliege ich raus. Am selben Tag.«

»Verstehe.«

»Wir müssen daher Medikamente verkaufen, die einen gewissen Preis haben.«

»Sie meinen, die teuer sind.«

»Ich meine Medikamente, die genug Umsatzrendite bringen.«

»Das ist wohl dasselbe.«

»In Deutschland hilft uns, dass wir, also die Pharmafirmen, die Preise selbst festlegen können. Sobald ein Medikament zugelassen ist, kann der Arzt es verschreiben, und dann muss die Krankenkasse unseren Preis bezahlen, ob sie will oder nicht. Das ist sehr hilfreich.«

»Sie sagen mir gerade, dass weder Angebot noch Nachfrage noch Qualität oder Wirksamkeit den Preis regeln.«

»Gott sei Dank nicht. In England und anderen Ländern müssen wir mit den Krankenkassen und den Krankenhäusern den Preis verhandeln. In Deutschland legen wir ihn allein fest. Daher sind die Arzneipreise hierzulande um ein Vielfaches erfreulicher als anderswo.«

»In anderen Ländern sind Medikamente billiger?«

»Leider erzielen wir in anderen Ländern nicht die gleichen Erlöse wie in Deutschland. Oft kosten die Medikamente nur 20 Prozent von dem, was sie uns hier einbringen.«

»Verstehe«, sagte Henry. »Gibt es irgendeine Krux an diesem System – aus Ihrer Sicht?«

»Der Ablauf der Patente, das ist das wirklich Schlechte.«

»Erklären Sie es mir.«

»Wir haben ein Medikament. Und wir haben dazu einen hohen Preis. Das ist wunderbar. Und wunderbar ist auch, dass niemand unser Medikament nachmachen darf. Das Patentrecht schützt unser Medikament. Wir haben es allein. Ein Monopol.«

»Ohne Konkurrenz. Solange das Patent gilt.«

»Genau. Aber das Patent läuft nach einer bestimmten Zeit aus. Leider …«, sagte Assmuss.

»Was geschieht, wenn das Patent ausläuft?«

»Dann gibt es sofort Firmen, die das Medikament nachmachen. Ganz legitim. Sie bringen das gleiche Medikament auf den Markt, nur billiger. Diese nachgemachten Präparate nennt man Generika.«

»Und sind diese Generika, medizinisch gesehen, das Gleiche wie Ihr altes Medikament?«

»Ja. Diese Nachahmerprodukte beinhalten die gleichen Wirkstoffe. Vielleicht hat die Pille eine andere Farbe. Mehr aber nicht.«

»Wie lange ist Ihr exklusives Geschäft mit dem Medikament durch das Patent geschützt?«

»Zwanzig Jahre. Dann können wir durch Klagen gegen die Generika-Firmen das Ganze noch ein paar Jahre rauszögern, aber dann …«

»… dann will niemand mehr Ihr teureres Medikament.«

»Die Krankenkassen, die Politik – alle wollen dann, dass Generika verschrieben werden.«

»Sie nicht?«

»Nein. Ich nicht.«

»Aber in diesen zwanzig Jahren können Sie doch die Kosten wieder hereinwirtschaften, die Sie, nun ja, ausgeben mussten.«

»Es geht nicht um die Kosten, die haben wir nach einer gewissen Zeit wieder drin. Es geht um die Umsatzrendite. Die erzielen wir nur mit patentgeschützten Medikamenten. Und die Gewinne stürzen ab, deutlich, wenn Patente auslaufen.«

»Dann haben Sie also keine 40 Prozent mehr, sondern – so wenig wie der Maschinenbau?«

Assmuss lachte. »So schlimm wird es sicher nicht.«

»Und was tun Sie dagegen?«

»Die Branche verhält sich an diesem Punkt etwa einheitlich. Wir bringen ein neues Medikament.«

In diesem Augenblick erschien eine Meldung auf Henrys Bildschirm. Er las sie aus dem Augenwinkel:

Fragen Sie ihn, ob er ein besseres Medikament bringt.

»Bringen Sie dann ein besseres Medikament?«

Assmuss schwieg.

Henry lehnte sich im Stuhl zurück: »Bringen Sie dann ein besseres Medikament?«

Assmuss zog die Luft tief durch die Lunge ein, als wolle er eine innere Barriere überwinden.

»Darum geht es nicht«, sagte er. »Es geht darum, wieder ein Hochpreis-Medikament für die betreffende Krankheit zu haben und zu verhindern, dass die Ärzte Nachahmer-Präparate verschreiben. Es geht um die 40 Prozent.«

»Das neue Präparat ist also keine Verbesserung?«

»Ich gebe zu: Meist verändern wir nur ein paar Moleküle, aber im Grunde ist es immer noch unser altes Präparat. Es bekommt einen neuen Namen, wir haben ein neues Patent, und nun werfen wir die Maschine an, um die Kundschaft, also die Ärzte, zu überzeugen, dass sie das neue Produkt verschreiben.«

»Das teurere, obwohl es ein billigeres, identisches gibt?«

»Ja.«

»Und es gelingt Ihnen tatsächlich, die Ärzte *davon* zu überzeugen?«

»Wir haben eine gewisse Erfahrung auf diesem Gebiet. Wir haben hart an dem Mythos gearbeitet, dass ein neues Medikament auch ein besseres ist.«

»Das ist nicht so?«

»Natürlich nicht. Wir bringen neue Medikamente nicht aus medizinischen, sondern aus kommerziellen Gründen. Ältere Medikamente haben, unter medizinischen Gesichtspunkten gesehen, oft den Vorteil, dass sie besser untersucht sind, dass man ihre Nebenwirkungen kennt und so weiter. Meine Aufgabe ist aber eine völlig andere. Ich habe dafür zu sorgen, dass Ärzte möglichst teure Medikamente verordnen, und zwar die von *Peterson & Peterson*.«

»Dann schlagen Sie zum Beispiel Anwendungsbeobachtungen vor oder Sie liefern iPods für jeden Patienten?«

»*Peterson & Peterson* gibt grundsätzlich keine Sachleistungen.«

Henry lachte kurz.

»Sorry, ich vergaß, Sie bevorzugen Geld.«

»Es ist ein hartes Geschäft.«

»Ich verstehe langsam. Ihre Aufgabe besteht darin, die Ärzte dazu zu bewegen, teure Medikamente zu verschreiben, obwohl es auch günstigere gibt, die genauso gut wirken.«

»Das ist sicher ein Teil meiner Aufgabe. Genauer könnte man sagen: Meine Aufgabe ist es, mindestens so viel Geld aus den Krankenkassen auf die Konten von *Peterson & Peterson* zu leiten, dass die geplante Rendite erreicht wird. Das geht nun mal nicht mit billigen Medikamenten.«

»Haben Sie noch weitere Tricks auf Lager?«

»Das sind keine Tricks, noch nicht einmal besondere Geheimnisse. Das hat sich so eingespielt. Man kann das sogar in Büchern nachlesen. Die Öffentlichkeit und die Regierung akzeptieren dieses Verfahren.«

»Ok. Ich verstehe. Aber hin und wieder bringen Sie doch ein neues Medikament auf den Markt, eine Innovation. Ich meine, Sie forschen doch auch?«

Assmuss schien sich innerlich zu verbiegen. Er sah Henry an und schwitzte.

»Sie wollten kooperieren.«

»Nun gut, in der Branche gibt es so etwas wie einen Forschungsstillstand. Wir hängen das nicht an die große Glocke, verstehen Sie?«

»Nein. Erklären Sie es mir.«

Assmuss zögerte kurz und atmete mit einem leichten Stöhnen aus, bevor er weitersprach: »Es ist so: Zwischen 1990 und 2009 sind etwas mehr als 550 neue Wirkstoffe auf den Markt gekommen. Davon waren aber nur acht eine echte Innovation, eine übrigens von *Peterson & Peterson*. Zwischen 40 und 50 hatten einen kleinen, beschränkten Zusatznutzen, nicht der Rede wert. Der Rest, also 90 Prozent, waren genauso gut, manche auch schlechter als die Vorläufermedikamente. Sie waren nur teurer.«

»Und diese teuren, gleich oder weniger guten Medikamente schwatzen Sie dann den Ärzten auf und die wiederum den Patienten? Hab ich das richtig verstanden?«

Der unbekannte Mithörer am Laptop meldete sich wieder.

Fragen Sie ihn, wie viel Prozent seine Firma für die Forschung ausgibt.

»Wie viel gibt Ihre Firma für Forschung und Entwicklung neuer Medikamente aus?«

»Nun, *Peterson & Peterson* ist ein forschendes Arzneimittelunternehmen. Wir sind aus der Forschung entstanden. Der Firmengründer ...«

Lassen Sie sich nicht totquatschen. Fragen Sie, wie viel Prozent Peterson & Peterson für Forschung und Entwicklung ausgibt.

»Wie viel Prozent, Assmuss? Wie viel Prozent Ihres Gewinnes stecken Sie in Forschung und Entwicklung?«

Assmuss sah ihn gequält an.

»Zehn Prozent«, brachte er schließlich heraus. »Zehn Prozent stecken wir in die Forschung.«

Fragen Sie ihn, wie viel von diesen zehn Prozent in echte Innovationen gehen und wie viel in Scheininnovationen.

»Assmuss, von diesen zehn Prozent – wie viel verwenden Sie, um wirklich neue Medikamente zu erforschen?«

»Um ehrlich zu sein«, sagte Assmuss, »stecken wir fast alles in Nachfolgeprodukte unserer patentgeschützten Medikamente.«

Er senkte den Kopf. Dann blitzte helle Empörung aus ihm heraus: »Wissen Sie, was die Entwicklung eines neuen Medikamentes wirklich kostet? Die Studien? Die Zulassungen? Es rechnet sich einfach nicht.«

»Wollen Sie mir damit sagen, dass Sie die Forschung nach neuen Medikamenten eingestellt haben? Dass Sie nicht mehr wirklich forschen?«

Assmuss gewann seine Fassung zurück. In einem fast belehrenden Ton sagte er: »Forschung nach neuen Substanzen sind Kosten. Kosten sind ein beständig zu eliminierendes Element.«

»Das heißt, Sie erklären mir gerade, dass dieses System funktioniert? Ich meine, Sie verkaufen immer nur Abwandlungen der immer gleichen Arzneien?«

Assmuss schwieg, fast ein wenig beleidigt.

Erneut erschien eine Meldung auf Henrys Bildschirm:

**Fragen Sie ihn, wie viel sein Konzern für Marketing
und Werbung ausgibt.**

»Wie viel geben Sie für Marketing und Werbung aus?«

»Für Marketing und Werbung? Round about vierzig Prozent«, sagte Assmuss.

»Viermal so viel für Werbung wie für Forschung?«

»So funktioniert unsere Branche nun einmal. Wir haben ein Innovationsloch. Niemand weiß das besser als die Vorstände der großen Pharmakonzerne.«

»Aber sie forschen ja auch kaum mehr …«

»Es ist billiger, alte oder ältere Medikamente zu recyceln, als neue zu entwickeln. Leider ist das so.«

»Und die wenigen neuen Substanzen? Wo kommen die her?«

»Nun, wir beobachten sehr genau, was an den staatlichen Universitätskliniken geschieht. Dort wird geforscht. Wir haben das ganz gut im Griff. Eine eigene Abteilung bei uns steuert das. Wir sponsern systematisch Institute, Lehrstühle, Kolloquien und Studien.«

»Und dann?«

»Dann kaufen wir die Ergebnisse. Oder nehmen sie in Lizenz. Wissen Sie«, Assmuss beugte sich nach vorn und sprach nun leise, »die Unikliniken sind froh, wenn wir ihnen drei oder vier Millionen zahlen. Das ist für die viel Geld.«

»Es gibt keinen Aufschrei in der Wissenschaft, wenn sie so übers Ohr gehauen werden?«

»Sie kennen diesen Betrieb nicht, nicht wahr, Henry?«

»Nein.«

»Viele Institute von deutschen Universitätskliniken hängen von Drittmitteln ab. Von unserem Geld also. Arbeitsplätze, Karrieren junger Wissenschaftler sind direkt davon abhängig. Wir achten darauf, dass gerade junge Forscher schon früh den Umgang mit Drittmitteln lernen. Sie müssen es für selbstverständlich erachten, dass ohne Drittmittel nichts geht. Dies entwickelt antizipative Umgangsformen bei den Wissenschaftlern.«

»Erläutern Sie das.«

»Beide Seiten sind klug genug zu wissen, wie es läuft. Man muss nicht mehr darüber reden. Wir geben das Geld und wir lassen wissen, wie wir uns das Ergebnis einer Studie oder was auch immer vorstellen. Die jungen Leute merken bald: Wenn sie sich mit uns gutstellen, geht es voran, gibt es Geld, gibt es neue Stellen.«

»Aber diese Forschung wurde doch von den Bürgern aus Steuergeldern bezahlt?«

Assmuss nickte.

»Von uns nur zu einem kleinen Teil.«

»Und was machen Sie daraus?«

»40 Prozent«, sagte Assmuss.

32. Am Abend

»Nicht rennen«, sagte der Revolutionär. »Sonst fallen wir auf.«

Sie gingen schnell. Niemand beachtete sie inmitten der vielen Menschen.

Es wurde erst langsam dunkel. Die S- und U-Bahnen spien müde Gesichter aus, Leute, die von der Arbeit kamen, Touristen, die Prenzlauer Berg besichtigt hatten und nun zurück in ihre Hotels strömten. Es war warm. Sommer in Berlin. Nirgends auf der Welt gibt es diese Dichte von Straßencafés, Kneipen und Restaurants.

Nachdem sie die Spree überquert hatten, bogen sie auf den Schiffbauerdamm ein.

»Ich danke Ihnen sehr«, sagte Voss.

»Danke ist wohl zu wenig.«

»Wie meinen Sie das?«

»Hast du Geld dabei?«

Voss griff in die Hosentasche und zog die Scheine heraus, die seine Sekretärin ihm gegeben hatte.

»Viel ist es nicht«, sagte er. »Und ich brauche es …«

Mit einer blitzschnellen Bewegung pickte der Revolutionär die Scheine aus seiner Hand. »Besser als nichts«, sagte er. »Und immer schön die Bullen ärgern.«

Dann war er verschwunden.

***

»Wieso waren nicht alle Bahnsteige geräumt und gesichert?«

»Frau Hauptkommissarin«, sagte der Einsatzleiter, »Sie wissen doch selbst, wie kurzfristig der Alarm ausgelöst wurde. Wir hatten nur wenige Minuten, bis die S5 kam. Sie fuhr langsam, trotzdem reichte die Zeit nicht aus, den Bahnhof Friedrichstraße komplett zu räumen. Absolut unmöglich. Sie wissen, wie kurz die Strecke ist. Ich hatte fünfzehn Männer, wie sollte ich …«

Finn Kommareck machte eine wütende Armbewegung und lief sichtbar verärgert zu ihrem Einsatzwagen zurück. Schöttle und Dahlheimer liefen hinterher.

»Schöttle, haben wir alle Telefone angezapft? Seine Frau, seinen Bruder, seine Sekretärin, seinen Anwalt, diesen humpelnden Anwaltsgehilfen …«

»Seinen Anwalt? Eingriff in das Fernmeldegeheimnis! Finn, da kommen wir in Teufels Küche.«

»Schreib seinen Namen auf die Liste seines Umfelds. Du kannst den Beruf ja vergessen haben, oder?«

»Bist du sicher? Das verletzt Paragraph …«

»Schöttle!«

»O. k. Ich hab den Beruf schon vergessen.«

***

Es war halb zehn Uhr abends. Rüdiger Voss war wie so häufig der Letzte im Institut. Er schloss sein Büro ab. Der Bewegungsmelder im Flur ließ automatisch die Flurlichter im ganzen Haus angehen. Bernhard Voss' Bruder ging die breite Treppe hinunter. Es war ein langer, aufregender Tag gewesen, er war müde.

Sein Wagen war das einzige Auto in der Tiefgarage. Schon von Weitem bediente er mit dem Funkschlüssel die Tür. Die Lichter seines Mercedes leuchteten dreimal hektisch auf. Rüdiger Voss öffnete die hintere Wagentür und stellte seine Aktentasche vorsichtig auf den Rücksitz. Er schloss die Tür, drehte sich um – und erstarrte.

Bernhard Voss lehnte an einer Säule. Das Neonlicht ließ sein Gesicht noch bleicher erscheinen, als es ohnehin schon war. Die Augen lagen weit zurückgezogen in den Höhlen.

»Um Gottes willen – Bernhard!«

»Rüdiger, ich bin geflohen.«

»Ich weiß. Christine hat mich angerufen.«

»Kannst du mir helfen?«

»Sicher. Komm, steig ein.«

Bernhard Voss schüttelte den Kopf.

»Ich will dich da nicht hineinziehen. Aber kannst du mir Geld geben?«

Rüdiger zog die Brieftasche aus dem Jackett, öffnete sie und zählte die Scheine.

»240 Euro. Das ist nicht viel. Komm, steig ein, wir fahren zu einem Geldautomaten.«

»Zu gefährlich, Rüdiger. Du bekommst das Geld zurück. So bald wie möglich. Ich werde Christine bitten …«

»Lass den Quatsch, großer Bruder. Was kann ich für dich tun?«

»Ich hab die Ergebnisse unserer Untersuchung versteckt. Du musst sie holen, wenn sie mich wieder festnehmen.«

»Wo sind sie?«

Ein Scheinwerfer leuchtete die Einfahrtrampe hinunter; Voss hörte Motorengeräusch.

»Ich melde mich bei dir.«

Bernhard Voss duckte sich hinter einen Pfosten.

Ein Polo der Wachgesellschaft Berlin fuhr langsam in die Tiefgarage. Rüdiger Voss nickte den beiden Männern zu, und der Beifahrer grüßte zurück. Das Fahrzeug fuhr eine Runde und verließ dann die Garage.

»Bernhard!«

Doch Bernhard Voss war verschwunden.

***

Rechtsanwalt Lehmann kochte gerne. Es war wie ein Naturgesetz: Ab einem bestimmten Alter fingen Männer zu kochen an, und weil sie ihre Entdeckung jedermann und jeder Frau mitteilen wollten, schrieben sie dann auch Kochbücher. Auch Rechtsanwalt Lehmann ging mit einer Idee zu einem Kochbuch schwanger. Die Welt sollte erfahren, dass Männer genauso gut kochen konnten wie Frauen: Es gab keinen Unterschied. *Das Männerkochbuch* – so sollte der Titel lauten.

Er hackte glatte Petersilie klein, als das Telefon klingelte.

»Geh du bitte ran, Schatz«, rief er seiner Frau zu, die in einem Sessel saß und den neusten Roman von Michel Houellebecq las. Sie stand auf, nahm den piepsenden Apparat und trug ihn in die Küche.

»Das ist doch sicher für dich«, sagte sie und reichte ihrem Mann das Telefon.

Dr. Lehmann wischte die Hände an der blauen Kochschürze ab, nahm das Telefon entgegen und meldete sich.

»Bernhard«, rief er laut. Seine Frau, bereits wieder auf dem Weg zu Houellebecq, der auf der Lehne ihres Sessels auf sie wartete, blieb abrupt stehen und kam zurück.

»Hartmut«, sagte Voss am anderen Ende mit gepresster Stimme. »Kannst du mir helfen?«

»Bernhard, ich bin dein Anwalt. Ich bin dein Freund. Natürlich helfe ich dir.«

»Ich brauche ein Versteck. Kannst du mich irgendwo verstecken? Und ich brauche Geld.«

»Wie stellst du dir das vor, Bernhard? Du bist ein flüchtiger Mörder. Du musst dich stellen, dann kann ich dir helfen. Aber ich kann keinen flüchtigen Mörder verstecken. Ich bin Rechtsanwalt. Da wäre ich bald selbst in Moabit. Bernhard, hör mir zu, wir treffen uns und gehen zusammen zur Polizei. Wo bist du jetzt? Sag mir, wo …«

Seine Stimme brach ab.

»Er hat aufgelegt«, sagte er zu seiner Frau.

Dann rief er eine andere Nummer an.

»Herr Dengler, sind Sie noch in Berlin? Das ist gut. Eben hat mich Bernhard Voss angerufen. Können Sie zum Essen kommen? Ich koche gerade, ja, nur eine Kleinigkeit. In der Schützenstraße. Sie können von Ihrem Hotel aus zu Fuß gehen. Ihre Frau? Sie ist willkommen. Sicher. Danke.«

Lehmanns Frau ging nicht mehr zu ihrem Sessel zurück.

»Bernhard ist ein Idiot«, sagte sie zu ihrem Mann. »Ich glaube nicht, dass er unschuldig ist. Du rennst da hinter einer Illusion her.«

***

»Sag mir mal, Schöttle«, sagte Finn Kommareck, nachdem sie sich das Band zehnmal, vielleicht aber auch zwanzigmal angehört hatte, »warum verlangt es den Herrn Rechtsanwalt nach dem Anruf von Voss ausgerechnet nach seinem humpelnden Rechtsanwaltsgehilfen?«

»Keine Ahnung«, sagte Schöttle.

»Dahlheimer«, rief sie.

»Chefin?«

»Ich will alles über diesen Anwaltsgehilfen wissen. Und zwar gleich.«

»Bin schon bei der Arbeit.«

»Wir sollten jetzt alle mal nach Hause gehen«, sagte Schöttle. »Finn, guck mal auf die Uhr. Es ist bald Nacht.«

»Es ist noch nicht Nacht. Noch nicht«, sagte Finn Kommareck. »Wir haben einen unbewaffneten, einen nicht vorbestraften Kindermörder, der uns an einem Tag drei Mal entwischt ist. Wie ein Profi.«

Das Telefon klingelte im Hintergrund. Maria Marksteiner nahm ab.

»Danke, Supernachricht!«, sagte sie schließlich und legte auf. Dann wandte sie sich an Finn: »Sie haben den Kerl, der Voss aus der S-Bahn geholfen hat.«

***

»Sie behaupten also, Sie haben mit einem Metallstück die Tür geöffnet und Bernhard Voss dadurch die Flucht ermöglicht.«

»Nein, das behaupte ich nicht. Das war so.«

»Und Sie haben den Mann vorher nicht gekannt?«

»Ich habe ihn das erste Mal gesehen, als ich am Hauptbahnhof in die S-Bahn stieg.«

»Und das soll ich Ihnen glauben?«

»Ich bitte sehr darum.«

»Sie wussten, dass er ein Kindermörder ist.«

»Nein, das wusste ich nicht. Ich helfe doch keinem Kindermörder. Das sieht man dem doch nicht an. Der sah aus wie ein Spießer, wie ein normaler Spießer, ein bisschen nervös vielleicht. Ich dachte, der Spießer wollte mal was Verrücktes machen. Wer bin ich, dass ich ihm dabei nicht helfe. Aber der sah doch nicht aus wie ein Kindermörder.«

»Die meisten Kindermörder sehen aus wie Spießer«, sagte Maria Marksteiner, die mit Finn Kommareck im Vernehmungsraum saß.

»Ja, mein Gott, wenn ich jeden Spießer für einen Kinder-

178

mörder halten würde, dann müssen Sie hier in Berlin aber Massenverhaftungen durchführen. Speziell am Hauptbahnhof.«

»Da haben Sie auch wieder recht«, sagte Maria Marksteiner, lächelte und winkte mit einer kaum wahrnehmbaren Geste zu dem Spiegelfenster, hinter dem, wie sie wusste, Schöttle stand.

Nach anderthalb Stunden brachen sie die Vernehmung ab.

»Glaubst du ihm?«, fragte Maria Marksteiner.

»Ja. Aber der Kerl soll merken, dass er uns geärgert hat. Er bleibt noch bis morgen Mittag in der Zelle, dann lassen wir ihn laufen. Und wir gehen jetzt nach Hause«, entschied Finn. »Die Einsatzzentrale wird uns schon wecken, wenn Voss irgendwo auftaucht.«

Sie gingen die Treppe hinunter zum Ausgang.

»Weißt du, was ich nicht verstehe?«, fragte Maria Marksteiner. »Es ist doch komisch, dass wir nicht ermitteln konnten, wer das Mädchen entführt hat. Wir wissen, dass Voss es nicht war. Er hat ein mehrfach bestätigtes Alibi. Wir haben auch nichts, wirklich nichts gefunden, das darauf hindeutet, dass er Helfer angeworben hat.«

»Ich weiß«, sagte Finn Kommareck. »Ich denke ständig daran.«

***

»Ich möchte, dass Sie weiter ermitteln«, sagte Dr. Lehmann.

Sie saßen zu viert um den großen Esstisch: Lehmann, seine Frau, Georg Dengler und Olga.

»Ich habe mit Bernhards Frau und seinem Bruder gesprochen. Wir sind uns alle einig, dass Sie weiter nach Entlastungsindizien für Bernhard suchen sollen.«

»Es wäre besser, er würde sich der Polizei stellen«, sagte Dengler.

»Ich glaube, dass er es getan hat, dass er es war«, sagte Frau Lehmann.

»Aber du kennst Bernhard doch«, wandte ihr Mann ein.

»Hartmut, wer schaut schon in einen Mann hinein? Früher haben wir gesagt, jeder Mann ist ein potenzieller Vergewaltiger. Und irgendwann, da kommt es halt über ihn.«

»Aber dieses Verbrechen war genau geplant, oder?«, wandte Olga ein. »Jemand hat das Mädchen entführt. Und das kann nicht Bernhard Voss gewesen sein. Vielleicht hat er jemand den Auftrag gegeben? Aber dann kann es kein spontaner Entschluss gewesen sein. Wie man es dreht, dieser Mord war von langer Hand geplant.«

»Das sehe ich auch so«, sagte Dengler.

»Das passt sicher nicht zu Bernhards Charakter«, gab Lehmanns Frau zu.

»Und warum fährt er mit hohem Tempo durch diesen Ort, durch …«

»Erkner«, sagte Lehmann.

»Ja, Erkner, danke«, sagte Olga. »Er fährt zu schnell. Er weiß, dass er geblitzt werden kann, und zieht deshalb die Sonnenblende herunter. Sein Gesicht kann man nicht sehen, aber das Nummernschild.«

»Was auf das Gleiche herauskommt«, sagte Lehmann. »Er wird identifiziert.«

»Wenn er damit rechnete, geblitzt zu werden, dann hätte nur eines geholfen: langsamer fahren«, sagte Olga. »Sein Verhalten ist nicht logisch.«

»Er war betrunken«, wandte Lehmanns Frau ein.

»Ja, aber, trotzdem. Es ist seltsam. Und noch etwas leuchtet mir nicht ein«, sagte Olga. »Wenn er vorgehabt hat, das Mädchen an dem Tag zu vergewaltigen und zu töten, warum unternimmt er vorher eine Sauftour mit seinem Bruder? Er hat danach für die offenbar lang geplante Tat kaum noch Zeit und letztlich doch kein Alibi?«

»Außerdem«, sagte Lehmann, »muss das Mädchen irgendwo in der Nähe versteckt gewesen sein. Oder die Entführer haben es ihm angeliefert. Aber alle Telefonate, aus seinem Büro und seinem Handy, wurden von der Polizei überprüft. Alle hatten einen dienstlichen oder einen privaten Zweck.«

»Gehen wir doch einmal davon aus, dass Voss die Wahrheit gesagt hat. Nur mal so, als Arbeitshypothese. Er kam nach Hause, war betrunken, legte sich auf die Couch, in der Nacht wachte er auf, legte sich zu seiner Frau ins Bett und schlief weiter. Am nächsten Morgen hatte er einen Kater, nahm ein paar Aspirin und ging in die Charité zur Arbeit. Welche Indizien sprechen gegen diese Aussage?«

»Das Sperma an der Leiche«, sagte Frau Lehmann.

»Die Fusseln seines Jacketts«, sagte ihr Mann.

»Die Fusseln kann man auch anbringen«, sagte Dengler.

»Und das Sperma?«

»Wohl kaum.«

»Ich bitte Sie: Bleiben Sie in Berlin und helfen Sie mir«, sagte Dr. Lehmann.

Dengler sah Olga an.

»Also ich würde gern wissen, wie diese Geschichte weitergeht«, sagte sie.

»Einverstanden. Wir bleiben noch«, sagte Dengler. »Aber ich möchte nicht mehr länger Anwaltsgehilfe sein.«

Lehmann lachte: »Kommen Sie morgen in mein Büro. Wir lösen den Vertrag. Sie sind ja noch in der Probezeit.«

»Ich vermute, die strenge Kommissarin hat mir diesen Beruf ohnehin nicht abgenommen.«

»So, so«, sagte Olga, »die gestrenge Kommissarin ...«

★★★

Bernhard Voss war müde. Sein Bauch schmerzte, und ein fürchterlicher Durchfall zwang ihn viermal in umliegende Straßencafés. Bei Kaiser's am Untergrundbahnhof »Deutsche Oper« kaufte er sich Rasierzeug, eine Schere und einen kleinen Spiegel. Auf der Toilette der Deutschen Oper schnitt er sich mit der Schere den Bart ab. Dann rasierte er sich. Das Wasser nahm er aus der Kloschüssel. In dem Taschenspiegel beobachtete er staunend, wie sich durch die Rasur sein Gesicht veränderte. Er wirkte nun schmaler, auch jünger, wie er fand, und vor allem völlig anders als auf den Fotos, welche die Zeitungen von ihm gebracht hatten. Man würde ihn nicht mehr so leicht erkennen.

Er verließ die Oper und winkte sich ein Taxi heran.

»Fahren Sie mich bitte zur Charité.«

33. Birgit (1)

Birgit Assmuss war aufgekratzt.

Es ist doch verrückt, dachte sie, ich gehe auf die fünfzig zu und muss eine sturmfreie Bude organisieren wie ein Teenager. Jan, ihr Sohn, war mit einigen Freunden nach München zu einem Konzert von *Jay-Z* geflogen, und sie hatte einen Abend frei. Einen ganzen Abend – und vor allem eine ganze Nacht.

Sie hatte das blaue Kleid angezogen, das mit fließendem Stoff ihre Kurven betonte und das Füllige ihrer Figur in reinen Sex verwandelte. Sie hatte das Kleid zunächst ohne BH angezogen, kam sich aber ordinär vor, weil man trotz des dünnen Stoffes ihren Busen in allen Einzelheiten sehen konnte. Deshalb hatte sie den dunkelblauen Büstenhalter gewählt, der gut zum Kleid passte und der einige Millimeter Spitze aus dem Dekolleté blitzen ließ.

Sie lächelte über sich selbst.

Ich bin rollig, dachte sie, ich bin rollig wie eine läufige Katze. Was für ein Vergleich! Sie musste kichern.

Seit sie Jürgen Kettelmann das erste Mal gesehen hatte, in jenem denkwürdigen Urlaub im Schweizer Waldhaus, hatte sie über ihre Ehe oder, präziser ausgedrückt, über ihr Leben nachgedacht. Dabei war in diesem Urlaub noch gar nicht viel passiert. Die Kettelmanns saßen beim Abendessen am gleichen Tisch, man unterhielt sich, man kam in etwa aus der gleichen sozialen Sphäre, der Manager eines großen internationalen Konzerns und der mittelständische Unternehmer, zwei Herren mit Gattinnen, zwei reiche Paare, obwohl sie selbst dieses Wort natürlich niemals benutzt hätten, kulturbeflissen, kenntnisreich in Fragen Bildender Kunst und natürlich klassischer Musik, beide hatten mehr als einmal Lang Lang gesehen, auch Fazıl Say, aber den mochte Luise Kettelmann nicht so sehr: Say verzettele sich mit seinen wechselnden Stilen, sagte sie, ihr sei er zu unruhig, zu wild. Birgit wusste nicht, warum diese Gespräche so anstrengend waren. Die Männer sprachen über Zigarren und Autos. Die Kettelmanns berichteten von ihrem Winterurlaub. Sie liebten Tiefschneefahren. In Usbekistan seien sie gewesen. Dort gebe es noch gigantische Abfahrten bei jeder Menge frischem, tiefem Powder. Mit dem Helikopter seien sie auf absolut noch nie befahrene Gipfel geflogen. Fantastische Abfahrten. Die Paare plauderten dann über Kunst, Malerei und die diesjährige Art Basel, auf der Assmuss stets zum *first view* geladen war. Bianca Jagger sei auch da gewesen. Hat mir eine schöne Arbeit vor der Nase weggekauft. Birgit sah, wohl eher zufällig, zu Kettelmann hinüber, und der wendete den Blick ab. Hoppla, dachte sie, er hat mich angesehen, vielleicht schon die ganze Zeit. Dieser Gedanke weckte ihre Neugier. Hatte er sie betrachtet, ohne dass sie es bemerkt hatte? Warum?

Sie wartete eine Weile. Dirk berichtete gerade, dass er in manchen Monaten mehr Zeit im Flugzeug verbringe, als einem Piloten aus gesundheitlichen Gründen gestattet sei, wegen Strahlung und so weiter. Da wandte sie den Kopf unvermittelt zu Kettelmann – und sah direkt in seine Augen. Eine süße Zehntelsekunde sahen sie sich an, dann wandte er sich erneut ab, und Birgit war sich nun ganz sicher.

Diese Entdeckung erregte sie. Die Unterhaltung am Tisch färbte sich für sie erotisch. Kettelmann interessiert sich für mich, sieh mal an, dachte sie sich. Sie wurde lebhafter, beteiligte sich mehr am Gespräch, sie fragte ihn nach seinen Hobbys, und für Momente schien es ihr so, als würden nur er und sie am Tisch sitzen.

In der Nacht konnte sie nicht schlafen. Dirk, der viel von dem französischen Rotwein getrunken und darauf bestanden hatte, die Rechnung zu übernehmen, röchelte leicht neben ihr, wie er es jede Nacht tat. Kettelmann hatte gesagt: Dann sind wir aber morgen dran. Und sie hatte, vielleicht zu schnell, gesagt, dass das eine gute Idee sei.

In dieser Nacht überdachte sie ihr Leben, beziehungsweise: Sie überdachte ihr nonnenhaftes Leben. So war es doch. Sie war verheiratet, aber sie lebte wie eine Nonne. Keusch, unberührt. Ungefickt, dachte sie. Ungefickt, wiederholte sie und kam sich verwegen vor, weil sie ein solches Wort gedacht hatte. Ob das in allen Ehen so ist? Ob die Kettelmanns noch Sex hatten? Dirk jedenfalls rührte sie schon lange nicht mehr an.

In Gedanken über ihr Unglück schlief sie ein.

34. Sehnsucht

Bernhard Voss sehnte sich nach seiner Frau.

Was sie wohl gerade tut?, dachte er.

Er sah sie vor sich, wie sie im Wohnzimmer auf der Couch saß. Vielleicht hatte sie eine Flasche Rotwein aufgemacht,

vielleicht waren die Mädchen gekommen, um ihr beizuste-
hen. Sie redeten über ihn. Ob sie an seine Unschuld glaubten?
Vielleicht gab es Zweifel. Er hatte sie unglücklich gemacht.

Bernhard Voss saß auf der Rückbank des Taxis. Er betrachtete das Handy. Sollte er seine Frau anrufen? Er fühlte sich
müde und schuldig. Wegen ihm litt seine Familie, die Frau,
die er mehr als alles auf der Welt liebte, seine wunderbaren
Töchter und sein Bruder. Sie alle litten an dem, was ihm vorgeworfen wurde. Er schluckte.

»Halten Sie bitte«, sagte er zum Taxifahrer. »Ich will kurz
aussteigen und telefonieren, dann fahren wir weiter zur
Charité.«

»Mir wär's lieb, Sie würden dann aber schon mal acht Euro
und fünfzig Cent bezahlen. Ich hab schon Sachen erlebt ...«

»Sicher«, sagte er und gab dem Fahrer einen Zehn-Euro-
Schein. »Den Rest rechnen wir auf die Weiterfahrt an. Bitte
warten Sie. Es dauert nicht lang.«

Das Taxi hielt in der zweiten Reihe.

»Ewig kann ich hier aber nicht stehen«, sagte der Fahrer.

»Ich weiß. Keine Sorge«, antwortete Voss und stieg aus.

***

Finn Kommareck saß zu Hause auf der Toilette. Sie betrachtete das Blut auf dem Toilettenpapier. Helles, frisches
Blut. Sie musste zum Arzt. Morgen? Übermorgen. Ja, übermorgen war gut.

»Schatz, die Einsatzzentrale. Dringend.«

Finn Kommareck sprang auf, warf das Papier in die Toilet-
tenschüssel und zog ab.

»Komme sofort.«

»Wir haben Kontakt zu dem flüchtigen Bernhard Voss. Er
hat eben mit einer Nummer telefoniert, die wir als seine
Wohnung identifiziert haben. Wollen Sie das Gespräch hören?«

»Später. Wissen Sie, wo er ist?«

»Er bewegt sich die Chausseestraße hinauf, Richtung Friedrichstraße. Wahrscheinlich in einem Auto.«

»Geben Sie Alarm, alle verfügbaren Streifenwagen in die Nähe, aber unsichtbar. Er darf keinen sehen. Ich brauche den Helikopter startbereit im Präsidium, meinen Leitwagen und meine Leute.«

»Die haben wir schon benachrichtigt. Ein Streifenwagen ist unterwegs und holt Sie ab.«

35. Birgit (2)

Nun kam also Kettelmann. Nur für eine Nacht. Aber immerhin. Er hatte vorgegeben, Geschäftspartner in Spanien zu besuchen. Luisa sollte nicht noch mehr beunruhigt werden. So war er nach Barcelona geflogen und von dort mit dem nächsten Flugzeug nach Berlin. Genauso würde er auch wieder zurückfliegen.

Sie hatte Erdbeeren besorgt, frisch aus Chile eingeflogen. Sie liebte Erdbeeren. Auch im Dezember.

Als Kettelmann klingelte, stand zu ihrer Enttäuschung ein sichtlich erschöpfter Mann vor ihrer Tür, mit hängenden Schultern und zusammengekniffenen Augen. Sie führte ihn in den Salon, ihre Enttäuschung mit dummem Geplapper und Fragen – War der Flug angenehm? Hoffentlich gab es keine Turbulenzen, weißt du, wenn ich irgendetwas am Fliegen hasse, dann sind es Turbulenzen – verbergend.

Sie drückte ihm die in einem Kühler bereitstehende Flasche Champagner in die Hand und sah zu, wie er sie öffnete.

»Birgit ...«

Kettelmann hob an, etwas zu sagen, und sie vermutete, dass

seine Worte ihre Absichten durchkreuzen würden. Vor vier Wochen hatten sie sich zum letzten Mal in einem Hotel am Frankfurter Flughafen gesehen, nur für eine Nacht, aber immerhin.

»Lass uns erst mal anstoßen«, sagte sie. »Wir haben uns schon so lange nicht mehr gesehen. Vier Wochen, nicht wahr?«

Kettelmann nickte.

Sie tranken.

»Komm, setz dich doch.«

Sie drückte ihn auf die Couch und setzte sich neben ihn.

»Zieh mal die schreckliche Krawatte aus«, sagte sie und zog ihm den grün und grau gestreiften Schlips ab.

»Birgit«, hob Kettelmann an.

Sie öffnete ihm den obersten Knopf, dann den darunterliegenden und schließlich noch einen.

»Komm erst mal bei mir an«, sagte sie.

»Birgit …« Kettelmann unternahm einen neuen Versuch.

Da hatte sie genug. Sie nahm ihr Glas und goss es ihm in den geöffneten Hemdausschnitt. Kettelmann gab einen undefinierbaren Grunzlaut von sich und wollte aufspringen. Sie drückte ihn mit der linken Hand zurück in die Polster. Dann beugte sie sich vor und leckte den Champagner von seinem Hals und seiner Brust. Kettelmann rührte sich nicht, aber sie spürte, wie er sich vorsichtig entspannte. Ihre linke Hand glitt zu seiner Hose, massierte seinen Schwanz, dann öffnete sie den Gürtel. Mit der linken Hand griff sie nun nach seinem halbleeren Glas und goss es über seinen Schwanz. Dann machte sie sich auf die Suche nach diesem Geschmack.

36. Im Taxi

Auf dem großen Bildschirm im Einsatzraum bewegte sich ein roter Punkt langsam die Friedrichstraße hinauf: das Handy von Voss. Rechts und links in den Seitenstraßen bewegte sich eine wachsende Zahl von grünen Kreisen: die Streifenwagen, die Voss folgten.

Finn Kommareck, Schöttle, Maria Marksteiner und Peter Dahlheimer verfolgten das Geschehen aufmerksam.

»Kann ich das Telefonat auch mal hören?«, sagte Schöttle, der als Letzter eingetroffen war.

Finn Kommareck nickte, und Maria Marksteiner bewegte die Maus ihres Computers.

»Voss«, meldete sich eine Mädchenstimme.

»Maria, mein Mädchen, ich bin's.«

Das Mädchen schrie: »Paaapa!«

»Es tut mir so leid. Aber ich war's nicht. Das müsst ihr mir glauben. Es ist schlimm für euch …«

»Papa!« Das Mädchen weinte nun. Dann rief es lauter: »Mama, der Papa ist am Telefon!«

»Bernhard, wie geht es dir?« Das war Voss' Frau.

»Es ging schon besser. Christine, es tut mir so leid, dass ihr, dass du das alles durchmachen musst. Ich vermisse dich.«

»Bernhard, es ist ein Albtraum. Gott sei Dank sind die Mädchen wieder bei mir.«

»Ich war's nicht, Christine, ich war's nicht.«

»Das weiß ich doch, Bernhard. Warum bist du geflohen? Jetzt sieht es erst recht so aus, als …«

»Ich muss etwas erledigen, Christine. Ich glaube, ich weiß, warum das alles über uns hereingebrochen ist. Ich muss etwas besorgen, und dann stelle ich mich der Polizei.«

»Ich hab Angst, Bernhard. Ich habe fürchterliche Angst.«

»Kümmere dich um die Mädchen. Vielleicht bin ich schon bald wieder bei euch. – Ich muss los.«

Die Verbindung wurde unterbrochen.

»Und dann hat er das Handy nicht abgestellt und funkt uns jetzt ganz brav ständig seine Position. Also ehrlich, Leute: Ein richtig großer Gangster ist der nicht«, sagte Schöttle.

»Er will sich stellen, habt ihr das gehört?«, sagte Maria Marksteiner.

»Spiel den letzten Satz noch einmal«, sagte Finn Kommareck.

»Ok«, sagte Maria Marksteiner und zog den Regler ein Stück zurück.

»Kümmere dich um die Mädchen. Vielleicht bin ich schon bald wieder bei euch. – Ich muss los.«

»Noch einmal«, sagte Finn.

»Kümmere dich um die Mädchen. Vielleicht bin ich schon bald wieder bei euch. – Ich muss los.«

»Jetzt mal nur den Zwischenraum zwischen ›wieder bei Euch‹ und ›ich muss los‹. Mach den mal lauter.«

Maria Marksteiners Hände wirbelten über die Tastatur: »Jetzt.«

Sie hörten ein Geräusch.

»Eine Hupe«, sagte Dahlheimer.

»Satter Ton«, sagte Schöttle.

»Was heißt ›satter Ton‹?«

»Ein größerer Wagen«, schlug Maria vor.

»Der Fahrer des Wagens hupt. Ein Zeichen der Ungeduld. Voss soll endlich kommen. Und der beendet das Gespräch dann auch sofort«, sagte Schöttle.

»Es kann also sein«, sagte Finn Kommareck, »dass er einen Helfer mit einem schnellen Wagen hat. Richtig?«

»Kann sein«, sagte die Marksteiner. »Und die beiden fahren jetzt die Friedrichstraße rauf.«

»Wie viele Streifenwagen sind inzwischen da?«

»Zehn.«

»Wo ist der Helikopter?«

»Auf dem Dach.«

»Er will sich stellen«, sagte Maria. »Was machen wir?«

»Wir schnappen ihn. Hat jeder seine Waffen dabei? Dahlheimer, du bleibst hier. Maria und Schöttle, ihr kommt mit.«

Kurze Zeit später lag Berlin unter ihnen. Der Helikopter flog über Kreuzberg.

»Voss ist soeben in die Leipziger Straße eingebogen. Er fährt jetzt in Richtung Potsdamer Platz.«

»Wir sind gleich da. Sind Streifenwagen am Potsdamer Platz?«

»Im Augenblick fünf. Wir haben ihn quasi umzingelt.«

»Kannst du für den Zugriff den Platz sperren? Wir wissen nicht, ob der zweite Mann bewaffnet ist.«

»Das wird zu knapp! Der ist ja gleich da.«

»Gut, dann soll er den Potsdamer Platz passieren. Befehl zum Zugriff erfolgt kurz danach.«

»Chefin, äh, Sie haben kein SEK-Kommando angefordert.«

»Zu spät. Außerdem haben die es schon einmal vermasselt.«

»Er überquert jetzt den Potsdamer Platz.«

»In welche Richtung?«

»Ich kann es noch nicht sehen. Doch, er biegt in den Tiergartentunnel ein.«

»Dann haben wir ihn. Die Streifenwagen sollen die Zufahrt dichtmachen.«

»Zum Hauptbahnhof«, befahl sie dem Piloten.

Zwei Minuten später senkte sich der Helikopter auf die Ausfahrtrampe des Tunnels. Einige Autos hupten. Der vorderste Wagen stoppte, dahinter bildete sich eine Schlange. Die Ausfahrt war versperrt. Voss saß in der Falle.

Finn Kommareck, Schöttle und Maria Marksteiner entsicherten ihre Waffen und sprangen aus dem Hubschrauber.

37. Birgit (3)

Merkwürdig war, dass sie, sobald alles vorüber war, an ihren Mann dachte. Wo Dirk jetzt wohl war? Morgen würde er von der Südamerikareise wieder zurück sein. Nur eine SMS hatte er geschickt, nicht ein einziges Mal angerufen.

Ihre Hand suchte den schlafenden Kettelmann.

»Wie geht's dir?«, sagte sie.

»Verdammt gut. Und dir?«

»Auch sehr gut«, sagte sie.

Das stimmte und stimmte auch nicht.

Eben noch war der Körper Kettelmanns aufregend gewesen, hatte sie geil gemacht wie noch nie in ihrem Leben, so war es ihr jedenfalls vorgekommen – und jetzt? Jetzt hatte sie das Gefühl, als läge da totes Fleisch, das in ihrem Bett nichts zu suchen hatte. Sie fühlte sich gut, aber Kettelmann störte in ihrem Ehebett. Er würde da liegen bleiben bis morgen früh, da war nichts zu machen.

Plötzlich freute sie sich auf Dirk und stellte sich vor, wie sie ihn begrüßen würde. Sicher nicht mit Erdbeeren, dachte sie.

38. Vierter Tag (5)

Am gleichen Abend führten sie das Gespräch fort. Henry hatte Bier und Pizza mitgebracht, außerdem einige Zeitungen.

»Immer noch nichts«, sagte Assmuss und setzte die Bierflasche an den Mund. »Ich versteh das nicht. Die Zeitungen berichten nichts von meiner Entführung. Meine Firma müsste doch schon ... Ich versteh's einfach nicht.«

»Ich fasse unser Gespräch von heute zusammen: Die Pharmaindustrie forscht nicht wirklich, sie motzt nur alte Medikamente auf, weil das billiger ist, als neue innovative Arzneien zu entwickeln. Wenn es eine Innovation gibt, dann kommt die aus öffentlichen Uni-Kliniken, weitgehend finanziert mit öffentlichen Geldern. Die Ergebnisse dieser Forschungen kaufen die Firmen günstig und verdienen viel damit. Ist das so weit richtig?«

»Ich würde das anders ausdrücken.«

Henry fragte: »Die angeblichen neuen Medikamente bringen Sie mit einem riesigen Marketingaufwand bei den Ärzten unter. Wie funktioniert das?«

»Nun, wir haben unsere Pharmareferenten. Etwa 20 000 gibt es davon in Deutschland. Wir allein beschäftigen etwa 3000.«

»Pharmareferent. Mmh. Ich habe noch keinen kennengelernt. Was macht ein Pharmareferent?«

Er sagte: »Unter uns: Es ist ein Scheißjob. Wir sammeln die abgebrochenen Mediziner ein, Biologen ohne Job, Studienabbrecher aller Art. Die Leute sind sprechendes Marketingmaterial.«

»Sie sind was?«

»Sprechendes Marketingmaterial. So sagen wir dazu, auf Vorstandsebene.«

»Was tun diese Leute?«

»Das kann ich Ihnen genau sagen, Henry: An ein oder zwei Tagen im Jahr gehe ich mit meinen Leuten raus, an die Front, also zu den Verordnern. Schließlich muss ich ja wissen, wie die Arbeit dort läuft. Erstaunlicherweise finden meine Leute das gut, sie finden es toll, dass der Chef an ihrem Arbeitsalltag teilnimmt oder so etwas Ähnliches.«

Assmuss lachte sein Lachen, das wie ein Meckern klang.

»Diese Arbeit«, fuhr er dann fort, »das habe ich dabei bemerkt, hat etwas Absurdes an sich. Es ist ein Scheißjob. Ein normaler Arztbesuch dauert oft nur wenige Minuten. Aber für die paar Minuten wartet der Pharmareferent oft Stunden, sitzt im Wartezimmer, schleicht durch die Gänge der Klinik, hockt stundenlang in der Cafeteria. Die Verordner haben immer weniger Interesse an einem wirklich vertieften Gespräch mit den Pharmareferenten. Dazu kommt: Wir machen strenge Vorgaben: Ein Referent von *Peterson & Peterson* muss zehn Besuche pro Tag erledigen. Über jeden Besuch wollen wir einen Bericht. Manchmal erfinden die Referenten Teile ihres Berichts, denn wahr ist, dass die meisten Verordner höchstens einen knappen Händedruck für sie übrig haben. Manche unserer Leute müssen sich mit einer Arzthelferin zufriedengeben. Manche Ärzte sind betont schroff, um sie sich vom Leib zu halten. Denn Sie müssen wissen: Bei der großen Zahl an Firmen bekommt jeder Arzt mehrmals am Tag Besuch vom Pharmareferenten. Motivierend ist das alles nicht. Wir feuern pro Jahr fünf oder sechs Mitarbeiter, wenn's geht fristlos, um die Moral in der Truppe zu halten – aber es ist und bleibt ein Scheißjob.«

»Die kommen zu den Ärzten gar nicht durch?«

»Es wird immer schwieriger. Deshalb arbeitet die Branche lange schon mit diesen Geschenken, von denen wir schon sprachen. Mit Einladungen zum Abendessen kann man nicht mehr landen. Wer will schon mit einem Pharmareferenten zu Abend essen? Und dabei möglicherweise noch von einem Kollegen gesehen werden? Die alten Witwer gehen gern mal mit einer jungen Referentin aus, aber das hat alles keine rechte Zukunft mehr.«

»Trotzdem machen Sie das?«

»Es wird immer schwieriger. Die Ärzte werden immer kritischer. Sie nehmen immer weniger Geschenke an. Die Klinikleitungen beobachten unsere Tätigkeit zunehmend aufmerksam, manchmal fast feindselig.«

»Trotzdem finden Sie immer noch Leute, die das machen?«

»Referenten verdienen gut. Sie bekommen bei uns einen A6 als Firmenwagen. Sie müssen nicht viel denken, nur fleißig sein. Man kann damit eine Familie ernähren. Es melden sich immer noch mehr als genug Bewerber. Aber sie sind auch ein Kostenfaktor, vergessen Sie das nicht. Überlegen Sie mal: Wir geben pro Referent im Jahr 130 000 Euro aus, also für Gehalt, Wagen, Spesen, Innendienst und so weiter. Das macht 390 Millionen – nur für die Personalkosten in diesem Bereich. Eine Infobroschüre ist davon noch nicht gedruckt. Die Branche gibt etwa 2,5 Milliarden Euro nur für die Referenten aus.«

»Aber wenn es sich nicht lohnen würde, würden Sie das doch nicht machen.«

»Es bleibt immer was hängen. Alle Studien sagen, dass die Ärzte, selbst wenn sie den Pharmareferenten behandeln wie einen Fußabtreter, dann doch unsere Medikamente verordnen – jedenfalls häufiger, als wenn wir nicht ständig in der Praxis stehen würden. Ich habe aber daraus weitgehende Schlussfolgerungen gezogen und unser Marketing verändert. Ich habe …«

»Lassen Sie uns für heute Schluss machen. Es ist spät geworden. Außerdem muss ich nachdenken.«

»Wie lange halten Sie mich hier noch fest?«

»Nicht mehr lange. Machen Sie sich keine Sorgen.«

»Ich sitze hier seit vier Tagen in Gefangenschaft und soll mir keine Sorgen machen.«

Plötzlich schwang Panik in Assmuss' Stimme mit. Und Resignation.

Ab morgen kann ich das Verschwinden von Assmuss nicht mehr geheim halten

stand plötzlich auf Henrys Bildschirm.

Was soll ich tun?, schrieb er zurück.

Machen Sie mit ihm, was Sie wollen. Mir ist es egal.

Lassen Sie ihn laufen oder …

Henry schaltete den Rechner aus.

39. Tiergartentunnel

Finn Kommareck rannte auf das erste Fahrzeug zu, einen schwarzen Opel.

»Polizei! Bleiben Sie im Wagen.«

Ein älteres Paar sah sie erschrocken durch die Windschutzscheibe an. Sie blickte ins Wageninnere. Niemand sonst. Das nächste Auto kontrollierte Schöttle bereits, darin saß eine junge Frau; aus dem Ford Kombi daneben ließ Maria Marksteiner gerade fünf türkische Arbeiter aussteigen.

Kommareck nahm sich das nächste Auto vor, einen schwarzen Saab mit schwedischem Kennzeichen und einem verwirrten älteren Fahrer. Fahrzeug für Fahrzeug kontrollierten sie sich nach vorne. Einige Fahrer waren ausgestiegen. Die Stimmung war gereizt.

»In die Fahrzeuge«, schrie Finn Kommareck. »Alle in die Fahrzeuge. Dies ist eine Polizeiaktion.«

Sie hob die Hand mit der Dienstwaffe in die Luft, und sofort verschwanden die Leute in ihren Autos.

Ein junger Mann in einem schwarzen Anzug kam zwischen den Wagen auf sie zugerannt.

»Mein Name ist Schneider«, sagte er atemlos. »Ich bin der persönliche Referent von Ministerin Schröder. Wir stehen dort hinten im Stau. Wir müssen aber dringend …«

»Sie warten«, sagte Kommareck mit scharfem, ungeduldigem Unterton. »Gehen Sie zurück zu Ihrem Fahrzeug. Dies ist eine Polizeiaktion.«

»Aber wir haben einen Termin um …«

»Wenn Sie bei drei noch hier sind, nehme ich Sie fest.«

»Hören Sie, so können Sie nicht …«

»Eins.«

»Da ist eine Ministerin, die dringend …«

»Zwei.«

»Ich an Ihrer Stelle würde jetzt doch wegrennen. Glauben

Sie mir: Sie wollen nicht wirklich, dass sie richtig böse wird. Dann geht hier nämlich die Post ab.« Schöttle war hinzugekommen und sprach den Mann mit vorgehaltener Hand und jovialem Tonfall an, wobei er die Dringlichkeit seiner Empfehlung allerdings damit unterstrich, dass er demonstrativ die Handschellen von seinem Gürtel zu lösen begann.

Da drehte sich der Mann im schwarzen Anzug um und rannte zurück zu seiner Ministerin. Finn musste lächeln, fing sich jedoch sofort wieder.

»Einsatzleitung an Helikopter – Sie können wieder starten. Wir lassen die bereits kontrollierten Fahrzeuge aus dem Tunnel rausfahren.«

»Verstanden«, sagte der Pilot, und kurz danach hob sich der Helikopter in den Berliner Abendhimmel, und die ersten Autos fuhren wieder aus dem Tunnel.

»Gibt es noch Kontakt zu Voss' Handy?«

»Ja. Er ist noch im Tiergartentunnel«, meldete Dahlheimer aus der Zentrale.

»Ich brauch noch jemanden von euch hier«, rief Maria, und Finn Kommareck eilte zu ihr.

Sie stand vor einem hellgrün lackierten Lkw und redete mit dem Fahrer, einem Mann im schwarzen *Muscle Shirt* mit tätowierten Oberarmen.

Zu dritt gingen sie an die hintere Tür. Der Mann drehte sich zu ihnen um und wollte etwas sagen.

»Aufmachen«, kommandierte Maria.

Der Mann zuckte mit den Schultern und öffnete den Laderaum.

»Beide Türen«, kommandierte Maria, und mit sichtlich genervtem Gesichtsausdruck zog der Tätowierte auch die zweite Tür auf.

Finns Waffe flog in den Anschlag. Drinnen standen aneinander gedrängt etwa 20 Menschen – und rührten sich nicht. Es dauerte eine Sekunde, bis die beiden Frauen begriffen, dass es Puppen waren, bekleidete Modepuppen.

»Fäschon Wiek«, sagte der Mann. »Ick fahr für die Fäschon Wiek.«

»Die Fashion Week, ah so …«, sagte Maria, die sich nur mühsam beherrschen konnte, um nicht laut loszulachen.

»Geh rein«, sagte Kommareck zu ihr. »Überzeug dich, dass das wirklich nur Puppen sind.«

Maria Marksteiner erklomm die Ladefläche. Sie stieß jede Puppe mit der Dienstwaffe an und sprang dann wieder aus dem Lkw.

»Sie können weiterfahren«, sagte sie zum Fahrer, der kopfschüttelnd in das Führerhaus stieg.

Sie arbeiteten sich weiter nach vorne, kontrollierten den Daimler der Ministerin, einen Lkw mit Gemüse. Schöttle kontrollierte einen Kühlwagen mit aufgehängten Rinderhälften. Es roch nicht gut in dem Wagen. Die Kühlaggregate liefen nicht. Er bückte sich und leuchtete mit der Taschenlampe ins Wageninnere, um zu sehen, ob irgendjemand auf der Ladefläche stand. Dann stieg er in den Laster ein und stieß einen der Kadaver mit dem Lauf seiner Waffe an. Die stickige Luft im Wagen raubte ihm fast den Atem.

»Von einer durchgehenden Kühlkette haben Sie wohl noch nie was gehört, oder?«

»Von was, bitte schön, habe ich noch nix gehört?«, fragte der Fahrer zurück, ein kleinwüchsiger Türke mit einer braunen Schiebermütze.

Sie kontrollierten einen Bus mit Rentnern aus Kiel. Kommareck ließ die alten Leute aussteigen, das Gepäck aus dem Bauch des Busses wuchten, und Schöttle kletterte aufs Dach.

Nichts.

Plötzlich rannte ein Mann auf sie zu.

»Suchen Sie vielleicht meinen Fahrgast? Der Typ ist einfach abgehauen. Und er hat nicht bezahlt.«

Maria zeigte ihm das Fahndungsfoto von Bernhard Voss.

»Den Bart hat er jetzt nicht mehr«, sagte der Taxifahrer.

»In welche Richtung ist er gelaufen?«

»Nach vorne. In Ihre Richtung. Hierhin.«

»Dann kriegen wir ihn.«

»Voss bewegt sich«, meldete Dahlheimer aus dem Lagezentrum. »Er hat den Tunnel jetzt verlassen.«

»Scheiße«, schrie Maria.

»Das kann nicht sein«, sagte Finn Kommareck. »Schöttle und du – ihr sucht weiter alle Fahrzeuge ab.«

Dann drehte sie sich um und rannte in Richtung Ausgang.

»Wo ist Voss jetzt?«

»So wie es aussieht, ist er von der Invalidenstraße nach Alt Moabit eingebogen. Dem Tempo nach zu beurteilen in einem Fahrzeug.«

»Sind Streifenwagen in der Nähe?«

»Wir haben alle verfügbaren Wagen eingesetzt, um die Tunneleinfahrt dichtzumachen.«

Finn Kommareck rannte schneller durch den leeren Tunnel.

»Pilot – landen Sie an der gleichen Stelle.«

»Verstanden.«

»Finn, drei Streifenwagen kommen aus Moabit dem Flüchtigen entgegen. Wie sieht das Fahrzeug aus?«

»Keine Ahnung. Ich weiß nicht, wie das Arschloch aus dem Tunnel gekommen ist. Sie bekommen von mir weitere Befehle.«

»Fünf Streifenwagen haben wir vom Tunnel abgezogen. Sie werden sich hinter den Flüchtigen setzen. Wir müssten nur wissen, was wir suchen.«

Finn Kommareck hatte die Ausfahrtrampe erreicht. Der Helikopter landete nur ein paar Meter vor ihr. Sie zog den Kopf ein und rannte gebückt auf die Kabine zu. Der Kopilot streckte ihr eine Hand entgegen und zog sie nach oben.

»Alt-Moabit«, schrie sie dem Piloten zu. »Fliegen Sie so dicht wie möglich über der Straße.«

Der Hubschrauber donnerte über die befahrene Straße. Unter ihr stoppten die Autos, die Menschen blieben stehen und schauten dem Helikopter nach.

Dahlheimer übermittelte ihr die neusten Koordinaten.

»Er muss hier irgendwo sein.«

Sie sah nach unten.

Und da sah sie den hellgrün lackierten Lkw.

»An die Streifenwagen. Der Gesuchte befindet sich vermutlich in einem hellgrünen Lkw, Alt Moabit, Höhe Elberfelderstraße. Das Fahrzeug fährt im Verkehrsfluss Richtung Westen.«

Vier Kreuzungen weiter schossen sechs Streifenwagen auf die Straße und stoppten den hellgrünen Sprinter. Drei Beamte zogen den Fahrer aus dem Wagen, warfen ihn auf den Boden und fesselten ihm die Hände auf dem Rücken. Zwei Beamte lenkten andere Wagen um und schafften so eine freie Fläche, auf der der Pilot landen konnte.

Kommareck rannte auf die Hinterseite des Lkws, winkte drei Polizisten herbei und gab ihnen Anweisungen. Sie zogen ihre Waffen, einer öffnete die Tür, dann sprangen sie hinein.

»Voss ist genau da, wo ihr jetzt seid«, sagte Heidrich aus der Einsatzzentrale. »Ihr müsstet ihn haben.«

Die Puppen standen noch genau wie zuvor. Die Polizisten stießen sie an. Es waren nur Puppen – kein Mensch war zu sehen.

»Hier ist niemand, Frau Hauptkommissarin«, sagte einer.

Da bemerkte er, dass bei einer der Puppen die linke Jackettseite deutlich ausgebeult nach unten hing. Er griff in die Seitentasche und zog ein Handy heraus.

»Vielleicht suchen wir das?«, fragte er.

40. Bauchhöhle

Bernhard Voss saß länger als eine Stunde in seinem Versteck. Als der Wagen hielt, kletterte er hinter der Rindshälfte hervor, in die er sich verkrochen hatte, als der Beamte den Wagen untersuchte. Er hatte mit den Füßen auf dem Rippenbogen gestanden und sich in die Bauchhöhle des Tieres gepresst. Mit einer Hand hatte er eine andere der hängenden Hälften zu sich herangezogen.

Er öffnete die Tür und sprang von der Ladefläche. Geduckt lief er auf den Bürgersteig. Es war dunkel. Einige Häuser standen am Rand. Dazwischen Wiesen, Weiden, dahinter Wald. Er hatte keine Ahnung, wo er war.

Jetzt erst, im Kontrast zur frischen Luft, nahm Voss den Geruch des rohen Fleisches umso intensiver wahr: Der Gestank überwältigte ihn fast. Er bog in einen Feldweg ein und zog sein Jackett aus, an dem Gewebereste und Fleischpartikel hingen. Er dachte plötzlich an das arme Mädchen, das umgebracht worden war. Er sank erschöpft zu Boden und weinte, zum ersten Mal seit vielen Jahren.

***

»Er wollte in die Charité? Da sind Sie sich ganz sicher?«, fragte Schöttle.

»Sicher bin ich sicher«, sagte der Taxifahrer. »Er hat's so gesagt.«

»Und Sie haben auf seinen Wunsch gehalten. Er ist ausgestiegen und hat telefoniert?«

»Das hab ich jetzt schon drei Mal erklärt. Dann hab ich gehupt, weil ich in einer Ausfahrt stand und wartete. Dann stieg er wieder ein, und ich fuhr los bis zum Tiergartentunnel.«

»Verstehst du das?«, fragte Schöttle. »Warum will der Kerl

dahin, wo ihn jeder kennt und wo wir ihn garantiert schnappen?«

Finn Kommareck stand auf.

»Wir gehen nach Hause. Morgen kriegen wir ihn.«

»Du hast echt schon überzeugender geklungen«, sagte Maria.

41. Joggen

Finn Kommareck und ihr Mann standen jeden Morgen um sechs Uhr auf. Finn sprang mit dem ersten Läuten des Weckers aus dem Bett, während Daniel schlaftrunken hinter ihr her ins Bad torkelte. Sie wuschen sich das Gesicht, putzten die Zähne und schlüpften in ihre Trainingsanzüge. Kurz vor halb sieben parkten sie Daniels Renault in der Nähe der österreichischen Botschaft, gingen ein paar Schritte zum überdachten Denkmal von Richard Wagner gegenüber der baden-württembergischen Landesvertretung und joggten los.

Nichts sprach dafür, dass bei diesem Lauf etwas Besonderes geschehen würde. Es war ein Morgen wie jeder andere. Sie liefen jeden Tag um diese Zeit, im Sommer und im Winter. Wenn es kalt und dunkel war und womöglich noch Eis und Schnee auf den Wegen lagen, lief Daniel ungern. Er kam eigentlich nur mit, weil er nicht wollte, dass seine Frau allein im dunklen Tiergarten joggte. Im letzten Winter hatte Finn in einem Sportgeschäft Überzieher für die Sportschuhe entdeckt, die den Sohlen auf dem Schnee durch Spiralfedern festen Halt gaben. Obwohl er streng darauf geachtet hatte, während des Laufens nur durch die Nase einzuatmen, spürte er bereits nach wenigen Laufschritten, wie die kalte, trockene Luft in den Bronchien einen stechenden Schmerz hervorrief. Selbst das Halstuch, das er sich vor Nase und Mund band, half nichts. Er lag danach eine Woche lang im Bett, und Finn lief allein.

Aber heute würde es ein schöner Herbsttag werden. Finn lief neben ihm wie eine Maschine. Es war üblich, dass er ihr nach ein paar Minuten nicht mehr folgen konnte. Beim Abschlussspurt auf der Großen Stern-Allee würde sie aufdrehen, und die Distanz auf hundert Meter erweitern. Sie rannte ihm jedes Mal davon. Daniel lief, so schnell es seine Beine und seine Muskulatur hergaben, aber gegen Finn hatte er keine Chance.

Beide mochten den Tiergarten. Besonders im Frühjahr, wenn es blühte und die Wasserflächen von wolligem Baumsamen so dicht bedeckt waren, dass es wie eine brüchige Eisfläche aussah. Sie mochten die vereinzelten Männer, die hochkonzentriert Tai-Chi-Übungen ausführten, bestaunten die langsamen Bewegungen und fragten sich, warum es kaum Frauen gab, die diesen Sport ausübten. Sie mochten die wenigen anderen Jogger, die so früh unterwegs waren und deren Zahl im Sommer zunahm und sich im Winter drastisch reduzierte. Man kannte sich, aber man grüßte sich selten. Finn und Daniel mochten die Hundebesitzer, die ersten Spaziergänger, die Liebespaare, die Angestellten der Botschaften, die schon so früh zielbewusst ihrer Arbeitsstelle entgegenstrebten. Sie mochten den Tiergarten.

Aber heute war etwas anders. Es hatte sich etwas Grundsätzliches zwischen ihnen geändert, das sie beide überraschte und das sich vollständig von ihrer bisherigen Routine abhob.

Beim Abschlussspurt lief Daniel wie sonst auch einige Schritte hinter Finn. Als sie zum Finale ansetzte, erhöhte er ebenfalls das Tempo. Jahrelang war sie auf dieser Strecke uneinholbar davongezogen. Aber heute hielt er ihr stand, blieb auf der gleichen Distanz. Nicht, dass er sich mehr angestrengt hätte, nein, ihm kam es nicht so vor, als wäre er anders oder schneller gelaufen. Finn wendete den Kopf und registrierte die ungewohnte Situation. Er lief weiter, und als er die Gerade zur Hälfte passiert hatte, mobilisierte Daniel seine Kraftreserven.

Er schloss zu ihr auf. Dann, langsam, Zentimeter für Zentimeter, fast wie in Zeitlupe, zog er an Finn vorbei. Daniel sah zu ihr hinüber. Ihr Gesicht war konzentriert wie immer, sie lief nicht absichtlich langsamer. Merkwürdig.

Als er die Tiergartenstraße als Erster erreichte, lief er etwa zwanzig Meter vor ihr. Als sie ihn erreichte, hatte sie keine Puste mehr. Sie atmeten beide schwer. Niemand redete.

Sie fuhren zusammen in die Wohnung zurück, duschten. Finn bereitete für sie ein Müslifrühstück zu, Daniel war für den Kaffee zuständig. Finn brauchte ihn morgens stark und schwarz.

Es war ein Tag wie immer und doch ganz anders.

42. Fünfter Tag (1)

Henry schob Assmuss ein Bündel frischer Tageszeitungen über den Tisch.

»Steht heute etwas über mich drin?«

Sein Entführer schüttelte den Kopf. Assmuss schob die Zeitungen zurück.

»Dann lese ich sie auch nicht.«

Henry setzte sich ihm gegenüber und klappte seinen Computer auf.

»Ich will mich mit Ihnen heute Morgen über Ärzte unterhalten.«

»Über Ärzte?«

»Ja. Ich verstehe nicht, warum sie sich von Ihnen so leicht steuern lassen.«

»Na ja, nicht alle.«

»Aber Sie sagten, ungefähr die Hälfte.«

»Ja, das kommt hin. Wir haben den Markt sorgfältig untersucht. Wir haben unsere Vertriebserfahrungen.«

»Die Hälfte der Ärzte macht das Spiel mit.«

»Es ist kein Spiel.«

»Nein?«

»Nein. Es ist Geschäft.«

»Aber es geht um die Gesundheit von Menschen. Von konkreten, lebenden Personen.«

»Das auch. Aber in erster Linie ist es ein Geschäft.«

»Sie könnten auch Autos verkaufen oder Heizdecken?«

»Autos und Heizdecken bringen keine 40 Prozent.«

»Zurück zu den Ärzten.«

»Sie wollen etwas über unser Marketing gegenüber den Ärzten erfahren, Henry. Sie kommen nicht aus meiner Branche, nicht wahr? Und Sie sind auch kein Arzt. Oder?«

»Zurück zu den Ärzten.«

»Wie Sie möchten, Henry. Wir wollen, dass die Verordner unsere Medikamente verordnen. Das ist alles, was wir wollen. Nicht *Novartis*, nicht *Bayer*, sondern *Peterson & Peterson*. Am liebsten haben wir es, wenn sie ausschließlich unsere Präparate verschreiben. Dann ist der Arzt ein Topverordner der Kategorie A. Als Gegenleistung gewähren wir Vermögensvorteile, die er ohne zusätzlichen Einsatz seiner Arbeitskraft oder seines Personals erzielen kann.«

»Topverordner der Kategorie A?«

»Verordner der Kategorie B verschreiben zu mehr als 50 Prozent unsere Produkte, Verordner der Kategorie C zwischen 20 und 50 Prozent. Alles darunter ist D-Klasse. Wir möchten natürlich jeden Verordner für die nächsthöhere Kategorie qualifizieren. Wir zeigen ihm die Vermögensvorteile, die ihn erwarten, wenn er mit uns zusammenarbeitet. Wir fangen klein an. Kleine Geschenke. Die Kugelschreiber fürs Büro. Die teure Espressomaschine signalisiert schon, dass wir ein gesteigertes Interesse an ihm haben. Dann schauen wir, was geht. Nimmt er auch eine Weiterbildung auf Hawaii? Gerne mit Gattin und Kindern. Natürlich. Wir sind eine großzügige Firma. Höchstes Niveau. Dann: Nimmt er auch schon mal einen Scheck? Lässt er sich auf eine Anwendungsbeobachtung ein? Wir zeigen ihm unsere Möglichkeiten. Wir erstellen ein Verordnerprofil.«

»Was ist das?«

»Von Marketing verstehen Sie nichts, Henry. Nun, das ist auch eine Wissenschaft für sich. Oder eine Kunst, wie Sie wollen. Also wir haben verschiedene Profile, nach denen wir die Verordner sortieren. Jeder unserer Pharmareferenten beurteilt den Verordner nach diesen Kategorien. Wir unterscheiden zwischen Vorteilsergreifern und Vorteilssuchern. Die Vorteilssucher sind zielstrebig und voller Energie. Mit ihnen werden wir schneller einig. Die verstehen bald, wie es läuft. Dem Vorteilsergreifer müssen wir eine Gelegenheit bieten, es ihm leichtmachen, zuzugreifen. Verstehen sie, Henry.«

»Ich verstehe gut.«

»Dann haben wir den Krisenkunden, das ist ein Verordner, der sich in einer ausweglos erscheinenden Situation befindet. Vielleicht hat er sich verspekuliert. Oder es gibt eine teure Scheidung. Dem Krisenkunden droht ein Statusverlust. Er kann seinen bisherigen Lebensstil nicht mehr aufrechterhalten, und er ist nicht willens, seinen Lebensstil seinen neuen finanziellen Gegebenheiten anzupassen. Da können wir helfen – wenn er sein Verordnungsverhalten uns gegenüber freundlicher gestaltet. Dann haben wir noch den Unauffälligen mit erhöhtem Geldbedarf. Gibt es auch häufig. Jemand, der bestimmte Statussymbole benötigt oder ein Faible für Luxusartikel hat, kurzum einen höheren Lebensstil pflegt, als es seine Praxis nun mal hergibt. Wir weisen unsere Referenten an, genau zu prüfen, ob die Verordner einen Hang zu hochwertigen Fahrzeugen pflegen oder ob sie ausgefallene Bauvorhaben mögen. Manche haben Geld bei Bauherrenmodellen verloren. Sie haben genau zu prüfen, ob …«

»Und alle Ärzte passen in diese Muster?«

»Sie sind nicht oft beim Arzt, Henry, nicht wahr? Es gibt noch eine andere Kategorie. Wir nennen sie die Heiler. Schwierige Verordner. Wir mögen sie nicht.«

»Heiler?«

»Das sind Verordner, deren Verordnungsverhalten sich nicht durch in Aussicht gestellte Vorteile beeinflussen lässt. Sie nehmen Musterproben. Immerhin. Damit haben wir unsere neuen Produkte schon mal in ihrer Praxis. Aber sie verordnen, was sie gerade wollen.«

Assmuss schüttelte den Kopf.

»Nach eigenem Gutdünken!«

»Alle Untersuchungen«, fuhr er fort, »zeigen, dass jeder Arzt sich selbst für nicht beeinflussbar hält, dass er aber genau das von seinen Kollegen annimmt. Und wenn man selbst nicht beeinflussbar ist, dann kann man doch auch etwas annehmen, oder?«

»Welche Tricks haben Sie sonst auf Lager?«

»Tricks, Henry? Tricks? Das Wort gefällt mir nicht. Sie reden abwertend über meinen Beruf. Sie sitzen mir gegenüber mit einem Revolver, ich sitze hier gefesselt an ein Bett. Wir sind ein ungleiches Paar, Henry. Sie haben die Macht, das ist schon klar. Aber ich mag nicht, wie Sie über meinen Beruf reden. Das ist mein Leben. Damit verbringe ich meine Zeit. Das ist …«

»Ok. Wie nennen Sie es?«

»Wie ich es nennen würde? Ich würde fragen: Herr Dr. Assmuss, welche Marketinginstrumente bringen Sie sonst noch zum Einsatz?«

»Ok, Herr Dr. Assmuss: Welche Marketinginstrumente bringen Sie sonst noch zum Einsatz?«

»Mmh. Na gut. Wir müssen unterscheiden zwischen den Standardmarketinginstrumenten, die in der gesamten Branche mehr oder weniger gleich eingesetzt werden, und den neueren Methoden, die ich zuerst bei *Peterson & Peterson* mit großem Erfolg platziert habe und die nun von den verehrten Wettbewerbern nachgeahmt werden. Wir verkaufen Hoffnung – das ist das neue Konzept. Sie erinnern sich? Das wollten Sie vor ein paar Tagen doch wissen. Bisher reden wir nur über alltäglichen Kram. Wir könnten schneller vorankommen.«

Henry lachte.

43. Anrufe

Am Morgen unterschrieb Dengler einen kurzen Vertrag, mit dem seine Tätigkeit als Anwaltsgehilfe wieder endete. Als er die Kanzlei Lehmann und Partner verließ, erreichte ihn ein Anruf von der Mordkommission. Die Hauptkommissarin wolle ihn sprechen. Ob es jetzt möglich sei?

»Ja«, sagte Dengler.

»Gut, wo sind Sie? Wir schicken einen Streifenwagen.«

***

Bernhard Voss hatte die Nacht im Freien verbracht. Seine Kleider stanken. Er fühlte sich schmutzig und leer. Er wusste immer noch nicht, wo er war. Als es hell wurde, lief er die Straße entlang, bis er nach einer halben Stunde das Hinweisschild »Waldbad am Liepnitzsee« sah.

Das Bad lag an einem See, es gab eine Liegewiese, an der Kasse konnte er eine Badehose kaufen. Voss schwamm ausgiebig. Dann warf er seine Kleider in eine Mülltonne nahe dem Kiosk.

So früh am Morgen waren noch nicht viele Menschen im Freibad, auch wenn es ein sehr warmer Septembertag war. Er folgte einem Mann, der etwa seine Größe und Statur hatte, von dem Kiosk, wo dieser eine Cola gekauft hatte, bis zu der Liegewiese. Er legte sich aufs noch feuchte Gras und wartete, bis der Mann im See schwimmen ging.

Er stand auf, sah sich um und schlenderte zu dem zurückgelassenen Kleiderbündel. Er zog die Hose, Strümpfe und Schuhe des Mannes an, sowie sein Hemd und einen Pullover. Als er den Geldbeutel in der Gesäßtasche bemerkte, nahm er ihn heraus und legte ihn auf das Handtuch. Er überlegte einen Augenblick, dann nahm er von seinem eigenen Geld fünfzig Euro und legte sie ebenfalls auf den verwaisten Platz.

***

»Sie sind also der Anwaltsgehilfe Georg Dengler?«

»Nicht mehr.«

»Nicht mehr? Was sind Sie nicht mehr? Anwaltsgehilfe oder Georg Dengler?«

Peter Dahlheimer fragte manchmal merkwürdig. Finn Kommareck saß neben ihm und wippte ungeduldig mit dem Fuß.

»Ich habe heute Morgen meinen Vertrag als Anwaltsgehilfe aufgelöst.«

»Dann haben Sie diesen Beruf ja nicht sehr lange ausgeübt.«

»Nein. Es war nicht das Richtige für mich.«

»Herr Dengler, was soll das? Sie sind in Stuttgart als Privatermittler tätig. Liege ich da richtig?«, fuhr Finn Kommareck dazwischen.

»Da liegen Sie völlig richtig.«

»Verarschen Sie uns also nicht. Was haben Sie mit Bernhard Voss zu tun?«

»Ich wurde zu seiner Verteidigung engagiert. Von Dr. Lehmann, der ihn als Anwalt vertritt.«

»Und dazu sind Sie ein Scheinarbeitsverhältnis eingegangen«, giftete Dahlheimer dazwischen. Dengler sagte nichts.

»Haben Sie Voss zur Flucht verholfen?«

»Nein.«

»Voss entkam uns drei Mal sehr knapp«, sagte Kommareck. »Wir denken, dass Sie ihm geholfen haben.«

Dengler zuckte mit der Schulter.

»Vielleicht hatte er drei Mal Glück. Oder Sie haben drei Mal einen Fehler gemacht.«

»Vor mir liegt Ihre Personalakte. Erhalten per Kurier vom BKA. Ich bin mir sicher: Sie haben ihm geholfen. Bernhard Voss ist ein Gelegenheitstäter. Er ist kein Profi. Sie sind einer. Ich glaube, dass er uns nur mit Ihrer Hilfe durch die Lappen gehen konnte.«

»Ich weiß nicht, was Sie meinen, Frau Hauptkommissarin.«

»Sie können jetzt gehen. Aber ich buchte Sie ein, wenn Sie Voss auch nur noch einmal nahe kommen.«

Dengler stand auf und ging grußlos.

***

Voss beobachtete den Eingang der Charité.

Nichts Auffälliges zu erkennen.

Eine ältere Türkin verabschiedete ihre Großfamilie auf dem großen Platz vor dem Eingang. Mehrere rauchende Männer, Patienten vermutlich, saßen auf den Bänken in der Sonne und unterhielten sich. Besucher gingen in das Gebäude.

Voss beobachtete die Szenerie. Er sah keine Polizei. Trotzdem wartete er ab.

***

Dengler und Olga frühstückten im Garten des Literaturhauses in der Fasanenstraße. Obwohl es früh am Vormittag war, drängten sich die Besucher bereits unter den aufgestellten Sonnenschirmen. Es würde ein heißer Tag werden. Olga hatte sich Tee bestellt, Dengler kippte Milch in seinen doppelten Espresso.

»Ich werde jetzt versuchen, den Abend zu rekonstruieren, an dem Voss und sein Bruder auf Sauftour waren«, sagte Dengler. »Ich werde mit den Kellnern sprechen und so weiter. Mehr kann ich im Augenblick nicht tun. Die Polizei fahndet mit Hochdruck nach Voss und wird ihn wohl irgendwann auch erwischen.«

»Ich frage mich immer noch, warum Voss einen Stock höher lief, als er floh.«

»Er wollte in sein Büro. Da ging er dann ja auch hin.«

»Aber warum, Georg? Dieser Ausflug nach oben reduzierte doch seine Fluchtmöglichkeiten erheblich. Er musste damit rechnen, dass die Polizei das ganze Gebäude dichtmacht. Kein Ausweg mehr. Warum ging er dieses Risiko ein?«

»Er holte die beiden roten Mappen.«

»Welche roten Mappen?«

Dengler sprach nun schnell: »Olga, als ich Voss im fünften Stock traf und er mir den Putzwagen gegen das Knie rammte, da trug er zwei rote Mappen unter dem Arm.«

»Und wo sind die jetzt?«

»Ich weiß es nicht. Aber das war wohl der Grund, warum er in sein Büro ging.«

»Und später? Als er floh, hatte er die Mappen bei sich?«

»Nein, warte ... du hast recht. Als ich ihn unten im Keller das letzte Mal sah, waren die roten Mappen verschwunden.«

»Dann hat er sie dort unten irgendwo versteckt.«

»Oder jemandem übergeben.«

»Was wirst du tun?«

»Ich werde seine Sekretärin fragen. Und dann werde ich unten im Keller suchen.«

»Sei vorsichtig.«

»Das ist nicht riskant, Olga.«

In diesem Augenblick klingelte sein Handy.

Dengler nahm ab.

»Georgbistduendlichdranhörstdumichdumusstjetztwasma-chenjetztbistdumaldranalldieJahrehabeichdasalleingemacht-aberjetztmusstduranichhabedieganzenachtmitihmgeredet-abererhörtnichtzujetztwirdeszeitdassduauchmalverwant-wortungübernimmst.«

Die Stimme klang, als habe sie jemand um zwei Oktaven höher gedreht.

Er deckte das Handy mit einer Hand ab und flüsterte Olga zu: »Meine Ex-Frau.«

Olga verdrehte die Augen. Dengler nahm das Handy wieder ans Ohr.

»Dukannstnichtimmervonallemweglaufenjetztmusstdu-auchmalverantwortungübernehmenichhabedieganzenacht-versuchtihndavonabzubringenabererhörtnichtaufmichjetzt-seiduauchendlichmalda.«

Dengler erinnerte sich, wann er zuletzt vor dieser Stimme geflohen war.

Sie ist betrunken, dachte er und legte auf.

Sofort klingelte es erneut.

»Ichhabdieganzenachtmitihmgeredetichhabangstdassesge-fährlichwirdduweißtdochambestenwiediebullendraufsind-indieserzeitunderwarnochnieaufeinerdemowennichnicht-arbeitenmüsstewürdeichjaselbermitgehenaberichkann-nichtdumusstdichjetztendlichauchmalkümmernschließlich-istesjauchdeinsohnjakobistauchdeinkind.«

»Jakob? Was ist mit Jakob?«

»Er will morgen auf eine Schülerdemo. In seiner Klasse strei-ken sie. Ich habe Angst, dass ihm etwas passiert.«

»Sie streiken?«

»Gegen Stuttgart 21. Dein Sohn sitzt in seinem Zimmer und malt ein Plakat ›Bildung statt Scheiß-Bahnhof‹.«

»Er sollte nicht ›Scheiß‹ auf das Plakat schreiben.«

»Er sollte da überhaupt nicht hingehen. Aber auf mich hört er ja nicht mehr und ich weiß auch gar nicht mehr was ich noch sagen soll und jetzt muss ein mal auch du verwantwortung übernehmen all die jahre habe ich all ein …«

»Ich bin da. Mach dir keine Sorgen. Wann …«

»Sie haben vor, morgen den ganzen Tag zu streiken und zu demonstrieren.«

»Wann?«

»Um zehn Uhr.«

»Wo?«

»Lautenschlagerstraße. Am Bahnhof.«

»Ich werde dort sein. Mach dir keine Sorgen.«

Dann legte er auf.

Er erklärte Olga die Lage. Sie war nicht erfreut.

»Was wirst du tun?«

»Ich gehe jetzt in die Charité, rede mit der Sekretärin, schaue nach diesen ominösen Mappen, fahre am Abend nach Stuttgart, bewache morgen Vormittag meinen Sohn, und abends bin ich wieder in Berlin.«

»Ich begleite dich in die Charité.«

Dengler strahlte sie an. War sie nicht wunderbar?

In diesem Augenblick setzte sich eine Frau an ihren Tisch.

»Olga – in Stuttgart treffen wir uns nie. Aber hier! Wie schön.«

Die beiden Frauen lagen sich in den Armen.

»Das ist Marta. Wir kennen uns schon … Ja, wirklich lange. Marta, das ist Georg, mein Mann.«

Dengler hatte nicht viel Zeit, stolz zu sein – »mein Mann« hatte sie ihn noch nie genannt –, da nahm Marta bereits seine Hand und drückte sie so fest, dass er einen unterdrückten Schrei ausstieß.

»Himmel! Machen Sie Kraftsport?«, fragte er und rieb sich die Hand.

»So etwas Ähnliches«, sagte Marta, und die beiden Frauen lachten laut, fröhlich und sehr vertraut.

Olga musste es eigentlich nicht mehr sagen, er wusste es schon.

»Sorry, jetzt musst du allein in die Charité.«

***

Die Kamera schoss eine Serie.

»Er steht da und rührt sich nicht«, sagte der Polizist auf dem Dach.

Sein Kollege fotografierte weiter.

»Er schaut hinüber zum Haupteingang.«

Finn Kommareck sah sich die Fotos an, welche die Kamera direkt auf den Bildschirm in ihrem Lagezentrum gesendet hatte.

»Schnell, zivile Einsatzkräfte auf die andere Seite der Straße.«

»Sind unterwegs«, sagte Maria Marksteiner.

»Jetzt ist er weg.«

»Was heißt weg?«, brüllte Kommareck.

»Er ist um die Ecke verschwunden. Unsere Leute sehen ihn nicht mehr.«

»Der kommt zurück«, sagte Finn Kommareck. »Ich möchte mal wissen, was der noch in dem Krankenhaus zu suchen hat. Sind eigentlich Voss' Frau und sein Bruder schon hier?«

»Sind unterwegs. Wir haben sie mit einem Streifenwagen abholen lassen. Erst den Bruder, dann die Frau.«

***

Dengler ging die Kantstraße hinauf.

Er winkte einem Taxi.

»Zur Charité, bitte.«

***

»Ich habe Sie kommen lassen, um mit Ihnen über Ihren Mann beziehungsweise Ihren Bruder zu sprechen.«

Christine Leonhard-Voss und Rüdiger Voss saßen Finn Kommareck gegenüber. Christine aufrecht, die Beine parallel gestellt, die Hände auf den Knien liegend. Rüdiger Voss verschränkte die Arme vor der Brust und legte ein Bein über das andere.

»Bernhard Voss versucht immer wieder, in die Charité zu gelangen. Wir würden gern wissen, warum.«

»Ich weiß es nicht«, sagte Christine Leonhard-Voss.

»Es muss etwas geben, das ihn die große Gefahr auf sich nehmen lässt, verhaftet zu werden. Er nimmt dieses Risiko in Kauf. Warum?«

»Die Charité ist groß. Wo genau will mein Bruder hin?«

»Das wissen wir nicht. Das möchte ich von Ihnen erfahren.«

»Von uns erfahren Sie nichts, was Bernhard auch nur im Geringsten schaden könnte«, sagte Rüdiger Voss.

Christine Voss nickte und stand auf.

***

Als sie fünfzehn Minuten später durch die Eingangstüre ihrer Praxis ging, war sie immer noch aufgewühlt. Ihr Leben war völlig aus den Fugen geraten. Ihr Mann wurde von der Polizei gesucht, verdächtigt des abscheulichsten Verbrechens, das sie sich vorstellen konnte.

»Gut, dass Sie da sind, Frau Doktor«, begrüßte sie Carla Schweyzer, ihre Assistentin. »Das Wartezimmer ist voll, und ich weiß nicht mehr, wie …«

»Ich musste zur Polizei, Carla.«

Carla Schweyzer schwieg sofort. Sie wusste, es waren schwere Tage für ihre Chefin.

Christine Leonhard-Voss wusch sich die Hände, zog ihren weißen Arztkittel über und ging ins Behandlungszimmer. Das Telefon klingelte.

Seufzend nahm sie ab.

»Christine, bist du's?«

»Bernhard, um Gottes willen, wo steckst du?«

»Ich will mich stellen, Christine. Aber erst muss ich noch etwas erledigen. Ich möchte Rüdiger ein paar Unterlagen geben. Er soll in unserem Sinn damit weiterarbeiten.«

»Welche Unterlagen, Bernhard? Ich habe Angst. Angst um dich! Von welchen Unterlagen redest du?«

»Ich hab sie im Keller der Charité versteckt. Ich will sie Rüdiger geben. Kannst du ihn bitten, in die Charité zu kommen. Und kannst du auch Dr. Lehmann bitten zu kommen. Ich stelle mich der Polizei, im Empfang, wenn Rüdiger die Unterlagen hat. Rufst du sie bitte beide an?«

»Das mache ich, Bernhard.«

»Ich danke dir. Ich bin unschuldig. Und ich glaube, ich kann's bald beweisen.«

»Pass auf dich auf. Du bist mein Leben, das weißt du.«

Aber da hatte er schon aufgelegt.

✷✷✷

Der Notruf ging um 11 Uhr ein.

»Hier liegt ein Mann. Er stirbt. Er zuckt. Schicken Sie sofort jemanden.«

»Wo befinden Sie sich?«

»Lehrstraße 68. Vor dem Seniorenwohnheim. Ein Mann liegt da. Er zuckt nur noch.«

»Bleiben Sie dort. Wir schicken den Notarzt.«

Drei Minuten später fuhr ein Krankenwagen mit Sirene und Blaulicht vor. Ein Arzt und zwei Sanitäter sprangen heraus. Um den am Boden liegenden Mann standen vier alte Männer.

»Gehen Sie zur Seite!«

Keiner der Alten rührte sich.

Der Notarzt zwängte sich zwischen den Männern hindurch.

Auf dem Boden lag ein Mann, gekrümmt, in Seitenlage. Er hielt sich mit beiden Händen den Bauch, das Gesicht vor Schmerz verzerrt. Der Arzt ging in die Hocke.

»Hallo, hören Sie mich?«

Der Mann auf dem Boden nickte.

»Der ist einfach so umgefallen«, sagte einer der Umstehenden. »Der lief hier hin, und dann ist er umgefallen. Ich bin Zeuge. Ich hab's gesehen. Also wenn Sie einen Zeugen brauchen, mich können Sie fragen.«

»Haben Sie Schmerzen?«

Der Mann flüsterte: »Krämpfe. Starke Krämpfe. Schmerzen ...«

»Seit wann haben Sie diese Schmerzen?«

»Drei Tage. Aber noch nie so schlimm.«

»Wo sitzt der Schmerz?«

Der Mann zeigte auf seinen Bauch.

»Sind die Schmerzen in den letzten Stunden stärker geworden?«

»Herr Doktor, ich kann es nicht mehr aushalten.«

»Haben Sie Durchfall?«

»Schlimm.«

»Fieber.«

»Gestern. Gestern viel Fieber.«

Der Notarzt wandte sich an die Sanitäter: »Der Mann hat krampfartige, unklare Schmerzen am Oberbauch. Wir nehmen ihn mit. Wir brauchen sofort eine Blutuntersuchung.«

Zu zweit hoben sie ihn auf die Trage. Vorsichtig trugen sie ihn hinüber zum Auto.

Kurz danach fuhr der Krankenwagen die Rampe der Notaufnahme hinauf. Die Trage wurde hineingeschoben.

Bernhard Voss hatte die Augen geschlossen. Er erkannte am Geruch, dass er in der Charité war.

***

»Hey! Das ist doch nicht wahr …!«, rief Peter Dahlheimer im Lagezentrum.

Die Überwachungskamera zeigte Georg Dengler, der durch die Haupttür schlenderte, sich zweimal umsah und dann auf den Informationsstand zuging.

»Finn, schau dir das mal an.«

Finn Kommareck kam zu ihm und setzte sich neben ihn.

»Da haben wir das Oberarschloch. Spaziert hier einfach rein. Kannst du mir das erklären?«

»Dranhängen. Der führt uns zu Voss. Wahrscheinlich erledigt er hier einen Auftrag für Voss.«

Dahlheimer bellte zwei Befehle ins Mikrofon. Zwei als Krankenpfleger getarnte Beamte, die auf einer Besucherbank saßen, standen auf und schlenderten in Richtung des Informationsstandes, wo Dengler sich gerade von der Frau hinter dem Tresen verabschiedete.

»Was wollte er von der Frau?«

Auf dem Bildschirm sahen sie, wie einer der beiden getarnten Polizisten Dengler folgte, der andere der Frau einen Ausweis vorhielt.

»Der Mann wollte wissen, wie er zum Christoph-Wilhelm-Hufeland-Haus kommt.«

»Und? Hat die Frau es ihm erklärt?«

»Ja.«

»Dann folgen Sie jetzt auch dem Zielobjekt. Unauffällig. Der Mann war Ermittler beim BKA, der merkt, wenn er verfolgt wird.«

»Hölle – was ist das Hufeland-Haus?«

»Der Arbeitsplatz des Kindesmörders«, sagte Kommareck und griff sich ihre Lederjacke.

»Auf geht's«, sagte sie.

Und als sie die fragenden Gesichter sah: »Auf in die Charité.«

***

Dengler nahm den Aufzug. Zwei schweigende Krankenpfleger fuhren mit ihm in den fünften Stock. Er marschierte den Flur entlang, bis er die Tür fand, die er kannte. Er klopfte und trat ein.

Biggi Bergengruen saß hinter dem Schreibtisch und blätterte in der neuen *Gala*.

Sie sah gelangweilt auf, erkannt Dengler jedoch und sagte: »Sie schon wieder? Polizei, stimmt's?«

»Stimmt«, sagte Dengler. »Wir müssen noch etwas von Ihnen wissen.«

»Ich hab doch schon alles erzählt.«

Sie stand auf und kam auf ihn zu. Eine beeindruckende Frau, schulterlange rote Haare, großer Busen, aufregendes Taille-Hüfte-Verhältnis, also genau jene Sanduhrsilhouette, die Fruchtbarkeit und daher im übertragenen Sinn Schönheit ausdrückte. Dengler war beeindruckt.

»Setzen Sie sich doch«, sagte sie.

»Gern.«

***

»Der Schnüffler hat gerade das Büro von Voss' Sekretärin betreten.«

»Wechselt die beiden Einsatzkräfte aus. Lückenlose Überwachung sicherstellen. Ich will genau wissen, was er macht.«

»Nehmen wir ihn hoch?«

»Nein, ich will wissen, was die alle in dem Krankenhaus suchen. Haben wir irgendetwas von Voss?«

»Keine Meldung.«

»Ich wette, der taucht auch noch auf.«

***

»So, jetzt bleiben wir erst einmal eine Weile liegen, bis die Ergebnisse aus dem Labor da sind«, sagte die Schwester.

Bernhard Voss stöhnte auf.

»Wirken die Tabletten nicht?«

»Doch, doch. Es geht schon viel besser.«

»Sehen Sie. Gleich kommt der Doktor zu Ihnen, und dann wird alles gut.«

Die Schwester verschwand. Voss lag in einem der langen Flure in einem dieser fahrbaren Betten. Er sah sich um. Dann schlug er die Decke zurück und stand auf. Den Weg zum Aufzug kannte er.

***

»Ich habe Ihren Chef gesehen, als er floh. Da trug er zwei rote Mappen unter dem Arm. Erinnern Sie sich?«

»Rote Mappen?«

»Ja, zwei normale rote Mappen, wie sie in einem gewöhnlichen Aktenschrank hängen.«

»Keine Ahnung.«

»Er ist doch zuvor bei Ihnen gewesen. Er kam doch aus diesem Büro.«

»Ich kam zur Tür hinein, er hatte gerade das Diensthandy aus meinem Schreibtisch gezogen. Ich rief dann die Polizei an. Erinnern Sie sich? Ich war das.«

»War er in seinem Büro?«

»Als ich kam, war er in diesem Raum und durchwühlte meinen Schreibtisch.«

Dengler stand auf und öffnete die Durchgangstür zu Voss' Büro.

»Hey, wo wollen Sie hin?«, rief Biggi Bergengruen und sprang auf.

Er sah sich in dem Raum um und zog ein Fach des Aktenschrankes auf. Er zog eine rote Mappe heraus und warf sie auf den Tisch.

»Sie haben nie solche Mappen gesehen?«

Biggi Bergengruen schlug den Blick nieder und starrte vor sich auf die Schreibtischunterlage.

»Kann es sein, dass Professor Voss ein Lager im Keller hat? Einen Abstellraum, irgendetwas in der Art?«

»Im Keller? Wo soll das denn sein? Hier im Haus?«

»Ja, man kann mit dem Aufzug in den Keller fahren.«

»Davon weiß ich nichts.«

Dengler ging zur Tür.

»Danke.«

»Gern geschehen.«

Dengler trat in den Flur. Zwei Mechaniker in blauen Arbeitskitteln standen im Flur und sahen ihn an.

Er wartete einen Augenblick, dann öffnete er die Tür erneut und trat ein.

Biggi Bergengruen telefonierte.

»Mit wem telefonieren Sie?«, fragte Dengler barsch.

Sie deckte den Hörer mit der Hand ab.

»Mit meinem Schatz«, sagte sie.

Dann sprach sie wieder in den Hörer: »Liebster, die Polizei ist wieder hier. Ich rufe dich gleich wieder an. Ja. Bussi. Ich freu mich auch. Sehr sogar. Tschau.«

»Entschuldigen Sie«, sagte Dengler und schloss die Tür wieder. Er war so klug wie zuvor.

***

Der kleinere der beiden Mechaniker zeigte Biggi Bergengruen seinen Polizeiausweis.

»Was wollte der Mann eben von Ihnen?«

»Mich verhören. War ein Kollege von Ihnen.«

»Der ist kein Polizist.«

»Also mir hat er gesagt, er wäre Polizist.«

Biggi Bergengruen verdrehte die Augen: »Man weiß ja langsam nicht mehr, was man glauben soll.«

»Was wollte er von Ihnen?«

»Er wollte sich das Büro von meinem Chef anschauen.«

»Und? Hat er es getan?«

»Iwo. Das geht nur mit einem Durchsuchungsbeschluss. So viel weiß ich auch.«

»Vielen Dank. Melden Sie sich sofort, wenn der Mann wieder auftaucht.«

Der Polizist legte eine Visitenkarte auf den Tisch und ging.

***

Das Lagezentrum meldete sich.

»Wir haben zwei Telefonate von Frau Voss. Eines mit dem Anwalt, eines mit dem Bruder von Voss. Voss will sich stellen. Wir spielen Ihnen mal den Originalton rein.«

Finn Kommareck hörte die Stimme von Christine Leonhard-Voss.

»Bernhard hat mich eben angerufen. Er will sich stellen. Im Empfangsraum der Charité. Würdest du bitte die Polizei informieren?«

»Von wo aus ruft sie an?«, fragte die Hauptkommissarin.

»Von ihrer Praxis aus.«

»Und die wird nicht überwacht?«

Leichtes Zögern in der Stimme: »Nein, die Praxis nicht.«

Finn Kommareck fluchte leise.

»Wir haben jetzt einen Anruf des Anwaltes von Voss in der Leitung.«

»Her damit.«

»Guten Morgen, Frau Kommareck. Hier spricht Lehmann, ich bin der Anwalt ...«

»Ich weiß.«

»Mein Mandant möchte sich der Polizei stellen. Er will das in der Charité tun, in der Empfangshalle. Ich möchte, dass er unversehrt bleibt, wenn er kommt.«

»Das wird er. Wann erscheint Voss?«

»Ich habe keine genaue Uhrzeit. Auf jeden Fall heute. Sobald ich Näheres weiß, informiere ich Sie. Ich wäre Ihnen umgekehrt dankbar …«

»Versprochen. Wo sind Sie?«

»Ich sitze im Taxi. Bin auf dem Weg in die Charité.«

»Dann sehen wir uns gleich.«

»An alle!«, sagte Finn Kommareck in ihr Headset. »Wir erwarten den Flüchtigen in jedem Augenblick. Er will sich in der Empfangshalle stellen. Meldung, sobald ihr ihn seht. Kein Schusswaffengebrauch. Auf keinen Fall. Lagezentrum?«

»Ja.«

»Spielen Sie mir während der Fahrt das zweite Telefonat ein.«

Kurze Zeit später hörte sie wieder die Stimme von Frau Voss.

»Rüdiger«, sagte sie. »Eben hat mich Bernhard angerufen.«

»Bernhard? Wie geht es ihm?«

»Er will sich stellen.«

»Das ist vielleicht eine gute Idee. Dann können wir mehr für ihn tun.«

»Ja. Vielleicht. Ich soll dir etwas ausrichten. Du sollst in die Charité kommen. Er will dir Unterlagen geben, bevor er sich stellt.«

»Unterlagen? Was für Unterlagen?«

»Ich weiß es nicht. Er hat sie im Keller versteckt. Du sollst in eurem Sinn damit weiter arbeiten. Du wirst wissen, was das heißt. Es scheint ihm wichtig zu sein.«

»In welchem Keller?«

»Das hat er nicht gesagt. Vermutlich im Keller des Hauses, wo auch sein Büro hat. Kommst du?«

»Sicher. Ich fahre gleich los.«

»Hoffentlich wird alles gut.«

»Es wird alles gut. Sei ruhig!«

Damit war das Gespräch beendet, und das Lagezentrum stellte wieder um auf die Übertragung des Funkverkehrs.

Der Einsatzwagen hielt vor dem Krankenhaus. Kommareck und ihr Team sprangen hinaus.

»Mal sehen, ob der wirklich kommt«, sagte Schöttle und prüfte den Sitz seiner Waffe.

***

Hier musste es doch irgendwo sein?

Bernhard Voss versuchte, sich zu orientieren. Aber im Gewirr der Gänge im Keller war er sich nicht sicher, ob er wirklich auf der gleichen Strecke war, die er während seiner Flucht benutzt hatte.

Er blieb stehen, um nachzudenken.

***

Seltsam, dass ihm nur einer der beiden Mechaniker folgte. Dengler blieb stehen. Der Mechaniker blieb im Abstand von zehn Metern ebenfalls stehen und tat so, als lese er etwas an dem Schwarzen Brett, das dort hing. Dengler ging weiter, der Mann folgte ihm.

Vor dem Aufzug blieb Dengler stehen. Er drückte auf den Knopf, der den Aufzug rief. Der Mechaniker trat dazu. Dann standen die Männer nebeneinander. Als der Aufzug hielt und die Türen aufgingen, wendete sich Dengler dem Mann höflich zu, sagte »Bitte« und gab ihm ein Zeichen, dass er zuerst eintreten könne. Der Mechaniker dankte mit einem Kopfnicken und betrat den Aufzug. Dengler blieb davor stehen. Er lächelte dem Mechaniker zu. Er sah in dessen Gesicht, wie er nachdachte. Hochkonzentriert. Sollte er den Aufzug schnell wieder verlassen und damit seine Tarnung aufgeben? Noch während er überlegte, schloss sich die Aufzugstür.

Dengler öffnete die Tür zum Treppenhaus und rannte die Stufen nach unten.

★★★

Dr. Lehmann reichte Finn Kommareck die Hand.
»Warten wir also«, sagte er.
Finn Kommareck nickte.
Sie setzten sich auf eine Besucherbank und schwiegen.

★★★

Als Bernhard Voss die drei silbernen Rohrleitungen sah, wusste er, dass er auf dem richtigen Weg war. Er folgte ihrem Verlauf, und kurz danach fand er das Versteck. Er griff zwischen die Rohre, und tatsächlich: Da waren die beiden Mappen. Vielleicht würde dies alles erklären. Plötzlich hatte er das Gefühl, dass sich doch alles wieder zum Guten wenden könne. Er fühlte eine Kraft in sich aufsteigen wie schon lange nicht mehr. In diesem Augenblick traf ihn ein Schlag auf den Hinterkopf. Er stürzte vornüber, prallte mit dem Gesicht auf eines der Rohre. Ein zweiter Schlag traf ihn.

★★★

»Wir haben Dengler verloren«, meldete Maria Marksteiner über den Kopfhörer und berichtete, wie der Privatdetektiv seinen Bewacher abserviert hatte. Finn Kommareck fluchte.

★★★

Dengler ging den Rohren nach. Und blieb stehen – da vorne, im Halbdunkel einer rechtwinkligen Abzweigung des Ganges, lag etwas am Boden. Georg spürte instinktiv, dass da etwas lag, was da nicht hingehörte, etwas, was schon von ferne erkennbar eine unnatürliche Position einnahm – und Georg eilte heran, und er erblickte, je mehr die Perspektive der Eckbiegung des Ganges durch die Annäherung sich öffnete und die Lichtverhältnisse besser wurden und seine Ahnung sich zur Gewissheit verdichtete, ein Paar Schuhe, Schuhe an Füßen, die zu Beinen gehörten, Beine, die zu einer Gestalt gehörten, die da vor ihm am Boden lag.

Bernhard Voss war tot. Dengler fühlte die Schlagader am Hals. Voss war noch warm, aber es war kein Leben mehr in ihm. Der Hinterkopf wies zwei schwere Schlagverletzungen auf. Er sah sich um. Keine roten Aktenmappen zu sehen.

Sein Auftrag war beendet.

Vorsichtig zog er sich zurück. Es war besser, wenn er verschwand.

Über die Treppe gelangte er zu einem Nebenflügel. Durch einen Seitenausgang verließ er die Charité. Er sah die Beamten, die jeden, der das Krankenhaus verließ, genau musterten. Doch er brauchte sich keine Sorgen zu machen. Sie suchten Voss. Vom Bahnhof aus wählte er den Notruf und meldete mit verstellter Stimme den Fundort der Leiche. Dann rief er Olga an. Eine Stunde später stiegen sie in den ICE in Richtung Süden.

44. Schmerz

Das Lagezentrum informierte Finn Kommareck über die anonyme Mitteilung. Sie sprang auf und winkte ihrem Team. Sie rannten, so schnell sie konnten, die schmale Straße hinauf zum Hufeland-Haus und stürmten die Treppen hinunter in den Keller. Sie schwärmten durch die verschiedenen Gänge und Wege aus. Maria Marksteiner lief den Gang mit den silbernen Rohren entlang. Sie fand den Toten.

Bernhard Voss lag auf dem Bauch, beide Arme lagen fast parallel zum Körper. Er hatte also nicht einmal mehr Zeit gehabt, beim Sturz den Kopf mit den Händen zu schützen. Die beiden Wunden am Hinterkopf waren gut zu sehen. Dunkles, trägflüssiges Blut markierte sie deutlich genug.

Der Rest des Tages war Routine. Sie hatten bis in die Nacht zu tun. Mit dem Auffinden der Leiche startete gleichzeitig der sogenannte »Erste Angriff« am Tatort. Absperrungen wurden errichtet, die Wege wurden nach Beweismitteln abgesucht, ein Zugang zum Tatort wurde festgelegt, um zu verhindern, dass vorhandene Spuren verfälscht oder gar vernichtet wurden oder durch eigene Spuren ersetzt beziehungsweise vermischt wurden. Die Spurensicherung führte den »Auswertungsangriff« durch; Schöttle erstellte den Tatortbefundsbericht.

***

Noch in der Nacht trafen sie sich zu einer ersten Auswertung.

»Wir haben weder Tatwaffe noch sonstige wesentliche Spuren. Voss wurde durch zwei mit großer Kraft ausgeführte Schläge auf den Hinterkopf getötet. Der erste Schlag wurde in einem Winkel …«

»Genau wie Jasmin Berner«, sagte Maria.

Finn stand auf.

»Genauso«, sagte sie.

In diesem Augenblick überfiel sie ein nie da gewesener Schmerz. Es war ein stechender, ein heller Schmerz von ungewöhnlicher Intensität, ein Schmerz, wie sie ihn noch nie erlebt hatte. Es war, als hätte ihr jemand ein Messer ins Gedärm gestoßen. Finn Kommareck schrie auf und griff nach der Hand von Maria Marksteiner, die neben ihr stand. Später würde Maria ihr sagen, dass noch nie in ihrem Leben jemand ihre Hand so fest gequetscht habe wie Finn an diesem Tag.

Es dauerte drei, vielleicht vier ewigwährende Sekunden, bis der Schmerz abklang und sie wieder klar denken konnte.

Schöttle war erschrocken aufgesprungen, Maria hielt fest ihre Hand, Peter drückte sich erschrocken die Faust vor den Mund. Niemand von ihnen hatte jemals Finn Kommareck in solch einer hilflosen Situation erlebt.

Finn löste ihre Hand aus der Marias und stand auf.

»Wir … wir müssen neu denken«, sagte sie mühsam. »Wir müssen diesen Fall völlig neu überdenken.«

Dritter Teil

45. Schwarzer Donnerstag (1)

Dengler verließ seine Stuttgarter Wohnung um halb zehn Uhr am Morgen. Die Rollläden des *Basta* waren zu, das gesamte Viertel schlummerte noch. Der Antiquitätenhändler schloss gerade erst die Tür zu seinem Laden auf. Nur wenige Passanten waren zu sehen.

Es würde ein schöner Tag werden, dieser 30. September. Am Morgen hatte er bereits mit Dr. Lehmann telefoniert. Man war sich schnell einig, dass mit dem Tod von Bernhard Voss Denglers Auftrag erledigt sei.

»Schicken Sie mir Ihre Rechnung«, hatte der Anwalt gesagt. Dengler verschwieg, dass er die Leiche von Voss gefunden und die Polizei benachrichtigt hatte. Warum auch? Würde es etwas ändern? An nichts würde es etwas ändern.

Er trank einen doppelten Espresso im *Café Königx*. Er konnte das Bild des Toten nicht vergessen. Das dunkle, noch nasse Blut glänzte. Es reflektierte schwach das Licht der Neonröhren in dem Kellergang. Zwei Wunden. Zwei Schläge. Träge ausgetretenes Blut. Nachdenklich rührte er in dem Kaffee. Dann zahlte er.

Am Kiosk in der Esslinger Straße blieb er vor dem Zeitungsständer stehen. »Kindesmörder erschlagen! Hat tödlicher Rächer zugeschlagen?«, lautete die Schlagzeile der *Bild*-Zeitung. Seriösere Zeitungen brachten eine kurze Meldung. Immerhin auch auf der ersten Seite.

Er hatte nichts mehr damit zu tun. Dengler sah auf die Uhr. Er musste sich beeilen. Er ging zügig über den kleinen Schlossplatz zur Lautenschlagerstraße.

Er war überrascht, wie viele Schüler sich dort versammelt hatten, sein erfahrener Polizistenblick sagte ihm, dass es ungefähr zweitausend Jugendliche sein mussten. Quer zur Straße stand ein weißer Miet-Lkw, auf dessen offener Ladefläche

Lautsprecher montiert waren. »Bildung statt Prestigebahnhof« stand auf einem Transparent, »Baustopp sofort« und »Jugendoffensive gegen Stuttgart 21« auf anderen. Dengler ging den Bürgersteig entlang bis hinunter zum Bahnhof. Sein Blick schweifte über die Köpfe hinweg. Jakob war nirgends zu sehen. Mehrmals ging er an den Teilnehmern der Kundgebung entlang, wechselte die Straßenseite.

Vielleicht ist er ja gar nicht hier.

Gerade verkündete ein junger Bursche, die Menge solle direkt in den Park ziehen, auf den Demonstrationszug durch die Stadt würde man verzichten. Es gäbe Informationen, die Bahn wolle heute die jahrhundertealten Bäume im Park fällen, um Platz für eine Baugrube zu schaffen. Da die Abschlusskundgebung sowieso dort angemeldet sei, könne man damit rechnen, dass die Änderung der Route im gesetzlichen Rahmen stattfinde.

Die Schüler bewegten sich gruppenweise am Bahnhof vorbei und strömten in den Park. Dengler lief zwischen ihnen; er fühlte sich unwohl unter all den siebzehn- oder achtzehnjährigen jungen Leuten.

»Was machst du denn hier?«

Jakob stand neben ihm.

»Mir wär's lieber, du wärst nicht hier«, sagte Dengler. »Irgendjemand hat gesagt, dass Polizei zu erwarten wäre.«

»Hey, die wollen die Bäume fällen. Den Park zerstören. Nur damit ein paar Konzerne Milliarden einsacken.«

»Jakob, die bauen dafür einen neuen Bahnhof.«

»Einen neuen Bahnhof? Sag mal, was soll das denn? Jetzt komm mir noch mit den paar Minuten, die man dann schneller in Ulm ist.«

»Na ja, das ist doch ein Argument.«

»Hey, du hast keine Ahnung, oder?«

»Jakob, ich bin immerhin dein Vater.«

»Lieber Vater, weißt du zum Beispiel, wie viele Gleise dein neuer Bahnhof haben wird?«

»Nein, damit habe ich mich wirklich nicht beschäftigt«, sagte Dengler genervt.

»Acht Gleise. Bisher haben wir sechzehn. Acht Gleise statt sechzehn, das kostet lässige 4,5 Milliarden Euro. Damit hinterher etwas Schlechteres dasteht. Macht das Sinn?«

»Komm, wir gehen irgendwohin und trinken was, und du erklärst mir das alles in Ruhe.«

Jakob lachte, klopfte seinem Vater auf die Schulter – und war verschwunden.

Die zweitausend Kids, die sich vorhin in den Straßen der Stadt getroffen hatten, strömten nun in den Schlossgarten. Dengler sah sich um. Keine Polizei zu sehen. Er war erleichtert. Er lief zwischen den Jugendlichen herum und suchte seinen Sohn.

Im Park herrschte Partystimmung. Ein Schüler, in ein Gorillakostüm gekleidet, kletterte auf einen Baum und rappte in ein Megaphon. Einige andere wiederholten den Refrain. Sie lachten, sie waren fröhlich. Sie waren hier für einen guten Zweck. Sie wollten die alten Bäume schützen, die ehrwürdigen Platanen, die die Stuttgarter sogar in den fürchterlichen Kältewintern des Krieges und in den schlimmen Jahren danach nicht gefällt hatten und die nun für den unterirdischen Neubau geopfert werden sollten.

Dengler entspannte sich.

Vielleicht hatten sie ja recht, die jungen Schüler mit ihrem Idealismus.

Plötzlich war Polizei da. Eine Hundertschaft, vielleicht zwei.

Sie zogen lange Ketten durch den Park.

Einkesselung, dachte Dengler.

Ich muss Jakob finden.

Weitere Polizisten tauchten auf. Die Beamten bildeten Fünfergruppen, standen Rücken an Rücken, wie aus Menschen gebaute Wagenburgen. Die Jugendlichen verstanden den Sinn dieser Operationen so wenig wie Dengler. Sie umlagerten die Polizisten, versuchten mit ihnen zu reden, aber die Beamten sprachen nicht.

»Wir sind friedlich! Was seid ihr?«, riefen sie ihnen zu.

Für Heiterkeit sorgte ein Schüler, der einen durchgestrichenen Stuttgart-21-Aufkleber auf die Kruppe eines Polizeipferds pappte.

Der Einsatz wirkte auf Dengler improvisiert und seltsam. Die Polizisten schienen keinem einheitlichen Kommando zu folgen. Polizeiketten zogen auf und wieder ab.

Unter den Jugendlichen herrschte immer noch heitere Stimmung.

»Wir sind friedlich! Was seid ihr?«

An einem der Bäume war ein Schild angebracht:

> Diese Bäume standen schon dort, als es noch
> keinen Kaiser Wilhelm gab.

Dengler sah plötzlich die Wunde des toten Bernhard Voss vor sich. Warum war er erschlagen worden? War tatsächlich Rache das Motiv, wie die *Bild*-Zeitung vermutete? Rache war ein starkes Motiv. Sicher. Trotzdem schien Dengler dies nicht wahrscheinlich. Wer konnte gewusst haben, dass Voss in den Keller wollte? Vielleicht hing sein Tod mit den beiden roten Mappen zusammen.

Ein Trupp zivil gekleideter Polizisten lief auf die Wiese. Als Beamte waren sie nur an einer gelb-roten Weste zu erkennen mit dem Aufdruck »Polizei«. Fünf Polizisten. Sie bahnten sich den Weg zu einem der großen Bäume. Fünf Polizisten, einer davon mit einer Kamera. Er filmte die Schüler.

> Diese Bäume standen schon, als Eduard Mörike
> noch in Stuttgart unterrichtete.

Die Beamten rempelten einige Schüler an – absichtlich, wie Dengler leicht erkennen konnte. Andere stießen sie derb zur

Seite. Dengler beobachtete, wie einer von ihnen einem Mädchen kräftig auf die Brust schlug. Sie fiel rückwärts auf den Boden. Zwei Schüler, die dies gesehen hatten, protestierten. »Das könnt ihr doch nicht machen!«

Der Polizist stieß beide zur Seite, schrie die Jungs an, kam auf sie zu, drohend, die Fäuste geballt. Sein Kollege filmte alles. Das Mädchen rappelte sich wieder auf und zog die beiden Jungs von dem Polizistentrupp weg.

Dengler folgte den fünf Polizisten zu dem Baum, den sie nun umstellten. Sofort waren sie von Jugendlichen umringt. Sie redeten auf die Polizisten ein. Dengler hörte nur Gesprächsfetzen: Wollt ihr diesen Baum fällen? Warum macht ihr das? Wir wollen doch nur die Bäume schützen. Es ist doch unser Park.

Einer der jüngeren Polizisten in dem Trupp gefiel Dengler nicht. Er trug eine schwarze Baumwollmütze mit rotem Band und hatte ein breites grünes Tuch um eine Art Tarnjacke geworfen. Wer keine gefestigte Persönlichkeit hat, schlüpft gern in eine Kostümierung, die das schwache Selbst aufmöbelt. Dieser Polizist hatte sich als Ramboverschnitt verkleidet. Solche Typen gab es. Dengler kannte genügend davon, doch bei der Polizei hatten sie nichts zu suchen, man findet sie sonst eher auf der Gegenseite. Der Typ war nervös. Er schubste ein Mädchen. Er schrie. Plötzlich schlug er ansatzlos und mit voller Wucht einem etwa sechzehnjährigen Schüler ins Gesicht. Der Junge fiel rückwärts auf den Boden, einige Mitschüler beugten sich zu ihm hinunter, kümmerten sich um ihn. Dengler fotografierte den Schläger mit der Handykamera.

Es dauerte eine Weile, bis Dengler begriff, was er hier beobachtete: einen Eskalationstrupp. Diese Polizisten provozierten Schlägereien mit den Jugendlichen. Sie wollten Bilder gewalttätiger Demonstranten.

Vielleicht war es ein Wunder, aber sie bekamen diese Bilder nicht. Im Gegensatz zur Polizei war diese Menschenmenge klug und trotz aller Lebendigkeit diszipliniert. Niemand zahlte es den Polizisten mit gleicher Münze heim.

»Wir sind friedlich! Was seid ihr?«

Wer hat diesen Einsatz befohlen, dachte Dengler.

Dengler suchte seinen Sohn. Er wusste nun, dass die Polizei die Konfrontation wollte. Und er wusste, dass das nichts Gutes bedeutete.

Das Alarmsystem der Stuttgart-21-Gegner funktionierte. Immer mehr Erwachsene strömten nun in den Park.

Dann erschienen zwei Wasserwerfer.

Wasserwerfer gegen Jugendliche?

Wasserwerfer gegen eine Menschenmenge, die ihren Park schützen wollte?

Wasserwerfer gegen Menschen, die die Arme hoben, um ihre Wehrlosigkeit zu demonstrieren?

»Wir sind friedlich! Was seid ihr?«

Eine alte Frau hob ein Blatt Papier in die Höhe, auf das sie mit einem Filzstift geschrieben hatte: *Hört doch auf!*

Dengler lief durch die empörte Menschenmenge.

Wo war Jakob?

Er traf Mario. Er traf Martin Klein.

Hast du Jakob gesehen?

Nein.

Er suchte weiter.

Einige Schüler, vielleicht sechzehn, vielleicht siebzehn, vielleicht achtzehn Jahre alt, waren auf Bäume geklettert. Dengler hielt den Atem an. Und er glaubte kaum, was er sah. Die Wasserwerfer schossen auf die Jugendlichen auf den Bäumen. Sie schrien, klammerten sich mit aller Kraft an die Stämme.

Kann das sein?

Wenn die Kids herunterstürzten, konnten sie tot sein.

Will der Bahnvorstand in Stuttgart Tote?

Erneut donnerten Wassermassen in die Baumkronen. Die Jugendlichen schrien vor Angst.

Nur ein Barbar konnte diesen Einsatz befehlen, dachte Dengler.

Eine große Gruppe Schüler hatte sich vor einer Polizeikette auf den Boden gesetzt. Hinter der Polizeikette sah Dengler die beiden Wasserwerfer. Die Rohre auf die Kinder gerichtet.

Inmitten der Kids saß Jakob.

Noch nie hatte Dengler seinen Sohn mit einem solchen Ausdruck im Gesicht gesehen. Er blickte ernst. Er hatte Angst. Er war entschlossen. Er würde der Gewalt nicht weichen. Er hielt den Kopf aufrecht, die Augen weit offen. Sein Kind war schön auf eine neue Art, auf eine magische Art, wie er es an Jakob noch nie gesehen hatte.

Er war in Gefahr.

Dengler bahnte sich einen Weg durch die dicht gedrängt sitzenden Mädchen und Jungs. Er stakste wie ein Storch und musste aufpassen, dass er nicht auf Hände, Beine und Taschen trat.

Als er Jakob erreichte, schossen die Wasserwerfer.

Der Strahl traf ihn mit der Wucht einer Keule auf Brust und Bauch. Er wurde hochgehoben und nach hinten geschleudert. Für einige Sekunden konnte er nicht mehr atmen. Er öffnete den Mund. Er dachte, er würde ersticken.

Nur ein Barbar hatte diesen Einsatz befehlen können.

Jakob zog seinen benommenen Vater an seine Seite. Ein Mädchen reichte ihm ein Halstuch.

»Wischen Sie sich trocken«, sagte sie.

»Lass uns hier verschwinden«, sagte Dengler zu seinem Sohn.

46. Krisenkonferenz

Finn Kommareck war müde.

Besprechungen mit Vorgesetzten, leitenden Staatsanwälten, dem Polizeipräsidenten, Pressekonferenzen – das alles hasste sie. Bei diesen Leuten verstand sie nie ganz, welche Motivation sie wirklich trieb. Der nächste Job? Die aktuelle politische Intrige? Bei den Presseterminen wusste sie noch weniger, welche Gesetze hier galten. Die Schlagzeile? Die Auflage? Endlich der Job beim *Spiegel*? Nur eins wusste sie genau: All diese Personen interessierte nicht das, was für sie am wichtigsten war – den Fall aufzuklären.

Der Mord an Voss brachte das Team an den Rand der Verzweiflung. Es gab keine Tatwaffe, es gab keine Kampfspuren, es gab kein erkennbares Motiv außer dem, das die Medien hochspielten: Rache.

Aber wer sollte sich rächen? Sie sprach mit der Familie von Jasmin. Die Eltern waren noch immer so umfassend in ihr Leid verstrickt, dass Finn Kommareck sie als Täter ausschloss. Und sie hatten ein Alibi. Die Freie Universität hatte dem Vater Urlaub gegeben, die Familie war zu Verwandten nach Tirol geflüchtet.

Auch bei den Behörden glaubten viele an das Rachemotiv. Wenn es nicht die Eltern waren, dann vielleicht jemand, der Voss zufällig im Keller der Charité erkannt hatte. Der Mord an Voss sei so etwas wie Gerechtigkeit, sagte sogar jemand aus der Staatsanwaltschaft zu ihr.

Was für eine verrückte Welt. Voss war nicht verurteilt. So lange hatte er als unschuldig zu gelten. Auch, wenn er jetzt tot war.

Genau das sagte sie auch in der Besprechung mit ihrem Team.

»Dann nehmen wir das doch einmal an«, sagte Maria Marksteiner. »Gehen wir doch einmal von der Hypothese aus, dass er unschuldig war.«

»Die Kollegin Marksteiner ignoriert mal wieder souverän alle Fakten«, sagte Schöttle und runzelte die Stirn in gespielter Verzweiflung.

»Die Fusseln des Jacketts können absichtlich auf den Leichnam von Jasmin angebracht worden sein«, sagte Maria.

»Und das Sperma?«, fragte Schöttle.

»Ja, das Sperma. Das spricht dagegen«, gab Maria zu.

»Ich will noch einmal alle Akten auf meinem Tisch sehen«, sagte Finn Kommareck und beendete die Sitzung prompt.

»Das Institut von Voss fragt an, ob wir den Computer aus seinem Büro und die beschlagnahmten Akten freigeben«, sagte Peter Dahlheimer.

»Die brauchen wir nicht mehr«, sagte Schöttle. »Wir haben sowieso nichts Wichtiges darin gefunden.«

»Du meinst, wir haben ohnehin kaum etwas davon verstanden. Medizinischer Fachjargon.«

»Soll ich also veranlassen, dass wir das Zeug zurückgeben?«, fragte Dahlheimer.

»Nein. Noch nicht«, sagte Kommareck. »Wir wissen immer noch nicht, wer Jasmin erschlagen hat. Wir haben nicht den geringsten Anhaltspunkt, wer Voss erschlagen hat.«

»Auf so ähnliche Art und Weise«, sagte Maria.

»Auch das lässt mir keine Ruhe«, sagte Finn.

»Mein Gott, das ist Zufall. Wie wollt ihr denn da einen gemeinsamen Täter konstruieren? Wie? Sagt mir das!«
Schöttle war genervt.

»Wir schließen nichts aus«, sagte Finn Kommareck.

»So verzweifelt sind wir also?«, fragte Schöttle.

47. Schwarzer Donnerstag (2)

»Ich bleibe hier«, sagte Jakob.

»Deine Mutter erschlägt mich, wenn ich dich hier nicht rausbringe.«

»Schrei nicht so. Weißt du, wie alt ich bin?«

»Allerdings, das weiß ich. Siebzehn. Unmündig bist du. Ein Knecht. Weisungsbedürftig. Komm jetzt.«

Er nahm seinen Sohn am Arm.

»In zehn Tagen werde ich achtzehn.«

»Dann kannst du dich wieder hier hinsetzen.«

Jakob lächelte plötzlich. Es war ein engelsgleiches Lächeln. Zugewandt, freundlich. Hinreißend, fand Dengler. Dass sein Sohn so lächeln konnte! Dengler war verwirrt. Und stolz. Noch nie hatte Jakob ihm ein solches Lächeln geschenkt. Dann bemerkte er, dass es nicht ihm galt. Es galt dem blonden Mädchen im blauen Anorak, das zwei Reihen vor ihnen saß und sich zu ihnen umgedreht hatte.

»Hallo, Jakob!«

Ein offenes Gesicht, schön, ernst, mutig und voller Angst.

Keine Chance! Er würde Jakob hier nicht wegbekommen. Er war selbst Mann genug, um zu wissen, dass er das nun auch nicht länger von ihm erwarten konnte.

»Hübsches Mädchen«, sagte Dengler, in der Hoffnung, etwas Näheres zu erfahren.

In diesem Augenblick schossen die Wasserwerfer erneut. Das blonde Mädchen wurde von dem Strahl getroffen. Sie hatte das Wasser kommen sehen und das Gesicht mit den Händen geschützt, aber ihr Kopf flog nach hinten. Ihren Schrei hörten sie durch das Geprassel des Wassers hindurch. Jakob sprang auf und wurde getroffen. Er klappte zusammen. Dengler zog ihn zu sich heran und legte die Arme um ihn. Das blonde Mädchen, völlig nass, sah sie mit aufgerissenen Augen an. Sie kroch zu ihnen heran.

»Kann ich erst mal bei euch bleiben? Ist das ok?«

Dengler und Jakob nickten gleichzeitig.

Ein Junge, etwa im gleichen Alter wie Jakob, stolperte vorbei. Er hielt sich einen Arm vors Gesicht. Andere liefen auf ihn zu. Eine Frau hob eine Flasche Wasser in die Höhe und zog dem Jungen den Arm weg. Die Augen waren rot und geschwollen. Der Junge weinte.

Sie setzten Pfefferspray gegen Kinder ein. Dengler spürte, wie er immer wütender wurde. Wütend und verzweifelt. Was war das hier?

Erneut schossen die Wasserwerfer.

Das Mädchen zog ihren blauen Anorak aus und legte ihn über ihre Köpfe. Nun saßen sie zu dritt unter dem Anorak, als wäre es ein kleines Zelt.

Jakob zitterte. Dengler legte ihm einen Arm um die Schulter. Das Zittern hörte auf.

Das Wasser traf sie erneut mit der Wucht eines Baseballschlägers. Später erfuhr er, dass die Wasserwerfer mit 20 Bar, also mit voller Kraft, geschossen hatten. Er war Polizist gewesen. Er erinnerte sich an die Polizeidienstverordnung PDV 122, nach der ein Wasserstoß »die Begehung oder Fortsetzung von Straftaten verhindern«, »das Vordringen von Störern verhindern« oder »Gewalttäter zum Zurückweichen zwingen« sollte. Nichts davon traf auf die Situation im Schlosspark zu. Außerdem, auch daran erinnerte er sich, stand in dieser Verordnung ausdrücklich: »Hierbei ist darauf zu achten, dass Köpfe nicht getroffen werden.« Einen Tag später war es offiziell: Bei dem Einsatz erlitten allein vier Personen schwere Augenverletzungen, der Rentner Dietrich Wagner verlor durch das Vorgehen der Polizei sein Augenlicht.

Die Polizei rückte an den Seiten des Parks vor. Sie sprühte Pfefferspray in die Gesichter der Menschen. Von seinem Platz aus konnte Dengler immer wieder Jugendliche, aber auch ältere Menschen orientierungslos taumeln sehen, weinend – egal in welchem Alter –, die geröteten und geschwollenen Augen mit den Armen schützend.

Martin Klein saß plötzlich neben ihm, auch er völlig nass.

»Ich hab den Notruf angewählt. Weißt du, was die mir gesagt haben? Die Polizei lässt keine Sanitäter in den Park. Hier gibt es Hunderte von Verletzten – und die Polizei lässt keine Sanitäter in den Park. Die Leute haben improvisiert und ein notdürftiges Lazarett eingerichtet.«

Nur ein Barbar hatte diesen Einsatz befehlen können.

Erneuter Wasserwerfer-Angriff.

Das blonde Mädchen griff nach Jakobs Hand, und sein Sohn hielt sie mit feierlichem Ernst. Dengler sah die schweren Blutergüsse auf ihrem Unterarm. Er wollte etwas tun, aber er wusste nicht, was.

»Ich besorg eine Plane«, sagte Klein und stand auf.

Eine halbe Stunde später war Klein zurück. Er hatte irgendwo Dutzende von bunten Planen besorgt, die die am Boden Sitzenden nun über die Köpfe zogen.

Die Plane schützte vor dem Wasser. Aber der Schlag des Wassers traf sie nun unvorbereitet, hart und brutal. Die Leute unter der Plane schrien auf, manche weinten. Aber immer noch sah Dengler in ihren Gesichtern den Ernst. Es waren mutige junge Leute, die ihre Stadt schützten. Dengler schämte sich, dass er sich bisher nicht damit beschäftigt hatte, was in der Stadt geschah. Es konnte doch nicht nur um diesen Bahnhof gehen.

Dengler sah unter der Plane hindurch die Polizisten und die Beine von Tausenden demonstrierenden Stuttgartern. Er sah stehende, zurückweichende, wieder vordrängende Beine, er sah Jeans, Kleider und Schuhe aller Art. Aber er sah auch, wie Polizeiketten sich langsam an die Blockierer heranarbeiteten. Er sah Stahlstiefel, Schienbeinschützer und schwarze Handschuhe. Der Wind trieb Pfefferspray unter die Plane. Einmal kamen zwei Polizisten nahe an die Plane heran, umringt von Demonstranten.

»Wir sind friedlich! Was seid ihr?«

Ein schwarzer Handschuh, der einen langen Behälter festhielt, schob sich unter die Plane und sprühte ziellos in die Sitzenden. Zwei Mädchen schrien. Sie kletterten aus den Reihen der sitzenden Kids. Dengler sah ihre roten Augen.

Es war nun ein Schniefen und Heulen unter der Plane. Es roch nach Pfefferspray, das der Wind nun zusätzlich unter die Plane wehte. Dengler hatte Schmerzen am ganzen Körper. Seine Augen tränten. Immer wieder sah man Polizeistiefel kommen, gehen, sich nähern, sich entfernen. Die Jugendlichen unter der Plane hielten stand. Wieder näherte sich eine Polizeikette.

»Wir sind friedlich! Was seid ihr?«

Ein schwarzer Handschuh fasste unter die Plane. Er fand das Gesicht des blonden Mädchens, ein Finger griff ihr zwischen Oberlippe und Zähne. Der Polizist zog, die Lippe des Mädchens bog sich nach oben, gab das Zahnfleisch frei. Das Mädchen schrie. Jakob warf sich nach vorne, wollte sich auf den immer noch unsichtbaren Polizisten stürzen. Dengler hielt ihn mit dem Oberkörper davon ab. Mit seiner Rechten griff er den Finger des Polizisten, zog ihn von dem weinenden Mädchen weg und brach ihn.

Er hörte den Schmerzensschrei des Mannes außerhalb der Plane. Dann nahm er mit der rechten Hand das Mädchen und mit der linken seinen Sohn und zog sie auf der anderen Seite unter der Plane hervor. Schnell ins Getümmel, schnell unter die vielen Tausende.

Nach einer Weile blieben sie stehen.

»Ich hab was gerettet«, sagte Jakob und gab dem Mädchen ihren blauen Anorak. »Soll ich dich nach Hause bringen?«

★★★

Dengler ging allein nach Hause. Er war nass bis auf die Haut.

Auf dem Marktplatz sah er den Stuttgarter Mob.

Zwei- oder dreihundert Leute, darunter einige, die sich für die bessere Gesellschaft der Stadt hielten, gemischt mit schlimmem Pöbel. Sie klatschten frenetisch Beifall einem obskuranten altpietistischen Pfarrer, der die Stuttgart-21-Gegner schon einmal aus der Stadt hatte jagen wollen. Da wäre sie wahrscheinlich menschenleer, dachte Dengler. Und der Mob applaudierte dem unbeliebtesten Oberbürgermeister Deutschlands, dem Mann, der diesen Polizeieinsatz gerechtfertigt hatte. Dengler ging weiter. Ihm war kalt.

***

Unter dem Wutgeschrei und den Tränen der Stuttgarter Bürger fällte die Deutsche Bahn AG in der Nacht dreiundzwanzig der ältesten Bäume der Stadt.

***

Olga ließ ihm ein heißes Bad einlaufen. Danach kochte sie Spaghetti aglio e olio, das Essen ihrer vertrauten Abende zu zweit auf dem Sofa. Herzensessen. Er erzählte ihr vom Park und vom Mob auf dem Marktplatz.

»Das Schlimme ist, dass ich eigentlich immer noch glaube, dass die Politiker und die Bahnvorstände wissen, was sie da machen. Sorry, ich wurde nicht dazu erzogen, etwas anzuzweifeln, was von oben kommt. Ich war Polizist«, sagte er zu ihr. »Aber wenn die Bahn mit dieser Gewalt auf die Bürger einprügeln lässt, dann muss da doch mehr dran sein, oder?«

»Sprich mit Martin«, sagte Olga nur.

Nach dem Essen schalteten sie den kleinen Fernseher ein, den Dengler in seinem Büro stehen hatte. Im *Heute-Journal* interviewte Marietta Slomka den baden-württembergischen Innenminister Heribert Rech.

Dieser sagte: »Aber heute sind unsere Anti-Konflikt-Teams einfach abgewiesen worden. Es waren sehr schnell sehr viele gut organisierte Demonstranten vor Ort, und die haben sich sehr gewaltbereit gezeigt.«

»Er ist ein Lügner, Olga«, sagte Dengler. »Ich war dabei. Schau ihn dir an. Was für eine armselige Gestalt.«

»Im nächsten Frühjahr sind Wahlen«, sagte Olga. Sie war erstaunlich ruhig und klar, als würde sie das alles nicht überraschen.

»Ich glaube nicht, dass Wahlen etwas ändern können«, sagte Dengler. »Wenn das so wäre, hätten diese Typen sie schon verloren.«

***

Am nächsten Tag zogen hunderttausend Stuttgarter schweigend durch ihre Stadt. Als sie am Opernhaus vorbeizogen, war gerade Pause in der Aufführung von Verdis »Luisa Miller«. Die Besucher, in eleganten Anzügen und Kleidern, standen an den geöffneten Fenstern und klatschten, als die Demonstration vorüberzog. Andere eilten auf die Straße, applaudierten, und so begann der zweite Teil der Oper an diesem Abend etwas später. Zur gleichen Zeit gastierte Leonard Cohen wenige Kilometer weiter in einer der Stuttgarter Konzerthallen. »Ich singe jetzt für die Bäume in dieser Stadt«, sagte er und stimmte *Bird on the Wire* an, und fünfundzwanzigtausend Menschen klatschten mit Gänsehaut.

48. Fünfter Tag (2)

»Als ich zu *Peterson & Peterson* kam, habe ich alles umgekrempelt. *SAP* eingeführt, den Vorstand ausgewechselt, *McKinsey* ins Haus geholt, was man eben so macht, wenn man einen großen Laden übernimmt. *Footsteps* setzen, wie man so sagt. Aber auf den entscheidenden Gedanken bin ich selbst gekommen. Wer sind unsere Kunden, wollte ich wissen. Wer schluckt unsere Medikamente? Diese Analyse hat unser Geschäftsmodell geändert. Auf Grund meiner Analyse, das darf ich sagen, hat *Peterson & Peterson* in Europa eine Gewinnexplosion erlebt, die es in dieser Firma noch nie gegeben hat. – Kann ich noch einen Schluck von diesem wirklich vorzüglichen Barbera haben?«

»Sicher.«

Henry hatte ein komplettes italienisches Menü zum Mittagessen mitgebracht. Bruschetta, Vitello tonnato, Spaghetti alle vongole und drei Flaschen Barbera d'alba DOC. Er hatte alles in Tupperdosen umgefüllt: kein Hinweis auf das Lokal, in dem er das Essen und den Wein gekauft hatte. Assmuss merkte diese Sorgfalt wohl. Er interpretierte es als gutes Zeichen.

Wenn er mich umbringen wollte, würde er sich solche Mühe nicht geben.

Und zum ersten Mal aß Henry, trotz schwarzer Maske, zusammen mit ihm.

»Also mit dem Wein muss ich vorsichtig sein. Wahrscheinlich bin ich gleich betrunken, hab ja seit Tagen keinen Alkohol mehr getrunken.«

»Wird schon nicht so schlimm werden«, sagte Henry und schenkte Assmuss nach.

»Ich habe, das darf ich wirklich sagen, in aller Bescheidenheit, das Geschäftsmodell in der gesamten Branche völlig revolutioniert.«

»Und? Wer schluckt Ihre Medikamente?«

»Die Analyse ergab, dass wir 42 Prozent unseres Umsatzes mit nur drei Prozent der Patienten machen.«

»Was sind das für Patienten, diese drei Prozent?«

»Ja, das ist die Frage nach der Zielgruppe. Eine zweite Frage ist aber viel interessanter.«

»Nämlich?«

»Wie hoch sind die Jahrestherapiekosten dieser Zielgruppe und wie kann man sie steigern?«

»Ich bleibe aber erst mal bei meiner Frage: Was sind das für Patienten?«

»Nun.« Assmuss wand sich.

»Das sind die final Erkrankten«, sagte er schließlich.

»Final Erkrankte?«

»Menschen, die nicht mehr gesund werden.«

»Sie meinen todkranke Patienten?«

»Wenn Sie wollen, Henry, sagen Sie Todkranke. Mir gefällt der Ausdruck nicht.«

»Wie Sie wollen. Sie stellten also fest, dass Sie mit diesen Tod ..., also mit dieser Zielgruppe 42 Prozent Ihres Umsatzes machen?«

»Genau. Eine wachsende Zielgruppe übrigens. Sie müssen wissen: In Deutschland erkranken jährlich 450 000 Menschen an bösartigen Tumoren, also an Krebs. Davon sterben 216 000 Patienten. Wir gehen davon aus, dass diese Zahl bis 2050 um 30 Prozent steigt, weil die Bevölkerung immer mehr altert.«

»Die Todkranken sind eine wachsende Zielgruppe?«

»So ist es.«

»Sie nennen diese Menschen Zielgruppe.«

»Nun ja. Aber *Peterson & Peterson* hat durchaus auch ethische Zielsetzungen. Wir engagieren uns zum Beispiel sehr gegen Sterbehilfe durch Ärzte. Wir sind dafür, dass Ärzte mit scharfen Sanktionen zu rechnen haben – selbst wenn es sich um passive Sterbehilfe handelt.«

Der Entführer schwieg. Er trommelte mit den Fingern auf die Tischplatte.

»Henry, sind Sie böse? Ich kooperiere. Das sehen Sie doch. Ich bin guten Willens. Ich erzähle es, wie es ist.«

»Dann erzählen Sie jetzt von Ihrer bahnbrechenden Idee.«

»Meine Idee war zielgruppenorientiertes Marketing. Kann ich noch die letzte Bruschetta haben?«

»Bitte. Nehmen Sie nur.«

Assmuss steckte sich die Bruschetta vollständig in den Mund und begann fast gleichzeitig zu sprechen.

»Bei den herkömmlichen Therapien lag der Umsatz pro Patient bei 10 000 bis 15 000 Euro im Jahr. Wissen Sie, was ich mich fragte?«

»Sagen Sie es mir?«

»Wie steigere ich die Jahrestherapiekosten auf 100 000 Euro und mehr.«

Henry nahm den Schreibblock und zog einen Kugelschreiber aus der Hosentasche.

»Stopp. Ich möchte mal rechnen«, sagte er. Er schrieb:

450 000 Neuerkrankungen × 15 000 Euro Therapiekosten = 6 750 000 000.

Er fragte: »Was ist das für eine Zahl? Ist das schon eine Billion?«

Assmuss lachte: »Nein, leider nicht. Das sind 6,75 Milliarden Euro.«

Henry rechnete erneut.

450 000 × 100 000 = 45 000 000 000.

»Das sind 45 Milliarden.«

»Pro Jahr«, sagte Assmuss.

»Sie wollten Ihren Umsatz von 7 auf 45 Milliarden Euro steigern?«

»Nein, das sind die Zahlen des Gesamtmarkts. Da sind leider *Novartis* und die lieben anderen Kollegen mit drin. Wir haben nur einen *marketshare* von 20 Prozent.«

»Einen was?«

»Marketshare. Einen Marktanteil.«

»Gut. Lassen Sie mich rechnen.«

Henry schrieb erneut.

20 % von 7 = 1,4
20 % von 45 = 4,5 × 2 = 9

»Sie haben den Umsatz von *Peterson & Peterson* von 1,4 auf neun Milliarden Euro gesteigert!«

»Das haben wir noch nicht vollständig geschafft, aber wir sind auf einem guten Weg. Leider haben unsere Wettbewerber unsere Strategie sehr schnell analysiert, ihre Vorteile erkannt und sie dann kopiert.«

»Das heißt?«

»Die Strategie besteht aus zwei Elementen. Erstens: neue Substanzen, zweitens: neue Vertriebsstrategie.«

»Fangen wir mit den neuen Substanzen an.«

»Die vorhandenen Präparate konnten wir nicht einfach verteuern. Deshalb suchten wir neue Produkte, bei denen wir ein völlig neues Preisgefüge im Markt etablieren konnten.«

»Das habe ich ja schon gelernt. Sie können die Preise festlegen, wie Sie wollen.«

»Ja, wenn sie zugelassen sind.«

»Was sind das für neue Substanzen?«

»Es sind neue Wirkstoffe gegen Krebs. Diese Antikörper oder Enzymstoffe greifen in die kranke Zelle direkt ein und bekämpfen molekulare Ziele. Sie richten sich also direkt und ausschließlich gegen die Krebszelle. Die Chemotherapien greifen ja gesunde und kranke Zellen gleichzeitig an. Verstehen Sie?«

»Das klingt nach einem großen Fortschritt.«

»Sehen Sie, so haben wir das auch dargestellt.«

»Ihr Produkt heißt Visceratin.«

»Ja. Dieses Produkt hat unseren *free cash flow* nachhaltig verändert, also unser freies Geld. Die Barmittel.«

»Sie haben gute Geschäfte mit Visceratin gemacht, wollten Sie sagen?«

»Sensationelle Geschäfte.«

»Wie viel kostet das Medikament?«

»Es ist uns damit gelungen, die Jahrestherapiekosten auf 114 835 Euro hochzufahren.«

»Macht Visceratin die Patienten wieder gesund?«

»Gesund? Nein. Aber wir verlängern das Leben der krebskranken Menschen.«

»Wirklich?«

»Ja. Da darf der Preis doch wirklich nicht das erste Kriterium sein. Zumal – den bezahlen doch die Krankenkassen.«

»Wie lange verlängert dieses Medikament das Leben?«

»Nun, da kann ich Ihnen sagen, Henry, dass wir bei fortgeschrittenem Lungenkrebs erstmals die Schallmauer von zwölf Monaten Überlebenszeit durchbrochen haben. Wir konnten sie auf 12,3 Monate steigern und arbeiten an weiteren Verbesserungen.«

»Das hört sich gut an.«

»Nicht wahr? Sie wirken nachdenklich, Henry.«

»Sagen Sie, Assmuss, wie hoch war die Überlebenszeit ohne Ihr Medikament?«

Dirk Assmuss schwieg.

»Kann ich noch ein Glas von dem Barbera haben?«

Henry goss schweigend nach.

»Nun, ohne Visceratin sterben die Patienten im Durchschnitt nach 10,3 Monaten, mit unserem Medikament sind es 12,3 Monate.«

»Und das nennen Sie eine Schallmauer? Zwei Monate!«

Plötzlich schrie Assmuss: »Es geht um den Preis, den Umsatz. Verstehen Sie das denn nicht? Und die anderen machen es doch genauso!«

Henry sprach ganz leise: »Wie machen es die anderen, Herr Assmuss?«

»*Roche*. Nehmen wir mal das Beispiel *Roche*. Die haben Herceptin. Gegen Brustkrebs. Ich habe die Pressemitteilung von *Roche* gelesen. Sie haben geschrieben, dass nach vier Jahren Behandlung mit Herceptin 90 Prozent der Patientinnen noch lebten.«

Assmuss schwieg erschöpft und trank einen kräftigen Schluck Barbera.

»Und?«, fragte Henry. »Das klingt doch gut.«

»Was die nicht schrieben, war, dass in der gleichen Studie von den Frauen, die nicht mit diesem Medikament behandelt wurden, ebenfalls noch 90 Prozent lebten.«

Assmuss redete sich in Rage: »Alimta von *Lilly*. Nur um ein Beispiel zu nennen. Da geht es um Lungenkrebs. Das Medikament habe das Überleben um ein Jahr verlängert – so hat *Lilly* geworben. Tatsächlich erhöhte sich die Lebenserwartung von 10,9 auf 12,6 Monate. Tarceva von *Roche* verlängert das Leben um zwei Monate im Durchschnitt bei Lungenkrebs und bei Magenkrebs um drei Wochen. Avastin um zwei Monate bei Lungenkrebs. Bei Tyverb von *GlaxoSmithKline* konnte bei Brustkrebs nicht ein einziger Tag nachgewiesen werden, ebenso bei Sutent von *Pfizer* und bei ...«

Er schwieg plötzlich erschöpft: »Das machen doch alle so. Warum entführen Sie nicht die?«

»Helfen diese neuen Substanzen?«

Assmuss' Gesicht war knallrot. Er schwitzte. Ein Tropfen löste sich von der Stirn, lief den rechten Nasenflügel hinab, passierte den Mundwinkel, hing einige Sekunden am Kinn des schweren Mannes, bevor er auf den Boden fiel. Assmuss bemerkte es nicht.

Er sagte leise: »Den meisten Patienten helfen sie nicht. Einigen ein bisschen. Nur bei sehr wenigen funktionieren sie. Immerhin.«

Erneut atmete er schwer.

Henry erinnerte sich, dass die Stimme, die ihn am Computer begleitete, gesagt hatte, er solle nach den Nebenwirkungen fragen.

»Welche Nebenwirkungen hat Visceratin?«

»Nebenwirkungen?«

»Ja. Sie haben das doch gut verstanden.«

»Es kann zu unerfreulichen Begleitumständen in der Therapie kommen.«

»Etwas genauer bitte.«

»Herzinsuffizienz. Leider. Häufiger müssen die Patienten auch speien.«

»Sie sagen mir also, Ihr Medikament verlängert das Leben um zwei Monate. Aber die verbleibende Lebenszeit machen Sie den Patienten zur Hölle. Sagen Sie das, Herr Assmuss?«

Assmuss schwieg.

»Im Grunde plündern Sie mit diesen neuen Medikamenten die Krankenkassen aus. Ist das nicht der eigentliche Zweck?«

Assmuss hob den Kopf. Er lachte. Wieder dieses meckernde Lachen. Henry lehnte sich in seinem Stuhl zurück.

»Die Krankenkassen haben ein Problem. Das stimmt. Diese Spezialpräparate machen zwar nur zwei Prozent der Verordnungen aus, aber bereits mehr als 25 Prozent der Arzneikosten. Tendenz steigend. Wir machen mit wenigen Pillen ein Riesengeschäft. Gut für uns.«

»Gut für *Peterson & Peterson*. In der Tat. Aber ich wundere mich, wie Sie damit durchkommen. Sie müssen diese wahnsinnigen Preise doch irgendwie begründen.«

»Das tun wir auch. Was denken Sie, wie hoch die Kosten für die Entwicklung eines solchen Präparates sind? Forschung, das ist unser Argument für die Preise.«

»Halt. Haben Sie mir nicht erzählt, dass Sie und Ihre Kollegen gar nicht mehr wirklich forschen, sondern im Wesentlichen nur noch die alten Medikamente verändern?«

»Sie haben mich nach der Begründung der Preise gefragt. Da sagen wir, die Forschung ist teuer. Im Grunde müssen wir in Deutschland aber keine Preise begründen. In der Öffentlichkeit vielleicht. Aber eigentlich nicht.«

»Und wo wurden die neuen Substanzen entwickelt?«

»Wir haben eine große Abteilung, die ständig untersucht, was an den Universitäten geforscht und entwickelt wird. Sehr effizient.«

»Und dann?«

»Wir haben schon darüber gesprochen. Für eine Universitätsklinik sind drei oder vier Millionen Euro viel Geld.«

»Sie kaufen deren Forschungsergebnisse?«

»Oder nehmen sie in Lizenz. Es gibt da unterschiedliche Modelle.«

»Und machen dann ...«

Henry sah auf seine Notizen und las:

$$20\% \text{ von } 7 = 1{,}4$$
$$20\% \text{ von } 45 = 4{,}5 \times 2 = 9$$

»... und machen dann 9 Milliarden draus. Für die Aktionäre von *Peterson & Peterson*.«

Assmuss zuckte mit den Schultern.

»Ich bin Geschäftsmann, Henry«, sagte er. »Das können Sie mir nicht vorwerfen. Alle in der Branche arbeiten an diesen Mitteln. Im Augenblick werden 500 neue Substanzen erprobt; das heißt, etwa 40 davon werden in den nächsten Jahren zugelassen. Es ist ein explodierender Markt. Jeder will dabei sein. Goldgräberstimmung herrscht wieder, Henry. Goldgräberstimmung.«

»Aber sagen Sie, spielen die Ärzte dieses Spiel eigentlich mit? Warum?«

Assmuss sah Henry an.

»Was bleibt ihnen anderes übrig, Henry? Hier setzt jetzt der zweite Teil meiner Revolution an.«

»Die neue Marketingstrategie?«

»Genau.«

»Ich höre.«

49. Verhöre

»Zur Vernehmung ist erschienen Dr. Rüdiger Voss, Bruder des Ermordeten.«

»Professor«, sagte Rüdiger Voss.

»Bitte?«

»Ich bin Professor. Das ist mein Titel.«

Finn Kommareck sah ihn an wie ein unbekanntes Insekt.

»Zur Vernehmung ist erschienen, Herr Professor Dr. Rüdiger Voss. So ok?«

»Ich habe zwei Doktortitel, aber lassen wir den zweiten mal weg, das ist nur ein Ehrendoktor.«

»Danke. Herr Voss, ich befrage Sie als Auskunftsperson. Ihr Bruder wollte Ihnen Unterlagen übergeben. Um was ging es bei diesen Unterlagen?«

»Woher wissen Sie das?«

»Ich stelle die Fragen, das ist so bei einer Vernehmung. Also: Um welche Unterlagen ging es?«

»Ich weiß es nicht.«

»Sie wissen es nicht?«

»Nein. Meine Schwägerin rief mich an. Sie sagte, dass Bernhard sich stellen wolle. Und dass er mir Unterlagen geben wolle, die für ihn wichtig seien.«

»Und Sie wissen nicht, welche Unterlagen das gewesen sein könnten?«

»Das weiß ich nicht.«

»Vermuten Sie mal. Was könnte es sein?«

»Vielleicht hing es mit dem neuen Medikament gegen Morbus Crohn zusammen, das ihn sehr beschäftigte. Er litt selbst …«

»Ich weiß. Aber machte es Sinn, diese Unterlagen im Keller zu verstecken?«

»Nein, das machte keinen Sinn«, gab Rüdiger Voss zu.

»Was könnte er also dort versteckt haben?«

»Das ist mir rätselhaft.«

»Sie fuhren in die Charité.«

»Ja. Aber ich kam zu spät. Ich stand im Stau. Als ich kam, war er schon tot.«

»Ich weiß. Wir haben die Filme von der Überwachungskamera in der Tiefgarage gesehen. Wir suchen diese Unterlagen. Wir werden sie auch finden. Denken Sie noch einmal darüber nach.«

»Ich hab wirklich keine Ahnung. Und …« Er zögerte einen Augenblick. »Ich weiß, dass ich, als Sie Bernhard suchten, nicht kooperativ war. Ich stand auf der Seite meines Bruders. Vielleicht verstehen Sie das. Aber ich möchte, dass Sie seinen Mörder finden. Jetzt können Sie mit meiner Hilfe rechnen. Das ist alles – schwer zu verstehen.«

»Ok. Wenn Ihnen zu diesen Unterlagen noch irgendetwas einfällt …«

»Selbstverständlich«, sagte Prof. Dr. Dr. Rüdiger Voss.

***

»Dengler.«

»Kripo Berlin. Mordkommission. Kommareck.«

»Guten Tag, Frau Kommareck.«

»Sparen Sie sich das Gesülze. Sie wissen, dass Bernhard Voss ermordet wurde?«

»Ich lese Zeitung, Frau Hauptkommissarin. Jeden Tag.«

»Sie waren in der Nähe, als er ermordet wurde. Sie waren in der Charité.«

»Sicher. Zwei Ihrer Beamten haben mich beschattet.«

»Sie haben die beiden abgehängt. Sie sind aus dem Aufzug im fünften Stock ausgestiegen. Was haben Sie dann gemacht?«

»Ich bin über das Treppenhaus aus dem Haus. Habe die Charité verlassen und bin mit dem nächsten Zug nach Stuttgart zurück.«

»Gibt es dafür Zeugen?«

»Meine Freundin fuhr mit mir.«

»Was haben Sie in dem Krankenhaus gewollt?«

»Sie erinnern sich: Ich war engagiert worden, um die Verteidigung von Bernhard Voss zu unterstützen.«

»Ich wiederhole die Frage nur einmal: Was haben Sie in der Charité gewollt?«

»Ich habe mit Bernhard Voss' Sekretärin gesprochen.«

»Worüber? Dengler, lassen Sie sich nicht alles aus der Nase ziehen. Ich kann Sie auch vorladen. Ist Ihnen das lieber?«

»Ich habe die Sekretärin nach dem Verbleib zweier Mappen befragt. Mappen, in denen Voss wohl seine Unterlagen verwahrte, die ihm wichtig waren.«

»Wir suchen diese Unterlagen. Woher wussten Sie davon?«

»Als Voss floh, ging er einen Stock höher in sein Büro. Ihre Leute stürmten die Treppen hinunter und verloren ihn. Sie erinnern sich?«

»Ich erinnere mich sehr gut daran.«

»Voss ging in sein Büro. Dort muss er die zwei roten Mappen mitgenommen haben. Ich sah ihn auf dem Flur mit diesen Mappen. Er fuhr mit dem Aufzug in den Keller. Ich folgte ihm und sah ihn dort unten noch einmal kurz – aber ohne Mappen. Ich folgte ihm, so gut ich konnte, aber Voss hatte mir vorher einen Putzwagen gegen das Knie gerammt. Ich war nicht gut zu Fuß. Später erst ist mir klar geworden, dass er diese Mappen irgendwo versteckt haben musste.«

»Warum haben Sie uns nichts von diesen Mappen berichtet?«

»Sorry, Frau Hauptkommissarin, Sie fragen mich das erste Mal danach!«

»Sie sind morgen um elf in meinem Büro, Dengler. Sonst lasse ich Sie holen.«

»Sie können mich wohl immer noch nicht sonderlich gut leiden?«

»Nein, nicht sonderlich.«

***

Maria setzte sich auf den Stuhl vor Finn Kommarecks Schreibtisch.

»Finn, ich muss mit dir reden.«

»Ok. Leg los.«

»Es ist privat.«

Kommareck sah auf. Private Dinge hatten in der Mordkommission nichts zu suchen. Darüber war man sich einig. Schließlich war man hier nicht im Fernsehen, nicht im ARD-Tatort, wo die Kommissare ständig über ihre privaten Probleme quasselten.

»Es ist mir wichtig«, sagte Maria.

Finn seufzte und setzte sich aufrecht.

»Na, dann mal los.«

»Ich war eben auf der Toilette.«

»Na, das weiß ich. Schließlich haben wir uns vor ein paar Minuten dort gesehen.«

»Ich meine, sag, hast du deine Tage? Ich weiß, das klingt jetzt blöd.«

»Was soll das, Maria? Was ist los? Ich habe hier was zu tun.«

»Ich habe ein paar Blutspritzer gesehen. Am Innenrand der Schüssel. Du hast sie wahrscheinlich nicht gesehen und sie daher nicht weggewischt. Ich weiß, das ist, ich meine, das ist sehr persönlich, aber ich …«

»Was willst du mir sagen? Dass ich in Zukunft besser abziehen soll, wenn ich auf dem Klo gewesen bin. Kommst du deshalb in mein Büro?«

»Sei nicht sauer, Finn. Ich bin hier, weil ich mir Sorgen mache. Deine Schmerzen neulich. Und ich habe solche Blutspuren schon einmal gesehen. Und seither verfolgt mich das. Ich habe es bei meinem Vater gesehen. Er hat nicht mehr lang gelebt.«

»Maria, du gehst zu weit. Ich blute, o.k., aber was geht das dich an?«

»Was heißt, du blutest? Finn. Nein. Wir beide werden zu meinem Arzt fahren. Jetzt.«

»Maria, geh zurück an deine Arbeit. Und zwar sofort. Ich muss jetzt die Akten lesen. Ich muss verstehen, was Voss alles auf seinem Rechner hatte.«

»Du verstehst nicht, Finn. Wenn du jetzt nicht mitkommst zu einem Arzt, werde ich deinen Mann informieren.«

»Maria, ich war deshalb bei einem Arzt. Er hat Labortests gemacht. Ich habe spärliche Darmgeräusche und wahrscheinlich Hämorriden. Aber meine Laborwerte sind in Ordnung. Er verschrieb mir eine Salbe, die leider nicht viel geholfen hat. Und jetzt Schluss. Geh an deine Arbeit.«

Maria griff zu ihrem Handy.

»Finn, sorry, aber da verstehe ich keinen Spaß, und du verstehst nicht, wie ernst es ist. Ich rufe jetzt Daniel an.«

Finn Kommareck sprang wütend hinter ihrem Schreibtisch hervor.

50. Verdorben

Die Stadt stand unter Schock.

Dengler stand unter Schock.

Jakob stand unter Schock.

»Ihr könnt trotzdem nicht immer ›Lügenpack‹ schreien«, sagte Dengler zu seinem Sohn. »Das sind gewählte Politiker. Sie verdienen zumindest ein bisschen Respekt. Der Oberbürgermeister kann nirgends mehr öffentlich auftreten. Sofort rotten sich Bürger zusammen und schreien ›Lügenpack‹.«

»Ich bin meistens dabei«, sagte Jakob. »Ich schreie ›Lügenpack‹. So laut ich kann. Es ist der treffende Name für diese Verbrecher.«

»Also ich finde, das geht nicht.«

»Die sind alle korrupt.«

»Verrenn dich da nicht, Jakob. Das kann man nicht so pauschal sagen.«

»Dann sag mir mal, wie man das anders nennen soll: Auf dem Stuttgart-21-Gelände baut für 500 Millionen der Immobilienkonzern ECE ein gigantisches Einkaufszentrum. Und wer sitzt in den Gremien dieser Firma? Ich zähl es mal auf: Wolfgang Schuster, der Oberbürgermeister, Tanja Gönner, die Verkehrsministerin, außerdem die Lebensgefährtin des früheren Ministerpräsidenten. Im Beirat der Firma Wolff und Müller, die den Nordflügel des Bahnhofs abgerissen hat und die ganz ohne Ironie den Slogan verwendet: ›Mit uns die Zukunft bauen‹, saß der Erste Bürgermeister Stuttgarts. Jetzt mal ehrlich: Wie nennst du das, wenn nicht Korruption?«

Dengler wusste nicht, was er sagen sollte.

»Weißt du«, sagte Jakob nachdenklich, »wenn die Schwaben ›Lügenpack‹ rufen, dann tun sie das nicht leichtfertig. In diesem Fall ist es eher das Ergebnis von Erfahrung und Analyse.

Es ist die Feststellung eines Sachverhalts. Das ist ein Lügen-pack.«

★★★

»Ich verstehe nicht, warum ihr so fanatisch gegen diesen Bahnhof seid«, sagte Dengler am Abend zu Martin Klein.
»Ich meine, es ist nur ein Bahnhof. Und die Stadt steht Kopf. Warum?«
Martin Klein rückte seine Brille zurecht und sah Dengler an.
»Mit Stuttgart 21 chaotisiert die Bahn AG die Stadt. Von den bisherigen sechzehn Gleisen sollen noch acht bestehen blei-ben. Und die sollen für 4,5 Milliarden Euro unter die Erde gebracht werden. Acht Gleise, damit wäre der Stuttgarter Bahnhof dann so groß wie der von Ulm. Aber er hat ein Vielfaches an Zugverkehr zu bewältigen. Kurzum: Dieser geplante Bahnhof funktioniert nicht. Er chaotisiert den Bahnknoten Stuttgart.«
»Martin, ich bitte dich. Warum sollte ausgerechnet die Bahn den Stuttgarter Verkehrsknoten … wie sagst du?«
»Chaotisieren?«
»Ja. Warum sollte das die Bahn machen? Die wollen doch wohl, dass die Züge reibungslos laufen. Das macht doch keinen Sinn.«
»Die Ingenieure der Bahn wissen das genau. Was glaubst du, woher die Stuttgart-21-Gegner ihre Insiderinformationen haben?«
»Sorry, Martin. Ich kann das einfach nicht glauben.«
»Na, Georg, denk mal nach, der kleinere Mannheimer Bahn-hof hat zehn Gleise. Karlsruhe, auch weniger Verkehr, hat sechzehn. Selbst Freiburg hat dann eine größere Kapazität als der geplante Stuttgarter Bahnhof. Stuttgart 21 ist daher, wie die Fachleute das sagen, ein Rückbau der Infrastruktur. Es wird keine Freude mehr sein, nach Stuttgart zu reisen oder von hier aus die Bahn zu benutzen.«

»Martin, mal angenommen, du hast recht: Warum, um Gottes willen, soll die Bahn Stuttgart chaotisieren?«

»Wegen dem Geld. Die Bahn hat auch Berlin wegen Geld chaotisiert. Die haben da nur wenig Hemmungen. Die S-Bahn Berlin GmbH musste Geld an den Mutterkonzern, also an die Bahn AG, überweisen, als diese schon lange nichts mehr in Berlin investiert hat und das Berliner Verkehrschaos offenen Auges angerichtet hatte.«

»Sorry, aber das passt doch auf Stuttgart nicht. Hier investiert die Bahn doch.«

»Nein. Die Bahn verdient. Das Bauen selbst, die Streckenführung und so weiter sind Bundesangelegenheiten. Das bezahlt der Bund. Also, das zahlen du und ich in unserer Eigenschaft als Steuerzahler. Die Bahn bekommt von der Bausumme 15 Prozent für die Planung der Arbeiten. Deshalb verdient die Bahn umso mehr, je teurer die Projekte sind. Sie hat immer die 15 Prozent im Auge. 4,5 Milliarden für den Bahnhof sind ein prima Geschäft für die Bahn.«

»Aber du sagst doch, dass der Bahnhof nach rein verkehrstechnischen Gesichtspunkten nicht funktioniert.«

»Nun, das wird so kommen, aber dann ist keiner mehr vom heutigen Bahnvorstand im Amt. Jeder, der heute für dieses Projekt verantwortlich ist, verzehrt dann die Rente.«

»Also Martin, du meinst, diese Leute sind so …«

»Du meinst: unverantwortlich?«

»Ja.«

»Das sind sie. Wenn man es höflich ausdrückt.«

»Ich kann mir nicht denken, dass Leute in solchen Positionen nur ans kurzfristige Geld denken.«

»Etwas anderes haben sie nicht gelernt, Georg. Was glaubst du denn? Ein Beispiel: Warum gibt es bei der Bahn so viele Tunnels? Und warum wollen sie auf der Strecke nach Ulm über sechzig Kilometer Tunnels bauen?«

»Keine Ahnung.«

»Tunnels sind teuer zu bauen und billig zu planen. Ein Bombengeschäft für die Bahn. Da kann man ruhig schon mal ein paar Schüler von der Polizei verprügeln lassen, oder? Glaub mir: Die Deutsche Bahn AG ist ein durch und durch verdorbener Konzern.«

51. Nur Mut

»Nur Mut«, sagte Maria Marksteiner und schob Finn Kommareck durch die breite Holztür in die Praxis von Dr. Rapp. Finn lächelte unsicher.

»Das ist ein guter Arzt«, sagte Maria. »Ich kenne ihn, seit ich ein Kind war. Und er hat alles für meinen Vater getan.«

»Hallo, Frau Marksteiner«, sagte die Sprechstundenhilfe hinter dem Empfangstresen. »Heute Morgen habe ich Sie auf dem Bahnhof in Potsdam gesehen. Ich habe Ihnen gewunken, aber Sie haben mich nicht gesehen. Was kann ich für Sie tun?«

»Ich bringe Ihnen eine neue Patientin«, sagte Maria und schob Finn vor den Tresen.

Wie ein Wächter saß sie später im Wartezimmer neben ihrer Chefin.

Dr. Rapp war um die sechzig Jahre alt, ein kleiner, freundlicher Mann mit grauen Haaren und einer wuchtigen schwarzen Brille. Er nahm sich viel Zeit, fragte Finn nach ihren bisherigen Krankheiten, nach ihrem Beruf, machte sich Notizen.

»Wir müssen eine Darmspiegelung machen, und zwar dringend«, sagte er zwanzig Minuten später. »Wir machen schnell einen Termin. Es ist wirklich wichtig.«

***

»Wenn du willst, komm ich wieder mit, zur Spiegelung und wenn du die Ergebnisse abholst«, sagte Maria, als sie zurück ins Präsidium fuhren.

Finn knurrte etwas, was weder nach Zustimmung noch nach Ablehnung klang.

»Ich weiß, es war gegen deine Grundsätze, dass ich mich in dein Privatleben eingemischt habe. Sorry.«

»Schließlich sind wir hier nicht sonntagabends im Tatort«, sagten beide gleichzeitig und lachten.

»Die werden schon nichts finden.«

»Sag mal, darf ich mal fragen, was du eigentlich heute Morgen in Potsdam gemacht hast? Du wohnst doch in Friedrichshain.«

»Ich habe da jemanden getroffen«, sagte Maria.

»Ok. Geht mich nichts an.«

»Er ist verheiratet.«

»Was?«

»Er ist verheiratet. Der Mann, den ich da treffe, ist verheiratet. Wir kennen uns schon seit drei Jahren. Er arbeitet in Potsdam, und am Wochenende fährt er zu seiner Familie nach Hause. Er wohnt in Andernach.«

»Wo ist denn das?«

»Irgendwo am Rhein. Er hat zwei Kinder.«

Sie schwiegen.

Wie lange arbeiteten sie nun schon zusammen?

Die schöne Maria. Sie könnte jeden haben.

»Wie geht's dir damit?«, fragte Finn.

Maria sah sie an und strahlte.

»Ich bin glücklich«, sagte Maria. »Ich bin mit dem Mann zusammen, den ich liebe. Ich liebe meine Arbeit. Ich bin froh, mit dir zu arbeiten. Ich bin ein glücklicher Mensch.«

Sechs Jahre! Seit sechs Jahren waren sie ein Team, dachte Finn Kommareck. Mehr noch: Maria stand ihr von allen Kollegen am nächsten. Und sie wusste nichts von ihr.

»Guckst du mich jetzt schräg an?«

Finn schüttelte den Kopf.

»Das Leben ist so verschieden. So … unterschiedlich. Ich denke gerade darüber nach, wie wenig ich davon verstehe.«

Sie schwiegen.

»Es war gut, dass du heute dabei warst«, sagte Finn.

52. Mappus weg

»Oben bleiben, oben bleiben«, riefen die Demonstranten.

»Der Tiefbahnhof ist ein Milliardengrab«, stand auf einem Transparent.

»Mappus weg! Mappus weg!«

»Der wird abgewählt bei der Wahl im März«, sagte Martin Klein.

»Kein Bundesland hat einen so schlimmen Ministerpräsidenten wie wir«, sagte Mario.

Eine Rednerin verlangte, dass die Landesregierung sich für den übermäßigen Polizeieinsatz entschuldigen solle. Der Ministerpräsident hatte erklären lassen, er habe keinen Einfluss auf die Arbeit der Polizei genommen.

»Lügenpack«, skandierten Zehntausende.

Der Polizeipräsident Siegfried Scharf übernahm die alleinige Verantwortung für den Einsatz. Einflussnahme des Ministerpräsidenten habe es nicht gegeben. Besprechungen aber schon.

»Lügenpack, Lügenpack.«

»Die Landtagswahlen werden entscheiden, wie es weitergeht mit Stuttgart 21«, sagte Martin Klein.

»Diese Latsch-Demos bringen nix«, sagte Mario. »Wir müssen endlich die Baustellen blockieren.«

»Mario, das schadet uns nur. Guck doch mal, wie viele ganz

normale Leute hier sind. Damen in Pelzmänteln. Architek-
ten, die mit dem Cayenne zur Demo fahren. Guck mal, wie
viele Daimler mit Aufklebern gegen Stuttgart 21 durch die
Stadt fahren. Die haben früher CDU gewählt, und vielleicht
machen sie es immer noch. Die schreckst du mit Blockaden
ab.«

Der Demonstrationszug war vom Bahnhof durch die Stadt
gezogen. Jetzt versammelte sich eine unübersehbare Menge
auf dem Schlossplatz. Junge Leute standen an der Ecke, an
der die Bolzstraße auf den großen Platz mündete, und regis-
trierten mit Handzählgeräten und aufmerksamen Gesichtern die Demonstranten.

Dengler suchte Jakob.

Er sah ihn am Eingang vor dem Kunstmuseum stehen. Aber
als er sich durch die Menschenmenge durchgewühlt hatte,
war sein Sohn nicht mehr dort.

Vielleicht ist er in den obersten Stock gefahren, dort hat man
einen guten Überblick über den Platz.

Dengler fuhr mit dem Aufzug in das Restaurant im obersten
Stock des modernen Glaskubus.

Der überfüllte Schlossplatz war von oben gut zu sehen. Direkt vor der großen Panoramascheibe standen vier Polizisten und schauten auf die Demonstration hinunter.

Dengler widerstand dem spontanen Impuls, die Kollegen zu
begrüßen.

Die ehemaligen Kollegen, rief er sich ins Gedächtnis.

Die Polizisten diskutierten miteinander. Dengler stand
neben ihnen und schaute hinunter. Vielleicht entdeckte er
Jakob.

»Von der ersten Säule bis zum vierten Baum in der ersten Reihe, das müssten doch hundert Meter sein«, sagte der Polizist,
der genau vor der Scheibe stand und nach unten starrte.

»Das kommt hin«, sagte sein Kollege.

»Und bis zur letzten Baumreihe vor dem Kiesweg, das sind
doch zweihundert Meter, oder?«

»Kann sein«, gab sein Kollege zu.

»Also dann stehen auf diesem Quadrat zweitausend Demonstranten«, sagte der Polizist und schrieb etwas in einen Notizblock.

»Was schätzt du, Horst, wie viele solcher Quadrate sind von Demonstranten gefüllt?«

»Schwer zu sagen. Also ich sag mal: zehn.«

»Eher fünfzehn«, sagte der Polizist, der bisher geschwiegen hatte.

Er hatte kurze rote Haare und sah aus wie ein Ire.

»Ok. Dann halten wir fest. 12,5 mal 2000 – das sind also heute 25 000 Demonstranten.«

»Das sieht aber irgendwie nach verdammt viel mehr aus.«

»Das ist sowieso alles Scheiße, was wir hier machen«, sagte der rothaarige Polizist.

»Wieso?«

»Also, ich hab gehört, der Polizeipräsident fragt jedes Mal im Innenministerium an, wie viele Demonstranten er der Presse melden soll.«

»Und die halbieren dann die Zahl, die die Veranstalter gezählt haben.«

»Und wozu machen wir uns dann hier die Arbeit?«

»Keine Ahnung.«

»Mappus weg!« Die Rufe der Demonstranten waren hier oben gut zu hören. »Lügenpack, Lügenpack.«

***

Am Abend saßen Dengler, Olga und Martin Klein in dessen Wohnzimmer und sahen das *Heute-Journal* an. Marietta Slomka interviewte den Ministerpräsidenten.

»*Deshalb war es auch immer unser Anliegen, den Dialog zu suchen*«, sagte Mappus.

Dengler dachte an die Gesichter der Kids. An ihre von Pfefferspray getroffenen Augen. Er dachte an den Mann, dem die Schützen des Wasserwerfers das Augenlicht zerstört hatten.

»Er lügt«, sagte Dengler.

»Es ist unbestritten, dass Flaschen geflogen sind.«

»Er lügt dreist. Die Tausende, die dabei waren, kennen die Wahrheit. Er belügt die Millionen vor den Fernsehern«, sagte Klein.

»Die Polizei hat reagiert, nicht agiert.«

Dengler verstand nun, warum die Stuttgarter »Lügenpack« riefen.

53. Dengler und Kommareck

Am nächsten Tag flog Dengler mit einer frühen Maschine nach Berlin. Auf dem Flug las er den Artikel im *Stern*. »Wir können alles – außer Bahnhof«, hatte Arno Luik den Artikel überschrieben.

Ein Mann um die vierzig im Anzug saß neben ihm, ein Geschäftsreisender offensichtlich.

»Ich war eigentlich immer für den Bahnhof«, sagte er. »Aber seit dem Polizeieinsatz bin ich strikt dagegen. Wer solche Mittel einsetzt, kann auch in der Sache nicht recht haben.«

Dengler reichte ihm den *Stern*.

***

Pünktlich um elf Uhr öffnete sich die Tür zum Vernehmungsraum, und Finn Kommareck setzte sich ihm gegenüber.

Sie sieht blass aus, dachte Dengler.

Er konnte sich gut vorstellen, dass sie unter großem Ermittlungsdruck stand. Zwei zusammenhängende Morde, einer davon unter den Augen der Polizei, große Öffentlichkeit und immer noch keine Festnahme.

»Wir suchen diese Mappen«, sagte Kommareck.

Sie legte drei verschiedenfarbige Mappen auf den Tisch, eine rote, eine grüne, eine braune.

»Wie sahen die Mappen aus, die Sie bei Voss gesehen haben?«

»Rot«, sagte Dengler und zeigte auf die rote Mappe.

»Erinnern Sie sich an eine Beschriftung?«

»Nein.«

»Hatten Sie Gelegenheit, sich den Inhalt anzuschauen?«

»Nein.«

»Voss hatte zwei davon in der Hand, als Sie ihn am Aufzug sahen?«

»Ja.«

»Und als Sie ihn im Keller sahen, trug er sie nicht mehr bei sich?«

»So ist es.«

»Er könnte sie also im Keller versteckt haben.«

»Das nehme ich an.«

»Sie könnten die Mappen an sich genommen haben.«

»Sie haben mich festnehmen lassen. Da hatte ich keine Mappen dabei.«

»Vielleicht haben Sie sie versteckt.«

»Sie haben sicherlich den ganzen Keller untersucht.«

»In der Tat.«

»Und?«

»Sie sind nicht mehr da.«

»Also hat der Mörder sie mitgenommen.«

»Vielleicht. Vielleicht auch jemand anderes.«

»Ich habe sie nicht.«

»Hat Voss Jasmin Berner ermordet? Was denken Sie, Dengler?«

»Er könnte es gewesen sein. Es könnte aber auch eine Falle

gewesen sein. Es könnte eine gute Inszenierung gewesen sein ...«

»Bis auf das Sperma, nicht wahr?«

»Ja. Dr. Lehmann und ich haben ihn befragt. Er hatte keine Erklärung.«

»Danke. Danke, dass Sie gekommen sind.«

»Das war's?«

»Ja. Vielen Dank.«

»Deshalb haben Sie mich aus Stuttgart anreisen lassen?«

»Ich wollte mir ein Bild von Ihnen machen. Sie müssen das Protokoll noch unterschreiben. Die Reisekosten werden Ihnen erstattet. Draußen im Sekretariat erhalten Sie ein Formular ...«

»Auch wenn Sie mich nicht leiden können, ich halte Sie für eine gute Polizistin.«

»So? Wie komme ich zu der Ehre?«

»Ich habe die Akten gelesen. Auch die Spurenakten. Sie haben gut gearbeitet.«

»Das Formular, wie gesagt, bekommen Sie draußen bei der Sekretärin.«

***

»Ich hab die Geschichte schon so oft erzählt«, sagte der Kellner, »der Polizei und den Gästen. Sie sind von der Polizei?« Dengler nickte unbestimmt. Er bestellte ein Bier.

Seine Maschine startete erst in drei Stunden. Er war in die K-Bar am Savignyplatz gefahren, in der die Brüder Voss an jenem verhängnisvollen Abend einen Absacker genommen hatten.

»Ich bin Jack«, sagte der Barmann. »Jack – kommt von Jack Daniels. Wissen Sie, wer das trinkt?«

»Keith Richards.«

»Hey, Sie kennen sich aus. Und Frank Sinatra. Dem hat die Firma sogar ein paar Fässer geweiht. Waren nur für ihn.

Dann hat man es geschafft, Mann. Wenn Jack Daniels einem ein paar Fässer reserviert.«

Jack dachte nach.

»Klar. Ihre Kollegen haben mich ständig gelöchert wegen den beiden. Sie saßen hier an der Bar, die beiden Männer. Tranken zwei oder drei Biere und redeten. Medizinmänner. Redeten nur über Medikamente. Stritten sich sogar.«

»Über was?«

»Ja, vielleicht ist streiten zu viel gesagt. Sie hatten wohl unterschiedliche Auffassungen, diskutierten halt. Der Ältere, der jetzt ja umgelegt worden ist, hatte auch einiges intus.«

»Waren die beiden öfters mal hier?«

»Nein. Nur der Ältere«

»Allein?«

»Nein. Mit seiner Frau. Tolle Frau, übrigens. Also ich verstehe nicht, wenn einer so eine Frau hat, warum der dann ein Schulmädchen braucht. Verstehen Sie das?«

»Nein. Was kostet das Bier?«

»Geht aufs Haus. Für die Polizei doch immer.«

***

»Was wissen wir über Voss?«

»Ein Vorzeigebürger«, sagte Schöttle, der alle Ermittlungsergebnisse aus dem Umfeld von Voss bündelte. »Anerkannter Professor. Arbeitete ehrenamtlich in verschiedenen Gremien der Charité. Er war Mitglied bei den Rotariern. Spendete für allerlei soziale Institutionen. Wäre wirklich Anwärter auf einen Orden, wenn er nicht ein kleines Mädchen vergewaltigt und erschlagen hätte.«

»Also noch mal von vorne. Wir haben irgendetwas übersehen.«

***

»Ich war heute übrigens beim Arzt.«

»Muss ich mir Sorgen machen?«

Daniel Kommareck kam sofort aus der Küche und stand nun im Türrahmen ihres gemeinsamen Arbeitszimmers. Er hatte die rot-weiß karierte Schürze umgebunden, die er meistens trug, wenn er kochte. Im Moment spülte er das Geschirr. Nun stand er in der Tür, eine steile Falte in der Stirn, die Schürze um, in der einen Hand hielt er die große Pfanne und in der anderen eines der blauen Trockentücher, von denen Finn einen ganzen Stapel von IKEA mitgebracht hatte.

Sie lächelte ihn an.

»Nein«, sagte sie. »Mach dir keine Sorgen. Reine Routine.«

»Verstehe. Frauensachen, nicht wahr?«

»Genau. Frauensachen.«

Er kam näher.

»Gerade hätte ich das Bedürfnis nach einer Untersuchung meiner hinreißend schönen Frau.«

Sie lachte.

»Ich muss Akten lesen. Die Untersuchung war schon.«

»Mann oder Frau?«

»Was?«

»Hat dich ein Mann oder eine Frau untersucht?«

Eine ganze Horde von Männern, dachte sie.

Aber sie sagte: »Ich hab 'ne echt nette Ärztin.«

»Sonst wär' ich eifersüchtig wie ein … Ach, ich weiß auch nicht, wie wer. Aber jedenfalls ziemlich eifersüchtig.«

Pfeifend schlenderte er zurück in die Küche.

Finn wandte sich wieder den Akten zu, die sie in Voss' Büro sichergestellt hatten, und den Dateien, die sie auf Voss' Computer gefunden hatten.

Voss war fleißig gewesen. Er schien viel gearbeitet zu haben. Manche E-Mails hatte er noch abends nach zehn Uhr von seinem Büro aus verschickt.

Schöttle hatte recht. Er arbeitete in verschiedenen Kommis-

sionen, oft ehrenamtlich. Er setzte sich bei den Forschungsergebnissen der Charité für eine Sozialklausel ein und leitete
eine entsprechende Arbeitsgruppe. Er war bis vor einigen
Monaten Präsident eines rotarischen Clubs gewesen und
hielt dort oft Vorträge. Unentgeltlich.

Er verdiente gut.

Ein erfülltes Leben, dachte Finn Kommareck.

Aber irgendwo gab es einen dunklen Punkt. Irgendwann
hatten Ansehen, Geld und Wissen nicht mehr gereicht.

Was hatte Voss gefehlt?

Wann hatte er die Defizite gespürt?

Was haben wir nur übersehen, dachte sie.

Dann schlief sie ein.

Als Daniel aus der Küche kam, fand er seine Frau fest schlafend, den Kopf auf dem Schreibtisch liegend. Er hob sie
sachte auf und trug sie hinüber ins Schlafzimmer.

54. Anonyme Meldung

Zum ersten Mal seit Tagen lief Finn Kommareck am Morgen
auf der Abschlussgeraden im Tiergarten wieder schneller als
Daniel. Sie freute sich darüber wie ein Kind. Daniel nahm sie
in den Arm und küsste sie.

»Na, hast du dein kleines Formtief überwunden und deinen
trägen Ehemann wieder in die Schranken gewiesen.«

Sie lachte verlegen und schämte sich ein bisschen, weil sie
sich über ihren Erfolg so sehr freute.

Daniels Renault war zur Inspektion, und so fuhren sie zu
zweit in ihrem Audi ins Präsidium. Auf dem Weg erreichte sie die Nachricht. Eine anonyme Meldung war per Mail
eingegangen: *Der Stuttgarter Privatermittler Georg Dengler hat*

Bernhard Voss umgebracht. Die Tatwaffe befindet sich noch in seiner Wohnung.

Sie klemmte das Blaulicht aufs Dach und gab Gas.

***

Es herrschte eine gespannte Stimmung in der Konferenz.

Der Oberstaatsanwalt war froh, dass endlich eine heiße Spur in diesem Fall vorlag. Dahlheimer berichtete, dass die E-Mail in Stuttgart aufgegeben worden war. Sie sei zurückverfolgt worden zu einem Internetcafé am Schlossplatz. Die Stuttgarter Kollegen würden bereits prüfen, ob sich die Person noch ermitteln ließe. Das sei aber schwierig, es sei ein ziemlich großes Café mit über zwanzig Computern.

Schöttle koordinierte den geplanten Zugriff mit den Kollegen vom Polizeipräsidium. Er hatte einen Schlips umgebunden. Kommareck fiel auf, dass er das jedes Mal tat, wenn der Oberstaatsanwalt sie mit seiner Anwesenheit beehrte.

Er ist jung, dachte sie. Er will noch etwas werden.

Und sie? Was würde aus ihr werden?

In drei Tagen waren die Ergebnisse ihrer Untersuchung da. Sie beschloss, zum zweiten Arzttermin allein zu gehen. Auf Marias Unterstützung würde sie diesmal verzichten.

»Kommareck, ich möchte, dass Sie und Ihr Team in Stuttgart dabei sind.«

»Hat sich schon mal jemand Gedanken gemacht über das Motiv?«, fragte Maria. »Warum sollte Dengler Voss erschlagen?«

»Er scheint eine ziemlich komplizierte Persönlichkeitsstruktur zu haben«, sagte der Oberstaatsanwalt. »Er war früher beim BKA und hat dann gekündigt. Er galt als Einzelgänger. Ein Sonderling. Wir werden reichlich psychische Deformationen finden.«

Er rümpfte die Nase.

»Ein handfestes Motiv wäre mir lieber«, sagte Maria.

»Psychische Deformation ist ein handfestes Motiv«, sagte Schöttle und sah zum Oberstaatsanwalt, der zustimmend nickte.

Der Beginn der Durchsuchung wurde auf 21 Uhr festgelegt.

55. Flucht (1)

Es war dunkel geworden.

Polizisten in Zivil standen vor dem *Basta*, Polizisten in Zivil standen am Anfang und am Ende der Wagnerstraße. Junge Männer in Jeans und schwarzen Turnschuhen. Zivile Kräfte sicherten den Garten im Innenhof.

Hauptkommissar Weber kommandierte den Einsatz.

»Ich prophezeie Ihnen, dass Sie die Mordwaffe nicht finden werden, Frau Kollegin. Ich kenne Dengler. Er hat manchmal merkwürdige Ansichten, aber er ist kein Mörder.«

»Das Gleiche habe ich hundertmal von Professor Voss gehört, Herr Kollege. Ehrenwerter Bürger unterstützt ehrenwerte Projekte. Die Zeugen sagen: Das können wir uns gar nicht vorstellen, der nette Nachbar, der nette Arbeitskollege, der treue Gatte, der sorgende Familienvater – das ist Standard bei jedem Sittlichkeitsdelikt. Der Spießer ist brutal, glauben Sie mir.«

»Nur – Dengler ist kein Spießer.«

»Sondern?«

»Er ist – Dengler. Weder der verklemmte Psychopath noch der Spießer, den Sie eben beschrieben haben. Wenn er noch bei der Polizei wäre, würde ich sagen – ein guter Polizist.«

Finn Kommareck machte ein wegwerfende Handbewegung.

»Er ist ein arrogantes Arschloch.«

Weber schwieg.

»Ist der Schlosser da?«, fragte Kommareck.

»Ja. Er wartet auf meinen Befehl.«

In diesem Augenblick flammte Licht in Denglers Büro an.

»Sieh an. Der ehemalige Kollege ist zu Hause. Fein.«

»Zugriff«, befahl Weber in sein Mikrofon.

Und seufzte.

★★★

Martin Klein seufzte auch. Gerade legte er die neuste Broschüre des Aktionskomitees gegen Stuttgart 21 auf Denglers
Schreibtisch. Klein hatte sich vorgenommen, Dengler regelmäßig zu den Demos mitzunehmen. Er wusste, das würde
schwer werden.

Er ist halt ein Beamter, dachte er. Obwohl viele Beamte bei
den Montagsdemos mitliefen.

Klein hatte einen Schlüssel von Denglers Büro. Wenn Dengler verreist war, goss er die beiden kleinen Olivenbäume,
die Dengler an den Fenstern zur Wagnerstraße aufgestellt
hatte.

Klein seufzte erneut.

Er drehte sich um, öffnete die Tür zum Flur – und sah in
die Mündung zweier Pistolenläufe. Er hob erschrocken die
Hände.

Zwei vermummte Polizisten durchsuchten ihn.

»Sind Sie Georg Dengler?«

Er schüttelte den Kopf.

»Das ist er nicht.«

Eine jüngere Frau kam auf ihn zu. Sie ging an ihm vorbei
und öffnete die Tür zu Denglers Büro.

»Wer sind Sie?«, fragte ein Polizist.

»Martin Klein. Ich bin der Nachbar. Ich gieße die Pflanzen
im Büro. Ich wohne nebenan.«

»Gehen Sie in Ihre Wohnung. Wir rufen Sie, wenn wir Sie brauchen.«

Er gab einem nachrückenden Kollegen ein Zeichen.

»Begleiten Sie den Mann. Sorgen Sie dafür, dass der niemanden warnen kann.«

Klein ging vorsichtig zurück in seine Wohnung. Ein Polizist im Kampfanzug folgte ihm. Klein marschierte sofort ins Bad. Er kramte aus seiner Hosentasche sein altes Handy hervor. Seine Finger zitterten, als er Dengler eine SMS schickte.

✳✳✳

Dengler und Olga standen neben der Treppe am Eingang des Schellenturms. Von hier aus konnten sie die gesamte Wagnerstraße überblicken. Sie sahen die beiden Polizeiwagen, deren Blaulicht die Straße beleuchtete. Und sie sahen Denglers hell erleuchtetes Fenster.

Sie hatten im *Mozart 3* zu Abend gegessen, das Restaurant hatte einen neuen Koch bekommen, und Mario hatte das Lokal empfohlen. Während Dengler eine Bouillabaisse löffelte, erreichte sie Martin Kleins Nachricht. Sie zahlten sofort, liefen die Olgastraße hinunter bis zu dem Platz, auf dem sie nun standen.

»Ich gehe dahin. Ich will wissen, was die von mir wollen.«

Olga hielt ihn am Arm.

»Du gehst nirgendwohin. Solange ich nicht weiß, was die von dir wollen.«

Sie zog ihr Handy aus der Tasche und wählte Kleins Nummer.

✳✳✳

Ein Polizist saß Martin Klein gegenüber und beobachtete ihn. Klein sah Olgas Nummer auf dem Display. Er nahm das Gespräch an.

»Hallo Tante Berta«, sagte er und nickte dem Beamten beschwichtigend zu.

»Weißt du, was die Polizei von Georg will?«

»Nein, Tante Berta, ich kann nicht am Wochenende zu dir kommen. Es geht wirklich nicht.«

Der Polizist schmunzelte.

»Martin, hier spricht Georg. Hast du eine junge Beamtin gesehen? Schmal, blond, energisch.«

»Ja, Tante Berta, das klappt sicher an Weihnachten. Jetzt muss ich auflegen. Ich habe Besuch. Ja, ich vergesse dich nicht. Bis bald.«

***

Schöttle hielt das Rohr mit seiner behandschuhten rechten Hand und schob es vorsichtig in die durchsichtige Plastikhülle.

»Hinter der Heizung!«, sagte er. »Wie blöd muss der Kerl sein? Er muss sich verdammt sicher gefühlt haben.«

»Ein guter Polizist?«, sagte Finn Kommareck zu Weber. »Sind Sie immer noch dieser Meinung?«

»Ich gebe die Fahndungsmeldung raus«, sagte Weber und verließ Denglers Büro.

***

»Auf keinen Fall. Georg, Du gehst da nicht hin.«

»Ich habe nichts getan. Die Berliner Kommissarin kann mich nicht leiden, das schon, aber …«

»Auf keinen Fall. Heute Nacht gehen wir in ein Hotel.«

»Und da suchen sie mich nicht?«

»Nicht in diesem Hotel.«

***

Für die Morgenausgaben der Zeitungen kam die Presse-
meldung der Polizei zu spät, aber die Online-Medien über-
schlugen sich.

»Tatwaffe im Fall Jasmin sichergestellt«, schrieb *Spiegel online*.
Die *Stuttgarter Zeitung* brachte auf ihrer Website ein Foto der
nächtlichen Wagnerstraße – in das gespenstische Blaulicht
der vielen Polizeifahrzeuge getaucht.

»Stuttgarter Privatdetektiv Doppelmörder?«, fragte *Bild online*.

Dengler und Olga saßen auf der Terrasse im Café und lasen
die Meldungen der Medien auf Denglers iPhone.

»Ich bin fassungslos«, sagte Dengler.

»Du musst verschwinden«, sagte Olga. »Und mach das
Gerät aus. Die suchen dich bestimmt auch auf diesem
Weg.«

Dengler schaltete das Gerät aus und nahm die Chipkarte
heraus.

»Du traust dieser Kommissarin?«

»Sie ist eine gute Polizistin.«

»Gut. Dann musst du dich verstecken, bis sie die Wahrheit
herausgefunden hat.«

»Sie wird sich als Erstes fragen, was für ein Motiv ich gehabt
haben soll. Es gibt keines.«

»Jemand opfert dich als Sündenbock.«

»Olga, ich muss mich verteidigen! Wenn ich auf der Flucht
bin, sieht es so aus, als …«

»Erst mal verschwindest du. Erinnerst du dich an Marta?
Meine Freundin, die wir in Berlin getroffen haben.«

»Sicher.«

»Ich werde sie um Hilfe bitten.«

Sie zahlten und gingen die Straße hinauf zur Königstraße.
An einer öffentlichen Telefonzelle telefonierte Olga.

»Marta wird dich verstecken«, sagte sie, als sie das Gespräch
beendet hatte. »Aber du musst etwas wissen. Marta arbeitet
als Domina.«

»Warum muss ich das wissen?«

»Sie wird dich in ihrem Studio verbergen.«

56. Fünfter Tag (3)

»Was ich nicht verstehe«, sagte Henry. »Sie müssen diese neuen Medikamente doch irgendwie zulassen. Die werden doch sicher geprüft. Oder nicht?«

Assmuss hatte rotgeäderte Augen. Auch Nase und Wangen waren rot. Der schwere italienische Rotwein wirkte. Er stützte den Kopf in beide Hände.

»Ja sicher. Wir müssen den Nachweis führen, dass das Medikament wirkt. Wenn wir das nachweisen, wird es zugelassen. Die Behörde ist die Europäische Arzneimittelagentur. EMA steht für *European Medicines Agency*. Sprechen Sie Englisch, Henry?«

»Nicht fließend. Ich kann mich verständigen.«

Wieder eine kleine Information, die dir das Genick brechen wird. Wenn ich erst mal hier draußen bin.

»Wir führen Studien durch. Die EMA prüft sie. Und entscheidet. Das ist ein eingespieltes Verfahren.«

Fragen Sie ihn, wer diese Studien finanziert.

»Wer finanziert diese Studien?«

»Das ist unterschiedlich. Ein Großteil dieser Studien und klinischen Tests wird von uns, also der pharmazeutischen Industrie bezahlt. Andere bezahlt die öffentliche Hand: Universitätskliniken.«

Fragen Sie ihn, ob die Industrie Einfluss auf die Ergebnisse dieser Studien nimmt.

»Nehmen Sie Einfluss auf die Ergebnisse dieser Studien, wenn Sie sie bezahlen?«

»Nun, das ist nicht so einfach. Da gibt es hohe wissenschaftliche Standards, die wir einhalten müssen.«

»Das beantwortet meine Frage nicht.«

»Es gibt ja diese Studie über die Studien. Kennen Sie die?«

»Nein.«

Noch eine kleine Information, die für deine Verhaftung vielleicht wichtig ist, Henry.

»Nun, diese Studie über die Studien besagt, dass die klinischen Tests, die von der pharmazeutischen Industrie bezahlt werden, häufiger zu einem positiven Ergebnis über die zu testenden Medikamente kommen als die Studien, die ohne uns finanziert werden.«

»Und? Wie nehmen Sie Einfluss?«

Assmuss schwieg. Er hatte den Kopf gesenkt. Seine Kiefernmuskeln bewegten sich auf und ab. Es arbeitete in dem schweren Mann.

»Wir können uns morgen weiter unterhalten«, sagte Henry. »Vielleicht brauchen Sie eine Pause.«

Assmuss hob den Kopf und starrte Henry an.

»Ich will hier raus«, schrie er. »Ich brauche keine Pause.«

»Gut. Wie Sie wollen. Also zurück zu den Studien. Wie nehmen Sie Einfluss?«

Assmuss atmete schwer.

»Nun, wir haben da natürlich langjährige Erfahrungen. Die Ergebnisse fallen verschieden aus, je nachdem, was gefragt wird oder was nicht gefragt wird. Wichtig ist die Auswahl der Patienten, welche ein- oder ausgeschlossen werden. Wichtig ist auch, womit verglichen wird.«

»Geht es noch etwas genauer?«

»Wenn wir eine schwache Substanz haben oder eines unserer Nachfolgeprodukte, dann vergleichen wir sie mit einem Placebo. Dann stellt sich eine gewisse Wirkung fast von allein ein, und wir haben den Nachweis, den wir für die EMA brauchen.«

Assmuss schwieg.

Henry sagte: »Also, ich habe keine Lust, Ihnen jeden Wurm einzeln aus der Nase zu ziehen. Entweder Sie reden jetzt oder schmoren weiter hier in Ihrer Höhle. Vielleicht finden Sie's ja gemütlich hier.«

Assmuss warf ihm einen Blick zu, in dem Henry nur das Weiße von Assmuss' Augen sah.

»Wir dosieren den Wirkstoff niedriger, dann treten weniger Nebenwirkungen auf. Wir nehmen junge Testpersonen, auch bei denen treten Nebenwirkungen seltener auf als bei älteren oder Kranken.«

»Testen Sie Krebsmedikamente an Personen, die die Krankheit erst im Anfangsstadium haben?«

»Was werfen Sie mir vor, Henry? Das machen alle so. Warum haben Sie mich genommen? Warum nicht irgendeinen meiner Kollegen? Warum ich?«

Er schluchzte.

Vielleicht war es der Rotwein, vielleicht Verzweiflung. Plötzlich standen Tränen in den Augen des mächtigen Mannes.

»Warum ich, Henry? Ich arbeite, seit ich denken kann, in dieser Branche. Ich bin erfolgreich. Ich werde nicht kritisiert, außer von gewissen Journalisten. Ich habe das Verdienstkreuz. Ich speise im Kanzleramt. Ich bin ein angesehener Bürger dieses Landes. Wir spenden an die CDU. Wir spenden sogar an die SPD und ein bisschen an die Grünen. Was wollen Sie von mir?«

»Ich will nur verstehen, Assmuss. Mehr nicht.«

Assmuss seufzte.

»Warum lesen Sie dann nicht das *arzneimittel-telegramm*? Dort war zu lesen von einer Studie der Universität Edinburgh. Demnach räumten ein Drittel der befragten Forscher ein, dass sie Daten aufgrund eines Bauchgefühls fallen lassen. Sie verändern das Design der Studien, an denen sie arbeiten, sie verändern die Methode oder die Ergebnisse, oft wegen des Drucks, der von den finanzierenden Institutionen ausgeübt wird.«

»Und das macht auch *Peterson & Peterson*?«

»Ja. Aber Henry, ich kann es immer wieder sagen: *Peterson & Peterson* ist doch nicht alleine auf der Welt. Sie kennen doch die firmeninternen Schulungsunterlagen von *Pfizer*, die wegen Gerichtsverfahren in den USA bekannt wurden.«

»Nein, die kenne ich nicht.«

»Nun, vielleicht wurden die in Deutschland nicht so bekannt. Ich kenne einiges davon auswendig.«

»Ich höre.«

»*Die von Pfizer finanzierten Studien gehören Pfizer und nicht irgendjemandem. Der Zweck der Daten ist es, direkt oder indirekt den Verkauf unseres Produkts zu unterstützen.* So steht das da, Henry. Und so denkt jeder in der Branche. Und weiter heißt es: *Deshalb ist die Marketingabteilung immer einzubeziehen, wenn Studiendaten verbreitet werden.* So sieht's aus.«

»Weiter!«

»Nun«, sagte Assmuss resigniert, »wir veröffentlichen Studien nicht, wenn sie nicht die gewünschten Ergebnisse bringen. Oder wir brechen sie ab und setzen sie neu auf, vielleicht mit anderen Testpersonen, anderem Design oder anderen Fragestellungen.«

Oder anderen Dosierungen?

»Oder anderen Dosierungen?«

»Oder anderen Dosierungen. Ja, das auch. Studien sind Verkaufsargumente. Und wir wollen gute Verkaufsargumente. Ist das denn verwerflich? Veröffentlicht Daimler denn alle Ergebnisse der Crashtests? Legt die Bahn den Stresstest zu Stuttgart 21 nicht aus, wie sie ihn braucht?«

»Medikamente sind keine Autos oder Kugelschreiber oder Reisetickets. In meinem laienhaften Verständnis sollen Medikamente Krankheiten heilen, vielleicht sogar Leben retten. Ist es da nicht wichtig, auch negative Studien zu kennen?«

»Ich bin Geschäftsmann, Henry. Ich werde nicht danach bezahlt, wie viel Leben ich rette. Ich werde daran gemessen, ob ich vierzig Prozent Umsatzrendite mache. So einfach ist das. So sind die Verhältnisse. Und ich habe sie nicht erfunden.«

57. Fahndung

»Wir überwachen Denglers gesamtes Umfeld. Seine Freundin und seine Bekannten«, sagte Weber. »Wir holen sie zur Vernehmung. Wir werden verhindern, dass sie Kontakt zu ihm haben und ihm mit Geld oder Informationen helfen. Die Telefone werden überwacht. Die E-Mails kontrolliert. Der Bahnhof und der Flughafen werden überwacht. Jeder Polizist in der Stadt kennt Dengler. Wir tun, was wir können.«

»Gut«, sagte Finn Kommareck. »Dann werden Sie ihn bald verhaften.«

»Wir haben die Tatwaffe gefunden«, sagte Webers Stellvertreter, Hauptkommissar Joppich. Er steckte sich eine neue Zigarette an und betrachtete Finn Kommareck eingehend. »Das ist gut … Ich meine: Aber das ist nicht alles. Es kann doch genauso gut sein, dass irgendjemand Dengler die Waffe untergeschoben hat. Diese Möglichkeit dürfen wir nicht außer Acht lassen.«

Finn Kommareck zog genervt die Luft durch die Mundwinkel ein.

»Ich will ihn erst mal in Handschellen vor mir sitzen haben«, sagte sie. »Dann sehen wir weiter. Wichtig ist, dass der Druck auf sein gesamtes Umfeld aufrechterhalten wird. Ich muss nach Berlin zurück. OK Schöttle bleibt als Verbindungsmann bei Ihnen in Stuttgart.«

★★★

Zwei Tage später durchsuchten Schöttle und Weber die Wohnungen von Olga, Martin Klein und Mario. Sogar die Küche und die Kellerräume des *Basta* durchwühlten sie. Die Stuttgarter Polizei stellte ein Team von dreißig Beamten, die den Freundeskreis von Georg Dengler rund um die Uhr beschatteten.

58. Domina

Nein, wie eine Domina sah sie nicht aus. Aber was verstand er schon von Dominas? In seiner Fantasie waren Dominas dunkelhaarig und eher kräftig. Marta war nichts davon. Sie war blond, mit engelsgleich gewelltem Haar, sie war schmal, fast dünn. Dengler schätzte sie zwischen dreißig und vierzig.

Marta sah eher wie eine Yogalehrerin aus als wie eine Domina. Sie trug hellblaue Jeans, ein dunkelgrünes Niki-Shirt und einen blauen Umhang.

Sie trafen sich, wie verabredet, vor der großen Calder-Plastik am Schlossplatz vor dem Kunstmuseum. Dengler war nicht wohl zumute auf dem großen öffentlichen Platz. Eine Polizeistreife kam vorbei, aber die beiden jungen Polizisten, ein gut aussehender Mann und eine brünette Frau, beachteten ihn nicht.

Marta hatte ihren Wagen in einer nahegelegenen Tiefgarage geparkt. Während sie nun in Richtung Cannstatt steuerte, gab sie ihm die ersten Instruktionen.

»Du bleibst in unserer Küche sitzen«, sagte sie. »Immer. Unsere Kunden dürfen dich nicht sehen. Die mögen es nicht, wenn sie noch einen anderen Mann im Studio sehen. Dann geht es gleich so …« – sie hob den ausgestreckten Zeigefinger

nach oben und ließ ihn dann schlapp nach unten hängen –,
»und das ist geschäftsschädigend.«

»Ich bin dir wirklich dankbar«, sagte Dengler.

»Ist schon ok«, sagte sie. »Olga ist meine Freundin, und sie
hat mir schon mehr als einmal in schwierigeren Situationen
geholfen.«

Sie fuhr nun in die Tiefgarage eines unansehnlichen großen Wohnblocks und parkte auf einem reservierten Parkplatz.

»Wir arbeiten meist bis um zwei Uhr in der Nacht«, sagte sie.
»Manchmal, allerdings selten, wenn wir Partys veranstalten,
kann es schon mal bis in den frühen Morgen gehen. Erst
danach darfst du rauskommen. Bettzeug haben wir da. Wir
haben ein paar unterschiedliche Betten im Studio, einige
sind wohl benutzt. Aber du kannst auch auf der Streckbank
schlafen.«

Sie führte ihn durch einen schmalen Gang in den Hausflur.
Es roch nach fernöstlichem Essen.

»Wir haben in dem Haus noch andere exotische Mieter.«

Sie hörten Schritte, und ein Mann in einem weißen Kaftan
und einem schwarzen Vollbart kam mit schweren Schritten
die Treppe herunter. Er sah sie nicht an, wich aber auch auf
der Treppe nicht aus, sondern ging einfach weiter als würde
er Marta, die sich ans Geländer drückte, nicht sehen.

»Das sind die Strenggläubigen«, flüsterte sie. »Die haben hier
eine Art Mini-Moschee. Für die sind wir das, was für meine
pietistische Tante Berta aus Albstadt der Leibhaftige ist.«

Sie senkte die Stimme noch ein wenig: »Die träumen von
neunundneunzig Jungfrauen. Aber damit können wir nun
wirklich nicht dienen.«

»Aber kochen können sie. Es riecht gut.«

»Das sind die Inder. Hier gibt es auch ein hinduistisches Zentrum. Die sind freundlicher und kochen besser. Du siehst:
Hier im Haus gibt es für jeden Geschmack etwas.«

Sie blieb vor einer schweren Stahltüre stehen.

»Hier also ist dein Versteck für die nächste Zeit«, sagte sie.
»Möge es dir Glück bringen.«
Dengler versuchte zu lächeln.

***

Es war zwei Uhr in der Nacht, und Dengler war müde.
Aber nicht nur Dengler gähnte. Marta saß in ihrem schwarzen Lederzeug am Tisch, den Blick nach innen gerichtet und rauchte. Lady Esther, die jetzt wieder Nadine hieß, hatte ihre Stiefel mit den höchsten Absätzen, die Dengler je gesehen hatte, ausgezogen und massierte sich mit der rechten Hand einen Fuß, während sie mit der linken eine Zigarette an den Mund führte und daran zog, als hinge ihr Leben davon ab.
»Immer High Heels«, sagte sie. »Abends hier im Studio Super-High-Heels. Morgen im Büro wieder die übliche Variante.«
Die Bizarrlady Anastasia, die jetzt wieder Rita hieß, rauchte auch. Alle rauchten, außer der Sklavin Trixi, die noch einen Kunden in dem Studio mit der Streckbank hatte. Dengler dachte mit Schrecken daran, wie seine Klamotten stinken würden, er hatte keine anderen mehr als die, die er anhatte.
»Ich verstehe das nicht«, sagte er.
Drei Augenpaare blickten ihn müde an.
»Was verstehst du nicht?«, fragte Marta.
»Ich weiß nicht, warum die das machen. Eure Kunden, meine ich. Warum zahlen sie euch Geld, um geschlagen zu werden? Oder was immer ihr mit den Kerlen da macht, wenn ihr allein mit ihnen seid.«
»Wir sind gut für sie«, sagte Rita.
»Ihr fügt ihnen Schmerzen zu.«
Keine der Frauen reagierte.
»Wir sind die Meisterinnen des Schmerzes«, sagte Marta schließlich. »Wir schenken die unterschiedlichsten For-

286

men des Schmerzes: den tiefen Schmerz, den stechenden Schmerz, den dumpfen Schmerz ...«

»Den pochenden Schmerz«, sagte Nadine.

»Den spitzen Schmerz, da bin ich ziemlich gut«, sagte Rita.

»Den brennenden Schmerz, den pulsierenden Schmerz, den ...«, fuhr Marta fort.

»O. k., o. k. Ich verstehe. Ihr seid Profis. Aber warum begeben sich Menschen in so eine Abhängigkeit, in so eine schmerzende Abhängigkeit?«

»Weißt du«, sagte Marta, »der Schmerz ist nicht das Entscheidende. Er ist nur ein notwendiges Durchgangsstadium. Wir führen unsere Kunden in das Land dahinter.«

»Das Land dahinter?«

»In das Land der Namenlosigkeit.«

»Das Land der Namenlosigkeit? Was soll das denn sein?«

Marta überlegte.

»Unsere Kunden«, sagte sie nach einer Weile, »haben ein gemeinsames Merkmal. Es sind Männer, die nicht mehr um etwas bitten können.«

Langsam, ganz langsam nickte Rita mit dem Kopf, so als erkenne sie an Martas Aussage etwas, das ihr erst jetzt recht klar würde.

»Diese Männer«, fuhr Marta fort, »lernen bei uns wieder ›bitte‹ sagen. Wir versetzen sie in eine Situation der Hilflosigkeit. Die Schläge und die Demütigungen sind hilfreich. Sie helfen diesen Männern, ihren Panzer abzulegen.«

»Jepp, wir knacken sie.« Nadine war es, die diesen Einwurf machte.

»Stell es dir als eine Art Marathon vor«, schlug Marta vor. »Auch dort gibt es diese komplette Überreizung, in diesem Fall durch Überanstrengung, durch das Laufen eben. Das setzt Endorphine frei. Ein Glücksgefühl entsteht.«

»Und schon zahlen sie«, sagte Nadine.

Marta schüttelte den Kopf: »Sie regredieren. Sie werden wieder zu Kindern.«

»Sie kriechen auf allen vieren«, sagte Nadine.

»Sie treten für einen Moment wieder in das Paradies ihrer Kindheit. Sie müssen nichts entscheiden, sie sind beschützt, sie erhalten Weisungen, sie sind für eine Stunde authentische Menschen.«

Dengler schüttelte zweifelnd den Kopf. Marta steckte sich eine neue Zigarette an und zog so heftig daran, dass Dengler sie für einen Augenblick irritiert ansah. So einfach, wie Marta die Dinge darstellte, waren sie vielleicht doch nicht.

»Jepp, und dafür haben wir unsere Werkzeuge, wie jeder gute Handwerker«, rief Nadine und sprang auf.

Sie ging zu einem Schrank und öffnete ihn.

»Hier«, sagte sie. »Unsere Maurerkelle ist der Rohrstock.«

»Brennender Schmerz«, vermutete Dengler.

»Genau. Und hier das Paddel. Sehr schön auch die Pferdehaarpeitsche. Diese hier ist aus Latex.«

Sie warf alles auf den Boden.

»Stacheldraht. Kann man nicht bei jedem einsetzen. Wir wollen ja möglichst wenig Spuren von unserer segensreichen Arbeit hinterlassen.«

Der Stacheldraht flog in hohem Bogen auf den Boden.

»Lass gut sein«, sagte Marta.

»Und was haben wir denn hier? Bullenpeitschen. Super. Vier Ausführungen. Ein Meter. Anderthalb Meter. Zwei Meter und drei Meter.«

In diesem Augenblick ging die Tür auf, und Sklavin Trixie kam herein. Splitternackt. Dengler wusste nicht, wie er sich verhalten sollte.

»Stört's dich, wenn ich nichts anhabe?«, fragte sie ihn.

Er schüttelte den Kopf. Er wollte ganz natürlich wirken, spürte aber, wie er sich verkrampfte. Sollte er hinsehen? Ja, er wollte sich verhalten, als sei das alles völlig normal.

»Die Bullenpeitsche«, sagte Trixie. »Die mag ich am liebsten. Die zwei Meter lange ist einfach zum Hinknien.«

Sie überlegte einen Augenblick.

»Aber meistens knie ich ja sowieso, wenn ich sie damit krieg.«

Die Mädels lachten. Dengler spürte zu seinem Ärger, wie ihm das Blut in die Wangen stieg.

»Jepp, er wird rot«, rief Nadine, »das hatten wir hier noch nicht.«

Trixie ließ sich auf den letzten freien Stuhl fallen und griff sich eine Zigarette vom Tisch. Dengler gab ihr Feuer.

»Eine echter Gentleman«, sagte Rita.

»Na, die haben wir hier öfter«, sagte Nadine.

Alle lachten. Es herrschte plötzlich eine entspannte Fröhlichkeit am Tisch.

»Morgen kommen doch unsere beiden Lehrlinge«, sagte Nadine.

»Ja. Veronika und Barbara. Die beiden Neuen«, bestätigte Marta.

»Ich wüsste, an wem die beiden üben könnten«, sagte sie.

Dengler sah plötzlich in vier interessierte Augenpaare.

»Gute Idee«, sagte Marta. »Georg, irgendwie musst du dich schon nützlich machen, wenn du dich hier die ganze Zeit versteckst.«

»Erst mal zum Aufwärmen ein paar Schläge auf den Arsch. Dann langsam steigern.«

Dengler fühlte, wie seine Handflächen feucht wurden und der Mund trocken.

59. Diagnose

Finn Kommareck saß auf dem Stuhl und regte sich nicht.

»Danke, Herr Dr. Rapp. Danke für Ihre Offenheit.«

Sie wollte aufstehen.

Es ging nicht.

Wie in einem absurden Film zogen Bruchstücke an ihr vorbei. Bilderbruchstücke: das ernste Gesicht von Dr. Rapp. Durchs Fenster sah sie, wie Leute in einen Bus stiegen, als sei nichts geschehen. Tonbruchstücke: *gemeinsam in Angriff nehmen, manchmal gibt es Wunder, Lebenswillen nicht verlieren.* Aber sie glaubte ihm kein Wort.

Er sieht mich schon als Tote.

Irgendwie gelangte sie auf die Straße.

Kraftstrotzend, voller Energie hatte sie die Praxis betreten. Jetzt stand sie auf dem Bürgersteig, und ihre Knie zitterten.

Schlechte Nachricht.

Eigentlich die schlechtestmögliche Nachricht.

Will Ihnen nichts vormachen.

Unabänderlich.

Erst mal dieses Rezept.

Schmerzen lindern.

Bestenfalls hinauszögern.

Eine Chemotherapie beginnen.

Tun, was wir können.

Dafür eigentlich schon zu spät.

Eben noch hatte ihr Fall eine positive Wendung genommen. Sie hatten die Tatwaffe gefunden. Die Fahndung nach Georg Dengler lief auf Hochtouren. Der Staatsanwalt sprach von einem Durchbruch. Der Polizeipräsident rief an. Lobte sie.

Wie soll ich es Daniel sagen? Er ist doch ein so sensibler Mann. Wie wird er diese Nachricht verkraften? Er hat nun eine sterbende Frau.

Ich bin eine sterbende Frau.

Sie sah nicht, was sie sah. Sie spürte nicht mehr den Boden unter ihren Füßen.

Ich bin eine sterbende Frau.

Als wolle ihr Körper bestätigen, was der Kopf dachte, sprang der Schmerz sie an wie ein tollwütig gewordener Hund, hinterrücks, gemein, ohne Erbarmen. Sie fiel der Länge nach auf die großen Steinplatten und schrie einmal laut auf. Eine alte Frau half ihr wieder auf die Beine. Sie klopfte den Schmutz von ihren Kleidern.

Mit Tränen in den Augen.

Ich bin eine sterbende Frau.

Die alte Frau stützte sie und zeigte ihr den Weg zur Apotheke.

»Gleich hier, um die Ecke.«

60. Flucht (2)

»Das Bohnenviertel wimmelt von Polizisten. Deine Verbindung zu Olga bin ich. Wir müssen vorsichtig sein«, sagte Marta. »Alle deine Freunde werden überwacht. Du darfst keinen anrufen. Olga hat Jakob benachrichtigt.«

Dengler machte sich nützlich. Abends putzte er die Studios. Er gewöhnte sich an das Stöhnen, an das Schreien und an Blut und Sperma.

Veronika und Barbara, die beiden neuen Domina-Lehrlinge, waren nett.

»Fast wäre ich euer Lehrmaterial gewesen«, sagte er zu ihnen.

Sie lachten.

Seltsamerweise war die Welt in der kleinen Teeküche inmitten der nackten oder nur mit Mieder, Strapsen und Plateauschuhen bekleideten Frauen nicht im Geringsten sexuell aufgeladen.

Alltagssorgen bestimmten das Gespräch. Manchmal holte Dengler eines der Kinder aus dem Kindergarten ab. Er war froh, ins Freie zu kommen.

Wie lange war er schon hier?

Marta besorgte ihm Pullover, Mantel, warme Sachen.

Er wartete auf die Nachricht, dass der wirkliche Täter gefasst wurde.

Mach zu, Finn Kommareck, sagte er sich jeden Abend.

Sollte er sie anrufen?

Mach zu, Finn Kommareck.

Du bist eine gute Polizistin.

Er zog eine dunkle Brille an, fuhr mit der Straßenbahn nach Feuerbach, mit der S-Bahn nach Ludwigsburg und von dort mit einem langsamen Zug nach Mannheim. Von einer Telefonzelle aus rief er Dr. Lehmann an.

»Ich war's nicht«, sagte er.

»Ich weiß nicht, was ich in diesem Fall noch glauben kann. Ich rate Ihnen: Stellen Sie sich, Dengler.«

Er rief Christine Leonhard-Voss an.

»Ich war's nicht«, sagte er zu ihr.

Sie bekam einen Schreikrampf am Telefon und beschimpfte ihn.

»Mörder, Mörder, Mörder!«

Deprimiert legte er auf.

Von Mannheim fuhr er mit einem Vorortzug nach Bruchsal und stieg in einen Zug nach Mühlacker, von dort mit einem Taxi nach Vaihingen, mit der S-Bahn nach Zuffenhausen und mit der Straßenbahn nach Bad Cannstatt. Er brauchte einen Tag für diese Reise. Einen Tag für zwei sinnlose Telefonate.

Dann kam die Nacht, die alles veränderte.

61. Caipirinha

»Wir kämpfen«, sagte Daniel.

Er hatte geweint, wie sie ihn noch nie hatte weinen sehen.

»Niemand darf dich mir wegnehmen. Ich habe dich gesucht. Auf der ganzen Welt habe ich dich gesucht.«

Zwei Tränenschlieren färbten rechts und links der Nase seine Haut dunkler. Er bemerkte es nicht.

»Wir haben uns auf einer Blaulichtparty kennengelernt«, erinnerte ihn Finn. »Du hast mir einen Caipirinha über meine neue weiße Bluse geschüttet.«

Auch sie weinte. Aber sie weinte nicht wegen ihres eigenen Elends, sondern weil Daniel sie so sehr liebte. Fast war sie glücklich.

»Das war das Beste, was ich in meinem Leben verschüttet habe. Diesen Caipi über deine Bluse.«

»Gott sei Dank hatte ich einen BH an.«

»Und ich hatte genau darauf gehofft, dass du keinen ...«

Sie lachten und weinten gleichzeitig.

»Ich lasse nicht zu, dass dich mir jemand wegnimmt. Schon gar nicht ein Tumor. So was Dämliches. Ein Tumor! Wenn es wenigstens George Clooney wäre! Ja, dann könnte ich sagen: nichts zu machen. Keine Chance. Aber von einem Tumor lass ich dich mir nicht wegnehmen.«

Neue Tränen. Neue Schlieren.

Viele Tränen für einen Abend.

»Versprich mir, Finn, dass wir kämpfen.«

Sie sah in seine roten Augen. Sie sah, wie sein Kinn zitterte.

»Versprich es mir, Finn. Bitte. Wir kämpfen. Um dich. Um uns.«

Er streckte seine Hand aus.

»Schlag ein, Finn. Wir besiegen den Tumor.«

Ernst war sein Gesicht. Und schön.

Sie schlug ein: »Nur, wenn du uns jetzt zwei Caipis mixt.«
Lachen.
Weinen.

✳✳✳

In den nächsten beiden Wochen wuchs die Kommission auf
62 Beamte und Beamtinnen an und hieß nun Soko Jasmin.
Schöttle übernahm mehr Verantwortung, wenn Finn aus-
fiel; Maria blieb in Stuttgart und half bei der Überwachung
von Denglers Umfeld. Peter Dahlheimer koordinierte das
Spurenmanagement. Er wuchs mit seiner Aufgabe, verlor
das nervöse Gehabe. Er würde ein guter Polizist werden.
Wenn ich einmal nicht mehr da bin, dachte sie.
In ein paar Tagen würde sie mit der ersten Chemotherapie
beginnen.
Sie hatte Angst.
Mit der sichergestellten Tatwaffe waren sowohl Jasmin Berner als auch Bernhard Voss getötet worden. Die Schläge waren professionell ausgeführt worden.
Schöttle war davon überzeugt, dass Dengler der Täter war.
Dengler war Ex-Polizist, verfügte über Kenntnisse in Ana-
tomie. Während seiner Zeit beim Bundeskriminalamt hatte
er Täter erschossen.
»Er besitzt sowohl die nötige Erfahrung als auch die er-
forderliche Kaltschnäuzigkeit«, sagte Schöttle. »Und er hat
keine Tötungshemmung mehr.«
Auch die Tatsache, dass Dengler zum Zeitpunkt des Mordes
an Jasmin Berner an einem Fortbildungskurs des FBI in New
York teilgenommen hatte, bezahlt ausgerechnet vom BKA,
brachte Schöttle nicht ein Jota von seiner Überzeugung ab.
»Wir müssen im Milieu der organisierten Kriminalität suchen. Auch wenn die amerikanischen Kollegen sein Alibi bestätigen und uns beweisen können, dass der echte Dengler
und nicht irgendein Strohmann in den USA war: Wir haben

die Tatwaffe in Denglers Wohnung gefunden – und selbst wenn Dengler im Falle von Jasmin Berner vielleicht nicht der unmittelbare Täter war, dann war er der Drahtzieher im Hintergrund. Was wiederum bedeutet – und alle Anzeichen sprechen dafür: Er muss in einen kriminellen Ring eingebunden sein.« Schöttle blickte in die Runde. »Daher muss sein Umfeld lückenlos überwacht werden.«

»Das ist nicht so einfach. Die Stuttgarter Kollegen gehen auf dem Zahnfleisch. Die brauchen dort jeden Mann bei den Demonstrationen«, sagte Dahlheimer.

62. Der Polizeichef

Es hätte niemals geschehen dürfen.
Er war selbst schuld.
Es war nachts um zwei Uhr.
Ich habe spät noch eine Kaviar-Session, hatte Marta ihm gesagt. Er wusste nicht, was das war: eine Kaviar-Session. Es war wohl etwas, von dem die Mädchen sagten: Das willst du gar nicht wissen. Reines Bio, mach dir keine Sorgen, sagte Maxi, und alle Frauen lachten fröhlich. Und manches, was sie in den Studios trieben, wollte er wirklich nicht wissen.
An diesem Abend waren die Mädchen schon nach Hause gegangen. Dengler fegte den Empfangssalon, die beiden Behandlungszimmer, das Klassenzimmer. Alles war ruhig.
Die Tür zum Zimmer mit der Dildomaschine stand nicht offen. Dengler hielt sein Ohr an die Tür. Er hörte nichts. Er war müde. Er musste noch die drei Latexanzüge säubern, die in diesem Zimmer lagen und am frühen Abend benutzt worden waren. Harte Arbeit stand ihm bevor. Er nahm den Besen, öffnete die Tür und trat ein.

Sein Hirn akzeptierte nicht, was er sah. Es befahl den Augen, die Informationen zu prüfen und noch einmal zu senden. Und noch einmal. Und noch ein drittes Mal. So entstand die merkwürdige Situation, dass Dengler einige Sekunden, nachdem die Tür des Studios hinter ihm ins Schloss gefallen war, dastand wie ein Depp, mit Besen und Putzeimer in der Hand, und auf die Szene vor ihm starrte.

Der Polizeichef lag auf dem Bett, Hände und Füße an je einen der Bettpfosten gefesselt. Seine Haut glänzte weiß und teigig, seine Brust- und Schamhaare waren dünn und grau, unter der Bauchfalte ragte ein dunkelrot angelaufener Penis steil zur Studiodecke. An seinen Brustwarzen hingen merkwürdige Elektroklemmen. Marta saß gebückt über ihm.

Es war wohl das Klacken der Studiotür, das den Polizeichef aus seiner Ekstase riss. Mit einem Ruck wendete er den Kopf und starrte Dengler mit aufgerissenen Augen an. Dengler konnte genau sehen, wie die Überraschung dem Ärger wich und der Ärger dem Erkennen.

Er wollte etwas sagen. Das Geräusch, das er dabei produzierte, klang nicht gut. Er riss an seinen Fesseln.

Marta drehte sich um, zischte ihm ein »Verschwinde« zu und ein »Nimm meine schwarze Tasche!«.

»Scheiße«, sagte Dengler und floh.

63. Daniel

Daniel nahm Urlaub.
Er durchforstete das Internet.
Er abonnierte das Deutsche Ärzteblatt.
Er sammelte Informationen über ihre Krankheit.
Finn Kommareck hörte ihm aufmerksam zu, wenn er be-

richtete. Dann begann auch sie zu suchen, und sie lasen alles, was sie über ihre Krankheit finden konnten: Bücher, Broschüren, Internet, Zeitschriften. Sie saßen abends zusammen und tauschten ihre Informationen aus.

»Man weiß nicht, wie der Tumor entsteht. Ich stelle ihn mir wie eine Art Blumenkohl vor. Er wächst langsam. Wenn dein dummer Arzt nicht gedacht hätte, es wären Hämorriden, hätte man ihn leicht behandeln können. Und wenn du noch einmal hingegangen wärst oder zu einem anderen Arzt – aber lassen wir das.«

***

Dr. Rapp war ein rücksichtsvoller Mann. Aber er war auch ehrlich zu Finn.

»Dem Tumor sind bereits Absiedlungen in entferntes Gewebe gelungen. Sie sind an vielen Stellen in Ihrem Bauch.«

»Das heißt für mich?«

»So leid es mir tut, Frau Kommareck: Die Uhr läuft.«

»Wie lange habe ich noch zu leben?«

»Bei einem aggressiven Verlauf fünfzehn Monate, vielleicht achtzehn. Bei einem mittleren Verlauf drei oder vier Jahre.«

»Ich bin doch noch jung.«

»Das sind Sie, Frau Kommareck.«

***

»Wir geben trotzdem nicht auf«, sagte Daniel. »Wenn irgendjemand ein Wunder verdient hat, dann du.«

»Du auch, Daniel.«

Am nächsten Tag brachte er ihr aufgeregt ein Informationsblatt.

»Schau«, sagte er. »Es gibt hier eine Veranstaltung ›Es gibt noch Hoffnung – Neue Methoden in der Krebstherapie‹.

Organisiert von einer Selbsthilfegruppe. Wir gehen dahin. Vielleicht erfahren wir etwas, was dein Dr. Rapp noch nicht weiß.«

»Ja. Da gehen wir hin. Ich bin so müde, Daniel.«

64. Olga

Olga teilte Denglers Vertrauen in die Berliner Polizei nicht. Denn es geschah nichts. Keine Entwarnung. Nichts.

Im Gegenteil: Der Fahndungsdruck hielt an. Vor dem *Basta* patrouillierten Zivilpolizisten. Dem kahlköpfigen Kellner wurde es zu viel: Mit einem strafend vernichtenden Blick und der minimalen Andeutung eines Kopfschüttelns verweigerte er den Beamten den Zutritt, als sie baten, die Toilette des Lokals benutzen zu dürfen. Wenn Olga in die Stadt ging, folgten ihr unbekannte Männer. Ihre Bewacher bemühten sich keineswegs, unauffällig zu bleiben. Manchmal grüßten sie sogar. Sie konnte Dengler nicht treffen. Sie vermied den Kontakt zu Marta, um sie nicht auf die Spur des Versteckes zu führen.

Es konnte so nicht mehr weitergehen.

Mario wurde überwacht. Martin Klein hatte seine eigenen Bewacher. Die Freunde von Dengler konnten keinen unbeobachteten Schritt machen. Die Polizei sah alles.

Fast alles.

Wenn Olga im Internet unterwegs war, schützten sie *firewalls*, dick und fest wie Burgmauern.

Marta besuchte sie und berichtete von Denglers Flucht aus dem Studio Arachne. Der Kunde, der Dengler erkannt hatte, würde jedoch schweigen, dafür habe sie gesorgt. Aber sie wisse nicht, wo Georg sich nun versteckte.

Olga vermisste ihren Geliebten. Sie wollte ihm helfen.
Doch was sollte sie tun?
Sie saß hinter ihrem Rechner und dachte nach.

65. Spülen

Er hatte weder eigenes Geld noch Hoffnung.
Olga fehlte ihm wie ein amputierter Teil seines Körpers.
Doch die Phantomschmerzen waren echt.
Vielleicht sollte er sich stellen?
Aber dann würde er Olga möglicherweise für viele Jahre
nicht sehen.
Er war in einer Sackgasse gelandet.
In Martas schwarzer Handtasche waren einige Geschäfts-
unterlagen, ein Handy sowie sechshundert Euro Bargeld.
Was sollte er tun?
Er nahm ein Taxi und ließ sich in die Reinsburgstraße fah-
ren. Schon von Weitem sah er den dunklen Wagen mit zwei
Männern vor Marios Haus.
Er duckte sich in einen Hauseingang und wartete, bis es hell
wurde.

***

Am Morgen die gleiche anstrengende Prozedur. Um Kon-
trollen zu entgehen, fuhr er mit der Straßenbahn nach Zuffenhausen, mit der S-Bahn nach Bietigheim, mit dem Zug
nach Karlsruhe, bereits in Durlach stieg er aus, fuhr mit der
Straßenbahn ins Zentrum. Bei einem türkischen Friseur ließ
er sich die Haare schneiden und schwarz färben. Dessen
Sohn, nicht älter als zwanzig, fegte seine Haare auf. Immer

unterbrochen von Telefonaten, immer fluchend, mal auf Türkisch, mal in Englisch.

»Mein Sohn hat Problem. Ist Student in Hohenheim und verdient als Spüler in Restaurant seine Geld. Jetzt musse Arbeit schreiben und hat keine Zeit für Spülen. Andere Kollegen haben aber auch keine Zeit«, sagte der Friseur.

»Ich suche grad einen Job. Kann ich einspringen?«, fragte Dengler.

»Das würden Sie tun?«, fragte der junge Mann und stützte sich auf den Besen. »Acht Euro pro Stunde bekommen Sie. Ist nicht viel.«

»Ich mach's.«

»Haben Sie Unterkunft? Nein? Sie können in meiner Bude wohnen, wenn Sie anteilig die Miete übernehmen.«

»Gut.«

»Super.« Er streckte die Hand aus, und Dengler schlug ein.

»Ich bin Tevfik, und jetzt ruf ich den Chef an.«

Nach einem Telefonat war alles klar. Um fünf Uhr am Nachmittag ging die Schicht los.

»Ich begleite Sie am ersten Tag und lerne Sie ein. Wie heißt du?«

»Georg.«

Dengler duschte im Europabad und schlief auf einer Liege ein. Dann machte er sich auf den Weg zurück nach Stuttgart.

***

Das hatte er nicht erwartet.

Seine künftige Arbeits- und Zufluchtsstätte lag neben dem Schloss Hohenheim in Stuttgart. Der Kavaliersbau, ein renoviertes Gebäude gleich daneben, war 1818 zur Mensa umgebaut worden und hatte den Namen »Speisemeisterei« erhalten. So heißt der Bau noch heute, aber mittlerweile kochte in seinen Mauern Frank Oehler, der der »Speisemeisterei«

einen Michelin-Stern verschafft hatte. Dengler hatte ihn einmal im Fernsehen in einer Kochshow gesehen.

Vor dem Personaleingang auf der rechten Seite des Restaurants standen ein langer Tisch und ein völlig überfüllter Aschenbecher. An dem Tisch saßen drei rauchende Köche.

Um fünf Uhr am Nachmittag begann seine Schicht, um halb sechs schlug der Chef einen großen tibetanischen Gong, und die Mannschaft versammelte sich um den großen Tisch zum Abendessen.

»Jetzt geht's los«, sagte Tevfik und wies auf den Geschirrberg.

»Das ist von der Frühschicht. Das Geschirr stammt von den Mittagessen. Es wird heute in ein paar Stunden wieder gebraucht.«

Eine so große Küche hatte er noch nie gesehen. In fünf Reihen standen Herde, daran arbeiteten achtzehn Köche.

Die Arbeit war hart. Sie hatten zwei Spülmaschinen zu bedienen. In der ersten wurden das Besteck, die Teller und Unterteller, die Tassen und Platten gesäubert. Zuerst wurde alles mit einem Wasserstrahl grob gereinigt, dann in eine mobile Halterung gestapelt, die Halterung in die Maschine geschoben, der grüne Knopf gedrückt – und drei Minuten später öffnete die Maschine ihren Rachen und entließ dampfend das saubere Geschirr.

Dengler nahm es – und verbrannte sich die Finger. Tevfik lachte – und langte zu. Ihm schienen die heißen Teller nichts auszumachen.

»In ein paar Tagen hast du dich daran gewöhnt.«

Das Geschirr wurde gestapelt und in Wärmeschränke eingeräumt. Wenn es wieder benutzt würde, war es nicht mehr heiß, sondern warm und verhinderte, dass die Speisen auf dem Teller abkühlten.

In der zweiten Maschine wurden die Töpfe, Pfannen und Tiegel gespült. Die Köche brachten ständig ihre benutzten Gerätschaften und stellten sie in ein großes Becken.

Dengler nahm zwei Töpfe und räumte sie in die zweite Maschine, nahm die nächste Pfanne – und schrie auf.

»Vorsicht. Du musst prüfen, ob die Pfannen noch heiß sind. Ein Spüler verbrennt sich öfter die Finger als ein Koch.«

Die zweite Maschine brauchte vier Minuten, um alles sauber, aber auch glühendheiß wieder freizugeben. Nach einer Stunde, als Dengler die Abläufe begriffen hatte, arbeiteten Tevfik und er an je einer Maschine. Einräumen, Maschine starten, Geschirr vorspülen, dann Geschirr ausräumen, stapeln, vorgereinigtes Geschirr einräumen, Maschine starten, vorherige Ladung mit Handtuch nachtrocknen, falls nötig, Geschirr wegräumen, erneut vorspülen, dann öffnete die Maschine bereits ihren Schlund – und es ging weiter: ausräumen, neu laden, starten, wegräumen, vorspülen, ausräumen, neu laden, starten, wegräumen, vorspülen, ausräumen. Dengler passte sich vollständig dem Rhythmus der Maschine an.

»Aber wie soll ich es schaffen, zwei Maschinen zu bedienen?«

»Übung. Morgen geht das schon. Du wirst sehen.«

Als das Geschirr der Frühschicht gesäubert war, gab es eine kleine Pause.

»Wir schälen Zwiebeln.«

»Zwiebeln?«

Tevfik schüttete einen Sack Schalotten in ein Wasserbecken.

»Jetzt müssen wir nicht weinen.«

Dengler war sich da nicht so sicher.

Er schielte hinüber zur Küche.

Die ersten Essen wurden bestellt.

Kommandos in der Küche: Drei Pasteten in sechs Minuten, drei Pasta in zwei, ein Hummer in sechs, eine Scholle in sechs, sechs Spinatsuppen und einmal Vegetarisch in zwölf Minuten.

Frank Oehler stand wie ein Feldherr hinter einem Tresen und kommandierte die eingehenden Orders.

Zwei Schollen, ein Brioche, ein Hummer, alle in sieben, wo sind die Kichererbsen?

Ein Rind, ein Schwein in sieben Minuten.

Wie von Geisterhand fügte sich alles. Die Teller standen auf dem Pass, dem Übergang zwischen Küche und Service, wurden von unten und oben gewärmt. Eine Köchin füllte mit einer Kochpinzette Pasta auf die Teller, ein anderer Koch stand bereit mit warmen Nüssen.

Nüsse aus dem Piemont, mehr Nuss geht nicht, rief Oehler.

Der nächste Koch brachte die Pilze, ein anderer die Soße.

Jetzt musste es schnell gehen.

Die Speisen durften nicht kalt werden.

Die Soßen durften nicht stocken.

Die Schäume durften nicht zusammenfallen.

Und trotzdem: Jeder Teller wurde von Frank Oehler kontrolliert.

Der Herr auf sechs ist gerade rauchen.

Drei Pasta in sechs statt in drei Minuten.

***

Am nächsten Abend war Tevfik nicht mehr da. Dengler füllte, entlud, reinigte vor, räumte weg, verbrannte sich Finger und spürte es kaum noch.

Er hörte die Kommandos in der Küche.

2 Schollen, 1 Brioche, 1 Hummer, 2 Schwein in sieben.

1 Vegetarisch, 1 Huhn, 1 Rind in acht.

Wo sind die Artischockenchips?

3 Spinat in sechs.

Dengler sah die Woge aus Tellern, Gabeln, Löffeln, Messern und Tassen, die die Küche verließ. Alles würde zurückkommen.

Zu ihm.

Für ihn würde die Woge ein Tsunami sein.

Jeder Gast verbrauchte pro Abend sieben Teller. Vierzehn Gabeln, Löffel, Messer. Sieben Gläser.

Der Tsunami vor Denglers Maschinen bestand aus 450 Tellern, 800 Messern, Gabeln, Löffeln. Zweihundert Pfannen, Töpfe, Tiegel. Alles säuberte er. Kein Teller durfte eine Schliere haben. In keiner Pfanne durfte ein Rest Spülwasser zurückbleiben.

Der Spüler sieht die ehrliche Seite der Küche.

Nach einer Woche fühlte Dengler sich als Sklave der beiden Maschinen. Er befriedigte ihren ungeheuren Hunger nach schmutzigem Geschirr.

6 Spinatsuppen in acht.

1 Rind, 2 Schwein in sieben.

24 Schollen in acht.

3 Pasta in sieben.

Alles würde zu ihm zurückkommen.

»Du machst das o. k. Wenn der Spüler nicht funktioniert, klappt alles nicht. Ein schlechter Spüler kann den ganzen Laden zum Stillstand bringen. Wenn der Spüler ausfällt, ertrinken die Köche«, sagte Frank Oehler nach vierzehn Tagen zu ihm und gab ihm seinen Lohn.

Dengler glaubte nicht daran, dass irgendein Tellerwäscher jemals Millionär geworden war.

2 Schollen in 7, 1 Hummer in 8.

18 Köche arbeiteten für 60 Gäste. Hoch konzentriert. Die Küche war wie ein einziger Organismus, der zusammenwirkte und in genauer Zeitabfolge hervorragende Speisen hervorbrachte.

Tisch 1 will jemand vegan.

Die Köche kratzten sich am Kopf.

»Ich bin doch kein Arzt«, sagte einer.

Der Chef: »Wir machen Folgendes ...«

12 Schollen waren fertig. Die Kellner nahmen Aufstellung. Los.

Ein beeindruckendes Ballett.

Auf engstem Raum bewegten sie sich. Nie berührten sie sich. Jeder mit Tellern beladen. Wie geübte Tänzer. Dengler versuchte herauszufinden, wie sie die Tür zum Speiseraum öffneten. Mit dem Fuß? Zu plump. Mit der Hüfte?

Er fand es nicht heraus.

Der Spüler geht als Letzter.

Dengler war am Ende.

***

Spät am Abend stand er mit Gerd, dem Chefkellner, vor der Tür. Die letzten Gäste verließen gerade das Lokal. Von ihrem Platz aus sahen sie, wie ein Paar den Weg zum Parkplatz hinaufging.

»Hübsche Frau hat er heute dabei«, sagte Gerd.

»Kommt er mit verschiedenen Frauen?«

»Manchmal mit der Ehefrau. Manchmal mit anderen. Das ist für uns nicht einfach. Wir dürfen dann nicht sagen: Der gleiche Wein wie letzte Woche? Oder so. Immer diskret sein.«

Dengler stutzte.

»Sag mal, Gerd, kann ich mal dein Handy benutzen? Ist dringend. Ich zahl das Gespräch.«

»Nimm schon, wenn's nicht gerade ins Ausland geht. Hab' 'ne Flatrate.«

Dengler nahm das Handy und ging zurück zur Spülmaschine. Dann wählte er die Auskunft und ließ sich die Nummer der *K-Bar* in Berlin geben.

Er wählte und verlangte Jack von der Bar.

»Hallo Jack«, sagte er. »Erinnern Sie sich noch an mich? Ich bin der Polizist, dem Sie die Geschichte von Jack Daniels und Frank Sinatra erzählt haben.«

»Hey Mann, das erzähl ich jeden Abend zehnmal. Immer wenn ich einen Jack Daniels serviere.«

»Ich habe Sie nach der Frau von Bernhard Voss gefragt. Erinnern Sie sich?«

»Tolle Frau. Ist jetzt Witwe. Braucht wahrscheinlich viel Jack Daniels.«

»Ist sie blond?«

Schweigen.

»Hallo Jack, haben Sie meine Frage verstanden: Ist sie blond?«

»Wollen Sie mich verarschen? Die ist nicht blond.«

»Rot?«

»Ja. Klar. Seine Frau ist rothaarig.«

Er musste nach Berlin.

Frank Oehler musste sich einen neuen Spüler suchen.

66. Dahlem

Das Evangelische Krankenhaus in Dahlem stellte freundlicherweise seine Aula zur Verfügung. Der Saal lag direkt am Ende der Empfangshalle, entgegengesetzt zu den drei großen Aufzügen; man musste die Halle durchqueren, um zu dem Saal zu gelangen. Vor dem Eingang war ein Informationsstand der Selbsthilfegruppe aufgebaut. Broschüren, DVDs, Kugelschreiber lagen auf dem Tresen. Daniel steckte eine Broschüre mit dem Titel ›Therapie mit Visceratin‹ ein, überreicht von zwei freundlichen jungen Frauen.

Die sind noch jünger als ich, dachte Finn Kommareck und hasste diese Krankheit noch mehr. Sie drückte sich fester an Daniels Arm. Sie wäre gerne wieder gegangen. Sie fühlte sich schwach. Ihre Gesichtsfarbe wurde immer gelber. Sie sah es jeden Morgen im Spiegel. Daniel schien es nicht aufzufallen. Oder spielte er ihr nur vor, dass er es nicht bemerkte? Sie war die Rolle der Hilfsbedürftigen nicht gewohnt, und sie mochte diese Rolle auch nicht.

Bei der Polizei war sie die Chefin. Unumstrittenes Alphaweibchen in der Mordkommission. Auch in ihrer Ehe war sie die Stärkere. Sie war jemand, der gerne das letzte Wort hatte.

Aber nun?

Sie wollte nicht hilflos sein.

Vielleicht half dieser Abend.

Etwa zweihundert Menschen drängten sich in den Saal. Junge Leute stellten zusätzliche Stühle auf.

»Ich finde das gut mit diesen Veranstaltungen«, sagte die ältere Frau, die sich neben sie setzte. »Man fühlt sich dann nicht so verlassen und allein mit dieser Krankheit.«

Sie sah in die Gesichter der Menschen und sah ihre eigene Zukunft.

Daniel trocknete ihre Tränen.

Der Chef des Krankenhauses hieß sie willkommen. Er sprach in einem ermüdenden Vortrag über die Krankheit. Finn Kommareck verstand ihn nicht. Der Mann sprach monoton. Sie kannte die medizinischen Fachbegriffe nicht, und nach einer Weile hörte sie ihm nicht mehr zu, sondern hing ihren eigenen Gedanken nach.

Manchmal ist sie auf dem Präsidium. Manchmal malt sie sich eine Spontanheilung aus. Sie sieht das erstaunte Gesicht von Dr. Rapp. Sie fährt für vier Wochen mit Daniel nach Italien. Und dann war der Chefarzt endlich zu Ende. Die Zuhörer klatschten, aber der Applaus war zaghaft und kurz.

Nicht nur ich habe wenig verstanden.

Daniel saß neben ihr. Er hatte einen kleinen Schreibblock in der linken Hand und in der rechten einen Kugelschreiber.

Aber, das sah sie genau: Das Blatt war leer.

»Puh, ich hätte Medizin studieren sollen«, flüsterte er ihr zu.

Nun sprach Dr. Häußler, der Oberarzt, ein Onkologe. Er hatte graue Haare, eine Brille, wirkte vertrauenswürdig, aber auch er flüchtete sich in den Jargon der Mediziner.

Klar verständlich wurde er erst, als er über ein neues Medikament sprach. Visceratin würde die Wachstumsschübe des

Tumors signifikant verlangsamen. Er habe dramatisch gute Ergebnisse mit dem Präparat gemacht. Neueste Forschungsergebnisse seien in das Medikament eingeflossen.

Finn Kommareck war nun wach. Von diesem Medikament hatte sie noch nichts gehört. Kannte Dr. Rapp das etwa nicht? Sie sah zu Daniel hinüber. Er schrieb eifrig in seinen Block.

Es folgte eine Diskussion. Ein junger Mann meldete sich zu Wort. Er heiße Urs, sagte er. Er habe Maschinenbau studiert und eine tolle Stelle in Aussicht gehabt.

»Dann kam diese Krankheit. Und sie hat mich aus der Bahn geworfen. Ich wusste nicht mehr, was ich tun sollte.«

Urs stand ganz locker am Saalmikrofon, die linke Hand steckte in der Hosentasche.

»Aber dann kam Visceratin. Es hat bei mir gut angeschlagen. Wirklich super, und wenn jemand von Ihnen damit auch eine Therapie beginnt, kann ich ihm nur gratulieren.«

Daniel schrieb und schrieb.

Nach dem Vortrag drängten sich die Menschen um den Informationsstand. Finn fühlte sich schwach, deshalb warf Daniel sich ins Getümmel. Nach einer Weile kam er beladen mit Infomaterial aus der Menschentraube zurück.

»Dieser Abend hat sich wirklich gelohnt«, sagte er, als sie wieder im Wagen saßen, beugte sich zu ihr hinüber, und sie küssten sich.

67. Blaulichtparty

Finn Kommareck.
Olga gab den Namen ins Netz. Prompt lieferte der Browser Presseberichte über den Fall Voss. Das Netz lieferte auch einige unscharfe Fotos.

Mochte sie diese Frau? Olga war sich nicht sicher.

Sie wirkte auf den undeutlichen Bildern selbstbewusst. Geradlinig. Preußisch. Deutsch.

Kommissarin Gnadenlos, dachte Olga.

Sie startete ihren Rechner, und die neue Software tastete den Server berlin.de / polizei nach einer unsicheren Stelle ab. Sie fand keinen Zugang.

Das Umfeld absuchen.

Von der Peripherie ins Zentrum gelangen.

Es würde viel Arbeit bedeuten.

Was machen Bullen in ihrer Freizeit?

Kegeln?

Saufen?

Im Berliner Schachverband finde ich wohl keinen.

Sie suchte im Netz Freizeiteinrichtungen auf.

Es wurde Nacht.

Sie checkte die Server der Gewerkschaft der Polizei.

Um zwei Uhr fand sie die Spur, die sie suchte. Eine Disco am Potsdamer Platz veranstaltete regelmäßig ›Blaulichtpartys‹. Zutritt hatten nur Polizisten, Feuerwehrleute und Sanitäter.

Sie legte eine falsche Identität an: Susanne Schneider – und schickte eine Mail an die Disco.

Hallo, ich bin Susanne und seit einem Jahr bei der Bereitschaftspolizei in Göppingen. Ich würde mit meinem Schatz gerne mal eure legendäre Blaulichtparty heimsuchen. Schickt ihr mir mal euer Programm. Susanne.

Esther Villis hieß die Freundin des Discobesitzers. Sie bereitete einmal im Monat die Belege und Kontoauszüge der Disco für den Steuerberater vor und beantwortete die Geschäftspost sowie die E-Mails an die Disco. Sie tat das nachts, wenn die Disco offen hatte und ihr Freund auch im Büro war. In dem Augenblick, als sie die Mail von Susanne aus Göppingen öffnete und las, installierte sich auf ihrem Rechner unbemerkt eine Software, die Olga Zugang und Kontrolle über den Rechner der Disco ermöglichte.

Olga öffnete den Adresskalender und fand Hunderte von Mailadressen von Polizisten. Manche hatten ihre Dienstadresse angegeben, andere ihre Privatadressen bei gmx, web.de oder googlemail. Sie suchte, aber Finn Kommareck war nicht unter den Einträgen. Olga überlegte und dann schickte sie an zwanzig Polizisten eine Mail an deren Dienstadresse.

Liebe Leute, wir überlegen, ob wir am Heiligen Abend eine Spezial-Blaulichtparty für alle einsamen Herzen veranstalten. Gibt es dafür Interesse? Bitte antworte doch kurz, ob dieses Event auch für Dich interessant wäre. Als Dankeschön erhalten die ersten fünf Antworten eine Wochenendreise nach Barcelona. Herzlich Eure Esther von der Berliner Blaulichtparty

Fast alle Empfänger hatten die Berliner Blaulichtparty als vertrauenswürdige Adresse auf dem Polizeiserver eingetragen. Die Reise nach Barcelona schien verlockend. Bis zum Morgen kamen sieben Rückmeldungen. Fünf davon fanden die Idee einer Party an Heiligabend prima, die beiden anderen schrieben, sie seien privat unterwegs. Bei allen sieben aber installierte sich Olgas Software. Sie war nun im Rechner der Berliner Polizei, und sie suchte Finn Kommareck.

68. Fünfter Tag (4)

Es war dunkel geworden in Dirk Assmuss' Gefängnis.

Vom Alkohol spürte er nur noch einen kleinen Nebel, der sein Hirn umwölkte. Er wurde wieder wachsam.

»Wir verkaufen Hoffnung«, sagte er zu Henry und lehnte sich im Stuhl zurück. »Damit fing alles an. ›Direct to consumer advertising‹ heißt die Strategie, die ich entwickelt habe.«

»Das heißt?«

Englisch kann er wirklich nicht, dachte Assmuss. Auch das muss ich mir merken.

»Das bedeutet Werbung für Medikamente direkt beim Verbraucher.«

Das ist in Deutschland verboten.

»Ist das erlaubt?«

»In Deutschland verbietet das Heilmittelwerbegesetz, dass wir uns direkt an die Verbraucher wenden. Leider. Für verschreibungspflichtige Medikamente dürfen wir direkt nur bei Ärzten, Zahnärzten oder Apothekern werben.«

»Und Sie tun es trotzdem?«

»Nein. Die Ausgangslage verändert sich. Die jüngeren Ärzte sehen unser Engagement zunehmend kritischer. Ein Arzt hat mir mal offen ins Gesicht gesagt, er fühle sich beschmutzt, wenn er Geschenke von der Pharmaindustrie annehme. Es gibt eine Ärztevereinigung, die nennen sich ›Wir bezahlen unser Essen selbst‹. Stellen Sie sich das einmal vor! Als würden wir den Herren Doktoren nur das Essen zahlen!«

Assmuss schnaufte empört.

»Die wollen es nicht anders. Wir nehmen sie jetzt von einer anderen Seite her unter Feuer. Kern unserer neuen Strategie ist, dass die Patienten selbst verlangen, dass die Ärzte unsere Medikamente verschreiben. Wir wenden uns direkt an die Endverbraucher.«

Henry zog die Luft durch die Nase ein, beugte sich ein kleines Stück nach vorne, als wolle er etwas sagen, schwieg dann jedoch.

»Sehen Sie, der heutige Patient beschäftigt sich intensiv mit seiner Krankheit. Er liest Bücher über Gesundheitsthemen. Über Ernährung. Der moderne Patient hat ein gesteigertes Informationsbedürfnis. Wir befriedigen es.«

»Auch über Visceratin?«

»Sie fragen nun schon zum dritten Mal nach diesem Medikament, Henry. Leiden Sie an …«

»Ich stelle hier die Fragen.«

Assmuss legte beide Arme auf seinen Bauch. Er wirkte plötzlich sehr zufrieden.

Wir haben dich, Henry, dachte er. Wenn du nur einmal in deinem Leben Visceratin verschrieben bekommen hast, haben wir dich. Dein Name steht in irgendeinem Ärztecomputer. Die Polizei wird dich finden.

»Ich kann Ihnen helfen, Henry. Wenn Sie es möchten. Ich kenne die besten Ärzte, die besten ...«

»Letzte Warnung: Halten Sie die Klappe und beantworten Sie meine Frage.«

»Gut. Wie Sie wollen. Es war ein Angebot, Henry, mehr nicht. Wir erstellen Internetseiten für die Krankheiten, zu denen wir ein Medikament anbieten.«

»Wie heißen diese Seiten?«

Jetzt geht es nur noch darum, hier zu überleben. Henry ist Kunde. Es geht um ein verschreibungspflichtiges Medikament. Die Polizei wird ihn finden. Ich muss nur aus diesem Keller lebend rauskommen.

»Wie heißen die Seiten?«

Assmuss schreckte aus seinen Gedanken und nannte drei Internetseiten, und Henry tippte sie ein.

»Assmuss – das sind Seiten von Selbsthilfegruppen.«

»Klar, das ist ja das Geniale. Wir dürfen nicht werben. Wir sponsern Selbsthilfegruppen. Wir bieten ihnen an, endlich einen richtigen Internetauftritt zu gestalten. Auf unsere Kosten natürlich.«

Er lachte.

»Da gibt es Diskussionsforen. Da kann man sich austauschen. Erfahrungen mitteilen. Alles sieht professionell aus und nicht so selbstgebastelt wie zuvor.«

»Und die Selbsthilfeorganisationen machen das mit?«

»Erstens haben die kein Geld. Zweitens, wenn sie nicht mitmachen, gründen wir eben neue.«

»Sie gründen neue Selbsthilfeorganisationen?«

»*Direct to consumer advertising*‹ – die Patienten stehen im

Mittelpunkt unseres neuen Marketingkonzepts. Wir informieren sie. Wir wollen, dass sie zu ihrem Arzt rennen und unsere Medikamente verlangen. Und wenn er sie nicht verschreibt, gehen sie zum nächsten Arzt. Der verschreibt sie dann ganz sicher.«

Assmuss lachte wieder dieses meckernde Lachen.

»Es funktioniert, Henry. Wir schulen unsere Pharmareferenten um. Sie betreuen Selbsthilfeorganisationen. Sie organisieren Veranstaltungen. Sie organisieren die Mietmäuler. Sie helfen bei ...«

»Mietmäuler?«

»Sorry, Henry. Diesen Begriff dürfte ich gar nicht verwenden. Er ist mir rausgerutscht. Aber so nennt man in der Branche die Referenten, die gegen Bezahlung das Loblied auf unsere Produkte singen.«

»Können das auch Oberärzte sein oder gar Klinikchefs?«

»Das ist die unterste Stufe. Die setzen wir ein bei Patiententagen und Ähnlichem. Je glaubwürdiger, desto besser, Institutsleiter sind besser, die schreiben Aufsätze in den medizinischen Journalen, die wiederum die niedergelassenen oder die Fachärzte lesen.«

»Und treten auf diesen Veranstaltungen auch von Ihnen bezahlte Leute auf, geben sich als Patienten aus und sagen, wie gut Visceratin bei ihnen wirkt?«

»Ja. Das machen wir auch. Wir überlassen nichts dem Zufall.«

»Vielen Dank, Assmuss. Ich weiß nun, was ich wissen musste.«

Henry lehnte sich in seinem Stuhl zurück. Dann griff er an seine Hüfte, zog eine Pistole hervor und legte sie auf den Tisch.

»Sie sind das größte Stück Scheiße, das mir je zu Gesicht gekommen ist«, sagte Henry.

Er schob ein Magazin in die Waffe, und mit einem ratschenden Geräusch sprang die Patrone in den Lauf.

69. Dr. Rapp

»Ich rate Ihnen von Visceratin ab«, sagte Dr. Rapp.

Er saß hinter seinem Schreibtisch, zurückgelehnt, die Hände vor dem Bauch gefaltet und sah Finn und Daniel an.

»Warum?«, fragte Finn.

»Visceratin kann Ihre Krankheit nicht heilen. Und wir wissen zu wenig über die Nebenwirkungen. Sie können erheblich sein.«

»Es ist ein neues Medikament«, sagte Daniel. »Neuste Erkenntnisse sind in Visceratin eingeflossen.«

»Neue Medikamente sind häufig nicht die besseren Medikamente. Bei bekannten Präparaten kennen wir die Wirkung, wir kennen die Nebenwirkungen, aber bei den neuen …«

»Komm, Finn, wir gehen. Sorry, wir brauchen einen moderneren Arzt.«

»Daniel!«

»Finn. Wir gehen.«

Daniel stampfte zur Tür. Finn warf Dr. Rapp ein entschuldigendes Lächeln zu und folgte ihm.

70. Foto

Dengler wartete, bis ein Krankenwagen die Pforte passierte. Für einen Augenblick verstellte der Wagen den Blick des Pförtners, und diesen Augenblick nutzte Georg Dengler, um auf das Gelände der Charité zu huschen. Er ging die Straße an den Gleisen entlang bis zu dem roten Backsteinhaus, in dem sich das Büro von Bernhard Voss befand.

Dengler fuhr in den fünften Stock.

Im Flur zog er sein iPhone aus der Tasche und schaltete es an. Er aktivierte die Kamera. Vor der Tür von Biggi Bergengruens Büro atmete er kurz durch, dann riss er die Tür auf. Biggi Bergengruen schaute überrascht in die Kamera.

Dengler lief in den Flur zurück, fuhr mit dem Aufzug ins Erdgeschoss und verließ kurz danach die Charité.

***

»Wir haben einen Kontakt zu Denglers Handy. Er ist hier in Berlin.«

»Wo genau?«

»Er muss in der Charité sein?«

»Ist der verrückt?«

»Wir haben ein Signal von seinem Handy bekommen. Nur eine Minute lang. Aber eindeutig.«

Im Laufschritt stürmten sie aus dem Büro.

***

»Seit du nicht mehr hier bist, läuft alles anders«, sagte Maria. »Ich gehöre nicht mehr zum Führungskreis der Kommission. Schöttle hat andere Prioritäten.«

Finn Kommareck stand im Morgenmantel in ihrer Wohnung und telefonierte mit Maria.

»Aber wir haben eben ein Signal von Denglers Handy bekommen. Rat mal, wo er ist.«

»In der Charité?«, sagte Finn leise.

Selbst durchs Telefon hörte Maria, dass ihr jedes Wort Schmerzen bereitete.

»Ja. Ist das nicht irre? Was macht der da?«

»Er ermittelt«, flüsterte Finn Kommareck.

71. Olga ermittelt

Olga arbeitete fieberhaft.

Sie saß an ihrem Rechner und trank bereits die zweite Kanne Kaffee.

Sie fand die Rundmail, die »für die Dauer der Krankheit von KHK Finn Kommareck« die Leitung der Sonderkommission an Jörg Schöttle übertrug. Sie suchte einen Weg, in Schöttles Computer zu gelangen, aber sie fand keinen.

Finn Kommareck hatte, das entnahm sie einer anderen Mail, eine Sicherungschemotherapie hinter sich. Es gab ein Schreiben eines Amtsarztes: »Die Rückkehr von KHK Kommareck ins Amt ist nicht wahrscheinlich.«

Das war schlecht für Finn Kommareck, aber auch schlecht für Georg.

Sie fand heraus, dass Finn Kommareck den Arzt gewechselt hatte, von einem Dr. Rapp zu einer Klinik in Dahlem. Der behandelnde Arzt hieß nun Dr. Häußler.

Als die medizinische Assistentin von Dr. Häußler am Morgen den Rechner hochfuhr, erhielt sie die Meldung »Adobe Reader – Neues Update vorhanden«. Sie kannte diese Meldung, sie erschien von Zeit zu Zeit. Wie üblich drückte sie auf den Download-Knopf.

Eine halbe Stunde später las Olga Finn Kommarecks Krankenakte.

***

Der Arzt hatte notiert, dass Kommarecks Mann Daniel die treibende Kraft hinter dem Arztwechsel war. Daniel setzte große Hoffnungen in ein Medikament namens Visceratin. Olga fand die Adresse von Kommareck, ihre Versicherung und die Anschrift des nächsten Verwandten: Daniel Kommareck und dessen Handynummer und seine private

E-Mail-Adresse: daniel.kommareck@web.de. Die Krankenakte notierte akkurat die Nebenwirkungen des Medikaments
an der Patientin.
Olga tat die Frau plötzlich leid.
»Teilnahme AWB« stand in der Akte.

72. Dengler in der K-Bar

Im Dezember verlor Berlin seine Reize. Der Himmel war
grau und missgelaunt und peinigte die Stadt mit einer Mi-
schung aus Kälte, Regen, Wind und Schnee. Dengler warte-
te in einem Café, bis die K-Bar öffnete. Durchs Fenster sah
er, wie Jack neue Flaschen in das Regal der Bar stellte, Gläser
und den Tresen polierte. Als die ersten Gäste die schwere
Eingangstür öffneten, ging auch Dengler hinüber.
»Hallo Jack.«
Der Barkeeper sah nur kurz auf.
»Neue Frisur, Herr Kommissar.«
»Sie haben ein gutes Gedächtnis, Jack.«
»Bringt die Bar mit sich. Muss mir Gäste merken und was sie
trinken. Jack Daniels?«
»Gern.«
Jack schenkte ein.
Dengler zog das iPhone aus der Tasche und schaltete es an.
Er zeigte ihm das Foto von Biggi Bergengruen.
»Das ist die Alte von dem Prof, der umgelegt wurde. Hab ich
doch gesagt, wahrheitsgemäß oder?«
»Wahrheitsgemäß«, sagte Dengler, schaltete das Telefon aus
und zahlte.
Als er die Bar verlassen hatte und die Kantstraße hinauf zur
S-Bahn ging, rasten zwei Streifenwagen an ihm vorbei. Von

ferne hörte er weitere Martinshörner. Die Fahndung nach ihm funktionierte.

Aber ihr kommt zu spät, dachte er und ging weiter.

73. SMS an Daniel

Daniel heulte wie ein kleines Kind.

Finn schlief. Endlich einmal. Seit drei Tagen hatte sie gekotzt und geschissen, ohne Vorwarnung. Sie schrie vor Schmerzen. Ihr Gesicht war aufgequollen. Sie glaubte zu ersticken.

Es war die Hölle.

Aber er würde ihr beistehen.

Sie würden diese fürchterliche Krankheit besiegen.

Alles würde gut werden.

Hoffentlich stirbt sie nicht.

Erschöpft ließ er sich auf den Küchenstuhl fallen.

Er hatte seine Tränen nicht mehr unter Kontrolle.

Sein Diensthandy hupte. Eine SMS war gekommen.

Er hatte doch Urlaub.

Sind Sie sicher, dass Visceratin das Richtige für Ihre Frau ist?

Eine SMS ohne Absender!

Was ist das für eine Scheiße, dachte er und weinte. Was ist denn das für eine gottverdammte Scheiße.

Im Schlafzimmer stöhnte Finn, und er ging zu ihr.

***

Es dauerte einige Stunden, bis Olga begriff, wofür AWB stand. Es stand für Anwendungsbeobachtung. Aber eigentlich machte Dr. Häußler nur ein Kreuz in ein Formular, wenn er Visceratin verordnete. In seiner Buchhaltung gab es aber einen Posten Abrechnung Anwendungsbeobachtung Visceratin. Die Firma *Peterson & Peterson* überwies ihm jeden Monat zwischen 5000 und 6000 Euro. Je nach Zahl der Visceratin-Verordnungen.

Olga rief ihre Frauenärztin an und fragte sie, was das bedeutete. Sie erfuhr, dass es sich wohl um eine versteckte Provisionszahlung des Herstellers des Medikaments handelte.

»Das gibt es leider. Es gibt Kollegen, die es mit dem Eid des Hippokrates nicht so ernst nehmen.«

»Wie erfahre ich mehr über dieses Medikament?«

»Ich schicke dir die Adressen einiger Datenbanken, in denen du etwas über die Ergebnisse medizinischer Metastudien findest. Du kannst mich jederzeit fragen, wenn du etwas nicht verstehst.«

Sie kochte noch eine Kanne Kaffee.

74. Nelken

Ihre Adresse fand er in einem Telefonbuch, das er sich in einem Restaurant auslieh. Biggi Bergengruen wohnte in einem Hinterhof in der Immanuelkirchstraße in Prenzlauer Berg. Dengler kaufte sich einen Strauß langstieliger Nelken und klingelte.

»Fleurop. Ein wunderschöner Strauß für Sie«, sagte er in die Sprechanlage.

Sie ließ ihn ein.

Er hielt sich den Strauß vors Gesicht, als sie die Tür öffnete.

»Bitte schön«, sagt er, streckte ihr die Nelken entgegen und stieß sie in die Wohnung, als sie danach griff.

★★★

319

»Er ermittelt«, sagte Maria.

Schöttle bekam einen Wutanfall.

»Das ist ein Mörder. Mörder ermitteln nicht.«

»Er hat dem Barkeeper ein Bild gezeigt.«

»Er hat dem Barkeeper das Bild von Voss' Frau gezeigt. Aber das macht keinen Sinn. Die Frau wird jetzt bewacht. Der Irre will sie vielleicht auch umlegen.«

»Ich sage dir, Dengler ermittelt. Er war Polizist. Er macht Polizeiarbeit.«

»Du hast den totalen Schuss, Maria.«

***

Metastudien, das lernte Olga, sind Studien, die die Ergebnisse von vielen Einzelstudien zusammenfassen. Visceratin war eine neue Substanz. Bei einer verschwindend kleinen Gruppe von Patienten schlug das Medikament an und verlängerte die Lebenszeit um einige Monate. Der Preis waren schreckliche Nebenwirkungen. Für die meisten Patienten jedoch war Visceratin wirkungslos. Zwar bremste es das Tumorwachstum in der Anfangsphase der Behandlung, dann aber brach sich die Krankheit umso stärker ihre Bahn. Diese Patienten gewannen nichts. Nur zusätzliches Leid durch unsagbare Nebenwirkungen.

Peterson & Peterson bewarb das Medikament aber für alle Patienten und steigerte den Absatz mit falschen Studien und schlecht getarnten Provisionszahlungen an die Ärzte, die das Spiel auf Kosten todkranker Patienten mitspielten.

Olga kopierte die Unterlagen, die sie fand. Sie stellte ein langes Dossier zusammen und schickte es an die Adresse, die sie in der Krankenakte gefunden hatte – daniel.kommareck@web.de. Diesmal gab sie einen Absender an. Eine fiktive Identität natürlich, zu der nur sie Zugang hatte.

***

Maria setzte das Blaulicht aufs Dach und raste durch Berlin. Sie war wütend. Seitdem Schöttle Chef war, ging nichts voran.

Vor der *K-Bar* bremste sie.

»Also das wird mir jetzt langsam zu viel, diese Fragerei. Er hat mir das Foto gezeigt. Von der Frau von diesem Voss, der in der Charité erschlagen wurde. Mehr war da nicht.«

»Eine blonde, hochgewachsene Frau?«

»Ne. Jetzt fang nicht auch noch mit der Blonden an. Die war rothaarig.«

»Er hat Ihnen das Bild einer rothaarigen Frau gezeigt?«

»Ja. Logo. Rothaarig.«

Maria wählte die Nummer der Einsatzzentrale.

»Ich brauche die Wohnung von Biggi Bergengruen. Zeugin im Fall Voss. – Immanuelkirchstraße 34. Danke.«

Sie setzte sich in ihren Wagen und gab Gas.

***

Biggi Bergengruen saß auf dem Boden. Sie hielt die Arme vors Gesicht.

»Ich werde wegen Mordes gesucht. Also: Wenn Sie mir die Wahrheit sagen, geschieht Ihnen nichts. Wenn Sie lügen, schlag ich Sie tot.«

Biggi Bergengruen schniefte durch die Nase und nickte. Sie hatte Angst.

»Sie hatten ein Verhältnis mit Voss! Stimmt das?«

Sie nickte.

»Wie lange schon?«

»Es war schon vorbei.«

»Es war vorbei?«

»An dem Abend, als er beschuldigt wurde … an diesem Abend hat er sich von mir getrennt.«

»Warum?«

»Er liebte seine Frau und … seine Kinder. Ich hatte keine

Chance. Ich hatte nie eine Chance. Aber ich wusste es nicht. Ich war eine dumme Kuh.«

»Hatten Sie an dem Abend Sex?«

Sie schaute ihn an. Stolz hob sie den Kopf.

»Jawohl. Ein Abschiedsfick. Ein richtig guter Abschiedsfick.« Sie wischte sich die Nase mit dem Handrücken ab.

»Wo ist das Sperma geblieben?«

»Sind Sie pervers oder was?«

»Wo?«

»Im Pariser. Im Kondom, wenn Sie's lieber vornehmer haben.«

»Wo ist das Kondom?«

Sie sah ihn misstrauisch an.

»Im Mülleimer. Und den hat er in seinem klinischen Sauberkeitsfimmel immer selbst runtergebracht. Wie jedes Mal.«

»Danke«, sagte Dengler und ging.

75. Erste Lüge

Daniel überprüfte das Dossier, so gut er konnte, anhand von Informationen aus dem Internet. Er rief Dr. Häußler an.

»Herr Dr. Häußler, eine Frage: Ist meine Frau bei Ihnen in einer Anwendungsbeobachtung?«

Die Antwort kam nach einem kurzen Zögern.

»Ja. Ihre Frau ist in einer AWB. Wir sind gesetzlich gehalten, diese Studien durchzuführen. Insbesondere bei neuen Medikamenten sind sie sehr hilfreich.«

»Bekommen Sie dafür Geld von *Peterson & Peterson*?«

»Selbstverständlich wird diese Leistung honoriert.«

Er war so schlau wie zuvor.

Also schrieb er an die unbekannte Adresse.

»Ich würde am liebsten mit jemandem von dieser Firma reden.«

Die Antwort kam drei Stunden später. Es war ein Auszug aus dem elektronischen Terminkalender von Dr. Dirk Assmuss. Er würde morgen in dem Londoner Büro sein. Ein paar Tage später in Berlin.

»Finn«, sagte er zu seiner Frau, und zum ersten Mal belog er sie. »Ich habe mit Dr. Häußler gesprochen. Du sollst die Tabletten absetzen. Für zwei Wochen.«

Finn nickte.

Erleichtert.

***

Daniel Kommareck nahm die Maschine am frühen Morgen, und kurz vor 13 Uhr wartete er vor der Niederlassung von *Peterson & Peterson* in der Londoner Exeter Street. Er wusste, dass Assmuss mit Susan Heinze, seiner Londoner Niederlassungsleiterin, im *Strand Carvery* zum Essen verabredet war. Er hoffte, dass die beiden die kurze Strecke zu Fuß gingen, und er hatte recht.

Er war überrascht, wie wuchtig dieser Mann war, hochgewachsen und wuchtig.

Als er mit einer schlanken Brünetten und zwei Sicherheitsleuten aus dem Haus trat, sprach er ihn an.

»Herr Dr. Assmuss, entschuldigen Sie, meine Frau ist sehr krank.«

Assmuss blieb stehen und sah zu ihm hinunter. Daniel kam sich vor wie ein Bittsteller. Aber das war er wohl auch.

»Sie wird mit Ihrem Medikament Visceratin behandelt. Aber ich habe Angst, dass sie an den Nebenwirkungen stirbt. Können Sie mir helfen?«

Assmuss schaute ihn aus blauen, wässrigen Augen an.

»Fragen Sie Ihren Arzt oder Apotheker.«

Er drehte sich um.

»Aber Sie wissen doch sicher ...«

Assmuss winkte nur einmal kurz, und plötzlich griffen ihn die beiden Männer und drückten ihn zu Boden. Als sie ihn losließen, war Assmuss weg.

***

Als er am Nachmittag wieder in Berlin landete, wusste er, was er zu tun hatte.

Dichte Schneeflocken trieben in der Luft, und es war bitterkalt. Die S-Bahn brachte ihn weit in den Osten. Am frühen Abend klopfte er an die Ateliertür des Kunstmalers Felix Kunert.

Der Maler stand in einem blauen Werkkittel vor der Leinwand. Neben dem glühenden Bollerofen hatte er die rote Couch ausgezogen. Auf ihr lag gelangweilt eine nackte Frau und betrachtete ihre grün gefärbten Nägel.

Als Kunert ihn erkannte, verzog er das Gesicht.

»Du passt jetzt gar nicht hierher. Ich hab gerade eine Schaffensphase, die ich nicht unterbrechen kann.«

Die Frau sah zu Daniel hinüber und gähnte.

»Sie liegt da schon seit drei Stunden«, sagte Kunert entschuldigend.

»Ich muss mit dir reden.«

Kunert sah Daniel Kommarecks ernstes Gesicht und rief dem Modell »Feierabend für heute« zu.

»Schnaps?«, fragte er.

Daniel nickte.

Zu zweit saßen sie dann an Kunerts blau lackiertem Tisch. Sie hoben die Gläser und stürzten den Schnaps hinunter.

»Ich schlage dir ein Geschäft vor.«

»Die Geschäfte mit dir sind immer sehr anstrengend. Und meistens nicht freiwillig.«

»Ich werde dich in Ruhe lassen.«

»Für immer?«

»Für immer.«

»Und was willst du dafür?«

»Den Keller unter dem Atelier. Für eine Woche oder zehn Tage.«

»Mmh.«

»Und in dieser Zeit ist von dir hier nichts zu sehen.«

»Und dann willst du keine Auskünfte mehr? Nie wieder?«

»Nie wieder.«

Kunert stand auf und griff in die Tasche.

Er legte einen Schlüsselbund auf den Tisch.

»Einverstanden«, sagte er.

***

Der Rest war erstaunlich einfach. Bei den Asservaten gab es die Uniform, die ein Einbrecher benutzt hatte, um unbemerkt ins Adlon zu kommen. Er lieh sie sich aus, quittierte den Empfang. Die Hosen mussten länger gemacht werden, das Jackett spannte etwas – aber es funktionierte. Der Unbekannte aus dem Internet schickte ihm eine Schriftprobe von Susan Heinze. Er übte, bis er ihre Handschrift halbwegs beherrschte. Dann schrieb er auf ein Blatt Papier:

Ich muss dich dringend sprechen. Susan

Er war gerüstet.

76. Verhaftung

Dengler ging vorsichtig die Stufen hinunter.

Er war nicht sicher, ob er etwas Wesentliches erfahren hatte. Aber vielleicht war es ein Anfang. Biggi Bergengruen hatte ein Verhältnis mit Voss gehabt. Dessen Sperma war in einem Kondom und dann im Müll gelandet. Aber wie war es auf die Leiche von Jasmin Berner gekommen? Wenn er das herausfand, konnte die Polizei ihn nicht länger verdächtigen, Voss erschlagen zu haben. Die Ermittlungen mussten dann neu aufgerollt werden.

***

Maria Marksteiner raste mit Sirene und Blaulicht die Prenzlauer Allee entlang. Auf der Höhe des St. Marienfriedhofs schaltete sie beides ab, ohne den Fuß vom Gas zu nehmen. Als sie in die Immanuelkirchstraße einbog, schleuderte der Wagen auf der glatten Fahrbahn. Sie steuerte dagegen und brachte ihn wieder unter Kontrolle. Ein Rentner hob seinen Gehstock drohend in die Winterluft. Langsam fuhr sie die Straße hinab.

Als sie an dem Haus 34 ankam, schloss Dengler gerade die Tür hinter sich. Maria fuhr den Wagen an den Rand. Sie stieg aus und lud ihre Waffe durch.

»Keine Bewegung – oder ich schieße!«

»Umdrehen. Auf den Boden.«

Die Handschellen ratschten.

»Ich brauche zwei Streifenwagen, Immanuelkirchstraße 34, schnell.«

***

Olga erfuhr von der Festnahme Georg Denglers durch eine Online-Meldung des Berliner *Tagesspiegel*.
Sie packte ein paar Sachen zusammen und machte sich auf den Weg zum Flughafen.

77. Ende

»Sie sind das größte Stück Scheiße, das mir je zu Gesicht gekommen ist«, wiederholte Daniel Kommareck.
Assmuss atmete schwer.
»Dann mach doch Schluss, Henry. Mach Schluss. Dann kommt ein anderer. Ich kenne mindestens drei, die schon an meinem Stuhl sägen. Es geht dann nämlich grad so weiter, Henry. 40 Prozent Umsatzrendite. Dagegen hilft dein Revolver nichts, Henry. Ich will dir mal was sagen. Ich habe Kinder, Henry. Zwei. Einen Jungen und ein Mädchen. Und weißt du, was ich abgelehnt habe? Ich will dir mal was erzählen. Ich war neulich auf einem jugendmedizinischen Kongress. Im Programmheft war eine Werbung eines anderen Konzerns. Da las ich: *Heute hat die Schule Spaß gemacht! Und ich war früher mit den Schulaufgaben fertig! Was für ein toller Tag!* Kennst du Kinder, Henry, denen Schulaufgaben Spaß machen? Sind die krank? Und weiter stand dort: *Für Kinder mit ADHS ist die Schul- und Hausaufgabenzeit mit Schwierigkeiten behaftet. Equasym © Retard ist genau für diesen Zeitraum konzipiert.* Solche Sachen hat *Peterson & Peterson* nie gemacht. Das habe ich nämlich verhindert. Wir therapieren keine gesunden Kinder. Wir erfinden keine Krankheiten wie ADHS, nur um Psychopharmaka zu verkaufen.«
Er lehnte sich schwer atmend in seinem Stuhl zurück.
»Erschieß mich doch, du Arschloch.«

In dieser Nacht ließ er Dirk Assmuss frei. Er warf ihn aus dem schwarzen Van, irgendwo im Norden von Berlin.

★★★

Finn Kommareck lag wach.
Er hat eine Freundin, dachte sie.
Daniel hatte seinen Jahresurlaub genommen. Angeblich um sie zu pflegen. Aber tagsüber war er nicht bei ihr. Und heute Nacht war er auch nicht nach Hause gekommen.
Konnte sie es ihm verübeln?
Es geht immer wieder besser. Trotzdem: Ich bin ja keine richtige Frau mehr für ihn.
Still weinte sie sich in den Schlaf.
Als er in der Nacht zu ihr ins Bett kroch, rückte sie schlafend von ihm ab.

★★★

Am Morgen stand sie bereits um halb sieben Uhr auf.
Daniel blinzelte.
»Ich fahre ins Präsidium«, sagte sie. »Maria hat gestern Abend den Dengler festgenommen.«
»Ich muss mit dir reden«, sagte Daniel.
Finn sah ihn nachdenklich an.
Das wird auch Zeit, dachte sie. Jetzt kommt die Beichte mit der neuen Freundin.
Aber jetzt wollte sie das nicht hören.
»Wir reden, wenn ich zurück bin.«

★★★

Finn Kommareck ging durch die bekannten Gänge des Polizeipräsidiums. Es war fast wie immer. Hin und wieder grüßte jemand. Die meisten Polizisten und Zivilkräfte kannte sie nicht. In der Mordkommission war es anders. Die Kollegen kamen auf sie zu, gaben ihr die Hand, und als sie auf die Vernehmungsräume zuging, folgte ihr eine kleine Prozession. Schöttle eilte ihr entgegen.

»Hast du gehört? Wir haben ihn.«

»Ich werde ihn verhören.«

»Du bist krank.«

»Ich bin wieder da. Maria soll mitkommen.«

Schöttle biss sich auf die Lippen.

**

»Wir haben Donnerstag, den 16. Dezember 2010. Vernehmung des Georg Dengler als Beschuldigten in Sachen Mord an Jasmin Berner und Bernhard Voss. Es ist 9 Uhr und 23 Minuten.«

Sie sah Dengler an.

»Herr Dengler, wir haben in Ihrer Wohnung die Mordwaffe gefunden, mit der Jasmin Berner und Bernhard Voss getötet wurden. Möchten Sie dazu etwas sagen?«

»Ich möchte etwas sagen. Es ist noch eine Theorie, aber Sie sollten sie überprüfen. Biggi Bergengruen hatte eine Affäre mit Bernhard Voss. Voss hat sie am Vorabend seiner Verhaftung verlassen. Sein Sperma war in einem Kondom, und das Kondom war in einem Müllbeutel, den er selbst in den Container im Hof getragen hat. Ich weiß nicht, wie es dann an die Leiche von Jasmin Berner gekommen ist. Aber das könnte der Weg gewesen sein.«

»Diese Geschichte hat er gestern Abend nach seiner Festnahme schon einmal erzählt. Frau Bergengruen bestreitet es«, sagte Maria zu Finn Kommareck.

»So hat sie es aber mir erzählt.«

»Sie haben sie bedroht.«

»Prüfen Sie meine Ermittlungen besser nach.«

»Das machen wir.«

Finn nahm ihr Handy und wählte.

»Professor Kokost bitte. Hier Finn Kommareck, Mordkommission Berlin. Nein – sofort.«

Warten.

»Professor Kokost, hier spricht Finn Kommareck. Sie haben die Leichenschau an dem Mädchen vorgenommen, an Jasmin Berner. Hätten Sie bemerkt, wenn das Sperma vorher in einem Kondom gewesen wäre?«

Aufmerksam hörte sie den Ausführungen des Professors zu. Sie zog nachdenklich eine Braue in die Höhe.

»Wenn Sie das nicht feststellen können, wen bitte muss ich dann fragen? – Die KTU? Ich danke Ihnen.«

Sie beendete das Gespräch.

»Die Rechtsmedizin kann tatsächlich nicht feststellen, ob das Sperma vorher irgendwo gelagert war. Wir werden jetzt eine kriminaltechnische Untersuchung veranlassen. Maria, würdest du das machen? So schnell es geht? Wir unterbrechen die Vernehmung, bis ein Ergebnis vorliegt.«

Sie gab dem uniformierten Polizisten ein Zeichen, und Dengler wurde abgeführt.

***

»Du bist aber schnell zurück!«

»Ja. Koch uns einen Tee. Dann höre ich mir deine Beichte an.«

»Woher weißt du, dass es eine Beichte ist?«

Finn Kommareck zuckte mit den Schultern.

»Es ist tatsächlich eine Beichte.«

Daniel brachte zwei Tassen Tee. Sie setzten sich an den kleinen Tisch im Wohnzimmer.

»Ich habe etwas Schlimmes gemacht.«

Finn atmete tief ein.

»Ich habe jemanden entführt.«

»Du – hast was?«

»Ich habe jemanden entführt. Den Chef der Firma *Peterson &*
Peterson. Das ist die Firma, die dein Medikament herstellt.«
Dann erzählte er, was er getan hatte.
Es dauerte lange. Draußen wurde es schon dunkel. Danach
war es lange still zwischen ihnen.
»Sag was, Finn. Bitte.«
»Erzähl mir das noch einmal. Die Geschichte, wie die Phar-
mafirmen Forschungsergebnisse von den Unikliniken ab-
greifen.«
»Sie forschen selber kaum mehr nach neuen Wirkstoffen.
Das ist ihnen zu teuer. Sie zahlen den öffentlichen For-
schungseinrichtungen ein paar Millionen und verdienen da-
mit ein Vielfaches.«
»Das ist das Motiv!«
»Das ist was? Finn, was redest du? Ich hab dir eben gestanden, dass ich ein Verbrecher bin.«
Sie küsste ihn.
»Und ich dachte, du hast dir eine kleine Freundin gesucht.«
»Ich? Finn, ich liebe …«
»Ich weiß«, sagte sie. »Aber du hast mir eben das Motiv für
den Mord an Bernhard Voss geliefert. Wir wissen, dass er
die Drittmittelsatzung der Charité ändern wollte. Medizinische Forschungsergebnisse sollten allen Menschen, auch
Bedürftigen zu Gute kommen. Ich habe die Bedeutung die-
ses Beschlusses nicht begriffen. Damit werden die Interessen
der Pharmakonzerne beschnitten. Er hat in ein Wespennest
gestochen, und wahrscheinlich wusste er es nicht einmal.«
Sie küsste Daniel auf die Nasenspitze.
»Jetzt muss ich dringend ins Präsidium.«

***

»Haben wir die Ergebnisse der KTU?«
»Noch nicht. Sie melden sich sicher bald. Sie haben unsere
Untersuchung vorgezogen.«

»Erinnert ihr euch, als wir über Voss gesprochen haben? Den guten Menschen. Vorbildlicher Familienvater. War er vielleicht auch. Großer Forscher. War er auch. Wollte, dass alle Menschen, unabhängig von ihrem Einkommen, an medizinischen Forschungsergebnissen der Charité teilhaben. Wir haben gedacht, das alles sei Tarnung. Und haben in der Fratze des Mörders und Vergewaltigers das wahre Gesicht des Bernhard Voss gesehen. Was ist, wenn es diese Fratze nie gegeben hat?«

»So zu denken, hat Maria schon einmal vorgeschlagen«, sagte Peter Dahlheimer.

»Es geht um Forschungsergebnisse. Was geschieht, wenn die öffentlichen Forschungseinrichtungen ihre Ergebnisse nicht mehr billig an die großen Pharmariesen abgeben?«

»Bernhard Voss wollte, dass bei der Vermarktung von Universitätsforschungen soziale Aspekte zu berücksichtigen seien. So stand es in dem Antrag für den Fakultätsrat, der auf seinem Rechner war«, sagte Schöttle.

»Ich will eine Liste der Mitglieder dieses Fakultätsrates.«

»Sofort.« Schöttle verließ den Raum.

Ein uniformierter Polizist brachte Maria einen Zettel. Sie las ihn und sagte dann: »Die KTU meldet Neuigkeiten.«

Gespanntes Schweigen.

»Die Kollegen von der Kriminaltechnik fanden in dem Sperma von Bernhard Voss, das auf und in der Leiche von Jasmin Berger sichergestellt wurde, Rückstände von Nonoxynol 9. Das ist ein Wirkstoff, der zur Herstellung Spermien-abtötender Mittel verwendet wird, auch Spermizide genannt. Viele Hersteller von Kondomen verwenden spermizide Gleitmittel in ihren Produkten. Es kann als sicher angenommen werden, dass sich das Sperma von Bernhard Voss in einem Kondom befand, bevor es auf die Leiche von Jasmin Berger gelangte.«

»Wir lassen Georg Dengler laufen«, sagte Kommareck. Niemand widersprach.

Schöttle brachte kurz danach die Personenliste des Fakultätsrats.

Finn Kommareck überflog sie.

»Sieh mal an. Zwei Bekannte haben wir da. Professor Schulz gehört diesem Rat an. Er behandelte Voss, als er floh. Der SEK-Leiter behauptete später, Schulz habe Voss die Flucht erst möglich gemacht. Rüdiger Voss gehört dem Gremium auch an. Ich brauche von allen die Telefon- und Verbindungsdaten zwei Wochen vor und drei Wochen nach den beiden Morden.«

»Ist schon veranlasst«, sagte Schöttle.

»Ich will diesen Rat sehen. Trommelt sie zusammen, und zwar jetzt. Wenn jemand nicht kommen will, holt ihn mit dem Streifenwagen.«

78. Konferenz

Niemand sagte Dengler, warum er freigelassen wurde. Weder Maria Marksteiner noch Finn Kommareck erschienen. Der Wärter schloss seine Zelle auf und sagte: »Glück gehabt. Sie können gehen.«

»Warum?«

Der Mann zuckte mit der Schulter.

Dengler erhielt sein Handy zurück, seinen Gürtel, seine Schnürsenkel und den Rest der verbliebenen sechshundert Euro, die eigentlich Marta gehörten. Er unterschrieb die Empfangsbestätigung.

Er schaltete das Telefon an und rief Olga an.

»Ich bin gerade gelandet«, sagte sie.

Eine Stunde später schlossen sie sich in die Arme.

»Zum ersten Mal, seit wir uns zuletzt gesehen haben, bin ich ohne Überwachung durch die Polizei«, sagte sie und sah sich um.

Sie saßen in einem Café und erzählten sich, was sie in den letzten Wochen erlebt hatten.

»Rüdiger Voss hat seinen Bruder abgeholt. Wir müssten herausfinden, ob er gesehen hat, wie sich jemand an dem Müll zu schaffen machte. Oder einfach nur vor dem Haus der Biggi Bergengruen stand. Wie auch immer.«

»Gut möglich«, sagte Olga.

»Wir fragen ihn.«

Dengler wählte.

»Seine Sekretärin sagt, er sei zu einer wichtigen Konferenz gerufen worden. Er ist in die Charité gefahren. Sie hat mir den Weg zum Konferenzraum beschrieben.«

Olga nickte. Dengler zahlte.

***

Schöttle lief im Laufschritt durch den Flur und stolperte fast, als er Finn Kommarecks Büro betrat.

»Die Rekonstruktion der Anrufe ergab: Voss, also Bernhard Voss, ruft seine Frau an. Er sagt ihr, dass er sich stellen und seinem Bruder Rüdiger Unterlagen übergeben will. Im Keller der Charité. Voss' Frau ruft Rüdiger Voss an und sagt ihm genau das. Rüdiger Voss fährt daraufhin in die Charité, trifft dort aber nach eigener Aussage zu spät ein. Rüdiger Voss ist zum Zeitpunkt des Mordes an seinem Bruder Bernhard also nicht im Krankenhaus. Er ruft aber – jetzt kommt der springende Punkt – ein amerikanisches Handy an. Direkt nachdem die Frau von Bernhard Voss ihn angerufen hat. Das Handy gehört einem gewissen Jeffrey Beck, der in Berlin eine Sicherheitsfirma betreibt. Wir haben nur auf die Verbindungen von Rüdiger Voss zu seinem flüchtigen Bruder geachtet, seine weiteren Telefonate aber nicht beachtet. Beck war Mitarbeiter der ehemaligen amerikanischen Söldneragentur Blackwater. Er hat sich, wie viele andere auch, selbstständig gemacht. Auf seiner Homepage sind eine Reihe von Pharmafirmen als Kunden eingetragen. Allerdings auch andere Firmen.«

»Wir müssen ihn fragen.«

»Dringend.«

»Bring ihn her.«

***

Elf Männer und drei Frauen saßen um einen Konferenztisch in der Charité und schwiegen. Dengler öffnete die Tür.

Zwei der Männer kannte er. Professor Schulz, der Voss behandelt hatte, und Rüdiger Voss. Es herrschte eine gereizte Stimmung in dem Zimmer. Einige der Männer blätterten in Akten, andere unterhielten sich leise, zwei telefonierten.

»Sind Sie von der Polizei? Wir können hier nicht ewig warten. Wir müssen zurück in …«.

»Ich bin nicht von der Polizei«, sagte Dengler.

Rüdiger Voss war aufgesprungen und starrte Dengler an.

Schulz dagegen schien ihn nicht zu erkennen.

Voss kam drohend auf Dengler zu.

»Ich habe Ihrem Bruder nichts getan«, sagte Dengler. »Die Polizei hat mich freigelassen. Ich war es nicht.«

»Was wollen Sie hier?«

»Ich möchte Sie etwas fragen. Ich habe herausgefunden, dass Ihr Bruder ein kurzes Verhältnis mit seiner Sekretärin hatte, mit Frau Bergengruen. An dem Abend, als das Mädchen umgebracht wurde, hat er sie besucht. Er trug selbst den Mülleimer mit einem gebrauchten Kondom nach unten in den Container. Jemand muss das gewusst und das Kondom an sich genommen haben. Ich nehme an, dass Jasmin so lange gefangen gehalten wurde, bis der Täter endlich über das Sperma Ihres Bruders verfügen konnte.«

»Kommen Sie mit nach draußen«, sagte Voss leise. »Das brauchen meine Kollegen nicht zu hören.«

»Ich warte hier«, sagte Olga.

Er öffnete eine Tür, und sie traten in einen weiteren Konferenzraum. Voss führte ihn in den angrenzenden Raum, in ein Labor mit einem Schreibtisch und elektronischen Geräten. Auf dem Tisch standen Flaschen und Gefäße mit farbigen Flüssigkeiten. Voss starrte zum Fenster hinaus.

»Das ist ja eine ziemlich verschrobene Geschichte«, sagte er.

»Sie haben Ihren Bruder an diesem Tag abgeholt. Denken Sie nach! Fiel Ihnen irgendetwas auf? Haben Sie jemanden gesehen, der sich an dem Müllcontainer in der Immanuelkirchstraße zu schaffen machte? Jemand, der dort herumstand und wartete? Irgendetwas? Irgendetwas Besonderes?«

Voss dreht sich langsam um.

»Wer sollte denn so etwas machen?«

Seine rechte Hand tastete hinter seinem Rücken nach einer Flasche.

Dengler sagte: »Sie … ? Sie haben es getan!«

Voss schlug zu.

Die Flasche traf Dengler seitwärts am Kopf. Er ging zu Boden. Voss schlug noch einmal zu, die Flasche zerbrach. Dengler verlor das Bewusstsein. Eine blaue Flüssigkeit floss über sein Gesicht und seinen Hals.

***

»Danke, dass Sie auf mich gewartet haben. Wir gehen mittlerweile nicht mehr davon aus, dass Professor Voss die kleine Jasmin Berner ermordet hat.«

Finn Kommareck konnte das Aufatmen im Raum deutlich spüren.

»Wir haben Grund zur Annahme, dass ein Antrag, den Professor Bernhard Voss für Ihr Gremium vorbereitet hat, der Grund für seine Ermordung war.«

Raunen im Saal.

»Wer von Ihnen wusste, dass Voss eine ›Sozialklausel‹ in die Drittmittelsatzung einbringen wollte?«

Der Vorsitzende hob den Kopf.

»Professor Voss hat eine Untersuchung über unsere Lizenzverträge mit der Industrie durchgeführt. Ich kenne die Ergebnisse noch nicht, aber wir sind sehr gespannt.«

Professor Schulz meldete sich: »Ich kenne die Ergebnisse im Detail auch nicht. Kollege Voss sagte mir in einem privaten Gespräch, er wolle erreichen, dass unsere Forschungsergebnisse auch armen Menschen nutzen. So etwas in der Richtung. Ich war sehr gespannt auf die Präsentation seiner Arbeit. Aber ganz sicher weiß sein Bruder Rüdiger davon mehr, Professor Rüdiger Voss.«

»Wo steckt der eigentlich?«, fragte Kommareck.

In diesem Augenblick schrie jemand im Nebenzimmer. Eine Frauenstimme.

Finn Kommareck sprang auf.

Die Tür sprang auf.

Olga stand in der Tür. Sie stützte Georg Dengler, dessen Gesicht mit blauer Farbe und Blut überströmt war.

»Er ist über das Treppenhaus abgehauen«, sagte Dengler.

Kommareck sprang auf und rannte los.

Ihr Gesicht zeigte große Schmerzen.

Aber sie lief.

Dengler atmete einmal tief durch und folgte ihr.

Maria Marksteiner und Schöttle zogen ihre Waffen und rannten ebenfalls los.

Kommareck erreichte als Erste die Tür zum Treppenhaus. Sie schaute die Treppen nach unten. Dengler trat neben sie.

Unten klappte eine Tür.

»Er ist im Keller«, sagte Dengler.

»Schöttle, alle Streifenwagen in die Nähe der Charité. Versucht, das Gelände abzuriegeln!«

»Keine Chance. Zu groß. Zu viele Ausgänge.«

»Versuch's, verdammt noch mal.«

Kommareck rannte bereits die Treppen hinab. Dengler und Maria folgten ihr. Schöttle brüllte Befehle in ein Funktelefon. Kommareck riss die Kellertür auf. Drei asiatisch aussehende Männer schoben große Wagen mit Bettwäsche vor sich her. Kommareck fragte sie etwas. Sie schüttelten die Köpfe. Weiter.

***

Rüdiger Voss rannte und rannte.

Er sah seinen Bruder vor sich. Blass. Krank. In Gefangenenkleidung.

Er rannte schneller.

Nie würde er in Moabit enden.

Er rannte noch schneller.

Er rannte wie in Trance.

Hier unten würde ihn niemand finden.

Plötzlich blieb er stehen. Rechts und links waren die beiden Nischen, aus denen drei Rohre sich über die Decke auf die andere Seite des Ganges schlängelten.

An dieser Stelle hatte er seinen Bruder erschlagen.

Er wollte weiterlaufen, aber es gelang nicht.

Nur einen Augenblick ausruhen!

Er drückte sich in die Nische.

***

Dengler und Kommareck sahen sich an. Sie blieben abrupt stehen. Kommareck gab Maria ein Zeichen: Geh rechts vor. Sie gab Dengler ein Zeichen: Bleib zurück.

Sie fasste ihre Waffe mit beiden Händen und ging an der rechten Seite vor. Ihrem Gesicht sah man den Schmerz nicht an.

***

Er hatte zu lange gewartet.

Er sah die beiden Frauen mit gezogenen Waffen den Flur entlanggehen. Dahinter den Privatdetektiv.

Die hochgewachsene schwarzhaarige Frau kam auf seiner Seite heran. Er drückt sich tiefer in den Schatten unter dem Rohr.

Kein gutes Versteck.

Es war aus.

Rüdiger Voss stützte sich auf eines der Rohre. Dort, wo das Rohr in die Wand bog, war das silberne Klebeband locker, mit dem das Dämmmaterial der Rohre umwickelt war. Vorsichtig löste er ein längeres Stück ab. Er brauchte eine Waffe.

***

Maria näherte sich der Nische auf ihrer Seite des Ganges. Sie behielt immer noch Finn Kommareck im Auge. Sie sah, wie anstrengend dieser Einsatz für sie war.

Mit einer schnellen Bewegung trat Finn vor die Nische, die Waffe mit beiden Händen ins Dunkel zielend. Maria sah ihr zu, bereit, ihr Feuerschutz zu geben.

Sie bemerkte die schnelle Bewegung hinter sich zu spät. Dann spürte sie, wie etwas um ihren Hals schnappte, sie ins Dunkel riss. Sie fiel und verlor die Waffe. Dann wurde sie an den Haaren hochgerissen. Sie bekam keine Luft mehr und keuchte schwer. Sie versuchte, den hinter ihr stehenden Mann mit einem Schlag mit den Ellbogen zu treffen, aber der zog sofort die Schlinge zu. Sie stand still und bewegte sich nicht. Ihre Waffe lag in der Mitte des Flurs.

***

Finn Kommareck fuhr herum. Maria Marksteiner stand auf den Zehenspitzen, ihr Kopf wurde nach hinten gezerrt.

»Ich habe eure Kollegin. Ich bringe sie um, wenn ihr nicht das tut, was ich jetzt sage.«

»Sie haben keine Chance, Rüdiger Voss. Machen Sie Ihre Lage nicht völlig aussichtslos. Lassen Sie die Kollegin los und kommen Sie mit erhobenen Händen auf den Gang.«

Sie zog ihr Handy aus der Tasche.

Voss zog das Band um Marias Hals rüde zu. Sie stieß einen gurgelnden Ton aus.

»Handy weg!«

Finn überlegte kurz und schob das Handy langsam in die Hosentasche zurück.

»Geben Sie der Pistole mit dem Fuß einen Stoß, hier zu mir herüber, los.«

»Nein.«

Wieder Marias Schrei und wieder das schreckliche gurgelnde Geräusch.

Finn ging auf die Waffe zu und gab ihr einen Tritt. Sie schlitterte den Gang hinunter. Weit weg.

»Was wollen Sie, Voss?«

»Ich tausche Ihre Kollegin gegen meine Flucht.«

»Sie kommen nicht weit, Voss. Geben Sie auf! Das wirkt strafmildernd.«

Voss lachte, ein hohes, irres Lachen.

»Wenn Sie mich kriegen, gehe ich für den Rest meines Lebens ins Gefängnis. So oder so. Ich verspreche Ihnen, dass ich diese Frau hier vorher umlege. Also legen Sie jetzt beide Ihre Waffen und Telefone auf den Boden. Los!«

Er zog mit einem Ruck die Schlinge zu, und Maria schrie auf. Sie röchelte laut.

»O. k.«, sagte Finn und legte ihre Waffe und das Handy auf den Boden. Auch Dengler legte langsam sein Funktelefon vor sich.

»Voss, was ist das eigentlich für ein Gefühl, seinen eigenen Bruder erschlagen zu haben?«, fragte er leise.

»Bernhard war ein Idiot. Wir haben einen neuen Wirkstoff,

und er will ihn verschenken. Die Industrie hat ihm sensationelle Preise geboten, wenn er den Antrag mit der Sozialklausel nicht stellt. Er hat nicht gehört. Dann haben sie mich gebeten, mit ihm zu reden. Er hat nicht gehört. Er habe eine ethische Verpflichtung als Forscher und Arzt. So ein Mist. Dann kamen die Profis.«

Dengler sagte: »Diese Profis haben Ihrem Bruder eine Falle gestellt. Jasmin Berger wurde entführt und so lange versteckt gehalten, bis Sie die Spuren geliefert haben, das Jackett und das gebrauchte Kondom.«

»Er hätte hören sollen. Es haben wirklich viele Leute mit ihm geredet. Man kann sich als Einzelner nicht gegen das System stellen. Das Gesundheitswesen funktioniert so, wie es funktioniert. Man kann sich nicht dagegenstellen, sonst schlägt das System zurück. Es ging um viele Milliarden Euro. Milliarden. Ihm war das egal.«

»Er war Ihr Bruder.«

»Mein großer Bruder. Ein Heiliger. Ich hab versucht, ihm nachzufolgen. Aber er war immer voraus, immer zwei, drei Schritte voraus. Er war Forscher, ich hab mich mit den Kranken rumgeärgert. Er schrieb die klugen Aufsätze, ich durfte sie lesen. Er hat …«

»Und? War es ein gutes Gefühl, ihn zu erschlagen?«

Voss' Stimme klang plötzlich leise: »Nein. Es war schlimm. Er war doch mein Bruder. Er hat mir immer geholfen.«

Plötzlich war es still in dem Gang im Keller der Charité. Dann ging alles ganz schnell.

Maria konzentrierte sich, atmete einmal tief durch, drehte sich blitzschnell zur Seite und schlug Voss mit dem Ellbogen in die Magengrube.

Dengler und Finn Kommareck waren gleichzeitig da. Dengler riss Voss um, Finn legte ihm Handschellen an.

Es war vorbei.

Epilog

Dengler blieb noch zwei Tage in Berlin.

Er unterschrieb Zeugenaussagen und Protokolle.

Auf dem Konto von Rüdiger Voss fanden sich Überweisungen von mehr als 700 000 Euro. Überwiesen wurde das Geld von der amerikanischen Sicherheitsfirma Jeffrey Beck.

»Ich wusste, dass sie meinem Bruder eine Falle stellen wollten, aber ich hatte keine Ahnung, dass sie so weit gehen würden«, gab er zu Protokoll.

Finn glaubte ihm.

»Aber niemand konnte damit rechnen, dass er fliehen würde. Und dann noch die beiden Mappen mit den Unterlagen für den Antrag aus seinem Büro mit auf die Flucht nahm. Er war plötzlich wieder genau so gefährlich wie vorher.«

»Ihr Bruder hat Ihnen vertraut. Er wollte Ihnen die Mappen übergeben.«

»Beck bugsierte mich in die Charité. Wir trafen meinen Bruder an der Stelle, na, Sie wissen ja wo. Er bemerkte Beck und wollte wissen, wer das sei. Und dann wollte er mir die Unterlagen plötzlich nicht mehr geben. Ich wurde wütend.«

»Und die Tatwaffe?«

»Das Rohr? Beck hatte es plötzlich zur Hand und gab es mir.«

***

Jeffrey Beck wurde zur Fahndung ausgeschrieben. Als die Berliner Polizei kam, standen seine Büroräume leer. Er war verschwunden. Danach wird er mit internationalem Haftbefehl gesucht.

***

Als Dirk Assmuss die Tür zu seiner Wohnung aufschloss, empfing ihn seine Frau mit einer Flasche Champagner.

»Das Flugzeug aus Paris ist doch schon am frühen Abend gelandet. Wo warst du nur so lange? Immer deine Geschäfte.«

»Woher weißt du, mit welchem Flugzeug ich gekommen bin?«

»Du hast es mir doch geschrieben.«

Sie hielt ihr Handy hoch. Zu seinem Erstaunen las er eine Reihe von SMS. Er hatte sich für eine plötzliche wichtige Reise nach Brasilien bei ihr abgemeldet. Er ging sofort in sein Arbeitszimmer. Er hatte während der letzten Tage mit seinem Büro E-Mails ausgetauscht. Auch in seinem Büro gingen alle davon aus, dass er plötzlich und dringend nach Brasilien reisen musste. Einige Entscheidungen hatte er ebenfalls per SMS getroffen. Sogar die Flüge waren tatsächlich gebucht worden.

Niemand würde ihm glauben, dass er entführt worden war. Nachdem er eine Stunde lang die Nachrichten aus seinem Büro gelesen hatte, war er sich selbst nicht mehr sicher.

Nun nahm er seine Geschäfte wieder auf. Marlene Kritzer verlor ihren Job. Zum 1. Juni 2011 musste sie den Verband verlassen.

***

Finn Kommareck kehrte zu Dr. Rapp zurück und beendete die Visceratin-Therapie. Finn und Daniel verbrachten noch fünfzehn gute Monate zusammen. Georg Dengler und Olga reisten zu ihrer Beerdigung nach Berlin. Auf Finns Empfehlung war bereits einige Monate zuvor Maria Marksteiner zu ihrer Nachfolgerin ernannt worden. Schöttle gratulierte als Erster.

***

Der Fakultätsrat der Charité beschloss nach einer langen Diskussion einstimmig die Aufnahme einer Sozialklausel in die Drittmittelsatzung der Universität.

***

Am 27. März 2011 wählten die Bürger von Baden-Württemburg die Landesregierung ab. Zum ersten Mal in der Geschichte Deutschlands wurden die Ergebnisse einer Landtagswahl öffentlich auf einer großen Leinwand übertragen. Auf dem Stuttgarter Schlossplatz feierten Tausende Bürger so erleichtert, als sei ein Tyrann gestürzt worden.

***

Stefan Mappus, der abgewählte Ministerpräsident, schied zum 1. September 2011 aus der Politik aus und verdingt sich fortan bei dem Pharmakonzern Merck.

***

Der Polizeipräsident ließ sich noch von der alten Regierung »aus gesundheitlichen Gründen« in den vorzeitigen Ruhestand versetzen. »Was für ein erbärmliches, was für ein feiges Ende einer Karriere«, dachte Dengler, als er diese Nachricht las, und legte die Zeitung zur Seite.

Olga saß neben ihm in der Sonne.

»Was ist mit dir?«, fragte sie. »Du siehst mich so komisch an.«

»Ich frage mich, ob du mich immer noch liebst.«

Sie beugte sich zu ihm hinüber und flüsterte: »Ja.«

Da endlich hatte Dengler den Mut, die Frage zu stellen, die ihn seit Langem beschäftigte.

Olga hörte ihm ernst zu, dann beugte sie sich erneut zu ihm und sagte: »Ja.«

Finden und Erfinden – ein Nachwort

Ich schrieb diesen Roman, um zu verstehen, wie das Gesundheitswesen funktioniert. Nun weiß ich es. Ich stehe immer noch unter Schock.

Die großen Pharmakonzerne kontrollieren große Teile der Ärzteschaft, sie korrumpieren die öffentliche Forschung und Wissenschaft, sie manipulieren Studien und Veröffentlichungen, und sie beeinflussen Parteien, Parlamente und die Regierung. Sie reißen einen Löwenanteil der Versichertenbeiträge an sich und erzielen Gewinne, wie sie sonst nur bei illegalen Geschäften, im Drogenhandel oder im Waffengeschäft zu realisieren sind. Wir müssen uns der absurden Situation stellen, dass das Gesundheitswesen in der Krankenhausfinanzierung unter einer chronischen Unterfinanzierung ächzt, wir öffentlich ein Zwei-Klassen-Gesundheitswesen diskutieren und wir es gleichzeitig einem Akteur, der Pharmaindustrie, in diesem System erlauben, Preise willkürlich festzulegen, um obszöne Umsatzrenditen zwischen 30 und 40 Prozent zu erzielen. Würden die Pharmakonzerne gezwungen, ihre Preise einem normalen Marktgeschehen von Angebot und Nachfrage auszusetzen, gäbe es kein Finanzierungsproblem im Gesundheitswesen.

Nachdem ich mich nun zwei Jahre lang mit diesem Thema beschäftigt habe, stimme ich *Prof. Dr. med. Peter Schönhöfer*, dem Herausgeber des renommierten *Arznei-Telegramms* völlig zu. Er beschrieb in einem Vortrag zu den »Problemen der Arzneimittelversorgung: Innovationsschwäche – administrative Inkompetenz und kriminelles Marketing« die Ursachen: »Managementdefizite, Forschungsabbau, behördliche und politische Jasager, keine Sanktionen kriminellen Marketings«. Als Folgen benannte er: »… fast keine innovativen Arzneimitteltherapien, Verschwinden nationaler Pharmaindustrie, drastische Zunahme von kriminellem Marketing, gesetzlich erlaubte Preiswillkür, Straffreiheit bei Wissenschaftsbetrug.«

Nach allem, was ich nun über das deutsche Gesundheitswesen weiß, glaube ich nicht, dass es gelingt, es finanziell zu konsolidieren oder neue, dringend notwendige Arzneimitteltherapien zu entwickeln, solange der dominierende Einfluss der Pharmaindustrie fortdauert. Das System wird nicht gesunden, solange es einigen wenigen Konzernen gelingt, die Beiträge der Versicherten in solchem Umfang in die eigenen Kassen zu leiten. Das »kriminelle Marketing«, von dem Prof. Schönhöfer spricht, kontaminiert alles, womit es in Berührung kommt.

★★★

Vor mir liegt das neue Heft von »Forschung & Lehre« mit dem Schwerpunktthema »Priorisierung in der Medizin«. Dass ein Ärztefunktionär Einschränkungen in der medizinischen Versorgung begrüßt, kann ich mir mittlerweile erklären. Mich wundert jedoch, dass ausgerechnet eine Medizinethikerin schreibt: »Nun pfeifen es die Spatzen von Dächern, dass demographischer Wandel und steter medizinischer Fortschritt gewisse Leistungsbeschränkungen in solidarisch finanzierten Gesundheitssystemen auf Dauer unumgänglich machen.« Es sind nicht die Spatzen, die dies von den Dächern pfeifen. Es sind wesentlich größere und hässlichere Vögel. Mich beunruhigt es, wenn die Medizinethik das strukturelle Ungleichgewicht im Gesundheitswesen nicht als ethisches Problem betrachtet.

★★★

In diesem Roman stütze ich mich auf zahlreiche Bücher und Veröffentlichungen. Eine komplette Liste der verwendeten

346

Literatur findet der interessierte Leser auf meiner Homepage. Einige der wichtigsten Quellen sind: *Markus Grill, Kranke Geschäfte – wie die Pharmaindustrie uns manipuliert.* Das Buch gibt einen guten Überblick über die erschütternden Geschäftsmethoden der Branche. Der Autor, mehrfach ausgezeichneter Redakteur beim *Spiegel*, gilt als einer der besten Kenner des deutschen Gesundheitswesen. *Hans Weiss* schildert in seinem Buch *Korrupte Medizin, Ärzte als Komplizen der Konzerne* wie Ärzte manipuliert werden und wie sie sich leider oft auch leicht manipulieren lassen. Das überaus lesenswerte Buch *Patient im Visier – die neue Strategie der Pharmakonzerne* von *Caroline Walter* und *Alexander Kobylinski* deckt u. a. auf, wie die Konzerne Patienten und Selbsthilfegruppe manipulieren, um Verschreibungsdruck auf die Ärzte auszuüben. *Der Pharma-Bluff* von *Marcia Angell*, der ehemaligen Chefredakteurin des *New England Journal of Medicine*, der weltweit bedeutendsten medizinischen Fachzeitschrift, enthüllt, wie innovationsarm die Pharmariesen in Wirklichkeit sind, und plädiert dafür, den Pharma-Bluff nicht länger mit überhöhten Medikamentenpreisen zu bezahlen.

In den Assmuss-Kapiteln über die neuen Substanzen in der Krebstherapie zitiere ich indirekt aus dem Artikel von Markus Grill aus dem *Spiegel*. Ich danke dem Autor für seine Einwilligung. Der Link zum Nachlesen findet sich auf meiner Homepage. Ebenso stütze ich mich auf das ausgezeichnete Feature von *Martina Keller* für den Sender SWR2, Redaktion Wissen *Der Preis des Lebens – Ein Fallbeispiel zur Problematik moderner Krebsmedikamente*. Auch hier gibt es auf meiner Homepage einen Link zum Nachlesen.

Auf die Sendung *Klinisch geprüft – aber wie – Schönfärberei bei Arzneimittelstudien* von *Hellmuth Nordwig*, produziert von *Sonja Striegl* beim gleichen Sender, berufe ich mich bei den Assmuss-Kapiteln, ebenso wie auf den Artikel *Gefälschte Studien, beeinflusste Behörden, verschwiegene Risiken*, erschienen in der *Süddeutschen Zeitung* vom 16. Mai 2006, sowie auf die

Studie und das Interview des Politikpsychologen *Thomas Kliche »Wie die Pharmaindustrie die Forschung kauft«* im Deutschland Radio Kultur vom 6. Juli 2011. Auch hier finden sich die Links auf meiner Homepage.

Zur Bestechung von Ärzten gibt es mittlerweile zahlreiche Artikel und Untersuchungen. Einige wichtige seien hier angeführt: *Ratiopharm – Bestechung als System* von *Kristina Läsker*, erschienen in der *Süddeutschen Zeitung* vom 26. Juni 2009; *Novartis: Freundlich, clever, höchst aggressiv* von *Markus Grill* im *Stern* vom 9. Dezember 2009. Interessant ist auch *Eine Befragung niedergelassener Fachärzte zum Umgang mit Pharmavertretern* von *Klaus Lieb* und *Simone Brandtönies* im Deutschen Ärzteblatt.

Von besonderem Nutzen für meine Arbeit waren alle Ausgaben der *MEZIS Nachrichten* (Link auf meiner Homepage). MEZIS steht für »Mein Essen zahl' ich selbst« und führt den Untertitel *Initiative unbestechlicher Ärztinnen und Ärzte*. Ebenso hilfreich war das *arznei-telegramm*, ein Informationsdienst für Ärzte, Apotheker und Personen anderer Heilberufe über Nutzen und Risiken von Arzneimitteln.

***

Viele Fachleute gewährten mir Interviews, halfen in Einzelfragen und opferten großzügig ihre Zeit, um mir Einblick in ihre Arbeitswelt zu gewähren. Ich bedanke mich herzlich bei *Dr. Thomas Böhm* und *Herbert Weisbrod-Frey* für einen ersten Überblick, *Dr. Stefan Hiller* für das ausführliche Gespräch über Entstehung und Therapie von Darmkrebs. Ich danke *Professor Dr. Peter Sawicki*, damals noch Leiter des Instituts für Qualität und Wirtschaftlichkeit im Gesundheitswesen, für das ausführliche Gespräch, *Dr. Christopher Hermann*, Vorsitzender des Vorstands der AOK Baden-Württemberg, für seine wichtige Unterstützung, meinem Hausarzt *Dr. Richard Schneider* für einen entscheidenden Tipp, *Dr. Reimar Buchner*,

Partner der Kanzlei Gleiss Lutz, dass er einige Einsichten mit mir teilte.

Besonderen Dank schulde ich *Prof. Dr. Michael Tsokos*, Leiter des Instituts für Rechtsmedizin an der Charité Berlin und erfolgreicher Autor spannender Bücher über praktische Fälle der Rechtsmedizin. Ich hatte die Indizien gegen den unglückseligen Bernhard Voss so dicht gepackt, dass ich nicht mehr wusste, wie ich seine Unschuld beweisen konnte. Mit dieser Frage wandte ich mich an Prof. Tsokos, und er verhalf mir zur Lösung.

Bianca Wendt gab mir an einem unvergesslichen Abend Einblicke in das Ministerium für Gesundheit, *Franz Knieps* erläuterte mir die Geheimnisse und Fallstricke der Gesundheitspolitik.

Ich bedanke mich auch sehr bei *N1* und *N2*, zwei hochrangigen Managern von (konkurrierenden) Pharmaunternehmen, die verständlicherweise hier nicht genannt werden wollen. Ihre Informationen gingen in die Assmuss-Kapitel ein. Ich habe sie so verfremdet, dass sie einerseits keine Rückschlüsse auf die Quellen zulassen, andererseits aber in ihrer Substanz wahr geblieben sind.

Ich bedanke mich bei *Ludwig Auer*, dem stellvertretenden Leiter des Gefängnisses Moabit, und seinem Team für die aufregende Führung durch die JVA Moabit und dafür, dass ich ihn anschließend mit nicht enden wollenden Detailfragen behelligen durfte.

Herzlicher Dank geht an *Claudia Peter*, die stellvertretende Leiterin Unternehmenskommunikation bei der Charité in Berlin, für ihre Unterstützung und an *Helmut Schmidt* von der Charité CFM Facility Management GmbH für die ausführliche Führung. Der Fakultätsrat der Charité hat als erste Einrichtung dieser Art eine »Sozialklausel« beschlossen. Ich hoffe, andere Universitätskliniken folgen diesem Beispiel.

Es war in Wirklichkeit nicht Olga, die die bahninterne Studie mit den gelisteten 121 Risiken an die Öffentlichkeit brachten, sondern Arno Luik, preisgekrönter Autor des *Stern*. Ich danke ihm, dass er freundlicherweise sein Verdienst (für dieses Buch) meiner Figur überlassen hat. Ein Link zu seinen Artikeln findet sich auf meiner Homepage.

Zu danken habe ich *Lady Arachne* und ihren Kolleginnen. In der Teeküche ihres Studios durfte ich einen denkwürdigen Abend verbringen. Ich danke für die offenen Antworten auf meine neugierigen Fragen. Herzlichen Dank an *Frank Oehler*. Zwei Abende verbrachte ich als Hilfsspüler in seiner erstklassigen Speisemeisterei. Es ist ein Knochenjob. Jeder Spüler hat es verdient, Millionär zu werden.

***

Um der Frage der Leser zuvorzukommen: Ja, es stimmt. Viele Ärzte lassen sich von der Pharmaindustrie bezahlen. N1 und N2 sprechen von 50 Prozent der Ärzteschaft. Das ist eine schockierend hohe Zahl. Es bedeutet aber auch, dass es möglich ist, einen unbestechlichen Arzt zu finden. Man kann den Arzt offen fragen, ob er Anwendungsbeobachtungen für die Industrie durchführt oder andere Zuwendungen annimmt. Man kann sich auch an MEZIS e. V. wenden.

***

Ich bemühe mich, tatsächliche Ereignisse und Schauplätze wahrheitsgetreu zu schildern. Das Konzert von Eric Clapton und Steve Winwood in Berlin musste ich aus dramaturgischen Gründen in den September verlegen; tatsächlich spielten die beiden bereits am 2. Juni in Berlin. Das Zählen der Demonstranten auf dem Stuttgarter Schlossplatz hat sich jedoch so oder doch so ähnlich zugetragen. Jedenfalls berichtete mir ein Augenzeuge diese Szene.

***

Ich bedanke mich bei den Erstlesern Wolfgang Kallert, Monika Plach und Heike Schiller für ihre Mühe und Korrekturvorschläge. Für manch energische Kritik und liebevolle Begleitung dieses Buchs bedanke ich mich bei Petra von Olschowski.

***

Für mich ist jeder Georg-Dengler-Roman eine aufregende Reise in ein unbekanntes Land. Ich bin froh für die Begleitung des Verlags Kiepenheuer & Witsch und danke dem Verleger *Helge Malchow*, meinem Freund *Reinhold Joppich* und *Stefan Wirges* für ihre unermüdlichen Vertriebsanstrengungen, *Ulla Brümmer* für ihre Kreativität, *Susanne Beck* für das Lesungsmanagement, *Petra Düker* für die Pressearbeit, *Elisabeth Scharlach* für die Herstellung und meinen Lektoren *Lutz Dursthoff* und dem geduldig-genialen *Nikolaus Wolters*. Ich danke den vielen Buchhändlerinnen und Buchhändlern, die sich meiner Bücher annehmen, und vor allem Ihnen, den Leserinnen und Lesern, dass Sie es mir ermöglichen, immer wieder erneut zu einer solchen Reise aufzubrechen.
Wolfgang Schorlau, Stuttgart im Juli 2011

Lesetermine des Autors:
http://schorlau.com/Tour.html

Materialien zum Buch:
http://schorlau.com/Materialien.html

Wolfgang Schorlau. Sommer am Bosporus. Roman.
Taschenbuch. Verfügbar auch als eBook

Sehnsucht treibt Andreas Leuchtenberg nach Istanbul, um
einer alten, nicht gelebten Liebe nachzuspüren und die
Frau wiederzufinden, deren Liebe er vor vielen Jahren zu-
rückwies, als seine Kumpels sie als seine »Kanakenbraut«
verhöhnten ... Er lässt sich durch die Stadt treiben, lernt
Alt-Istanbul, den europäischen Teil, kennen und gerät dann
in die abgelegeneren orientalischen Stadtviertel. Immer
weiter verliert er sich in der geheimnisvollen Atmosphäre
dieser Stadt mit ihrer 2500-jährigen Geschichte.

WOLFGANG SCHORLAU

KiWi

REBELLEN

ROMAN

Wolfgang Schorlau. Rebellen. Roman. Taschenbuch.
Verfügbar auch als Book

Dies ist die Geschichte von Alexander und Paul. Es ist die
Geschichte einer ungewöhnlichen Freundschaft zwischen
einem Jungen aus begüterten Verhältnissen und einem
Kind aus dem Waisenhaus. Es ist die Geschichte eines Ver-
rats. Und die Geschichte einer großen Liebe. Nicht zuletzt
erzählt sie von den gesellschaftlichen Umwälzungen der
Sechziger- und Siebzigerjahre, von den damit verbunde-
nen Träumen und Hoffnungen und von dem, was davon
schließlich übrig bleibt.

Leseproben und mehr unter www.kiwi-verlag.de

»Tom Hillenbrand regt genussvoll den Appetit der Krimileser an.«

Die Welt

Tom Hillenbrand. Teufelsfrucht. Ein kulinarischer Krimi. Taschenbuch. Verfügbar auch als ❰Book

Tom Hillenbrand. Rotes Gold. Ein kulinarischer Krimi. Xavier Kieffers zweiter Fall. Taschenbuch. Verfügbar auch als ❰Book

Tom Hillenbrand. Letzte Ernte. Ein kulinarischer Krimi. Xavier Kieffers ermittelt. Taschenbuch. Verfügbar auch als ❰Book

In Xavier Kieffers kleinem Restaurant in der Luxemburger Unterstadt bricht eines Tages ein renommierter Gastro-Kritiker tot zusammen. Kieffer gerät unter Mordverdacht.

Ein edles Dinner beim Pariser Bürgermeister endet bereits nach der Vorspeise: Europas berühmtester Sushi-Koch kippt plötzlich tot um ...

Auf der Luxemburger Sommerkirmes drückt Xavier Kieffer plötzlich ein Fremder eine Magnetkarte in die Hand und verschwindet. Am nächsten Morgen wird der Mann tot aufgefunden ...

Kommissar Gereon Rath ermittelt
im Berlin der 30er-Jahre

Volker Kutscher. Der nasse Fisch.
Gereon Raths erster Fall. Taschenbuch. Verfügbar auch als eBook

Volker Kutscher. Der stumme Tod.
Gereon Raths zweiter Fall. Taschenbuch. Verfügbar auch als eBook

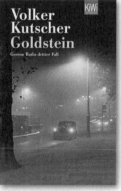

Volker Kutscher. Goldstein.
Gereon Raths dritter Fall. Taschenbuch. Verfügbar auch als eBook

Volker Kutscher. Die Akte Vaterland.
Gereon Raths vierter Fall. Taschenbuch. Verfügbar auch als eBook

Lust auf Schweden?

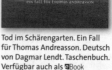

Voosen/Danielsson: das neue Traumpaar des Schweden-Krimis

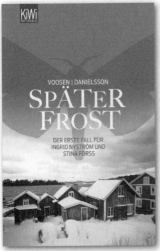

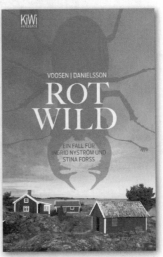

Voosen/Danielsson. Später Frost. Der erste Fall für Ingrid Nyström und Stina Forss. Taschenbuch. Verfügbar auch als 🔲Book

Voosen/Danielsson. Rotwild. Ein Fall für Ingrid Nyström und Stina Forss. Taschenbuch. Verfügbar auch als 🔲Book

Die småländische Kommissarin Ingrid Nyström ist gerade befördert worden und ihre neue Mitarbeiterin Stina Forss hat sich kaum in der südschwedischen Provinz zurechtgefunden, da wird der Schmetterlingsforscher Balthasar Frost – grausam zu Tode gefoltert – in seinem Gewächshaus entdeckt ...

Kurz vor Mittsommer im småländischen Växjö: In einem Wald am Seeufer wird der von Pfeilen durchbohrte Leichnam eines Lehrers gefunden. Die Todesumstände erinnern an die Darstellungen frühchristlicher Märtyrer. Haben die Polizistinnen es mit einem religiösen Ritualmord zu tun?

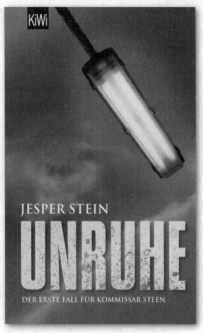

Jesper Stein. Unruhe. Der erste Fall für Kommissar Steen.
Deutsch von Patrick Zöller. Taschenbuch.
Verfügbar auch als eBook

Axel Steen, Ermittler im Kopenhagener Morddezernat, wird von einer inneren Unruhe getrieben. Die panische Angst, sein Herz könne plötzlich aufhören zu schlagen, hält ihn Nacht für Nacht wach. Als während der Unruhen um die Zwangsräumung und den Abriss eines Jugendzentrums im Multikulti-Viertel Nørrebro die Leiche eines Autonomen gefunden wird, fällt der Verdacht auf die Einsatzkräfte der Polizei. Steen gerät nicht zuletzt wegen seiner unkonventionellen Ermittlungsmethoden unter Druck ...

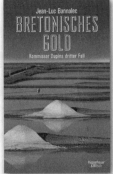

Yassin Musharbash. Radikal. Thriller. Taschenbuch.
Verfügbar auch als 🔲Book

Lutfi Latif ist ein charismatischer Intellektueller mit ägyptischen Wurzeln, einer ebenso klugen wie hübschen Frau und dem Potenzial, die deutsche Islamdebatte komplett aufzurollen. Aber kaum in den Bundestag gewählt, gerät der Vorzeigemuslim ins Fadenkreuz von Radikalen ...
Eine Momentaufnahme einer Gesellschaft im Alarmzustand. Eine Spurensuche in mehr als nur einem Milieu, in dem Radikale auf dem Vormarsch sind.

»Ein verdammt guter Politthriller« *Die Welt*

Leseproben und mehr unter www.kiwi-verlag.de

Dinah Marte Golch. Wo die Angst ist. Der erste Fall für
Behrens und Kamm. Klappenbroschur. Verfügbar auch
als eBook

Ein erschütterndes Verbrechen an Potsdams Ufern. Auf einen
türkischen Abiturienten wird ein Mordanschlag verübt. Der
einzige Zeuge muss um das Leben seiner Familie fürchten.
Und der verzweifelte Vater des Opfers will nur eins: den Täter
bestraft sehen.

»Ein atemberaubend spannendes Krimidebüt, das zweifellos
nach Fortsetzung schreit!« *Miroslav Nemec, Schauspieler und
bayerischer »Tatort«-Kommissar*

Kiepenheuer
&Witsch

Linus Reichlin. Der Assistent der Sterne. Roman.
Taschenbuch. Verfügbar auch als ⁊Book

Hannes Jensen, ehemaliger Inspecteur der Polizei von Brügge, hat einen Fehler gemacht: Während einer Reise durch Island hat er mit einer Frau geschlafen, die er kaum kannte. Als er zu Annick, die er liebt, zurückkehrt, versteckt er notdürftig eine Bisswunde am Hals, fatales Souvenir des Seitensprungs. Aber Annick hat ohnehin andere Probleme: Ein Wahrsager hat ihrer besten Freundin prophezeit, dass ihre Tochter ermordet werden wird – von einem Mann mit einem Mal am Hals ...

»Atemberaubend gut!« *Freundin*

Leseproben und mehr unter www.kiwi-verlag.de

Hochspannend,
voller Komik und Abgründe

Herman Koch. Angerichtet. Roman. Deutsch von Heike Baryga. Taschenbuch. Verfügbar auch als eBook

Herman Koch. Sommerhaus mit Swimmingpool. Roman. Deutsch von Christiane Kuby. Taschenbuch. Verfügbar auch als eBook

Herman Koch. Odessa Star. Roman. Deutsch von Christiane Kuby. Gebunden. Verfügbar auch als eBook

»Eine brillante Tragikomödie über die Dehnbarkeit der Moral« *FAZ über »Angerichtet«*

»Ein fulminanter Thriller mit literarischen Qualitäten und voll schwarzem Humor. Eines dieser Bücher, das man in einer Nacht verschlingt – und den Arzttermin am nächsten Morgen erst mal wieder absagt.« *NDR Info über »Sommerhaus mit Swimmingpool«*